1

Le soleil de ce début d'après-midi se déversait à travers les fenêtres de la belle salle d'étude de Sterne Manor. L'espace était occupé par plusieurs bibliothèques, quatre bureaux, deux canapés et quelques jouets.

Assise sur le plus grand des canapés, Mlle Dorothea Sterne enfilait un fil de soie dans son aiguille. Elle n'avait plus qu'une rose en damas à broder avant de terminer les chaussons qu'elle réalisait pour sa mère.

Pourtant, malgré tout le soin qu'elle apportait à son ouvrage, elle ne pouvait échapper à un sentiment d'ennui maintenant que sa meilleure amie, lady Charlotte Carpenter, était partie. Depuis leur plus jeune âge, elles étaient inséparables et comptaient évidemment vivre ensemble l'événement le plus important de leur vie de jeunes femmes : leurs débuts dans le monde.

Ce n'était pourtant pas le travail qui lui manquait. Depuis que sa mère s'était cassé la jambe, Dotty assumait l'essentiel de ses tâches, mais cela ne lui déplaisait pas. Elle aimait rendre visite aux métayers, bavarder avec les mères et les enfants, trouver des moyens de les aider.

— Dotty, geignit Martha, sa sœur de six ans. Scruffy ne veut pas rester tranquille.

Scruffy, un chat à trois pattes que Dotty avait sauvé du piège d'un braconnier, résistait aux efforts de la fillette pour lui nouer un ruban autour du cou.

— Mon cœur, les garçons n'aiment pas trop les froufrous. Mets plutôt le ruban à ta poupée.

Henrietta, quinze ans, leva les yeux de son livre.

— Elle l'a pris sur sa poupée.

— N'es-tu pas censée travailler ta harpe, Henny ? demanda Dotty.

Sa sœur lui tira la langue.

— Non, je suis censée lire Ovide en grec.

Leur père, sir Henry, avait été pasteur jusqu'à la mort de son frère aîné quelques années plus tôt. Au grand désarroi de Henny, il avait décidé que tous ses enfants devaient apprendre le latin et le grec.

Dotty lorgna le livre de sa sœur. Sa couverture marbrée était reconnaissable entre toutes : il s'agissait d'un des fameux romans sentimentaux publiés par Minerva Press.

— Ceci n'est pas du Ovide.

Henny poussa un soupir exagéré et leva les yeux au ciel.

— Les dames ne doivent-elles pas être élégantes et stupides ?

— Non, elles doivent avoir *l'air* stupide, répliqua Dotty. Ce qui est complètement ridicule. Je refuse d'épouser un homme qui serait convaincu que les femmes n'ont pas de cervelle.

— Dans ce cas, rétorqua Henny, tu risques de finir vieille fille.

— Lord Worthington apprécie l'intelligence de Grace. Je suis convaincue qu'il existe d'autres gentlemen comme lui.

La sœur aînée de Charlotte, Grace, était désormais la comtesse de Worthington. Elle avait emmené tous ses plus jeunes frères et sœurs avec elle à Londres pour la première saison de Charlotte. Peu après son arrivée en ville, elle était tombée amoureuse de Mattheus, comte de Worthington. Trois semaines plus tard, ils étaient mariés.

Avant que Henny ait pu répondre, la porte s'ouvrit.

— Mademoiselle, annonça Polly, la femme de chambre de Dotty, Madame vous demande.

Dotty coinça son aiguille et reposa le chausson.

— Elle va bien ?

— Oh oui, mademoiselle, répondit une Polly visiblement excitée. Elle vient de recevoir une lettre de Londres et m'a aussitôt envoyée vous chercher.

Dotty se précipita dans le couloir.

— J'espère que tout va bien.

Il n'y avait rien d'extraordinaire à recevoir une lettre de Londres. La plupart de leurs connaissances s'y trouvaient actuellement pour la saison. Dotty y aurait été elle aussi avec sa mère si, la veille du départ, cette dernière n'avait fait une mauvaise chute et ne s'était cassé la jambe.

— Je pense que oui, dit Polly qui la suivait. Madame souriait.

Quelques instants plus tard, Dotty pénétrait dans le boudoir de sa mère.

— Maman, qu'y a-t-il ?

Brandissant une feuille de papier, sa mère lui adressa un grand sourire.

— Une nouvelle merveilleuse et inattendue. Tu vas avoir ta saison, après tout !

Dotty en resta un moment bouche bée, avant de s'asseoir auprès de sa mère.

— Je ne comprends pas. Je croyais que grand-maman Bristol ne pouvait me chaperonner à cause de l'accouchement de tante Mary.

— Cette lettre, dit sa mère en agitant de nouveau la missive, vient de Grace.

Dotty sentit son cœur s'emballer.

— Que... que dit-elle ?

— Quand Charlotte a appris que tu ne pouvais venir en ville pour tes débuts, elle a demandé à Grace de t'inviter. Et Grace dit que tu ne les dérangeras en rien. Elle doit déjà s'occuper de Charlotte et de lady Louisa Vivers, la sœur de Worthington, et d'après elle, une jeune fille de plus ou de moins dans une maison où il y a déjà onze enfants ne fera pas grande différence. Elle ajoute aussi que ton bon sens sera le bienvenu.

Elle releva les yeux vers sa fille.

— Ce en quoi je suis bien d'accord avec elle, même si je soupçonne Grace de mentionner cela pour le bénéfice de papa. Tu sais qu'il déteste être l'obligé de qui que ce soit. Grace ajoute qu'il serait fort dommage que tu ne puisses faire tes débuts dans le monde avec Charlotte comme vous deux l'espériez depuis si longtemps.

Elle reposa la lettre d'un geste assez théâtral.

— Alors, qu'en dis-tu ?

Pendant ce qui parut durer une éternité, Dotty fut incapable de dire quoi que ce soit. Son esprit, qui ne l'avait encore jamais trahie, semblait l'avoir désertée. C'était presque trop beau pour être vrai.

— Je n'aurais jamais pensé..., dit-elle enfin. Eh bien, je me doutais que Charlotte demanderait à Grace de m'inviter – dans sa dernière lettre, elle disait que je lui manquais atrocement –, mais je n'imaginais pas que lord Worthington accepterait. Même lady Louisa m'a écrit. Elle affirme qu'elle a tellement entendu parler de moi qu'elle a l'impression de déjà me connaître et qu'elle aimerait que je sois en ville avec Charlotte et elle.

Soudain, le fait qu'elle allait réellement partir pour Londres la frappa.

— Je vais faire mes débuts ! s'exclama-t-elle en bondissant de son siège pour étreindre sa mère. Oh, si seulement tu pouvais venir !

Sa mère lui tapota le dos.

— Moi aussi, j'aimerais venir, mais Grace s'occupera bien de toi.

— Quand allons-nous en parler à papa ? Je ne suis pas certaine qu'il sera aussi ravi que nous.

Et si son père refusait de la laisser partir ? Ce serait horrible.

Sa mère leva brièvement les yeux au ciel en lâchant un soupir.

— Si on l'écoutait, tu ne ferais pas tes débuts avant tes vingt ans. Il est au village. J'ai laissé un message pour lui demander de passer me voir dès qu'il sera de retour. Nous n'avons pas une seconde à perdre, poursuivit-elle en se redressant sur ses coussins. Il y a tant à faire !

Tournant la tête vers la femme de chambre qui était restée à l'entrée de la pièce, elle ajouta :

— Polly, fais descendre les malles du grenier et commence à préparer les affaires de Dotty.

— Bien, madame.

Une fois la porte refermée, lady Sterne se pencha vers sa fille et adopta une voix de conspiratrice.

— Cela ne va pas plaire à ton père que tu ailles seule à Londres, mais ne t'inquiète pas, ma chérie, je le convaincrai.

Dotty croisa les doigts.

— Il faut que j'écrive à Grace et à Charlotte pour les remercier.

— Oui, dit sa mère en ouvrant son carnet de notes et en portant la pointe de son crayon à sa bouche pour l'humecter. Papa ne te laissera pas voyager seule avec Polly, mais il me semble que la sœur de Mme Parks doit se rendre en ville. Je vais lui demander si elle peut veiller sur toi. Après tout, cela lui évitera de louer une voiture.

Dotty acquiesça.

— Elle comptait prendre la malle-poste.

— Alors, elle sera contente de voyager dans une voiture privée et de faire une halte dans une bonne auberge. Bon, va donc aider Polly. Je te ferai appeler dès que j'aurai parlé à ton père.

Dans la chambre de Dotty, quatre malles étaient déjà ouvertes devant la garde-robe. Elle se mit à plier les vêtements qui étaient étalés sur son lit.

— J'espère que maman réussira à convaincre papa, dit-elle à sa femme de chambre.

Polly lui adressa un regard entendu.

— Je ne crois pas que sir Henry ait la moindre chance contre Madame. Elle aura le dernier mot, affirma-t-elle en hochant vigoureusement la tête.

Dotty sourit. C'était souvent le cas.

Deux heures plus tard, sir Henry Sterne contemplait d'un œil sévère la lettre qu'il tenait à la main.

— Ceci vient de Worthington. Je suppose que tu en as reçu une de Grace.

Lady Sterne sourit. Elle aimait tendrement son mari, mais sa tendance à ne jamais accepter le moindre service de la part d'autrui était parfois agaçante. Il était hors de question qu'il gâche la première saison de Dotty.

— En effet. Je suis si heureuse pour Dorothea ! Charlotte et elle rêvaient depuis des années de faire leurs débuts ensemble... Et toutes ces robes que nous lui avons achetées ! Il serait dommage de ne pas les utiliser.

Cet argument n'eut aucun effet sur son mari.

— Worthington promet de veiller sur Dotty comme il le fait déjà sur sa sœur, lady Louisa, et sur Charlotte...

Le front de sir Henry se plissa un peu plus.

— Mais, Cordelia, nous ne le connaissons pas au point de lui confier notre fille. Et à Londres, qui plus est.

Cordelia usa de son ton le plus patient.

— Henry, nous connaissons Grace, et Worthington a une excellente réputation. D'ailleurs, Grace ne lui aurait jamais confié la garde de ses frères et sœurs si elle n'avait pas une absolue confiance en lui.

— Oui, mais veiller sur *trois* jeunes filles ?

En voyant son expression horrifiée, elle faillit éclater de rire.

— Tu oublies qu'il y aura aussi Jane Carpenter, la cousine de Grace, et la belle-mère de Worthington, la comtesse douairière. Les filles seront parfaitement chaperonnées et, comme Grace nous l'a rappelé, elle pourra compter sur le bon sens de Dotty.

— Hum, fit son époux en contemplant de nouveau la lettre d'un air qui, désormais, semblait surtout perplexe. La saison étant déjà bien entamée, lord Worthington désire une réponse rapide. Je suppose que je devrais lui écrire.

Cordelia lui sourit.

— Cela signifie-t-il que tu acceptes de laisser partir Dorothea ?

Son mari lui adressa un regard non dénué d'humour.

— Je te connais, ma chérie. Si je refusais, j'en entendrais parler jusqu'à la fin de mes jours. Tu es aussi têtue que ta mère.

— Tu ne devrais pas t'en plaindre, mon cher. Si nous, les femmes de cette famille, n'étions pas aussi obstinées, nous n'aurions jamais pu nous marier, toi et moi.

Cordelia faisait de son mieux pour cacher le triomphe dans sa voix.

— Comment envisages-tu le voyage de Dotty ? s'enquit-il.

— Laisse-moi m'occuper des détails.

— Bon. Sachant que tu vas vouloir qu'elle parte au plus vite, j'aimerais lui parler.

— Bien sûr, mon amour.

Dotty ralentit le pas avant de pénétrer dans le bureau de son père. Son ventre se noua quand elle découvrit son air sévère. Il n'allait pas la laisser partir. Autant en prendre son parti. Piquer une crise de nerfs n'y changerait rien. Prenant une longue inspiration, elle se prépara à la mauvaise nouvelle.

— Oui ?

— Ton père souhaite te parler.

Dotty tourna vivement la tête et découvrit sa mère allongée sur le canapé, sa jambe prise dans son attelle étendue devant elle. Si elle s'était donné la peine de descendre jusqu'ici malgré son état, ce devait être important.

Sir Henry contourna le bureau pour prendre sa fille par les épaules.

— Tu peux rejoindre Charlotte pour la saison. Néanmoins, tu te doutes de ce que j'en pense. Tu es encore jeune, et il n'y a aucune raison pour que tu te maries si tôt.

Elle garda un air aussi grave que lui.

— Oui, papa.

Il s'éclaircit la voix.

— Si un jeune homme s'intéresse à toi, qu'il s'adresse en premier lieu à lord Worthington. Le comte saura s'il s'agit d'un gentleman convenable.

Dotty hocha la tête. Le soulagement et une folle excitation étaient en train de la submerger.

— Par ailleurs, avec le nombre de résidents qui pullulent déjà chez les Worthington, sans compter les chiens, tu dois me promettre de ne ramener aucun animal errant ni aucune âme en détresse à Stanwood House. Je te connais, tu recueillerais la Terre entière si on te laissait faire.

— Je te le promets, papa.

Il la couva quelques secondes d'un regard inhabituellement brillant.

— Bon, fit-il, l'air résigné, je vais voir si la voiture est prête.

Dès que son père eut fermé la porte, Dotty poussa un petit cri et se précipita vers sa mère pour l'étreindre.

— Oh, maman ! Merci, merci ! Je ne pourrai jamais assez te remercier.

— Si, tu peux... en t'amusant. Mais n'oublie pas ce que t'a dit ton père. Avec tous ces enfants et deux danois, les Worthington n'ont pas besoin que tu ramènes chez eux des chiens à trois pattes, des chats à moitié aveugles ou des gamins abandonnés.

— Oui, maman. Je ferai de mon mieux, dit Dotty en souriant.

Tout le monde aimait Scruffy – il n'avait pas son pareil pour attraper les souris –, et Benjy était en train de devenir un très gentil jeune garçon. Humains et animaux n'avaient besoin que d'une chance dans la vie, et si on pouvait la leur offrir... Cependant, ses parents avaient raison. Ramener des êtres en perdition à Sterne Manor était une chose, en encombrer la demeure d'autrui une autre, bien différente. Dotty pria le Ciel pour ne pas rencontrer une personne dans le besoin.

2

L'orgueil encore blessé d'avoir été éjecté de la demeure de son cousin, Matt Worthington, Dominic, marquis de Merton, s'installa dans sa suite au Pulteney. Fumer le cigare était du dernier chic. Certes, Dom n'aurait jamais tenté d'en allumer un au White's, son propre club où cela était interdit, mais le problème n'était pas là. Son titre de noblesse étant supérieur à celui de Worthington, il aurait dû être traité avec les égards dus à son rang et non prié de faire ses bagages. Cela étant, heureusement qu'il n'aimait pas vraiment fumer, car le Pulteney ne le permettait pas non plus.

Il aurait dû être en train d'accomplir son *Grand Tour*[1] au lieu de rester coincé en ville. Mais sa mère en avait décidé autrement. Ayant appris le mariage de son cousin, elle avait apparemment estimé que le moment était venu pour Dom d'œuvrer à sa descendance, ce en quoi elle n'avait pas tout à fait tort. Sa succession ne se ferait pas toute seule, et il avait un devoir envers la famille et envers tous les gens qui travaillaient au service du marquis sur tous ses domaines. Peut-être partirait-il à l'étranger après son mariage.

1. En français dans le texte. Traditionnellement, long voyage en Europe effectué par les jeunes gens de la haute société pour parfaire leur éducation. (*N.d.T.*)

Non qu'il désirât vraiment quitter l'Angleterre qui demeurait, selon lui, la seule nation civilisée en ce monde. Il aimait l'ordre par-dessus tout, et voyager bouleverserait sans le moindre doute ses habitudes. Il ne souhaitait pas, par exemple, visiter la France. Un pays dont les habitants souhaitaient trancher la tête des meilleurs d'entre eux – les aristocrates – ne méritait pas qu'on s'y intéresse. Il était essentiel de respecter l'ordre des choses. L'existence était bien meilleure quand chacun suivait les règles et restait à sa place.

Il envisagea encore une fois de rouvrir Merton House pour la saison, mais à quoi bon sans la présence de sa mère qui, après lui avoir fait part de son souhait de le voir convoler, était demeurée dans leur domaine à la campagne ? Si elle n'était pas là pour servir d'hôtesse, il ne pourrait y organiser la moindre réception, sauf peut-être pour ses amis les plus proches. Non, l'hôtel convenait mieux pour le peu de temps qu'il comptait passer en ville, et il ne lui en faudrait pas beaucoup pour se trouver une femme. Marquis et doté d'une fortune considérable, il faisait un parti plus qu'enviable.

— Witten ?

— Oui, monsieur ? répondit son valet.

— Je dînerai au White's.

— Bien, monsieur.

Dom griffonna un mot à l'intention de son ami, le vicomte Fotherby, lui demandant s'il voulait dîner avec lui. Le temps qu'il s'habille, la réponse acceptant l'invitation était arrivée.

Peu après, alors qu'une bruine légère se transformait en pluie persistante, Dom tendait sa canne et son chapeau à un valet au White's et rejoignait Fotherby dans la fameuse salle des paris du club. William Alvanley, un autre de ses amis, était assis près de la fenêtre en compagnie d'un homme qui contemplait la vitre avec une insistance curieuse.

Dom se tourna vers Fotherby.

— Que font-ils ?

— Ils ont parié cinq mille livres sur la goutte qui atteindra la première le rebord inférieur.

En dépit de sa proximité avec le cercle intime du prince régent – Prinny, comme on le surnommait –, Dom n'avait guère d'indulgence pour les paris extravagants de ses amis. Alvanley allait finir par se ruiner.

— Es-tu prêt à dîner ou bien veux-tu connaître le dénouement ?

— Je suis affamé, déclara Fotherby en vidant d'une traite son verre de vin. Je croyais que tu ne comptais pas venir en ville cette année.

Ils se dirigèrent vers la salle à manger.

— Mes plans ont changé, répondit Dom. J'ai décidé de me marier.

— Te marier ? s'étrangla Fotherby. Avec qui ?

— Je n'en sais rien encore, mais j'ai dressé une liste des qualités nécessaires chez ma future épouse. Une excellente éducation, évidemment, et une humeur égale : je ne veux pas de crise de nerfs ou d'idées farfelues. Elle devra aussi être docile, discrète et agréable à regarder – après tout, elle doit me donner un héritier –, et savoir ce que l'on attend d'une marquise. Bien sûr, en aucun cas scandaleuse. Voilà, je pense que cela couvre à peu près tout.

— En d'autres termes, un parangon de vertu.

Dom acquiesça sèchement.

— En effet. C'est le moins que je puisse attendre de mon épouse.

Dotty arriva à Stanwood House, dans Mayfair, peu après 15 heures. Selon les lettres de Charlotte, les Carpenter et les Vivers s'entendaient à merveille. La mère de Louisa, la comtesse douairière, vivait aussi avec eux, Matt étant cependant le seul tuteur légal de ses quatre sœurs.

Lorsque Royston, le majordome de Stanwood House, ouvrit la porte, Dotty faillit bien se faire piétiner par une horde d'enfants menée par Daisy, l'énorme danois des Carpenter.

— Nous avons vu ta voiture arriver, cria une petite voix suraiguë.

Daisy essaya de s'envelopper autour de ses jambes pendant que Charlotte et une jeune dame aux cheveux bruns – Louisa, sans doute – s'avançaient. Dotty éclata de rire.

— Je ne pensais pas recevoir un tel accueil.

Un aboiement sonore retentit au bout du hall.

— Et voilà Duke, annonça Charlotte.

— Assez. Laissez-la au moins entrer dans la maison.

La voix de stentor de lord Worthington fit reculer tout le monde, humains et bêtes, à l'exception de Charlotte et de Louisa.

Une fois que les enfants se furent écartés, le comte de Worthington, un grand gentleman aux larges épaules, s'approcha en tenant la main de Grace, dont la chevelure blonde offrait un contraste saisissant avec celle, presque noire, de son mari. Ils formaient un couple magnifique.

— Je t'avais bien dit que nous étions tous impatients de te voir, déclara Grace avec bonne humeur avant d'étreindre Dotty.

Celle-ci sourit, heureuse de retrouver les Carpenter.

— Oui, c'est vrai. Mais quel accueil, néanmoins !

— Je suis si contente que tu sois là ! dit Charlotte en la prenant dans ses bras à son tour. Voici Louisa, la sœur de Matt et ma nouvelle sœur.

Elle grimaça.

— Pas techniquement, bien sûr, mais il fallait bien que nous trouvions comment nous appeler.

Dotty tendit la main à Louisa, qui l'embrassa sur la joue.

— Je suis ravie de te rencontrer enfin, dit Louisa sans s'embarrasser de la moindre formalité. Nous allons être les meilleures amies du monde, toutes les trois.

Se rendant compte qu'elle n'avait pas encore salué le comte, Dotty lui tendit la main. Il la prit, mais quand elle voulut exécuter une révérence, il la retint.

— Pas de cérémonie entre nous. Et appelez-moi Matt, comme tout le monde.

— Merci, monsieur. Je ne saurais vous dire à quel point je vous suis reconnaissante d'avoir écrit à mon père.

Avant qu'il ait pu répondre, Charlotte reprit la main de Dotty.

— Il faut que nous te montrions ta chambre. Elle est juste à côté de la mienne. Nous allons te laisser te rafraîchir et te changer, puis nous prendrons le thé avant d'aller au parc. Louisa et moi partageons le même boudoir. Désormais, c'est aussi le tien.

Dotty suivit son amie à l'étage.

— Après deux jours passés en voiture, marcher me fera du bien.

— Je te comprends tout à fait, dit Louisa en nouant son bras au sien. Je ne sais pas comment on peut vouloir se reposer quand on est resté enfermé si longtemps dans une cabine minuscule.

Charlotte et Louisa lui montrèrent le petit boudoir puis sa chambre, avant de la laisser seule pour qu'elle puisse se rafraîchir.

Polly émergea d'une porte qui devait donner sur le dressing.

— Ah, vous voilà, mademoiselle. Je vous ai apporté une nouvelle tenue, dit-elle en lui montrant une robe d'après-midi en mousseline rose et un spencer en cachemire.

Quand Dotty retourna dans le boudoir, Charlotte et Louisa étaient penchées sur des gravures de mode.

— Viens nous dire ce que tu en penses, dit Charlotte en tapotant un siège.

Elle désigna l'image d'une dame dans une robe de bal couleur crème ornée de dentelle, et Dotty songea que cette toilette irait à merveille à son amie, dont la chevelure était du même blond que celle de Grace.

Le thé ne tarda pas à arriver. Une fois que tasses et gâteaux furent distribués, on lui dévoila le programme des divertissements à venir. En premier lieu, il y aurait le bal donné pour les débuts de Charlotte et de Louisa.

— Grace et maman ont accepté que tu fasses aussi ton entrée dans le monde ce soir-là, annonça Louisa, qui ne se souciait visiblement pas le moins du monde de devoir partager son bal avec une troisième jeune femme.

— Il faudra que je les remercie, déclara Dotty. Oh, je suis si impatiente. Vous avez tellement d'avance sur moi !

Tous ses rêves étaient en train de se réaliser. Malgré les lettres de Louisa, dans lesquelles celle-ci se proclamait déjà son amie, elle n'y avait pas vraiment cru jusqu'à présent. Les choses auraient été bien plus compliquées pour elle si la « sœur » de Charlotte avait décidé de ne pas l'apprécier.

Un peu plus tard, elles quittèrent ensemble la maison, suivies à distance discrète par trois valets.

Marchant entre ses deux amies, Dotty remarqua :

— Maman dit qu'elle avait toujours une femme de chambre avec elle quand elle se déplaçait en ville.

— Selon Matt, il vaut mieux que ce soit des valets qui nous accompagnent, répondit Louisa. Ainsi, si l'une d'entre nous se blesse, il y aura toujours un homme pour la porter à la maison.

— Et nous sommes moins limitées pour faire des courses, puisqu'ils se chargent des paquets, renchérit Charlotte comme elles parvenaient à l'entrée de Hyde Park.

Elle esquissa une grimace assez comique en ajoutant :

— C'est l'heure de la promenade. Le point de rendez-vous du beau monde. Ici, les gens de goût sont censés faire semblant de tout savoir et afficher leur ennui. Je n'en vois pas l'intérêt. Pourquoi jouer les blasés alors qu'en fait on prend du bon temps ?

— Comme c'est étrange ! s'étonna Dotty. Et moi qui croyais savoir ce qui m'attendait à Londres. Apparemment, j'ai bien des choses à apprendre.

— C'était pareil pour Louisa et moi, la rassura Charlotte. Tu nous rattraperas très vite.

Peu après, elles furent hélées par deux élégants gentlemen que Charlotte et Louisa semblaient connaître. Elles s'immobilisèrent, les laissant approcher.

— Dotty, annonça Charlotte, permets-moi de te présenter lord Harrington et lord Bentley. Messieurs, voici mon amie d'enfance, Mlle Dorothea Sterne. Elle résidera avec nous pour la saison.

Ils les accompagnèrent un bref moment, demandant à ces demoiselles de leur accorder quelques danses au bal du lendemain. Une fois qu'ils furent partis, Dotty secoua la tête.

— Je n'arrive pas à croire que j'ai déjà deux danses réservées.

— Ils sont très gentils, n'est-ce pas ? remarqua Charlotte en rougissant.

Louisa lui lança un regard malicieux.

— Je sens que lord Harrington va demander la permission de te courtiser.

— Ah ! Et je dirais que lord Bentley est assez entiché de toi.

Louisa leva les yeux au ciel.

— Je préférerais qu'il ne le soit pas. C'est quelqu'un de bien, mais je ne désire pas l'épouser.

Même si elle ne connaissait Louisa que depuis fort peu de temps, Dotty se dit que le pauvre lord Bentley ne ferait pas le poids face à elle. Sa nouvelle amie avait besoin de quelqu'un de beaucoup plus sûr de lui.

Prenant la main de Charlotte, elle lui demanda :

— Et toi, quels sont tes sentiments à l'égard de lord Harrington ?

Son amie rougit un peu plus.

— Il est très charmant, mais Grace dit qu'il vaut mieux prendre son temps.

Elles continuèrent à déambuler dans l'allée. Soudain, un cri retentit derrière elles, suivi d'une certaine agitation. Dotty se retourna. Un petit chien avait attrapé les glands qui ornaient la botte d'un gentleman et reculait en grondant et en agitant furieusement la queue, essayant d'arracher son trophée. Comme un idiot, l'homme ne cessait de secouer la jambe, tentant de lui donner des coups de pied, faisant ainsi croire à l'animal qu'il désirait jouer.

Dotty réprima un fou rire, mais quand l'homme brandit sa canne pour frapper le chien, elle se rua vers lui.

— Allons, monsieur ! Mais que faites-vous ?

Elle s'accroupit. L'animal, un caniche, n'était guère plus qu'un chiot. Elle leva un regard sévère vers l'homme.

— Honte à vous.

Elle se mit en devoir d'arracher les glands de la gueule du petit chien, mais chaque fois que l'homme secouait la jambe dans l'espoir de faire lâcher prise au chiot, celui-ci s'accrochait de plus belle à sa proie, grondant et secouant la tête.

— Mais cessez de bouger, à la fin ! Êtes-vous à ce point stupide que vous ne comprenez pas qu'il croit que vous voulez jouer ?

— Enlevez-moi ça de la jambe, cria l'homme d'une voix que la crainte rendait aiguë. Quelqu'un paiera pour cette offense. Est-ce votre bête ?

Préférant ne pas lui répondre, elle compta jusqu'à dix, respira un bon coup et parvint finalement à retirer les glands dorés ornés de franges de la gueule du caniche.

— Voilà, dit-elle en prenant le chien dans ses bras et en caressant ses boucles serrées. Où est ton maître ?

À cet instant précis, deux jeunes garçons accoururent.

— Oh, mademoiselle ! Merci beaucoup. Nous le cherchions partout. Bennie nous a échappé.

Ayant dû renoncer aux bottes, Bennie s'attaquait aux rubans du chapeau de Dotty. Elle éclata de rire.

— Allons, allons, cher monsieur. Ceux-ci ne vous appartiennent pas non plus.

Elle sauva ses rubans et tendit le caniche aux garçons.

— Nous paierons pour les dégâts, mademoiselle.

— Inutile, répondit-elle avec un sourire. Servez-vous de cet argent pour lui acheter une laisse. Ainsi, Bennie ne s'échappera plus.

— Il n'a que douze semaines, dit l'un des gamins. Nous ne pensions pas qu'il pouvait galoper aussi vite.

— Ni aussi loin, ajouta l'autre.

— Merci, répétèrent-ils à l'unisson.

Eh bien, les chiots restaient des chiots et les garçons des garçons.

— Allez-y, maintenant, et tenez-le à l'œil.

— Attendez un peu, grogna l'homme aux glands. Vous me devez une compensation. Votre bête féroce a ruiné mes bottes.

Dotty se tourna aussitôt vers lui, furieuse.

— Monsieur, vous êtes ridicule. C'est entièrement votre faute. Si vous vous étiez comporté comme une personne sensée et vous étiez contenté de prendre ce petit chiot dans vos bras, vos bottes n'auraient nullement souffert.

Charlotte et Louisa venaient de la rejoindre. Les valets se tenaient juste derrière elles.

— Dotty, tout va bien ? s'enquit Charlotte.

— *Je* vais bien.

Dotty remarqua que Louisa toisait d'un œil noir le compagnon de l'homme, qui s'était jusque-là tenu à l'écart et qu'elle n'avait pas encore remarqué.

Le contraste entre cet homme-ci et le gandin aux glands était saisissant.

Elle comprenait à présent pourquoi son père parlait avec mépris de ceux qu'il appelait des « dandys ». L'homme aux bottes appartenait assurément à cette catégorie. Le col de sa chemise était si haut et raide qu'il pouvait à peine tourner la tête. Sa veste était excessivement cintrée, et son gilet aux rayures pourtant voyantes était tellement recouvert de chaînes et autres ornements qu'on le distinguait à peine. En revanche, avec sa redingote bleu marine et son pantalon couleur chamois, son compagnon était d'une élégance absolue. Aucune dorure n'ornait ses bottes si parfaitement vernies que le soleil s'y réfléchissait. Avec ses cheveux d'un blond doré coiffés avec style et ses yeux d'un bleu très profond, il était à vrai dire très séduisant. Puis ses lèvres arborèrent un sourire moqueur, ce qui gâcha cette impression favorable.

— Merton, le salua Louisa avec une pointe de dédain dans la voix. Un de tes amis, je suppose.

Merton s'éclaircit la voix.

— Fotherby, permets-moi de te dire que la dame a raison. Tu aurais dû pouvoir arrêter cet animal avant qu'il commette le moindre dégât.

Son ami se retourna vivement vers lui avec l'air de quelqu'un qu'on vient de trahir. Le regard de Merton resta indéchiffrable, mais il fit pourtant effet, car ledit Fotherby s'inclina de façon à peine perceptible devant Dotty.

— Mademoiselle, mes plus profondes excuses pour ne pas avoir su éviter une scène inutile.

N'étant pas de nature rancunière, elle hocha la tête.

— Excuses acceptées, monsieur.

Merton haussa les sourcils et adressa un regard appuyé à Louisa.

— Très bien, dit celle-ci à contrecœur. Mademoiselle Sterne, puis-je vous présenter le marquis de Merton, mon cousin ? Merton, voici Mlle Sterne, une amie d'enfance de lady Charlotte.

Dom s'inclina et vit avec satisfaction Mlle Sterne exécuter une gracieuse révérence. Il ne s'était guère intéressé au début de son altercation avec Fotherby, la prenant pour une de ces modernes harpies, jusqu'à ce qu'elle se relève et qu'il découvre son visage. Botticelli n'aurait su peindre une telle perfection. Les boucles noires aux reflets bleutés qui s'échappaient de son chapeau formaient un cadre parfait à son visage en forme de cœur. Elle le fixait avec des yeux d'un vert éclatant, de la couleur de la mousse au printemps. Il avait vu beaucoup de femmes superbes, cette saison – dont lady Charlotte –, mais aucune n'égalait Mlle Sterne.

Mais *Dotty* ! Quelle horreur. Ce devait être un diminutif. Il l'espérait, en tout cas. Sinon, il faudrait changer son prénom.

Louisa ne lui avait donné aucune indication quant au statut social de Mlle Sterne. Cependant, une « mademoiselle » pouvait bien être la fille d'un vicomte, ce qui serait encore acceptable. Tout rang inférieur ne saurait convenir. Sauf si elle appartenait à une longue lignée, auquel cas il pourrait faire une exception. Il devait songer aux conséquences pour son marquisat.

Se penchant sur sa main, il lui saisit les doigts.

— C'est un immense plaisir de vous rencontrer, mademoiselle Sterne. Je prie pour que vous me permettiez de vous revoir.

— Eh bien, intervint sa cousine, cherchant visiblement à calmer ses ardeurs, cela ne sera possible que si tu daignes venir à Stanwood House. Mlle Sterne y réside avec nous pour la saison.

Il réprima un frisson devant la perspective d'affronter de nouveau la horde de Worthington et de Carpenter, surtout Theodora, la plus jeune sœur du comte, mais réussit à garder le sourire.

— Peut-être le ferai-je.

Worthington avait déclaré en termes on ne peut plus clairs qu'il ne souhaitait pas que Dom entreprenne de courtiser l'une des jeunes filles sur lesquelles il veillait. Bien sûr, à l'époque, cela ne concernait que lady Charlotte et lady Louisa. Il se demanda si cette restriction englobait aussi Mlle Sterne.

Ces dames leur firent leurs adieux et s'en furent. Fotherby attendit qu'elles soient hors de portée de voix pour demander :

— Comment as-tu pu me transformer en objet de dérision ? Cette Mlle Sterne s'est montrée très insolente.

Malgré sa vue excellente, Dom sortit son monocle et s'en servit pour contempler son ami avec dédain.

— Je n'ai agi ainsi que pour t'éviter d'avoir l'air encore plus idiot. Franchement, Fotherby, c'était un chiot ! Un *tout petit* chiot.

Fotherby contempla sa botte.

Les glands à moitié arrachés pendaient sur le cuir sans lustre. Pourquoi gardait-il un valet incapable de cirer ses bottes correctement ? se demanda Dom.

— Oui, bon, grommela Fotherby, je suppose que tu as raison. C'est juste que je n'aime pas les chiens.

— Ne pas aimer les chiens confine à la traîtrise, déclara Dom avec emphase. Ce n'est pas anglais. Tout homme qui se respecte possède au moins un chien. Comment chasserions-nous, sinon ?

Fotherby resta silencieux un long moment avant de répondre :

— Oui, bien sûr, tu as raison. C'était idiot de ma part. Comptes-tu dîner au White's ce soir ?

— Où, sinon ? Viendras-tu, toi aussi ?

— Absolument. Disons 20 h 30 ?

Dom inclina la tête.

— À tout à l'heure, donc.

Et il rentra à son hôtel. Mais quand il demanda à la réception qu'on fasse monter du thé dans ses appartements, il fut informé qu'il ne résidait plus dans cet établissement.

— Je vous demande pardon ? fit-il en toisant l'employé. Je ne me rappelle pas avoir donné mon congé.

L'homme s'inclina et lui tendit une missive.

— Milord, on m'a demandé de vous remettre ceci.

Dom ouvrit la lettre et reconnut sur-le-champ l'écriture de sa mère. Elle était à Londres et le priait de venir s'installer avec elle à Merton House. Finalement, elle comptait passer le reste de la saison en ville.

Après avoir remercié le concierge, il tourna les talons et quitta l'hôtel. À vrai dire, il était soulagé : ce serait agréable de retrouver son personnel. Ses domestiques connaissaient ses goûts et ses habitudes et lui témoignaient évidemment toute la déférence nécessaire. Mais pourquoi sa mère avait-elle subitement décidé de venir ? Quoi qu'il en soit, son arrivée était une surprise bienvenue.

3

Eunice, marquise de Merton, arpentait son boudoir élégamment décoré dans divers tons de bleu. Dominic ne devrait plus tarder, à présent. Elle se tourna vers sa cousine et dame de compagnie depuis de nombreuses années maintenant, Mlle Matilda Bradford.

— Crois-tu que je me sois montrée trop cavalière en faisant rapatrier ses affaires du Pulteney ?

Matilda lui lança un regard perplexe.

— Ce n'est pas tant ce que je crois qui compte, mais ce qu'il en pense, lui.

Eunice s'installa sur un canapé placé devant les fenêtres qui donnaient sur les jardins.

— Je suppose que nous ne tarderons pas à le savoir. Il s'y prend très, très mal pour rechercher une épouse. Quand il m'a envoyé la liste des dames qu'il envisageait, j'ai failli en pleurer de frustration. Aucune d'entre elles n'aura le désir ou la volonté de s'opposer à lui. Elles se contenteront d'acquiescer et de minauder, trop contentes d'avoir mis le grappin sur le marquis de Merton. Pire encore, elles ne feront que l'encourager à être encore plus engoncé dans ses habitudes qu'il ne l'est déjà. Je n'ai jamais connu de jeune homme de vingt-sept ans aussi guindé. Son pauvre père doit se retourner dans sa tombe.

Matilda grimaça.

— Je suis d'accord, mais ce n'est pas entièrement la faute de Dominic.

— Tu as raison. Mon frère n'aurait jamais dû devenir son tuteur. Oh, il était plein de bonne volonté, mais sa seule priorité consistait à inculquer à Dominic le sens du devoir. Sais-tu que les sœurs de Worthington le surnomment « Sa Marquiserie » ?

Matilda émit un petit rire.

— J'ai entendu quelque chose comme cela, en effet.

— Une telle animosité dans la famille est pour le moins embarrassante, dit Eunice en se relevant. D'autant que Louisa fait ses débuts cette saison et qu'elle ne l'épargnera pas. Je refuse que mon fils devienne la cible des moqueries de la bonne société. L'idéal serait qu'il trouve une jeune femme qui aura assez d'influence sur lui pour qu'il revoie ses priorités. En tant que marquis de Merton, il devrait ouvrir une nouvelle voie, au lieu de rester à la traîne de l'ancienne génération.

Matilda prit un air dubitatif.

— Et comment te proposes-tu de réaliser une telle prouesse ?

— C'est simple. Il doit tomber amoureux d'une femme qui sera un défi permanent à ses croyances.

— Eunice, tu sais très bien que cela n'a rien de simple, bien au contraire. La plupart de ces filles tueraient père et mère pour épouser un marquis.

Sa cousine avait raison. Dominic n'allait pas tomber par le plus grand des hasards sur la femme idéale. Il serait donc judicieux de donner un petit coup de pouce au destin.

— Dressons une liste des familles les plus libérales de Londres. Demain, nous commencerons les visites. Dominic tient toujours à m'escorter lors de mes sorties. Cela ne lui plaira peut-être pas, mais il m'accompagnera.

— Tu as raison, cela ne lui plaira pas, répondit Matilda en prenant place devant un petit bureau pour commencer à écrire. Mais, au moins, cela le poussera dans la bonne direction.

Une heure plus tard, quand il pénétra dans la pièce, Dominic vint droit vers Eunice. Une inquiétude réelle, à laquelle se mêlait une certaine irritation, se lisait sur son beau visage.

— Mère, est-ce que tout va bien ? Quand êtes-vous arrivée ?

Elle rit et lui offrit sa joue, qu'il embrassa.

— Tout va bien. Nous sommes là depuis midi à peu près. Je suis passée à ton hôtel, mais tu étais sorti. Dans la mesure où tu habites toujours la maison lorsque je suis en ville, j'ai cru bon de faire rapatrier tes affaires.

Elle haussa les sourcils.

— Ai-je eu tort ?

— Non, pas du tout, dit-il, souriant. Je suis heureux d'être ici.

Lui prenant la main, elle le conduisit vers un canapé.

— Viens, mettons-nous à l'aise.

Dominic la contempla d'un air perplexe.

— Pourquoi êtes-vous ici, mère ? Je croyais que vous vouliez éviter la saison cette année.

Elle le regarda, en prenant garde à ne pas se trahir.

— Eh bien, tous nos voisins étant partis, la vie à la campagne devenait assez ennuyeuse. Matilda et moi avons décidé que nous avions besoin de nous divertir un peu.

Il la dévisagea un long moment.

— Est-ce là la seule raison ?

— Bien sûr, répondit-elle en soutenant son regard. Quelle autre raison pourrais-je avoir ?

— Vous ayant envoyé ma liste, il m'est venu à l'esprit que vous voudriez peut-être intervenir dans le choix de ma future épouse.

Eunice ouvrit de grands yeux.

— Mon cher fils, voilà une affaire qui ne concerne que toi. Même en rêve, je ne voudrais m'en mêler.

Après avoir fait prévenir Fotherby qu'il ne dînerait pas au White's ce soir, Dom mangea avec sa mère et Matilda avant de se rendre à son club un peu plus tard.

— Nous pensions te voir dans la salle à manger, lui dit Alvanley quand il arriva.

Dom prit un verre de vin sur le plateau d'un serveur.

— Ma mère a décidé de venir en ville. J'ai dîné avec elle.

— Je vois, fit Alvanley en sirotant son cognac. Envisages-tu vraiment de te marier dès cette saison ? Rien ne presse, non ?

— Les hommes dans ma famille ont pour habitude de mourir jeunes. Je dois assurer ma succession.

— Dans ce cas, que dirais-tu de lady Mary Linley ?

— Jolie fille, mais je ne pense pas que nous nous entendrions.

Dom avait envisagé et rejeté lady Mary. Il ne souhaitait en aucun cas aimer son épouse. Son oncle avait été d'une clarté absolue à ce sujet : dans un mariage, la passion et les émotions fortes devaient absolument être évitées. Elles ne conduisaient qu'au désastre. Une affection raisonnable et un compagnonnage sans heurt étaient suffisants pour les personnes d'un certain rang. Néanmoins, Dom espérait nourrir un minimum de désir pour son épouse, et lady Mary lui faisait penser à un lac gelé. La surface était glaciale et dure, et il devait faire tout aussi froid en dessous. Soudain, l'image de Mlle Sterne lui revint à l'esprit. Même si elle le consacrait à de mauvaises causes, elle possédait à l'évidence un caractère passionné. En serait-il de même dans une chambre à coucher ?

Alvanley avala une autre gorgée.

— Dommage. Son frère tente de s'en débarrasser dès cette année.

— Il ne devrait pas avoir trop de problèmes, remarqua Dom. Sa dot est confortable.

— Et que penses-tu de Mlle Turley ?

Dom hésita.

— Très jolie aussi, mais je n'apprécie pas certains de ses traits de caractère. Je suis certain qu'elle trouvera quelqu'un d'autre.

Alvanley fronça les sourcils.

— Tu es sacrément difficile pour quelqu'un qui a juste besoin d'un héritier. Ne me dis pas que tu désires faire un mariage d'amour !

Dom chaussa son monocle.

— Bien sûr que non. Tout sauf ça. Néanmoins, mon épouse représentera la famille, et il faudra bien que je couche avec elle.

Après cela, il se dirigea vers une table de whist. Deux heures plus tard, et malgré la jolie somme empilée devant lui, il n'aurait pu dire qu'il s'était vraiment amusé. Pour une raison quelconque, ces soirées au club perdaient de leur attrait… tout comme la multitude de ces autres sorties qui semblaient nécessaires à la quête d'une épouse.

Le lot de jeunes dames disponibles cette année ne valait guère mieux que celui de l'année précédente. Il était même encore pire, peut-être… à la notable exception de Mlle Sterne. Il n'avait encore jamais vu de jeune fille aussi belle. Même sa conduite avec Fotherby lui paraissait excusable. De nombreuses jeunes femmes se prenaient d'affection pour les chiots et poussaient les hauts cris si on leur faisait le moindre mal. Au moins, cela signifiait qu'elle aimait les chiens.

Dom contempla ledit Fotherby, assis à une table de jeu à l'autre bout de la salle. Visiblement ivre, il semblait très excité. Une combinaison malheureuse, d'autant que son ami n'avait jamais été un modèle de discrétion. Mieux valait s'assurer qu'il ne mentionne pas Mlle Sterne, songea Dom, qui le rejoignit.

Dès qu'il le vit, Fotherby se mit à brailler :

— Merton, Merton ! Dis-leur ce qui est arrivé à mes bottes aujourd'hui.

Dom sortit sa boîte à priser. D'une pichenette – comme Brummell le lui avait montré –, il l'ouvrit et prit une pincée de tabac qu'il porta avec langueur à sa narine.

— Fotherby, tu ne souhaites sûrement pas que je raconte que tu as eu peur d'un chiot. Un tout petit chiot.

Son ami devint écarlate avant de bafouiller :

— Non, la fille, Merton. La fille ! C'est une honte qu'elle ose accoster un gentleman de cette manière.

Dom le prit par le bras, le tirant pratiquement hors de sa chaise.

— Je serais extrêmement mécontent si tu salissais la réputation de cette dame.

— Mais qu'est-ce qui te prend ? s'étonna Fotherby.

— Elle réside chez mon cousin. En tant que chef de famille, il est de ma responsabilité d'en protéger tous ses membres.

Au bout d'un moment, Fotherby se tapota le nez d'un air entendu.

— Ah, je comprends. De la discrétion. Pas un mot, donc.

Dom esquissa un mince sourire.

— Oui, j'apprécierais.

— Que dirais-tu d'une petite partie de piquet, Merton ?

— Non, je rentre. Ma mère est arrivée aujourd'hui.

Fotherby regarda autour de lui, comme s'il s'attendait à voir lady Merton apparaître dans ce club exclusivement masculin.

— Je comprends. Les mères, quelle horreur ! Toujours à se mêler de nos affaires. Jamais contentes.

La mère de Fotherby était un véritable dragon. Rien de ce que faisait son second fils ne trouvait grâce à ses yeux. Néanmoins, pour être juste envers elle, elle n'avait pas tout à fait tort. Fotherby ne s'intéressait guère qu'à la mode, aux cartes et au cognac, même maintenant qu'il avait hérité du titre.

Peu après, Dom remontait à pied St. James Street, perdu dans ses pensées. Pourquoi se sentait-il soudain si peu satisfait de sa propre existence ? Bonté divine, il n'avait que vingt-sept ans. Il passa mentalement en revue la liste des éventuelles épouses qu'il avait dressée avec tant d'optimisme seulement quelques jours plus tôt. Toutes étaient agréables à regarder, certaines beaucoup plus que cela, même. Mais si lady Mary était froide, lady Jane était trop déférente. Mlle Farnham avait un rire de jument, et quand il avait bavardé avec Mlle Turley, cette dernière était restée pendue à ses lèvres, approuvant tout ce qu'il disait. En dépit de ce qu'il avait dit à Alvanley, elle demeurait néanmoins sa candidate préférée... jusqu'à ce qu'il rencontre Mlle Sterne. Le problème étant : comment l'approcher alors qu'elle résidait chez Worthington ?

Lorsqu'il arriva chez lui, la porte d'entrée s'ouvrit avant même qu'il atteigne la dernière marche du perron. Il avait tout ce qu'un homme pouvait désirer : une maison bien tenue, la richesse, un titre. Aucune raison, donc, de se sentir insatisfait. Peut-être irait-il faire un autre tour au parc le lendemain. Sans Fotherby, cette fois.

Dîner chez les Worthington vous emplissait autant le ventre que les oreilles. Dotty avait l'habitude des repas animés chez les Carpenter, mais l'addition des quatre sœurs de lord Worthington augmentait considérablement le niveau sonore. Cela ne la chagrinait nullement, bien au contraire. Ayant grandi au contact de la famille de Charlotte, elle était ravie que tous les enfants s'entendent aussi bien.

Elle regrettait même un peu que ses propres frères et sœurs ne soient pas là eux aussi – ce qui aurait sans nul doute porté le vacarme ambiant à son comble. Après le dîner, les plus jeunes enfants furent envoyés dans la salle d'étude pendant que les adultes, accompagnés de Charlotte, de Louisa et d'elle-même, s'installaient dans le grand salon. Les fenêtres qui donnaient sur la place étaient masquées par de lourds rideaux de velours vert. D'autres offraient une vue sur un étroit jardin et un mur de briques orné de rosiers grimpants.

— Dotty, avez-vous apprécié votre promenade au parc aujourd'hui ? demanda Patience, la belle-mère du comte.

— C'était très agréable, hormis ma rencontre avec un certain gentleman. Mon père m'avait bien parlé des dandys, mais jusqu'à aujourd'hui je ne voyais pas vraiment ce qu'il voulait dire.

Le front de la douairière se plissa.

— Ma chère, à vous entendre, on croirait que vous êtes tombée sur un phénomène de foire. Êtes-vous vraiment équitable ?

— Maman, intervint Louisa, c'était lord Fotherby.

Le comte toussa.

— Celui-ci, c'est moins un phénomène de foire qu'un spécimen de la ménagerie royale, déclara-t-il, goguenard. Toutefois, Dotty, vous ne pouvez traiter Fotherby de dandy. Ce serait injuste pour ceux qui le sont vraiment. Lui, c'est juste un gandin.

— Quelle est la différence ? demanda-t-elle, perplexe.

— Un dandy peut se montrer extrême quant à la longueur de ses cols, mais il veille à toujours rester subtil et adhère à la philosophie de Brummell qui veut qu'on n'attire jamais l'attention sur sa tenue.

— Êtes-vous un dandy ?

Matt grimaça.

— Je me décrirais plutôt comme un athlète bien habillé.

— Ne l'écoutez pas, ma chère, dit sa belle-mère en secouant la tête. Il adore se moquer des gandins. Vous en verrez beaucoup en ville, quoique… pas tous aussi spectaculaires que lord Fotherby.

Louisa raconta alors que Dotty était intervenue pour sauver le chiot avant d'ajouter :

— Merton était avec lui.

— Louisa, rappelle-toi, intervint Grace. Nous nous sommes tous mis d'accord pour le traiter avec courtoisie.

— À vrai dire, aujourd'hui, il a été utile, rappela Charlotte à Louisa. Il a soutenu Dotty.

— Oui, je suppose, concéda Louisa. Mais je suis prête à parier qu'il comptait en tirer un bénéfice quelconque.

Ce commentaire de la part de Louisa – ainsi que ceux qui l'avaient précédé – éveilla la curiosité de Dotty.

— Louisa, pourquoi te déplaît-il à ce point ?

— C'est un crétin pompeux, répliqua Louisa sans ambages. Il y a quelques années, il est venu à Worthington Hall pour nous expliquer en long, en large et en travers qu'en tant que chef de famille, il devait veiller sur nous. Matt lui a rappelé que son titre ne lui donnait aucun droit sur nous, mais il a refusé d'en démordre. Finalement, Matt lui a donné le choix : quitter dignement la maison ou bien se faire traîner dehors par le bout de l'oreille. Même Theodora s'en souvient, et elle n'avait que trois ans à l'époque.

Dotty essaya de réconcilier ce récit avec la brève mais favorable impression qu'elle avait eue de lord Merton quand il avait pris son parti. Puis elle se souvint du ton qu'il avait adopté avec son ami.

— Je vois. Un peu hautain, alors ?

— Je dirais plutôt insupportablement hautain, répondit Louisa. Il faudrait que quelqu'un le fasse redescendre à notre modeste niveau, et s'il épouse Mlle Turley, cela n'arrivera sûrement pas.

Charlotte acquiesça.

— Absolument. Elle a l'air aussi fascinée par lui que si de l'or sortait de sa bouche. Ce qui est ridicule. Cet homme ne possède pas la moindre opinion originale, et celles qu'il a datent d'un demi-siècle au moins.

Elle s'interrompit et se tourna vers sa sœur.

— Grace, irons-nous au bal des Featherington vendredi ?

— Oui, et nous devons aussi rendre quelques visites afin de présenter Dotty. Lady Thornhill tient salon jeudi, et j'ai reçu les parrainages pour l'Almack's de la part de lady Jersey hier.

Charlotte se tourna vers Dotty.

— Tu vas adorer lady Thornhill. Elle a toujours des invités fascinants.

— J'ai hâte d'y être, dit Dotty avant de placer sa main devant sa bouche pour tenter de dissimuler un bâillement. Je suis désolée.

— Ne t'excuse pas, dit Grace en souriant. Tu as eu une longue journée. Une bonne nuit de sommeil te fera du bien. Nous nous verrons demain matin.

Dès qu'elle fut couchée, Dotty songea de nouveau à lord Merton. Quel dommage que sa propre famille le rejette ainsi ! Même Charlotte, qui était pourtant la plus aimable des créatures, semblait convaincue qu'il ne valait pas la peine qu'on s'intéresse à lui.

Le lendemain matin, elle fut réveillée par ce qu'elle prit pour la charge d'une brigade légère. Après avoir sonné Polly, elle se leva. Il y avait déjà de l'eau chaude dans le broc, et le feu avait été ranimé. Sa femme de chambre ne tarda pas à arriver.

— Tu es bien rapide ce matin.

— Je suis debout depuis un moment, mademoiselle. La femme de chambre de lady Charlotte, May, m'apprend de nouvelles façons de vous coiffer et plein d'autres choses. Et elle a promis de me faire visiter Londres lors de notre jour de congé.

Polly et May avaient grandi ensemble. Elles devaient être heureuses d'être réunies.

— Oh, quelle chance. Moi aussi, j'aimerais visiter la ville.

— Vous en aurez l'occasion, j'en suis sûre. Les plus jeunes enfants prennent leur petit déjeuner en bas, mais du thé et du chocolat chaud seront servis dans le boudoir que vous partagez avec lady Charlotte et lady Louisa.

— Ce sont les enfants que j'ai entendus dévaler l'escalier ?

— Ils font un sacré raffut, n'est-ce pas ?

Dès que Dotty pénétra dans le boudoir, Charlotte lui tendit une tasse de chocolat.

— Nous pensions que tu dormirais encore un peu. Les enfants t'ont réveillée ?

— Oui, mais j'ai très bien dormi, répondit Dotty en acceptant la tasse. Alors, quel est le programme aujourd'hui ?

— D'abord, une petite excursion dans Bond Street – je sais que tu voudras t'inscrire à la bibliothèque. Ensuite, Louisa et moi t'emmènerons au Phaeton's Bazaar. C'est là que nous renouvelons notre stock de gants. C'est bien moins cher qu'ailleurs, et ils ont des tas d'autres choses. Après cela, nous entamerons les visites matinales. Puis...

La liste continuait ainsi jusqu'au bal du soir et incluait une autre promenade au parc en milieu d'après-midi. Même si Dotty avait longuement imaginé ce que lui réservait cette saison, elle découvrait maintenant l'ampleur de ce qui l'attendait.

Après avoir pris le petit déjeuner seul, Dom passa la matinée à mettre à jour sa correspondance et ses comptes. Même si son régisseur, M. Jacobs, était un homme compétent, lord Alasdair, son oncle et tuteur, n'avait cessé de lui répéter qu'il était de son devoir de toujours tout superviser, comme Alasdair lui-même l'avait fait après la mort du père de Dom quand celui-ci avait six ans.

Les rares fois où il avait demandé qu'on l'envoie à l'école au lieu de lui imposer une armée de précepteurs, son oncle lui avait rappelé que c'était son devoir d'en apprendre davantage qu'il ne l'aurait fait à Eton. Un marquis tel que Dom devait veiller scrupuleusement sur ses domaines, se montrer à son avantage dans tous les sports de gentlemen, être loyal envers la Couronne, qu'il soit ou non d'accord avec le souverain, et assurer sa succession. Il fallait aussi épouser une dame convenable.

Avant que Dom entre à Oxford, son oncle lui avait présenté cinq jeunes gens qu'il estimait compatibles avec de telles exigences. Malheureusement, Reggie avait été renvoyé après avoir engrossé la fille d'un professeur, puis Joss et William s'étaient engagés dans l'armée. Il ne restait donc plus qu'Alvanley et Fotherby. Le premier était de plus en plus attiré par le cercle de débauchés qui entourait le prince régent, et Fotherby ne s'intéressait qu'à la mode. Ce n'était pas si facile de se faire de nouveaux amis et, depuis quelque temps, Dom se sentait assez seul.

Il tira le cordon de la sonnette, et la porte de son bureau s'ouvrit aussitôt.

— Milord ? demanda le valet en s'inclinant.

— Dites à M. Jacobs que je désire le voir.

— Bien, milord.

Peu après, le régisseur se présenta à son tour à la porte.

— Vous désiriez me voir, monsieur ?

— Oui. Asseyez-vous, je vous prie. Je voulais vous parler du séminaire à Holkham Hall auquel vous souhaitez assister. Savez-vous que les Holkham ont soutenu les Américains dans leur guerre contre nous ?

Jacobs se tortilla sur son siège.

— Je l'ai entendu dire, mais si je désire me rendre à ce séminaire, c'est uniquement pour en apprendre davantage sur les innovations agricoles qui sont mises en œuvre là-bas.

Merton fronça les sourcils. Il n'aimait pas l'idée que sa maison puisse être associée à une famille whig, ces insupportables progressistes.

— N'y a-t-il pas un autre endroit où vous pourriez apprendre tout cela ?

— Non, monsieur. Ces méthodes modernes ne sont en usage qu'à Holkham.

Merton pianota nerveusement sur son bureau. Son devoir envers ses terres, ou son devoir envers son roi ?

— Tout le monde y va, monsieur, reprit Jacobs. On n'y discute pas politique, seulement agriculture.

Les nouvelles idées ne séduisaient guère Merton. Son oncle était formel sur ce point : mieux valait faire comme on avait toujours fait. Cependant, c'était la première fois que Jacobs, un homme fort capable, formulait une telle requête.

— Quelle est la raison de ce subit intérêt ?

— Nos rendements diminuent par rapport à certains de nos voisins, sur tous nos domaines. J'ai discuté avec un autre régisseur, qui m'a parlé des innovations mises en œuvre dans le Norfolk et des bénéfices qu'ils en avaient tirés.

L'idée semblait raisonnable, à la fois bonne pour ses terres et pour ceux qui s'en occupaient.

— Très bien. Préparez votre départ.

Jacobs se leva.

— Merci, monsieur. Vous ne le regretterez pas.

Toujours peu convaincu, Dom haussa les sourcils.

— Il est de votre devoir de faire en sorte que cela n'arrive pas.

Une fois son régisseur parti, Dom resta seul avec ses pensées. Des innovations... Il semblait y en avoir de plus en plus, ces temps-ci. Cette machine à vapeur, par exemple ; elle avait explosé lors de sa présentation, mais l'inventeur n'avait pas renoncé, disait-on. On parlait aussi de canaux pour déplacer le charbon et le fer. Qu'en aurait pensé son oncle ? Malheureusement, celui-ci n'était plus là pour le lui dire. Très récemment, Dom avait pris conscience qu'il s'était toujours reposé sur son tuteur. Maintenant qu'oncle Alasdair était mort, il allait devoir commencer à prendre ses propres décisions, comme il venait de le faire avec Jacobs.

Il se remit au travail, mais son esprit demeurait troublé. Une promenade au parc lui éclaircirait peut-être les idées. Et puis, il était possible qu'il y rencontre de nouveau Mlle Sterne. Cette idée le fit sourire. Qui sait ? Peut-être pourrait-il l'ajouter à sa liste des candidates éligibles au rang de marquise de Merton.

4

— La marquise de Merton, annonça Royston depuis le seuil du salon.

— Bonjour, milady, dit Grace en se levant aussitôt pour accueillir Eunice. Je suis heureuse de vous voir. Cela fait une éternité.

Eunice prit ses mains tendues et l'embrassa sur la joue.

— Grace, mon enfant. En effet, cela fait bien trop longtemps. Comment allez-vous ?

— Très bien, et les enfants aussi. J'ignorais que vous étiez en ville, sinon je serais passée vous voir. Merton disait…

— Je ne suis arrivée qu'hier. Lui aussi a été assez surpris.

Elle repoussa Grace à bout de bras pour l'observer.

— Je suis navrée de ne pas avoir pu assister à votre mariage, mais permettez-moi de vous féliciter. Vous êtes radieuse.

Grace sourit.

— Sans doute parce que je suis heureuse. Nous le sommes tous. Je n'aurais pu choisir meilleur mari. Worthington est au parc avec toute la troupe pour me laisser le temps de rattraper mon retard dans ma correspondance.

Eunice n'aurait pu être plus admirative de Grace. La jeune femme s'était battue bec et ongles pour qu'on lui confie la garde de ses frères et sœurs et, contre toute attente, l'avait obtenue. C'était un miracle qu'elle ait rencontré un homme capable et désireux d'assumer une telle charge.

— Votre mère aurait été si heureuse de vous voir aussi bien installée.

— Je le crois. Venez, asseyons-nous.

Grace demanda du thé pendant qu'Eunice s'asseyait et lissait ses jupes. Celle-ci prit une longue inspiration avant de déclarer :

— À vrai dire, je suis venue solliciter votre aide.

Si Grace fut surprise, elle ne le montra pas.

— Si je puis faire quelque chose, bien sûr. En plus d'avoir été la meilleure amie de maman, vous êtes désormais ma cousine.

— Merci, dit Eunice, visiblement soulagée. Ce n'est pas très difficile… du moins, je l'espère.

Elle marqua une pause, cherchant ses mots.

— J'aimerais être présentée aux membres les plus progressistes de la bonne société. C'est quelque chose que j'aurais dû faire depuis des années, mais tant qu'Alasdair était vivant, je l'ai laissé m'influencer. Beaucoup trop.

Grace secoua la tête, comme si elle ne comprenait pas. Eunice précisa :

— Je crains de m'être trop reposée sur lui pour l'éducation de mon fils. Sous sa coupe, Dominic s'est fourvoyé.

Grace serra les lèvres comme pour réprimer un sourire.

— Je ne crois pas que vous ayez à vous inquiéter. Merton n'a aucune mauvaise fréquentation, je pense. Au contraire, même. Je pourrais demander à Worthington, mais je doute sérieusement qu'il ait entendu dire que votre fils hante les tripots et les maisons closes.

— Non, non, ma chère, vous vous méprenez. À vrai dire, je me sentirais beaucoup mieux si Dominic se comportait comme un jeune homme normal. Au lieu de cela… il ne m'a jamais causé le moindre souci, expliqua Eunice.

Grace laissa échapper un petit rire avant de, très vite, retrouver son sérieux.

— Oui, je vois ce que vous voulez dire. Il aurait mieux valu qu'il s'autorise quelques frasques. Ou qu'il se rebelle et se forge lui-même son opinion sur le monde.

— Exactement. Mon frère a gravé en Dominic une notion assez fanatique du devoir et de sa propre importance. Alasdair essayait de se montrer respectueux envers l'héritage de notre famille, je le sais, mais je ne suis pas persuadée que cela ait été très bon pour Dominic. Je crois même le contraire. Cela lui a fait du mal.

Elle but une gorgée de thé, puis reprit :

— Il n'a pas encore trente ans et il est déjà d'un ennui mortel, ce qui n'aurait pas du tout plu à son père. Quand je pense aux frasques, comme vous disiez, de David avant notre mariage… Dominic devrait être capable de s'amuser de la même façon. J'avais espoir qu'en venant en ville, il ferait quelque chose sinon de scandaleux, du moins de notable, mais cela n'a pas été le cas.

Eunice ne put s'empêcher de soupirer.

— Même ses maîtresses sont assommantes.

Cette fois, Grace éclata franchement de rire.

— Allez-y, riez, ma chère, mais j'en ai rencontré une. Vous n'imaginez pas à quel point cela a été déprimant. Elle était habillée comme une gouvernante.

— Peut-être n'était-ce pas sa maîtresse, mais bien une vraie gouvernante.

Eunice secoua la tête.

— Dominic dans son phaéton avec une gouvernante ? Il est beaucoup trop imbu de lui-même.

Encore une fois, Grace faillit éclater de rire, mais elle parvint à garder son sang-froid.

— Naturellement, je serais ravie de vous aider. Mais en quoi le fait que je vous présente à mes connaissances les plus libérales influencera-t-il Merton ?

— Il tient à m'accompagner lors de toutes mes sorties, même les plus barbantes. Donc, il ira partout où j'irai... et rencontrera toutes les personnes que je rencontrerai. J'espère simplement qu'il n'est pas trop tard pour le sauver.

Grace resta silencieuse un moment avant de déclarer :

— Le salon de lady Thornhill.

— Ah oui ! Il s'agit bien de cette femme érudite qui invite toujours des poètes, des peintres et autres artistes ?

— Elle-même, acquiesça Grace, que ce plan mettait déjà visiblement en joie. Si vous croyez que ce sera un trop grand choc pour Merton, je suis certaine que toutes mes amies seront ravies de vous envoyer des invitations. En vérité, et malgré ce que croient Worthington et ses sœurs, Merton est un excellent parti qui sait se comporter de la meilleure des manières.

— Je crois que ce serait l'endroit idéal pour commencer, déclara Eunice en se levant pour prendre les mains de Grace dans les siennes. Je vous remercie infiniment. Je savais que je pouvais compter sur vous.

— J'espère que cela marchera. Je vais devoir rappeler à Worthington de ne pas brocarder Merton, répondit Grace avec un air dubitatif qui semblait annoncer que ce serait là une tâche difficile, sinon impossible.

— Je sais comment ses sœurs ont surnommé Dominic, dit alors Eunice.

Grace grimaça.

— J'ignore comment nous allons pouvoir convaincre Theodora de cesser, mais les autres savent que j'attends d'elles de meilleures manières. Malheureusement, Merton a aussi réussi à se mettre à dos la belle-mère de Worthington.

— Alors, il est grand temps que j'intervienne.

Eunice s'en voulait atrocement. Elle n'aurait jamais dû laisser son chagrin après la disparition de son mari l'éloigner de son fils.

Plus tard cet après-midi-là, le majordome de Merton House tendit à Eunice une enveloppe sur un plateau d'argent. Comme cette dernière s'y attendait, Grace avait été prompte. C'était une invitation pour le bal de lady Featherington le vendredi soir.

— Merci, Paken, dit-elle à son majordome, en se demandant vaguement comment Dom allait réagir en apprenant qu'il devrait se rendre à une soirée où il n'y aurait aucun tory.

Eh bien, il allait devoir s'y habituer. Elle refusait de le laisser épouser une chiffe molle, une flatteuse servile ou une femme qui ne l'aimerait jamais.

Merton avait déjà fait deux fois le tour du parc. Il avait rencontré nombre de connaissances, mais pas celle qu'il cherchait. Il allait entreprendre un troisième circuit quand il aperçut enfin Mlle Sterne en compagnie de lady Charlotte et de sa cousine Louisa. Elle était absolument délicieuse dans une mousseline jaune pâle. Le spencer parfaitement coupé qu'elle portait laissait entrevoir le renflement de ses seins, vision enchanteresse. Une ombrelle protégeait son teint de porcelaine. Elle sourit quand il la héla. Puis Louisa dit quelque chose, et Mlle Sterne hocha la tête tandis que son beau sourire s'évanouissait.

Qu'il soit damné s'il allait laisser sa cousine l'intimider !

— Bonjour, mademoiselle Sterne.

Elle exécuta une révérence si gracieuse qu'il crut que son cœur allait s'arrêter.

— Bonjour, monsieur.

Quand elle releva les yeux vers lui, ils étaient de la couleur des feuilles nouvelles au printemps. Il s'inclina et baisa doucement ses doigts gantés.

— Quel heureux hasard de vous revoir.

Une légère rougeur lui monta aux joues. Elle inclina la tête. Quelle dignité dans ses manières ! Oui, elle devait être au moins fille de vicomte.

— J'en suis ravie aussi, monsieur, répondit-elle.

Elle avait une voix grave, plaisante. Qu'il aurait pu écouter pendant des heures, au petit déjeuner et au dîner... et la nuit, oui, surtout la nuit. Il déglutit. Dans un lit, avec ses boucles noires cascadant autour d'elle et ses lèvres si pleines, si roses... Plus que tout, il voulait les goûter, les sentir... Oh, Seigneur, était-il vraiment en train de nourrir ce genre d'idées à propos d'une innocente ? Les gentlemen étaient censés prendre leur plaisir avec des maîtresses et non imposer le fardeau de besoins aussi primitifs à leurs épouses.

Il était en train de devenir fou. Tout cela devait s'arrêter.

— Puis-je vous accompagner dans votre promenade, mesdemoiselles ?

Il s'attendait à un commentaire tranchant de la part de Louisa ; au lieu de cela, Mlle Sterne sourit de nouveau en répondant :

— Merci, monsieur. Ce serait un honneur.

Dans la mesure où il ne pouvait prendre le bras des trois jeunes femmes, il resta à l'extérieur de la rangée, escortant Mlle Sterne. De façon très convenable, elle posa sa petite main sur son bras, et ils reprirent leur déambulation.

— Que pensez-vous de Londres, mademoiselle Sterne ?

— Je viens d'arriver, je connais à peine la ville. Mais, jusqu'à présent, je passe un séjour merveilleux. Je ne vous ennuierai pas avec les détails, mais hier, nous sommes allées faire quelques courses…

L'ennuyer ? Jamais. Pas avec cette voix qui était comme de la musique…

— Ce soir, nous allons à l'Almack's, et vendredi, nous assisterons au bal de lady Featherington.

Pendant un instant, il en resta abasourdi. Lord Featherington était un whig. Puis il se souvint que Worthington aussi. Il était donc logique que Mlle Sterne se rende à ces soirées-là. Ce qui signifiait qu'il ne la verrait qu'ici, au parc. Depuis qu'il avait clairement fait savoir qu'il ne fréquenterait pas les demeures des hôtesses aux tendances whigs, il ne recevait plus aucune invitation de leur part. Et voilà que la seule jeune fille pour laquelle il nourrissait un intérêt résidait chez un libéral ! Il réprima un frisson.

Il y avait l'Almack's, bien sûr, mais le club n'était ouvert que le mercredi. Peut-être s'était-il précipité en envisageant Mlle Sterne pour un éventuel projet marital… Mais comment faire, quand toutes les autres dames étaient si ternes comparées à elle ?

Dotty était surprise de sentir à quel point sa main était au chaud dans le pli du bras solide de lord Merton. Avait-il la fièvre ? Il se mit à parler du temps, et elle lui répondit avec aisance. Malgré ce que pensaient Louisa et Charlotte, il était très agréable et séduisant. Il portait son chapeau de façon élégamment inclinée, et ses cheveux dorés brillaient sous le soleil.

Lui prenant le coude, il l'aida à franchir une petite ornière sur l'allée.

— Il ne faudrait pas que vous tombiez, dit-il, comme si elle était une fragile demoiselle et non une jeune fille de la campagne habituée aux longues marches.

— Merci, monsieur. Sans vous, je suis sûre que j'aurais trébuché.

Louisa émit ce qui ressemblait fort à un ricanement.

— Mademoiselle Sterne, reprit-il, aimez-vous l'opéra ?

— Je n'ai jamais eu le plaisir d'en voir un seul, mais j'ai entendu des arias. Je suis certaine que cela me plairait beaucoup.

— Je dispose d'une loge. Si je réunissais un groupe d'invités, accepteriez-vous d'en faire partie ?

Il la dévisageait et semblait, ma foi, fort nerveux.

— Il faudra que je demande à Grace.

— Oui, bien sûr, fit-il, dépité. Dois-je envoyer l'invitation à Stanwood House ?

— Oui, je vous en prie.

Ils étaient revenus devant l'entrée du parc. Quelques mètres devant eux, Charlotte et Louisa s'immobilisèrent pour les attendre.

Dotty se noya dans les yeux d'un bleu profond de Merton.

— Je dois rentrer maintenant.

— Oui, bien sûr, dit-il, mais sans lui lâcher la main. Peut-être vous reverrai-je demain, mademoiselle Sterne…

Dotty eut envie de soupirer quand il lui embrassa les doigts.

— J'en serais enchantée, monsieur.

Il s'inclina de nouveau. Elle rejoignit ses compagnes, sans se retourner pour voir s'il restait là.

— Je ne l'aurais jamais cru, fit Louisa en observant Merton qui s'éloignait.

— Quoi ? s'enquit Dotty.

Louisa sourit.

— Merton s'intéresse à toi.

Dotty secoua la tête. Elle était très attirée par lui, mais il était bien trop tôt pour envisager quoi que ce soit entre eux. Néanmoins, elle eut l'impression que son cœur frissonnait.

— Je le connais à peine. Et même s'il s'intéresse à moi, je ne vais pas accepter de devenir sa femme simplement parce qu'il est pair du royaume. L'homme que j'épouserai devra avoir les mêmes valeurs que moi. Et nous devrons être amoureux.

— Dotty et moi avons souvent discuté du genre de mariage que nous souhaiterions, intervint Charlotte. Je peux t'assurer qu'elle campera fermement sur ses principes.

Le sourire de Louisa s'élargit.

— Alors, Merton ne sait pas ce qui l'attend.

Tout en marchant, Merton résistait à l'envie de se retourner vers Mlle Sterne. Il se félicita : cette conversation entre eux s'était remarquablement bien déroulée. Il allait l'inviter à l'opéra avec sa mère et – son cerveau eut un blanc – qui d'autre ? Il ne pouvait assister à un opéra uniquement avec sa mère et Mlle Sterne, ce serait trop gênant. Et s'il étendait l'invitation à Louisa et à lady Charlotte, il lui faudrait aussi inviter deux autres gentlemen. Or les seuls qu'il fréquentât étaient Alvanley et Fotherby, ce qui conduirait inévitablement à un désastre. Alvanley ne cessait de répéter les sornettes du prince régent, et Fotherby ne songeait qu'à attirer l'attention avec les tenues les plus extravagantes. Charlotte était assez bien éduquée pour supporter Fotherby, mais Louisa prendrait un malin plaisir à contredire Alvanley toute la soirée. Se creusant la cervelle, Dom essaya de trouver d'autres candidats parmi ses connaissances, mais sans y parvenir.

De retour chez lui, il tendit sa canne et son chapeau à Paken.

— Madame est-elle ici ?

— Oui, monsieur. Je crois qu'elle boit un thé dans son boudoir.

Merton gravit les marches deux par deux, chose qu'il n'avait plus faite depuis le jour très lointain où son oncle le lui avait interdit. Peu après, il se précipita dans le boudoir de sa mère sans prendre la peine de frapper à la porte.

— Mère.

Elle leva vers lui un visage surpris. Non, choqué.

— Dominic ?

Bien sûr, une telle hâte était choquante.

— Je suis terriblement désolé, mais je suis aux prises avec un dilemme que je ne parviens pas à résoudre.

— Mon cher garçon...

Elle tapota un siège près d'elle.

— Dis-moi donc ce qui te trouble autant.

— Une dame. Ou, plutôt, une situation avec une dame. J'essaie de rassembler un groupe d'invités pour l'opéra, mais je ne trouve pas qui convier.

Elle parut un peu déçue.

— Je devrais pouvoir t'aider. Tu ne voudrais pas trop attirer l'attention sur elle, c'est cela ?

— Exactement.

Il n'aimait pas embêter sa mère et n'avait pas pour habitude de le faire, néanmoins la tension qui l'habitait diminua.

— Ai-je déjà entendu parler de cette dame ? demanda-t-elle en lissant ses jupes. Je veux dire, fait-elle partie de ta liste ?

— Non. À vrai dire, aucune des dames de cette liste ne me convient vraiment, je crois. Elle s'appelle

Mlle Sterne. Elle réside chez les Worthington pour la saison.

— Ah, je vois, fit-elle. Enfin, je verrai.

— Que voulez-vous dire ? demanda Dom, perplexe.

— Eh bien, je la rencontrerai lors de cette soirée à l'opéra, n'est-ce pas ? Ou peut-être avant. Pourquoi ne l'inviterais-tu pas à dîner avec nous ? D'ici là, j'aurai trouvé comment remplir la loge.

Il eut l'impression qu'on lui enlevait un poids formidable. Il avait eu bien raison de s'adresser à sa mère.

— Merci. Comptez-vous aller à l'Almack's ce soir ?

— Oui. Si tu veux bien m'accompagner, nous pourrions partir à 21 heures ?

Dom sourit.

— Parfait.

L'Almack's lui donnerait l'occasion de revoir Mlle Sterne dans un environnement neutre. Il aimerait beaucoup danser avec elle. Pourquoi pas une valse ? Son oncle n'avait jamais apprécié cette danse moderne… au contraire de Dom. Du moins, il était sûr de l'apprécier avec Mlle Sterne.

5

Tout en attachant l'unique rang de perles autour de son cou, Dotty quêta du regard l'approbation de Grace.

— Très joli, dit celle-ci. Exactement ce qui convient pour l'Almack's. Souviens-toi, il faudra éviter de valser tant qu'une des dames du comité ne t'aura pas donné son accord.

— Comment saurai-je qui elles sont ?

Sa mère avait beaucoup insisté à ce sujet : il était essentiel que Dotty fasse bonne impression dans ce club très sélectif, réservé à l'élite de la bonne société. Les dames qui en avaient la charge n'avaient aucune pitié. Même le duc de Wellington s'était vu refuser l'entrée, car il ne portait pas de chausses s'arrêtant aux genoux. En temps normal, Dotty n'avait pas tendance à être nerveuse, mais ce mot – Almack's – la faisait trembler dans ses escarpins de satin.

Grace sourit.

— Tu n'as aucune raison de t'inquiéter. Tu seras avec la mère de Louisa ou avec moi jusqu'à ce qu'un gentleman te soit recommandé comme cavalier.

Dotty pâlit.

— Mais, en dehors de Matt, je n'en connais quasiment aucun à Londres.

— Voyons, Dotty, lui dit gentiment Grace. Si je me souviens bien, tu n'as jamais été en manque de partenaires. Pour ce qui est du sexe masculin, ces messieurs de Londres ne sont guère différents de ceux que tu as connus à la campagne. Oh, bien sûr, ils portent des tenues plus à la mode, mais une jolie fille reste une jolie fille, que ce soit dans un champ ou dans une salle de bal.

Ce discours soulagea Dotty, qui sourit.

— Merci.

Grace la prit par les épaules.

— Viens. Allons voir où en sont Charlotte et Louisa.

Elles les rejoignirent dans leur boudoir commun.

— Oh, Dotty, tu es superbe, dit Charlotte. J'aimerais tant pouvoir porter du blanc.

— Moi aussi, renchérit Louisa. C'est si élégant.

— Mais moi, je ne pourrais jamais porter ce ton de rose, lui répondit Dotty avant de se tourner vers Charlotte. Ni ce vert.

— Les filles, vous êtes toutes splendides, intervint Patience. Maintenant, venez. Mieux vaut arriver avant que ces messieurs aient tous rempli leur carnet de bal.

Matt les attendait au pied de l'escalier, mais il n'avait d'yeux que pour Grace.

— Délicieuse, murmura-t-il.

Lui offrant sa main, elle répondit, mutine :

— Tu as raison, les filles sont vraiment délicieuses.

Il leur accorda un vague regard avant de grogner :

— Je sens que je vais devoir distribuer quelques corrections ce soir.

— Mais qu'avons-nous fait ? demanda Dotty, interloquée.

Louisa éclata de rire.

— Il fait référence à ces messieurs. Pour ma part, j'espère bien recevoir davantage d'invitations qu'il n'y aura de danses.

— Grace, tu dois l'empêcher d'effrayer nos cavaliers, plaida Charlotte.

— Je ferai de mon mieux, répondit Grace. Mais je ne réponds pas du résultat.

Les mines scandalisées des trois filles la réjouirent.

Ils arrivèrent à l'Almack's environ vingt minutes plus tard. Un portier vérifia leur accréditation, puis Matt accompagna les dames dans l'immense salle rectangulaire aux grands balcons. Un orchestre était installé sur une petite mezzanine en hauteur. Certaines des chaises rangées le long des murs étaient occupées par des dames d'un certain âge en chapeaux multicolores décorés de plumes extravagantes. Même s'il était encore tôt selon les standards de la bonne société, la foule grossissait rapidement. Charlotte et Louisa furent aussitôt accaparées par deux messieurs qui les invitèrent au quadrille qui se formait sur la piste.

Grace conduisit Dotty vers un groupe de chaises. Elle s'apprêtait à s'asseoir quand un gentleman s'adressa à Matt :

— Worthington, puis-je être présenté ?

Visiblement amusé, Matt sourit.

— Mademoiselle Sterne, permettez-moi de vous présenter un ami, M. Featherington. Featherington, Mlle Sterne est une amie proche de mon épouse à la campagne.

M. Featherington s'inclina et prit la main que tendait Dotty tout en faisant la révérence.

— C'est un plaisir, mademoiselle Sterne. M'accorderez-vous cette danse ?

Dotty sourit. Grace ne s'était pas trompée. Cela n'avait pas été difficile du tout.

— Avec joie, monsieur Featherington.

Comme il la conduisait vers la piste de danse, elle lança un regard autour d'elle en se demandant si elle verrait lord Merton ce soir, et s'il voudrait bien danser avec elle. Pourquoi pas une valse ?

Dom accompagna sa mère et sa cousine Matilda à l'Almack's. Après les avoir emmenées s'asseoir, il parcourut la salle du regard. Worthington et son épouse étaient bien là, mais il ne vit aucune des jeunes femmes... jusqu'à ce qu'un éclair blanc surgisse à la limite de son champ de vision. C'était *elle*. Mlle Sterne. Il en eut le souffle coupé, comme s'il avait été sonné par Gentleman Jackson[1] en personne.

Dieu qu'elle était belle ! Toute de blanc vêtue avec une unique rangée de perles autour du cou, elle était de loin la femme la plus élégante de la soirée.

— Dominic ?

Il se tourna vers sa mère.

— Oui ?

— Qui est cette jeune dame que tu dévores ainsi des yeux ?

— Je ne fais rien de tel.

Elle haussa les sourcils, et il sentit une soudaine chaleur grimper le long de sa gorge.

— C'est Mlle Sterne, la jeune fille dont je vous ai parlé. Je l'ai rencontrée l'autre jour au parc. Néanmoins, je ne la dévore pas des yeux. Ce serait très incorrect.

Les lèvres de sa mère frémirent un tout petit peu.

— Que sais-tu d'elle ?

Voilà une question qu'il ne s'était même pas posée.

— Comme je vous l'ai déjà dit, elle réside chez les Worthington cette saison. C'est une amie de lady Charlotte, je crois.

— Je serais ravie de faire sa connaissance.

À son grand agacement, il se surprit à traîner des pieds. Mais que lui arrivait-il donc ?

— Mère, vous ne désirez quand même pas que je vous présente à elle ?

---

1. Célèbre boxeur anglais (1769-1845). (*N.d.T.*)

Mais pourquoi disait-il cela alors qu'il venait de lui demander de trouver des invités pour sa loge d'opéra ? Il était naturel qu'elle veuille être présentée à Mlle Sterne. Il se comportait vraiment de façon absurde. Il remarqua soudain dans les yeux de sa mère une étincelle qu'il n'y avait encore jamais vue.

— Aurais-tu la bonté de nous apporter un verre de citronnade, à Matilda et à moi ?

— Avec plaisir.

C'était un soulagement d'avoir quelque chose à faire, au lieu de rester là à contempler Mlle Sterne. Tout en se dirigeant vers les tables du buffet, il se demanda si le comité lui avait donné l'autorisation de valser et obliqua en direction de la comtesse Esterhazy.

— Madame.

Il s'inclina sur sa main et bavarda quelques instants avec elle jusqu'à ce qu'il juge venu le moment de lui poser sa question sans trop de risques.

— Il y a une jeune dame, Mlle Sterne, qui est ici en compagnie de lord et lady Worthington. Pourriez-vous me dire si la valse lui est permise ?

Lady Esterhazy le dévisagea avec curiosité.

— Pas encore.

Il résista à une étrange envie de passer un doigt sous son col et se demanda s'il pouvait demander cette permission. Non, cela paraîtrait insolite.

— Je vois. Merci.

Il allait s'éloigner quand elle le retint par le bras.

— Je serais ravie de procéder aux présentations, si vous le désirez.

Eh bien, si la comtesse le proposait, il serait impoli de refuser. Il ne voulait pas ternir la réputation de Mlle Sterne en ne dansant pas avec elle.

— Vous êtes trop bonne.

La comtesse Esterhazy haussa les sourcils.

— Voilà bien quelque chose dont on m'accuse rarement, mais je veux bien vous pardonner. Retrouvez-moi à la fin de cette danse.

Il s'inclina pour la troisième fois.

— Merci, madame.

Il gagna la table des rafraîchissements d'un pas nettement plus léger. Il allait donc être le premier gentleman à valser avec Mlle Sterne. Voilà qui lui procurait au moins autant de joie que la première fois où il était parvenu à toucher Jackson sur un ring.

À la fin du quadrille, Dotty salua M. Featherington, qui la raccompagna auprès de Grace.

— Mademoiselle Sterne, puis-je aller vous chercher un verre de citronnade ou d'orgeat ?

Elle sourit. Tout se déroulait si bien !

— Citronnade, s'il vous plaît.

Ce fut au tour de Charlotte et de Louisa de revenir, et leurs cavaliers aussi partirent en quête de boissons.

— Alors ? demanda Charlotte. Comment cela se passe-t-il pour le moment ?

— Très bien, répondit Dotty en essayant de cacher son excitation.

— La plupart de ces messieurs se plaignent. Ils trouvent la soirée ennuyeuse.

Voilà qui était une surprise.

— Mais pourquoi donc ?

— Parce qu'ils ne peuvent pas jouer aux cartes ni boire du vin ou tout autre alcool, expliqua Louisa. Ce qui me réjouit, car ils dansent davantage.

Dotty fronça les sourcils.

— À propos de danse, je me demande quand je serai autorisée à valser.

Elle n'avait pas fini de parler que les lèvres de Charlotte formèrent un « o ».

— J'ai l'impression que tu ne vas plus attendre très longtemps.

Dotty se tourna pour suivre la direction de son regard. Lord Merton et une dame coiffée d'un couvre-chef assez déconcertant se dirigeaient vers elles.

— Qui est cette dame ?

— La comtesse Esterhazy, un des membres du comité. C'est la femme de l'ambassadeur de Russie.

— Oh, fit Dotty tandis que Grace lui adressait un hochement de tête pour l'encourager.

Charlotte et Louisa faisaient déjà leur révérence. Elle s'empressa de les imiter.

— Mademoiselle Sterne ? demanda la comtesse.

— Oui, madame.

— Puis-je vous recommander le marquis de Merton comme cavalier ?

Si c'était énoncé comme une question, ce n'en était pas une.

— Merci, madame.

Quand lord Merton s'inclina, ses cheveux blonds s'illuminèrent de mille reflets sous les lustres de cristal.

Les violons entamèrent le prélude à la prochaine danse, une valse donc. Il lui offrit son bras.

— Mademoiselle Sterne, puis-je ?

Dotty lâcha le souffle qu'elle retenait.

— Merci, monsieur.

Le contact de sa main, même à travers leurs gants, fut électrique. Quand elle se redressa, ses yeux de ce bleu si particulier, comme un ciel juste avant la nuit, étincelèrent.

Ils prirent place sur la piste.

— Mademoiselle Sterne, permettez-moi de vous dire que vous êtes la plus belle des dames présentes ce soir.

Il était non seulement très séduisant, mais aussi charmant. Était-il convenable de complimenter un gentleman ?

— Merci. Vous-même êtes extrêmement élégant.

Son regard parut se réchauffer.

— Merci, dit-il à son tour.

Il la fit virevolter avec une grâce stupéfiante. Elle avait l'impression de voler. En dépit de tout ce qu'on lui avait dit, Merton semblait être un homme doux et attentionné. Louisa et Charlotte devaient se tromper sur son compte.

Quant à Dom, il ne pensait pas avoir jamais dansé avec une dame possédant un tel maintien. Son corps épousait parfaitement le sien et il avait l'impression de tenir une plume. Son rire l'enchantait.

— Puis-je vous proposer une promenade dans mon cabriolet demain ?

Elle baissa timidement les yeux avant de les relever.

— Si Grace n'y voit aucune objection, j'accepte avec joie.

Il réprima un grognement. Worthington n'allait pas lui faciliter la tâche. Mais comment faire autrement ?

— Alors, je lui en ferai la demande.

— Non, dit Mlle Sterne en haussant le menton. Je m'en chargerai.

Elle ne ressemblait pas du tout à Mlle Turley ni aux autres jeunes filles qu'il avait envisagé d'épouser. Toutes auraient préféré qu'il accomplisse cette démarche. À moins que Mlle Sterne, connaissant sa relation difficile avec son cousin, ne cherche à lui éviter de s'adresser à Worthington.

À la fin de la danse, quand il la ramena auprès des siens, Merton aurait donné beaucoup pour une autre valse avec elle. Mais cela aurait trop attiré l'attention sur eux. Sur elle.

Il la vit prendre Grace à part et discuter avec elle un moment à voix basse, puis elle se tourna de nouveau vers lui.

— S'il vous plaît, passez me prendre à 17 heures demain.

Il fut étonné de se sentir aussi soulagé et… ravi.
— À demain, donc.
Alors qu'il se dirigeait vers sa mère, Alvanley l'arrêta.
— Comment se passe la chasse à l'épouse ?
Merton se retint de se retourner vers Mlle Sterne.
— Lentement.
— Eh bien, si tu comptes te marier cette saison, tu devrais arrêter de perdre ton temps en valsant avec des filles de nobliau.
Son ami sortit une pincée de tabac de sa boîte en émail.
— Tu veux essayer mon nouveau mélange ?
— Pas pour l'instant, merci.
— Je suppose, reprit Alvanley, que tu étais forcé de danser avec elle en raison de tes liens de parenté avec Worthington.
Merton haussa les sourcils pour lui faire signe de continuer.
— Elle vient d'une vieille famille. Le domaine leur appartient depuis des siècles.
Merton sentit les poils se hérisser sur sa nuque. Alvanley ne s'intéressait quand même pas à…
— Tu as donc pris la peine de te renseigner sur elle…
— Oui. Elle est ravissante, et je me disais que si sa dot en valait la peine, je tenterais ma chance.
— Et ?
— Non, la somme est tout juste acceptable. Pas de quoi me donner envie de me faire passer la bague au doigt.
Dom réprima un soupir de soulagement. Soudain, il eut très envie de se débarrasser de son ami.
— Ah, j'aperçois lady Mary.
Alvanley s'inclina.
— Bonne chasse.
Merton se savait la cible de bien des regards et commentaires. C'était normal pour un marquis. Une danse

avec lady Mary lui permettrait d'éviter qu'on s'interroge trop sur sa valse avec Mlle Sterne. Pour faire bonne mesure, il invita aussi lady Jane mais évita Mlle Turley, même s'il sentait son regard faire des trous dans sa nuque. Finalement, décidant qu'une telle attitude était discourtoise, il s'inclina devant elle.

— M'accorderez-vous cette danse ?

Elle sourit poliment, mais ses yeux bleus étaient froids.

— Bien sûr, monsieur. Vous avez été bien inspiré d'attendre que la soirée soit presque terminée. Plus tôt, je n'aurais pas été libre.

— J'ai donc de la chance.

Il lui rendit son sourire. Heureusement qu'il avait déjà décidé de ne pas l'épouser, sinon il aurait découvert trop tard qu'elle avait si mauvais caractère.

Après la danse, il la ramena à sa cousine.

— Je dois aller retrouver ma mère. Elle ne va pas tarder à partir. Je vous souhaite une bonne soirée.

Elizabeth Turley regarda le marquis s'éloigner à travers la foule.

— Que puis-je faire, Lavvie ? Papa ne jure que par Merton.

Sa cousine, lady Lavinia Manners, soupira.

— Il semble que ses ardeurs se soient refroidies. Il va peut-être falloir que tu prennes des mesures drastiques.

— Lesquelles, par exemple ?

— Eh bien, répondit Lavvie en se tapotant la joue avec son éventail, peut-être faire en sorte qu'il soit obligé de t'épouser.

Elizabeth ferma les yeux un moment. Cela ne marcherait jamais.

— Tu connais sa réputation ? Il est si guindé qu'il oblige ses maîtresses à porter des robes boutonnées jusqu'au cou et ne leur achète que des bijoux de pacotille.

— Comment diable as-tu appris de telles choses ? couina sa cousine. Tu n'es pas censée savoir quoi que ce soit sur... ce genre de femmes.

— Chut, tu vas nous faire remarquer. Comment crois-tu que je l'aie appris ? Gavin était à Oxford avec Merton.

L'éventail de Lavvie papillonnait à toute allure.

— Gavin n'aurait jamais dû t'en parler. C'est indécent.

Elizabeth haussa les épaules.

— Il ne m'en a parlé que parce qu'il connaît mon intérêt pour lui.

— Ton frère est-il disposé à t'aider avec Merton ?

— Non. Il ne l'aime pas beaucoup. Il dit qu'il est ennuyeux comme la pluie et qu'il me rendra malheureuse.

— On est malheureux uniquement quand on n'a pas assez d'argent pour vivre comme on l'entend. Au moins, ta part d'héritage est en sécurité.

— Oui, heureusement que mon grand-père a eu le bon sens de ne pas laisser mon père y toucher. J'aimerais tant faire un mariage d'amour..., soupira Elizabeth en clignant des paupières pour refouler ses larmes. Mais je dois penser à mes obligations envers ma famille.

— Tu n'es pas la seule. D'autres aussi ont dû faire des sacrifices.

Elizabeth hocha la tête. Lavvie avait été forcée d'épouser un homme qui s'était appliqué à l'ignorer avant de ne cesser de lui reprocher de ne pas lui avoir donné d'héritier.

— Ne parlons plus de cela, reprit Lavvie. Ce qui est fait est fait. Laisse-moi réfléchir un peu. Je suis sûre que je trouverai un moyen.

Circonspecte, Elizabeth plissa les lèvres. Sa cousine avait parfois d'étranges idées, qui la poussaient à prendre des initiatives malheureuses.

Après lord Merton, Dotty fut invitée pour chaque danse. Finalement, les pieds en feu, elle rejoignit Grace et les autres.

— Quelle merveilleuse soirée !

Louisa sourit, et Charlotte déclara :

— Tu as fait un triomphe. Je me demande si ces messieurs ne vont pas nous affubler d'un surnom idiot.

— Comment cela ? s'enquit Louisa.

Dotty éclata de rire.

— L'an dernier, à la campagne, Charlotte et moi avons été baptisées le Soleil et la Lune.

Une lueur enjouée apparut dans le regard de Louisa.

— Ah... je comprends. Eh bien, s'ils trouvent quelque chose pour nous trois, je n'aurai rien contre.

Derrière elles, Matt émit un grondement. Charlotte et Louisa rirent de plus belle. Il était si protecteur que c'en était drôle.

— À ce rythme, il ne survivra pas à la saison, déclara Grace en prenant le bras de son époux. Viens, mon amour. Il y a du cognac qui t'attend à la maison.

En fait, quand ils s'installèrent au salon à Stanwood House, il y avait aussi du vin, des biscuits, des fruits et du fromage.

Louisa prit un verre de vin et se jeta sur les biscuits.

— Je meurs de faim. Il n'y a jamais que du pain et du beurre à l'Almack's.

— Il en a toujours été ainsi, dit Grace en mordant dans un beignet. Je ne comprends pas comment on peut espérer danser toute la soirée sans rien avaler.

Dotty avait choisi des fraises et du fromage blanc.

— Je suis d'accord. Je suis affamée, moi aussi.

Une fois rassasiées, les trois filles montèrent dans leur boudoir. Lorsque Dotty y pénétra, des larmes de joie se bousculèrent soudain contre ses paupières. Elle avait si souvent rêvé de cette saison avec Charlotte, et voilà que tous ses vœux étaient exaucés.

— Je suis si heureuse d'être ici.

Charlotte la prit dans ses bras.

— Moi aussi. Cette saison n'aurait pas été la même sans toi.

— Je suis bien d'accord, renchérit Louisa.

À peine assises, elles entamèrent un examen approfondi de la soirée. Lord Harrington avait dansé deux fois avec Charlotte, et lord Bentley avait voulu inviter Louisa à plusieurs reprises, mais le carnet de bal de cette dernière était déjà plein. Elle confia à ses amies que même si cela n'avait pas été le cas, elle n'aurait pas accepté de danser plus d'une fois avec lui.

Dotty était impressionnée.

— On dirait que vous avez toutes les deux réussi à faire des conquêtes.

— Ah, ne dis pas cela, s'il te plaît, répondit Louisa. Lord Bentley est très gentil, mais je ne ressens rien d'autre pour lui que de l'amitié.

— Pauvre Bentley, soupira Charlotte, toujours compatissante. Tu vas lui briser le cœur.

— Ce que je ne veux surtout pas. Si seulement il comprenait mes sous-entendus, murmura Louisa. Je n'ose pas être trop directe avec lui, j'aurais l'impression de donner des coups de pied à un chiot.

— Peut-être trouverons-nous un moyen de t'aider, dit Dotty. Et toi, Charlotte ? Souhaites-tu que lord Harrington cesse de s'intéresser à toi ?

— Non, répondit Charlotte avec un doux sourire. Il est encore tôt, mais je crois que j'ai peut-être trouvé l'âme sœur.

Elles bavardèrent encore un moment, jusqu'à ce que Dotty réprime un bâillement.

— Je vais me coucher. À demain.

En pénétrant dans sa chambre, elle trouva Polly blottie dans un fauteuil.

— Réveille-toi, l'endormie. Je suis là.

Sa femme de chambre se redressa en sursaut.

— Oh, mademoiselle. Je suis désolée. J'ai dû m'assoupir.

— La prochaine fois, allonge-toi sur le canapé. Ce sera plus confortable.

Dotty aurait aimé lui dire de ne pas l'attendre, mais elle avait besoin de son aide.

— Malheureusement, je ne peux pas enlever cette robe sans toi.

— Oh, ça ne fait rien, dit Polly en bâillant. May m'a prévenue que ces soirées pouvaient durer longtemps.

Dotty fit la moue.

— Peut-être, mais toi aussi, tu dois te reposer. Essaie de trouver le temps de faire une sieste durant la journée ou, si cela n'est pas possible, fais-le après mon départ. Je comprendrai, je te le promets.

Après avoir passé sa chemise de nuit, elle renvoya Polly et s'installa dans le fauteuil près de la fenêtre. Ce soir, tout avait été parfait. Tous les gentlemen s'étaient montrés polis et bons danseurs... Mais Merton avait été de loin le plus gracieux, le plus séduisant et le plus doux. Et il était celui qui lui avait permis de danser sa première valse à Londres. Même s'il ne l'avait plus invitée après cette danse, elle l'avait vu jeter de fréquents coups d'œil vers elle tout au long de la soirée. Et il n'avait jamais dansé plus d'une fois avec chacune des autres dames qu'il avait invitées.

Elle soupira. Il était sans doute encore beaucoup trop tôt pour y voir le moindre signe.

Mais il lui avait proposé cette promenade en cabriolet le lendemain...

6

Dom aida sa mère à monter dans la voiture qui les attendait devant l'Almack's et ferma la portière.

— Je vais marcher un peu.

— Bonne nuit alors, mon chéri. Je ne t'attendrai pas.

Il tapa sur le côté du véhicule, qui s'ébranla. Les commentaires d'Alvanley à propos de Mlle Sterne ne cessaient de lui revenir à l'esprit. Une fille de nobliau. Bien sûr, de nombreux pairs n'y auraient pas prêté attention : elle restait une dame, après tout. Mais il était inadmissible, selon son oncle, qu'un marquis de Merton se marie en dessous de son rang, même avec une jeune fille issue d'une famille ancienne et respectée.

Sauf que Mlle Sterne était tout ce dont il avait toujours rêvé. Non qu'il eût jamais vraiment rêvé d'une épouse, mais en la voyant il avait su que c'était elle qu'il voulait. Et puis, oui, il avait bien rêvé d'elle la nuit précédente.

Elle lui inspirait un désir qu'il n'avait jamais ressenti pour aucune autre femme… ce qui était sans doute la meilleure raison pour qu'il renonce à elle. La ferveur, ou plutôt l'amour devait à tout prix être évité dans un mariage.

Selon oncle Alasdair, les unions fondées sur la passion se terminaient toujours mal. Il en voulait pour preuve le décès précoce du père de Dom et de son grand-père avant lui : le premier était mort en essayant d'impressionner sa mère, quand le second avait bravé une tempête pour rejoindre son épouse malade. Celle-ci avait survécu, mais son mari ne s'était jamais remis du coup de froid qu'il avait attrapé. Quelle infortune s'abattrait sur Dom et sa famille s'il se mariait par amour plutôt que par devoir ?

Arrivé dans Grosvenor Square, il haussa les épaules, comme pour déloger le poids qui lui était soudain tombé dessus. Il avait invité Mlle Sterne à l'opéra, mais après cela il ferait mieux de la chasser de son esprit. La porte s'ouvrit alors qu'il gravissait les marches.

— Bonsoir, Paken, dit-il en lui tendant canne et chapeau.

Le majordome s'inclina.

— J'espère que vous avez passé une agréable soirée, monsieur.

— Oui, merci, marmonna Dom en se dirigeant vers son bureau.

Il ne buvait guère en temps normal, mais ce soir il avait désespérément besoin d'un cognac.

Eunice se tourna vers la porte.

— Eh bien ?

— Il est rentré, madame, dit sa femme de chambre. Il ne semblait pas très ravi. Il est allé dans son bureau et a aussitôt demandé du cognac.

— C'est peut-être bon signe. Il ne boit pas, d'habitude. En tout cas, jamais seul.

Du moins le croyait-elle. Une réelle amertume la saisit : une mère aurait dû mieux connaître son enfant.

— Matilda, reprit-elle, penses-tu qu'il puisse être séduit par Mlle Sterne ?

Matilda fit la moue.

— Il avait certainement beaucoup de mal à la quitter des yeux, mais il n'a pas plus dansé avec elle qu'avec les autres.

Eunice fronça les sourcils.

— C'est vrai. Néanmoins, même si elle l'intéresse, l'Almack's n'est pas le meilleur endroit pour le montrer. Cela ferait trop jaser. Il s'est quand même débrouillé pour être le premier à valser avec elle.

Sa cousine resta silencieuse un moment.

— Nous en saurons peut-être plus au bal des Featherington. Tu sais à quel point il est prudent.

— Et si différent de son père ! soupira Eunice. Quand David m'a vue pour la première fois, il s'est débrouillé pour que nous soyons présentés et, à partir de cet instant, il ne m'a pratiquement plus quittée jusqu'à son accident.

Elle cligna des yeux pour refouler ses larmes.

— Allons, allons, fit Matilda en lui tapotant la main. Tu ne l'as pas eu très longtemps, mais tu sais à quel point il t'aimait.

Eunice sortit un mouchoir pour sécher ses larmes.

— Oui. Je n'ai jamais douté de son amour, pas une seule seconde. Si seulement Dominic pouvait trouver quelqu'un avec qui connaître ce bonheur... Que savons-nous à propos de Mlle Sterne ?

— Selon ta cousine, Grace, elle est la fille d'un propriétaire terrien, sir Henry Sterne...

Matilda livra à Eunice toutes les informations qu'elle avait pu glaner au cours de la soirée. Elles n'étaient pas très nombreuses, dans la mesure où Grace avait été très occupée par les jeunes filles dont elle avait la charge, par sa belle-mère et par toutes les amies qui avaient désiré lui parler. Cela suffit néanmoins à Eunice pour se forger une opinion.

Elle avala une gorgée dc vin.

— Mlle Sterne semble parfaite. Elle me donne l'impression de quelqu'un qui saura tenir tête à Dominic au lieu de s'aplatir devant lui.

— C'est ce que je crois aussi. Mais comment faire pour que cela advienne ?

Eunice réfléchit quelques secondes.

— D'abord, nous devons nous assurer que Mlle Sterne nourrit un réel intérêt pour mon fils. Et lui pour elle. Si c'est le cas, je trouverai une idée. David disait toujours qu'il ne connaissait personne d'aussi imaginatif que moi.

Le lendemain matin, Dom se réveilla en songeant à Mlle Sterne, ce qui l'agaça. Il devait trouver un moyen de l'éviter. Soudain, il gémit. La promenade en cabriolet ! Il s'était engagé à l'emmener faire un tour aujourd'hui. Se sentant déjà coupable, il crut entendre son oncle lui adresser des reproches. Pourtant, la perspective de la revoir lui procurait un bonheur indicible. Tenant à prouver qu'il ne délaissait pas ses devoirs, il décida de rester à la maison pour travailler sur les comptes de ses domaines jusqu'à ce que vienne l'heure de sortir.

En milieu de matinée, il fut interrompu par l'arrivée impromptue de son cousin.

Irrité, Dom le toisa.

— Y a-t-il une raison pour laquelle mon majordome ne t'a pas annoncé ?

— Je lui ai dit de ne pas le faire.

Sans y avoir été invité, Worthington s'installa sur une chaise, comme s'il était chez lui.

— Worthington, je n'aime pas être dérangé sans avoir été prévenu.

— Moi non plus, répliqua Matt. Pourtant, tu ne te gênes pas pour débarquer chez moi sans te soucier d'être annoncé ou pas.

Certes, mais c'était différent.

— Je suis le chef de famille.

— Tu n'es pas le chef de ma famille, gronda Worthington.

— Mon oncle disait...

— Je me contrefiche de ce que racontait ce vieil aigri.

À vrai dire, Worthington n'avait pas tout à fait tort. Les Worthington et les Vivers n'étaient que cousins. Mais oncle Alasdair ne cessait de répéter qu'un marquis ayant la préséance sur un comte, Dom restait le chef des deux familles. Son oncle était mort, désormais, mais Dom, sans savoir pourquoi, éprouvait toujours le besoin de piquer Worthington à ce sujet lors de chacune de leurs rencontres.

— Je suis occupé. Que veux-tu ?

— Te parler de Mlle Sterne avant que les choses aillent trop loin.

Dom n'avait encore jamais éprouvé le désir de saisir un homme à la gorge. Ce moment semblait venu.

— De quoi parles-tu ?

— Dotty mérite mieux que d'être courtisée par un pisse-froid comme toi.

Dom eut soudain les mains moites. Son cousin allait-il lui interdire de voir Mlle Sterne ? Il en avait le pouvoir.

— Qui a dit que je la courtisais ?

Worthington fronça les sourcils.

— Voilà exactement de quoi je parle. Tu ne te soucies de personne hormis de toi-même... et de ce que tu appelles ton devoir.

Dom serra les poings.

— Tu ne sais rien de moi.

— Je sais comment tu votes, rétorqua Matt. Je sais que tu as soutenu cette loi sur les récoltes qui va affamer la moitié de la population de ce pays.

Bien sûr qu'il avait voté cette loi. Son oncle lui avait expliqué en quoi elle était bénéfique pour le royaume.

— Je soutiens le gouvernement, et c'est ce qu'il faut faire.

— Seulement si tu es un grand propriétaire terrien qui ne se soucie de rien ni de personne, dit Matt en serrant les mâchoires. Mais je ne suis pas venu parler politique. Comment peux-tu dire que tu ne courtises pas Dotty alors que tu l'as invitée à l'opéra, que tu as demandé à la comtesse Esterhazy – l'une des pires commères de Londres – la permission de valser avec elle et que tu lui as proposé une promenade en voiture aujourd'hui ? Crois-tu sincèrement que le beau monde sera aussi aveugle que toi ? Tu vas sortir avec elle au vu et au su de tous. Si tu la dédaignes après cela, qu'adviendra-t-il d'elle ? Mais sans doute t'en moques-tu éperdument. Après tout, elle n'est que la fille d'un petit noble de province.

Le crayon que tenait Dom se brisa en deux. Il éprouvait une folle envie de se jeter sur son cousin, mais il se força à se calmer. Se battre avec Matt ne servirait pas à grand-chose.

— Que suggères-tu que je fasse, alors ?

— Annule tous tes projets. Dis que tu as une urgence dans un de tes domaines et quitte la ville.

Dom s'obligea à respirer lentement, profondément, pour ne pas bondir par-dessus son bureau et flanquer une raclée à son cousin. Toute sa vie, il avait fait ce que d'autres lui disaient de faire. Mais cette époque-là était révolue. Fille d'un petit noble de province ou pas, il la voulait.

— Non, dit-il sèchement. Si nécessaire, j'irai voir son père pour demander sa permission, mais tu ne m'empêcheras pas de la courtiser.

Worthington se leva, les poings serrés.

Dom se leva à son tour, ne cessant de le fixer droit dans les yeux. Il contourna le bureau.

C'est alors que la porte s'ouvrit.

— Vous voilà, Worthington, fit Eunice avec un grand sourire tout en s'avançant dans la pièce. Grace est passée me voir et m'a dit que vous pourriez être ici. Oh, il était inutile de vous lever pour moi. Je suis juste venue vous inviter à prendre une tasse de thé au salon.

Eunice dévisagea alternativement Worthington et son fils. Grace ne s'était pas trompée. Ces deux idiots étaient sur le point de se battre. Eunice noua ses deux mains au bras de Worthington.

— Je n'accepterai aucun refus, alors venez. Nos deux familles ne se voient pas assez. Viens aussi, Dominic. Tu passes beaucoup trop de temps le nez plongé dans ces registres.

Se tournant de nouveau vers Matt, elle poursuivit :

— Vous ne savez pas à quel point votre mariage avec Grace me réjouit. Je suis une de ses cousines, et sa mère était ma meilleure amie. Savoir qu'elle a trouvé le bonheur avec vous me comble.

Elle fit en sorte de papoter ainsi sans leur laisser la moindre occasion de placer un mot, tout en traînant pratiquement ce grand gaillard de Worthington hors de la pièce. Dieu soit loué, elle était arrivée à temps. Les hommes ! Si cela ne lui posait aucun problème que Dominic donne un coup de poing à l'occasion, il était hors de question qu'il s'en prenne à son cousin. Grace et elle devaient trouver un moyen de réconcilier les deux branches de la famille. Cette animosité avait trop duré.

Quand Eunice pénétra dans le salon, Grace leva aussitôt les yeux. Eunice lui adressa un hochement de tête à peine perceptible, et la jeune femme parut recommencer à respirer normalement. Les hommes rendaient souvent les choses bien plus difficiles qu'elles ne l'étaient. Néanmoins, dans ce cas, un petit obstacle était peut-être exactement ce qu'il fallait pour inciter Dominic à se rapprocher de Mlle Sterne.

Cet après-midi-là, tout en buvant un thé dans un des salons de Stanwood House, Dotty, Louisa et Charlotte discutèrent des changements qui étaient en train d'être apportés à Worthington House, où les Carpenter et les Worthington résideraient après la saison.

— Quand les travaux seront-ils assez avancés pour que nous puissions aller voir ? demanda Dotty après avoir savouré une nouvelle bouchée d'un excellent gâteau au gingembre.

— D'ici un mois, je pense, répondit Charlotte. Mais ils ne seront pas terminés avant l'été.

Apparemment, tout l'étage de la salle d'étude ainsi que plusieurs autres pièces devaient être entièrement refaits.

— Mais vous viendrez quand même à Stanwood Hall cet été ?

C'était la résidence des Carpenter à la campagne, voisine de celle des Sterne.

— Oui, dit Charlotte, et même pendant assez longtemps. Matt tient à ce que Charlie se tienne au courant de ce qu'il se passe sur son domaine. Après cela, nous irons à Worthington Hall.

Depuis la mort de leur père, Charlie, le frère de Charlotte, était le nouveau comte de Stanwood, mais il n'avait que seize ans et était encore à l'école. En attendant sa majorité, c'était Grace qui gérait les biens de la famille.

— Mais nous ne savons pas encore quand nous y serons, ajouta Louisa. Avec le bébé qui arrive et tous les enfants qu'il faudra y accueillir, Matt a décidé de rénover également notre domaine à la campagne. Il est possible que nous restions à Stanwood plus longtemps.

— Grace attend un bébé ?

— Oui, dit Charlotte en s'esclaffant. Apparemment, nos vœux de mariage ont été exaucés. La naissance est prévue pour décembre.

— Vos vœux de mariage ?

— J'aurais tant voulu que tu sois là, dit Charlotte, le regard pétillant. Nous avons fait lire à Charlie une lettre que nous avions écrite tous ensemble. Elle se terminait par notre espoir qu'il y ait encore plus d'enfants.

— Comme si onze ne suffisaient pas !

Dotty ne put s'empêcher d'éclater de rire.

Elles continuèrent à discuter des divers changements apportés aux différentes maisons, jusqu'à ce que Louisa se tourne vers Dotty.

— Tu comptes vraiment sortir avec Merton, tout à l'heure ?

Dotty sourit.

— Oui. J'ai bien entendu ce que vous m'avez dit, mais tant qu'il ne me montrera pas qu'il est aussi déplaisant que vous semblez le croire, je continuerai à le voir. Il a été vraiment charmant hier soir.

Louisa fronça les sourcils.

— Seulement parce qu'il voulait danser avec toi.

— Peut-être, mais moi aussi je voulais danser avec lui.

Charlotte soupira.

— Il est très beau.

— Charlotte ! s'exclamèrent en même temps les deux autres.

Amusée, Dotty reprit :

— C'est vrai, mais comme dit mon père : « Les apparences peuvent être trompeuses. » Nous verrons.

— Je ne veux pas que tu souffres, lui dit gentiment Louisa.

Dotty prit la main de sa nouvelle amie.

— Moi non plus. Mais il faut parfois prendre quelques risques dans la vie.

On frappa à la porte.

— Mademoiselle, lord Merton vous attend.

— Dites-lui que je descends tout de suite, s'il vous plaît.

— Bien, mademoiselle.

Enfilant ses gants et le chapeau qu'elle avait préparés, Dotty se tourna vers ses amies.

— Nous verrons-nous au parc ?

— Absolument. Nous n'allons pas t'abandonner, dit Louisa en l'étreignant. Nous ne tarderons pas. Charlotte conduira le cabriolet. Si tu as besoin d'être secourue, nous serons là.

Dotty descendit les marches et fut surprise de trouver Merton au pied de l'escalier. Elle aurait pensé que le majordome le ferait attendre dans un salon. Il la regardait avec une telle chaleur qu'elle sentit le rouge lui monter aux joues. Charlotte avait raison. Il était très, très beau.

Il lui prit la main.

— Vous êtes ravissante.

— Merci, monsieur.

Elle voulut exécuter une révérence, mais il l'en empêcha, coinçant sa main sous son bras.

— Ne connaissant pas vos préférences, j'ai pris un équipage peu fougueux.

— J'apprécie cette considération, mais ce n'était pas nécessaire.

Comme ils sortaient de la maison, elle aperçut les deux chevaux parfaitement assortis qui attendaient patiemment devant l'attelage.

— Oh, des gris ! Ce sont mes préférés.

Il sourit et l'aida à monter dans le cabriolet vert décoré de filets jaunes. Les fauteuils étaient en cuir gris, deux tons plus sombres que les bêtes.

— Je suis content qu'ils vous plaisent. Aimez-vous les chevaux ?

— Oui. Je montais avant même de savoir marcher, et j'avais dix ans quand j'ai conduit un attelage pour la première fois. Je possède ma propre voiture à la maison, mais elle est loin d'être aussi jolie que celle-ci.

De toute évidence, Mlle Sterne ignorait que Worthington lui avait rendu visite ce matin. Dom contourna le véhicule en se disant qu'elle méritait bien une voiture digne de sa beauté. Elle resta silencieuse pendant qu'ils progressaient dans les rues bondées, mais il sentit qu'elle remarquait absolument tout.

— Est-ce la première fois que vous allez au parc en voiture ?

Quelle question stupide. Il savait que c'était le cas. Pourtant, lorsqu'elle tourna ses yeux verts vers lui, il n'eut plus du tout l'impression d'être un idiot.

— Vous conduisez très bien.

Dom eut l'impression d'exploser de joie. Depuis quand les compliments d'une femme comptaient-ils autant ?

— Merci. Il m'arrive de faire quelques courses.

Bonté divine, voilà qu'il se vantait !

— Mais peu importe, reprit-il vivement. Avez-vous passé une bonne soirée à l'Almack's hier ?

— Oui, dit-elle avec un petit rire délicieux. Je n'ai pas manqué une seule danse. C'était très gentil à vous de veiller à ce que je puisse valser.

— C'était le moins que je puisse faire.

Dom eut envie de gémir. De plus en plus crétin. Que lui arrivait-il ?

— Aujourd'hui, nous avons toutes les trois reçu tellement de poèmes et de petits cadeaux que c'en est sidérant.

Voilà ce qu'il avait oublié ! Lui envoyer un mot. Maudit soit Worthington de l'avoir mis dans une telle colère !

— Il fallait s'y attendre. Vous étiez les trois plus jolies dames de la soirée.

Elle rougit légèrement et se détourna, si bien qu'il put admirer son profil.

— Charlotte et Louisa m'avaient prévenue, mais franchement je ne m'y attendais pas.

Comme ils approchaient de la Serpentine, le lac aménagé dans le parc, l'attention de Mlle Sterne se dirigea soudain vers la rive, où deux jeunes gens portaient un sac.

— Oh non ! Pas ça ! s'exclama-t-elle avant de se retourner vers lui. Arrêtez-vous ! Vite ! S'il vous plaît !

Il n'avait pas encore immobilisé l'attelage qu'elle en sautait avec une agilité surprenante. Ses jupes lui battant les chevilles, elle s'élança vers les deux jeunes gens.

— Arrêtez ! Tout de suite !

À la stupeur de Dom, ils obéirent. Coinçant le frein du cabriolet, il s'avança à son tour vers le petit groupe. Même s'il n'entendait pas ce que Mlle Sterne disait, l'ayant déjà vue châtier un homme dans ce même parc, il se doutait de ce qui était en train de se passer. Quand elle était en colère, cette jeune personne était aussi impérieuse qu'une duchesse. Pas du tout le comportement auquel on aurait pu s'attendre de la part de la fille d'un nobliau. Mais qui savait comment ces voyous allaient réagir ?

Quand Mlle Sterne tendit la main vers le sac, les visages des jeunes gens se fermèrent. Ils étaient tous deux plus grands qu'elle et, à en juger par leurs tenues, issus des couches les plus basses de la société.

Celui qui tenait le sac la toisa.

— Qu'est-ce que vous voulez ? Ça vous r'garde pas.

Elle plissa les paupières, et la férocité de sa voix choqua Dom.

— Cela me regarde si ce sac contient bien ce que je crois.

Le sac en question se tortilla et émit un petit son plaintif.

— Ah ah, fit-elle en tendant la main. Donnez-moi cela tout de suite.

— Dotty, que se passe-t-il ?

Comme par magie, lady Charlotte venait d'apparaître aux côtés de Mlle Sterne.

Et elle n'était pas seule, constata Dom. Sa cousine Louisa l'accompagnait. Une petite foule commençait à se rassembler.

— Des chatons, expliqua Mlle Sterne.

Le garçon voulut s'éloigner, mais elle lui bloqua le passage.

— Oh non, vous ne partirez pas aussi facilement. Donnez-les-moi.

— On fait juste c'qu'on doit faire, dit son acolyte.

Ils comptaient noyer ces pauvres bêtes, comprit enfin Dom, furieux. Il saisit le bras maigre de celui qui tenait le sac et serra jusqu'à ce que le gamin grimace.

— Mademoiselle Sterne, vous pouvez prendre ce sac maintenant.

Ce qu'elle fit. L'autre garçon s'avança, l'air menaçant.

— On nous a promis une p'tite pièce si on rapportait les cadavres des bestioles.

Quelqu'un dans le groupe qui les entourait émit une exclamation étranglée, mais Dom ne songeait qu'à la menace pesant sur Mlle Sterne.

— Une seule pièce pour vous deux ? demanda-t-il.

Sans quitter le sac des yeux, le garçon hocha la tête.

Dom fouilla dans une des poches de son gilet. D'une pichenette, il jeta deux pièces en direction du gamin. Elles atterrirent à ses pieds.

— En voilà une pour chacun d'entre vous. Filez, maintenant.

Celui qu'il retenait toujours ouvrit la bouche, mais un regard de son compagnon le fit taire. La foule autour d'eux était assez nombreuse à présent. Les garnements ramassèrent les pièces et s'esquivèrent.

Dom se tourna vers leur « public ».

— Le spectacle est terminé.

Il perçut quelques remarques cyniques de la part de certains membres du White's qu'il reconnut dans le groupe. Bon sang, cet incident allait faire le tour de la ville.

— On sauve des animaux, maintenant, Merton ?

Dom se tourna lentement vers le gentleman rondouillard qui venait de lui lancer cette pique. Son visage rougeaud était malheureusement assorti à sa veste pourpre exagérément cintrée à la taille. Le bonhomme portait un corset.

— C'est vous qu'on devrait sauver de votre tailleur, Seymour.

L'homme releva le menton.

— C'est la dernière mode.

Dom haussa les sourcils.

— Des pantalons lavande aux rayures jaunes ?

— Je lance une tendance.

— Que le Seigneur ne vous entende pas.

Vexé, lord Seymour tourna les talons. Dom contempla ce qu'il restait du groupe pour voir si quelqu'un d'autre avait besoin de ses services pour l'aider à partir. Ce n'était pas le cas. Tout ce petit monde se dispersait. Mlle Sterne, Louisa et Charlotte étaient rassemblées autour du sac en jute.

— Que vas-tu en faire ? s'enquit Louisa.

Pour la première fois, Mlle Sterne parut hésiter.

— Je ne sais pas.

— Prenons-les à la maison avec nous, proposa Charlotte. Tout le monde est tombé amoureux de Moustache après que tu l'as sauvé.

Mlle Sterne secoua la tête.

— Je ne peux pas. J'ai promis à papa de ne pas vous forcer à accueillir des animaux errants.

Avec ce que Dom n'aurait pu décrire que comme un sourire maléfique, Louisa déclara alors :

— Demande à Merton de les prendre.

Les beaux yeux verts de Mlle Sterne volèrent vers lui.

— Je sais que c'est beaucoup vous demander, monsieur, mais le feriez-vous ? Leur offrir un asile ?

En cet instant, il aurait fait n'importe quoi pour elle... et rabattre son caquet à sa cousine Louisa ne faisait qu'ajouter à son plaisir.

— Bien sûr. Je suis certain qu'ils seront très utiles.

Le sourire que Mlle Sterne lui offrit valait bien le soleil, la lune et les étoiles réunis.

— Merci. Nous devrions les emmener chez vous sur-le-champ. Il vaudrait mieux éviter de les sortir de ce sac ici.

— Bien sûr.

— Nous venons aussi, déclara lady Charlotte, pour vous aider si nécessaire.

Comme ils retournaient vers leurs attelages, une calèche s'arrêta devant eux. Lady Bellamy, l'une des matrones les plus redoutées de la belle société, hocha la tête vers lui.

Il s'inclina.

— Bonjour, madame.

— Ravi de voir que vous vous rendez enfin utile, Merton.

Avant qu'il ait pu répondre, elle fit signe à son cocher de repartir.

Arrivé à son cabriolet, Dom prit le sac des mains de Dotty pour lui permettre de monter avant de le lui rendre.

— Combien y en a-t-il ?

— Je dirais au moins trois, mais je n'ai pas encore osé ouvrir le sac.

Il fit partir les chevaux.

— Les chats sont censés être utiles. Je me demande pourquoi on a payé ces garçons pour les tuer.

Mlle Sterne se mordit une lèvre.

— Il est possible qu'on ait voulu se servir de leur fourrure.

— Leur fourrure ?

Écœurant.

— Qui voudrait acheter un article fait en fourrure de chat ? s'enquit-il, révolté.

— Parfois, on la fait passer pour du lapin ou même de la zibeline.

Après un petit silence, elle reprit d'une voix émue, à peine plus forte qu'un murmure :

— Merci d'avoir accepté de les prendre. Je sais que Louisa ne vous a pas facilité les choses.

— Je vous l'aurais proposé même si ma cousine n'avait rien dit.

Mlle Sterne tourna de nouveau vers lui son merveilleux sourire.

— Je sais. Vous n'êtes pas du tout aussi insensible qu'on le dit.

Il sursauta. Les gens le trouvaient-ils vraiment sans cœur ? Il hocha sèchement la tête.

— Merci.

Quand il s'arrêta devant Merton House, deux valets surgirent aussitôt pour aider ces dames. Dom faillit éclater de rire en voyant la tête de celui à qui Mlle Sterne tendit le sac alors qu'elle s'apprêtait à descendre. Il fit le tour du véhicule pour l'aider. Maintenant, le problème était de trouver une utilité à ces chats.

— Monsieur ? fit-elle. Pourriez-vous faire apporter un peu de lait pendant que nous découvrons à qui nous avons affaire ? Après cela, je suis convaincue qu'ils sauront gagner leur pitance en débarrassant la cuisine de ses souris.

Il ne s'était pas attendu qu'elle ait l'esprit aussi pratique, et cela lui plut beaucoup.

— Bien sûr. Je vais aussi faire appeler ma mère.

Mlle Sterne acquiesça.

— Paken, dit Dom. Il me faudra un grand bol de lait et sans doute aussi un peu de viande hachée. Nous serons dans le petit salon. Demandez à ma mère de nous rejoindre, s'il vous plaît.

Son majordome s'inclina.

— Je crois que Madame s'y trouve déjà.

Avant qu'ils se dirigent vers le salon, Mlle Sterne se tourna vers Dom. L'expression dans ses yeux si verts lui donna envie de l'embrasser.

— Merci. Merci beaucoup.

— Ce n'est rien. Je suis persuadé que ces petites bêtes seront un ajout appréciable à cette maison.

Il repoussa tout au fond de son cerveau l'idée qu'il était en train de tomber amoureux. Voilà qui était impossible. Seul le devoir avait une place dans sa vie, pas l'amour.

7

Au bras de Merton, Dotty se laissa escorter vers l'arrière de la demeure. Louisa et Charlotte leur emboîtèrent le pas. Il ouvrit une porte donnant sur une pièce dans les tons jaune pâle, inondée de soleil. Deux dames d'âge mûr étaient installées de chaque côté de la cheminée. L'une était brune avec quelques mèches grises quand la chevelure de l'autre était du même blond que celle de Merton, d'une nuance peut-être un peu moins éclatante.

Cette dernière reposa son roman et se leva pour s'avancer. Ses yeux bleu pâle brillaient de curiosité.

— Dominic ?

Merton lui prit la main.

— Mère, permettez-moi de vous présenter lady Charlotte Carpenter et Mlle Sterne. Mesdemoiselles, ma mère.

Dotty, Louisa et Charlotte exécutèrent une révérence.

Lady Merton arbora un grand sourire.

— Votre visite m'enchante. Mademoiselle Sterne, puis-je connaître votre prénom ?

— Je m'appelle Dorothea, madame.

— Ravissant, dit lady Merton avant de baisser les yeux vers le sac toujours aussi remuant. Et qu'avons-nous là ?

— Des chatons, répondit Dotty. Nous venons de les sauver, et lord Merton a gentiment proposé de leur offrir un toit.

Le sourire de lady Merton s'élargit encore.

— Vraiment ? Eh bien, dans ce cas, voyons à quoi ils ressemblent.

— Il vaudrait mieux que je m'assoie par terre, je crois, dit Dotty.

Elle dévisagea leur hôtesse avec crainte, espérant que ni elle ni Merton n'allaient la trouver mal éduquée.

— Vous avez raison, répondit lady Merton. Mieux vaut les accueillir ainsi. Je me joindrais bien à vous sur le tapis, mais à mon âge, je crains qu'il ne me faille un tabouret.

Lord Merton s'empressa d'aller chercher un tabouret couvert d'un coussin brodé. Dotty, Louisa et Charlotte s'assirent toutes sur le tapis en face de lady Merton, tandis qu'il restait sur une chaise auprès de sa mère.

Dotty ouvrit le sac, s'attendant que les animaux tout excités en surgissent. Au lieu de cela, une première tête apparut prudemment, la fixant avec des yeux ronds et jaunes. Elle glissa la main dans le sac et extirpa, l'un après l'autre, quatre chatons gris.

— Oh, comme ils sont beaux !

Charlotte en prit un dans ses bras, aussitôt imitée par Louisa.

Lady Merton indiqua qu'elle aussi voulait une de ces créatures. Le chaton ronronna.

— Eh bien, voilà qui est fort peu commun. Mesdemoiselles, je crois que vous venez de sauver une portée de chartreux. Vous voyez ces yeux jaunes et cette fourrure épaisse ? Quand j'étais enfant, nous sommes allés rendre visite à des cousins en France. Leur fille avait un chat comme celui-ci. Il la suivait partout. J'ignore comment tu as échoué ici, ajouta-t-elle, s'adressant au chaton, mais je te soupçonne d'avoir un joli pedigree.

Dotty jeta un coup d'œil vers Merton, qui regardait avec circonspection une des petites bêtes qui essayait de grimper sur sa botte.

Je me disais qu'ils seraient fort utiles dans la cuisine et le garde-manger.

Lady Merton reposa son chaton près du bol de lait qu'on venait d'apporter.

— Ce sont d'excellents chasseurs, oui. Mais ils aiment se lier à quelqu'un, un peu comme un chien.

— Je vais demander à Grace si je peux en garder un, dit Charlotte, qui serrait un chaton contre elle.

— Moi aussi, dit Louisa. Dotty, quel dommage que tu aies promis à ton père de ne pas ramener d'animaux à Stanwood House !

— Oui, dit-elle. Mais j'ai donné ma parole.

Charlotte et Louisa se redressèrent, chacune avec un chaton dans les bras.

— Nous devons rentrer maintenant. À tout à l'heure, Dotty, dit Charlotte.

— Mademoiselle Sterne, déclara lady Merton avec un sourire chaleureux, sachez que vous pourrez venir rendre visite aux deux derniers quand vous le souhaiterez. Prévenez-nous, c'est tout.

— Merci, madame.

C'était une offre généreuse, mais Dotty savait que lady Merton faisait simplement preuve de gentillesse. Son fils, pour sa part, fronçait les sourcils en regardant les chatons manger un peu de viande. Regrettait-il sa décision ?

Quand il se leva à son tour, son visage était indéchiffrable.

— Ne faisons pas attendre les chevaux. Mademoiselle Sterne, je vous raccompagne.

— Oui, bien sûr.

Prenant la main qu'il lui tendait, elle se leva. Une fois installée dans le cabriolet, elle lissa ses jupes.

— Je suis navrée si je vous ai causé le moindre problème.

Il se tourna vers elle et, cette fois, ses yeux pétillaient d'humour.

— Il n'y aura aucun problème pour moi. Ma mère et le personnel s'occuperont de ces animaux.

— Bien sûr.

Elle avait été idiote de croire qu'il veillerait lui-même sur eux.

Un des valets lui tint la porte quand elle pénétra dans le hall de Stanwood House. Des cris d'enfants ravis retentissaient à l'arrière de la maison, puis un ordre bref rétablit le silence. Après avoir laissé son ombrelle, son chapeau et ses gants au valet, elle se rendit dans le salon. Tous les enfants étaient là, ainsi que leur gouvernante et leur précepteur. Daisy, la jeune chienne, était allongée sur le tapis, poussant gentiment un des chatons du bout de son museau.

Charlotte montrait l'autre à Grace.

— N'est-il pas superbe ?

Grace prit la bête dans ses bras.

— En effet. Nous n'avons encore jamais eu de chat en ville. Je suppose que nous pourrions changer nos habitudes.

— Je savais que tu accepterais, déclara Charlotte, ravie.

Dotty poussa un petit soupir de soulagement. Elle était parvenue à sauver les chatons tout en respectant la parole donnée à son père.

Grace, qui caressait la petite boule de poils, sourit.

— Où les avez-vous trouvés ?

— Dotty et Merton leur ont sauvé la vie.

— Merton ? fit Matt en rejoignant Grace. J'ai du mal à le croire.

— Je sais, mais c'est la vérité, déclara Louisa en enlevant son chaton à Daisy pour le tendre à Mary, la plus jeune sœur de Grace. Sois gentille avec lui.

Mary, du haut de ses cinq ans, acquiesça solennellement, et Louisa se tourna vers son frère.

— Dotty a vu des garçons avec un sac près de la Serpentine, et Merton les a obligés à lui donner les chats. Nous en avons ramené deux ici, sa mère a gardé les deux autres.

— Mmm, fit Matt, sceptique. Il a peut-être été serviable aujourd'hui, mais un homme ne change pas en un jour.

Il se tourna vers Dotty. Avant qu'il ait pu ajouter quoi que ce soit, Grace posa une main sur son bras et secoua la tête.

Même si elle commençait à beaucoup l'apprécier, Dotty comprenait que Merton avait dû faire plus que jouer les grands seigneurs pour que son cousin lui en veuille autant. Peut-être en apprendrait-elle un peu plus auprès de Grace…

De retour chez lui après avoir raccompagné Mlle Sterne à Stanwood House, Dom se rendit dans son bureau, situé en face du salon. Alors qu'il allait fermer la porte, un éclair gris la franchit à toute allure. Puis le chaton s'immobilisa et le dévisagea avec de grands yeux.

— Que fais-tu ici ?

La petite bête cligna des yeux, miaula puis s'étira sur la botte de Dom.

— Si tu la griffes, mon valet te transformera en peluche.

Il se dirigea vers sa table de travail. Le chat le suivit.

— Je crois, mon cher monsieur, que vous vous méprenez. Je n'aime pas les chats.

L'ignorant complètement, le chaton s'allongea à ses pieds.

On frappa à la porte, et un des valets apparut.

— Navré de vous déranger, monsieur. Un des chats a disparu.

Il baissa les yeux.

— Ah, te voilà, vilain garnement. Allez, viens.

Quand il tenta de le ramasser, le chaton se réfugia derrière Dom.

Le valet émit un soupir exaspéré.

— Je suis désolé, monsieur. Cyrille n'arrête pas de s'enfuir.

Dom haussa les sourcils. Cette bête avait donc déjà un nom ?

— Où est son frère ?

— Avec Madame. Mais c'est une sœur, monsieur. Ce petit démon refuse de rester avec elle.

Dom se retourna pour toiser le chaton.

— Déjà en train de fuir les dames ?

Cyrille se frotta contre sa botte.

— Très bien, tant que cela ne devient pas une habitude, tu peux rester caché ici un moment.

Une fois que le valet se fut retiré, Dom s'adressa de nouveau à l'animal :

— N'espère pas que je changerai d'avis. Comme je te l'ai dit, je n'aime pas du tout les chats et je n'aurais pas levé le petit doigt pour toi. Malheureusement, ta bienfaitrice ne peut t'héberger.

Et l'expression sur le visage de Mlle Sterne quand il avait accepté d'héberger ces bestioles valait largement une ou deux griffures sur ses bottes.

Cyrille le suivit quand il se dirigea vers un fauteuil près de la cheminée et prit un livre.

— Tu restes par terre. Mon valet ne serait pas content de trouver des poils sur mon pantalon ou sur ma veste.

Comme s'il comprenait, le chaton s'enroula sur une de ses bottes et ferma les yeux. Sa mère avait dit que ces chartreux étaient un peu comme des chiens, ce qui lui fit penser à Byng, son caniche qui l'accompagnait souvent lors de ses promenades en voiture.

— Avant de te faire des idées, déclara-t-il, ne va pas croire une seule seconde que tu monteras dans mon cabriolet.

Le chaton s'étira et miaula paresseusement.

— Parfait. Nous nous comprenons, j'en suis ravi.

Il repensa alors à la férocité de Mlle Sterne quand elle s'était mis en tête de sauver les chatons. Jusqu'où allait son désir d'aider les autres ? Faisait-elle partie de ces adeptes des réformes qui voulaient porter assistance à tous ceux dont ils s'imaginaient qu'ils étaient dans le besoin alors que ces incapables avaient simplement fait le choix de vivre sans honneur ?

En dépit de ce qu'il avait dit à Worthington, sa naissance à elle seule rendait impossible qu'elle devienne sa femme. Alvanley avait raison : il ne se facilitait pas les choses dans cette chasse à l'épouse. Tout cela à cause d'une paire d'yeux verts sous des cheveux noirs. Depuis qu'il avait rencontré Mlle Sterne, toutes les femmes de la bonne société, blondes et brunes, semblaient s'être fondues dans une brume indistincte. Il ne se sentait même pas capable de dresser une seconde liste.

Il se pencha pour caresser Cyrille. Sa fourrure était très douce. Le chaton roula sur lui-même, offrant son ventre à ses doigts, exactement comme un chien. Posséder ce chat avait au moins un bon côté : il avait maintenant une excuse pour rendre visite à Mlle Sterne. Elle voudrait savoir comment se portaient ses protégés.

Le lendemain, Dom fit en sorte d'éviter Mlle Sterne, s'occupant des affaires qu'il avait négligées la veille. Au lieu de rester chez lui, il déjeuna à son club en compagnie de Fotherby, avant de s'interdire de passer par le parc. Mais il fut incapable de la chasser de ses pensées et, en fin d'après-midi, il ne songeait plus qu'au bal des Featherington, où il pourrait enfin la voir.

Ce soir-là, quand il pénétra dans l'hôtel particulier de lord et lady Featherington avec sa mère et Matilda, il se surprit à chercher Mlle Sterne. Dorothea. Si cela n'avait tenu qu'à lui, il l'aurait appelée Thea. Mais il n'avait pas encore l'autorisation d'utiliser son prénom.

Il la repéra au moment où un gentleman l'invitait pour un quadrille qui était en train de se former. Le cœur de Dom se serra quand elle posa la main sur le bras de son cavalier. Pourquoi éprouvait-il une telle répugnance en la voyant avec un autre ? Et pourquoi ce sentiment qu'elle n'appartenait qu'à lui ?

Lorsqu'elle releva les yeux, leurs regards se croisèrent, et elle sourit. Bon sang. S'il ne trouvait pas très vite une distraction, il risquait de rester adossé au mur à la contempler et de passer pour un crétin. Regardant autour de lui, il remarqua que Mlle Turley n'avait pas encore de cavalier. Il la rejoignit.

— Mademoiselle Turley, puis-je avoir cette danse ?

Elle sourit et fit une impeccable révérence, comme toujours.

— Bien sûr, monsieur.

Peut-être l'avait-il mal jugée. Néanmoins, le fait demeurait qu'il ne sentit absolument rien quand il lui baisa les doigts, et certainement pas cette chaleur et cette excitation qu'il éprouvait avec Thea.

Alors qu'ils prenaient leurs places sur la piste de danse, son regard s'égara une fois de plus vers Mlle Sterne. Il aurait vraiment mieux fait de se concentrer sur une dame digne d'être son épouse, et non sur une jeune fille qui provoquait des scènes dans Hyde Park et qui, quand on y réfléchissait, nourrissait des idées radicales et s'encombrait d'une foule de chatons. Si elle éprouvait un tel besoin de venir en aide aux animaux, elle aurait pu au moins sauver un bon chien de chasse, non ?

Il sourit… avant de s'apercevoir que Mlle Turley croyait qu'il était en train de réagir à un de ses propos et en paraissait ravie. Elle était considérée comme un des diamants de la saison. Peut-être aurait-il dû lui prêter davantage d'attention, mais ses cheveux dorés et sa beauté diaphane ne l'attiraient guère. Il aperçut de nouveau Thea et, soudain, fut submergé par l'envie de l'arracher aux bras de son partenaire. Il émit un grondement.

— Monsieur, vous allez bien ? demanda une jeune dame qui dansait à ses côtés.

— Très bien. Un chat dans la gorge, c'est tout.

Seigneur Dieu, il avait bien failli provoquer une scène.

À quoi avait songé sa mère en l'entraînant ici, alors qu'au même moment se déroulait le bal des Aliesbury ? Au moins, là-bas, il aurait retrouvé ses amis et n'aurait pas été soumis à la vision de Thea dansant avec un autre. Il se força à se concentrer sur Mlle Turley. Quel pouvait être son prénom ? Il avait envisagé d'en faire son épouse et ne s'était même pas donné la peine de le découvrir.

Le quadrille enfin terminé, il la raccompagna auprès de sa cousine, puis traversa la foule en direction de Mlle Sterne, interrompant un autre gentleman qui était en train de l'inviter à danser.

— Mademoiselle Sterne ?

Elle le dévisagea sous ses longs cils noirs et sourit. Il retint son souffle.

Au diable le devoir.

— Êtes-vous libre pour la danse du souper ?

— Je le suis, monsieur.

— Enfin, Merton, dit M. Garvey. J'étais sur le point de faire la même invitation.

Dom eut envie de clamer son triomphe, comme s'il venait de remporter un combat.

— La prochaine fois, soyez plus rapide, dit-il, hautain.

Garvey lui jeta un regard de travers qui lui donna envie de rire. Cet homme et lui avaient été amis pendant leur enfance, mais après la mort du père de Dom, Garvey n'était plus jamais venu le voir.

Les yeux de Thea brillaient de plaisir, ce qui lui donna l'impression d'avoir remporté le plus rare des trophées. Jamais encore il n'avait éprouvé un sentiment pareil. Dès le lendemain, il se mettrait en quête d'une épouse digne de lui et de son rang. Mais, ce soir, il profiterait de Thea.

Dotty contemplait le dos de Merton qui s'éloignait quand elle se rendit compte que Mlle Meadows lui parlait.

— Je suis désolée, que disiez-vous ?

La jeune femme posa une main sur son bras, cherchant visiblement à la réconforter.

— Ma pauvre. Quel dommage que M. Garvey ait passé tant de temps à vous saluer au lieu de vous inviter !

— Je suis désolée, mais je ne comprends pas.

L'autre écarquilla les yeux.

— Eh bien, vous allez devoir supporter lord Merton.

— C'est vrai, renchérit Mlle Featherington. Il est beau garçon, mais il n'a aucune conversation.

— En ce qui me concerne, fit Mlle Smyth en haussant les sourcils, on a le droit d'être barbant quand on est marquis et aussi beau garçon.

Comment pouvaient-elles dire des choses aussi méchantes sur Merton ? Dotty bouillait de colère, mais elle garda son calme.

— Je ne trouve pas qu'il soit barbant ni qu'il n'ait pas de conversation...

Les trois autres jeunes femmes la regardèrent comme si elle avait perdu la tête.

— Je le trouve au contraire très charmant. En fait, hier encore, il m'a aidée à sauver des chatons que de jeunes canailles allaient noyer.

Cette fois, la mâchoire de Mlle Meadows lui tomba sur la poitrine.

— Si qui que ce soit d'autre m'avait raconté cette histoire, je ne l'aurais pas crue.

— Admirable en effet, dit Mlle Smyth, mais sinon de quoi discutez-vous ?

— De toutes sortes de choses.

Ou, plutôt, maintenant que Dotty y réfléchissait, *elle* avait parlé de toutes sortes de choses pendant que Merton s'était contenté de hocher la tête aux moments appropriés. Ah, et puis, il y avait eu ces deux ou trois fois où il avait légèrement pâli.

— Il doit avoir le béguin pour vous, mademoiselle Sterne, déclara Mlle Featherington. Car quand il danse avec moi, il prononce rarement plus d'un mot.

— Il est peut-être timide, ajouta Mlle Smyth. Je suppose que cela peut arriver même à un marquis.

Quoi qu'il en soit, Merton fascinait Dotty. Elle aimait danser et discuter avec d'autres gentlemen, mais quand son regard se posait sur elle, une lueur y brillait soudain, et il n'avait rien d'ennuyeux. La soirée parut s'éterniser avant que, finalement, il s'incline devant elle pour réclamer sa valse.

— Mademoiselle Sterne ?

Dans ses bras, elle se détendit totalement, ne craignant nullement qu'il ne rate un pas ou ne lui écrase les orteils. Cette fois, elle décida de le laisser parler en premier.

Le silence s'étira pendant quelques minutes avant qu'il demande enfin :

— Voulez-vous savoir comment se portent les chatons ?

— Oh oui, volontiers.

Elle était si heureuse qu'il aborde le sujet. La veille, elle avait fini par se convaincre qu'elle l'avait forcé à les adopter.

L'expression de Merton resta sévère, mais il y avait une étincelle dans son regard.

— Ma mère a pris l'initiative de leur donner un nom. La femelle s'appelle désormais Camille, ce qui signifie « d'un caractère sans tache ». Ce qui est sûrement le cas à l'heure actuelle, même si l'on peut se demander combien de temps cela durera. Le mâle est Cyrille, ce qui veut dire « noble ». Ce monsieur semble prendre son nouveau nom très à cœur : il fait déjà peur à mes valets et ensorcelle les femmes de chambre. Heureusement, mon majordome sait lui inspirer le plus grand respect, pour le moment du moins.

Dotty fut incapable de réprimer un rire.

— Oh, j'espère qu'il ne provoque pas trop de dérangement ?

— Apparemment, seulement avec moi.

Elle cessa de sourire.

— Je suis désolée. Qu'a-t-il fait ?

Cette fois, ce fut lui qui sourit.

— Il s'est attaché à moi dès le premier instant et je ne parviens pas à le convaincre que je me porterais mieux sans lui. Ce soir, il a même essayé de m'accompagner ici.

Thea éclata de rire, un son qui enchanta Dom. Quand, avant ce soir, une dame avait-elle ri ainsi en sa compagnie ? Il ne pouvait s'en souvenir.

— Je suppose que votre majordome a su arrêter Cyrille ?

— Uniquement en utilisant un procédé assez expéditif : il l'a attrapé par le cou.

Elle écarquilla les yeux, et il se hâta d'expliquer :

— Je vous assure qu'il ne lui a fait aucun mal. Les mères, m'a-t-on dit, font ainsi avec leurs petits.

Elle perdit un peu de sa gaieté.

— Je me demande ce qu'est devenue sa mère. Ces chatons ont à peine quelques semaines.

S'ils ne s'étaient pas trouvés au milieu d'une piste de danse bondée, Dom l'aurait serrée dans ses bras pour la consoler. Consterné, il se ressaisit bien vite. Il était temps qu'il s'interdise de telles pensées.

— Essayez-vous toujours de sauver tout le monde ? s'enquit-il.

— Quand je le peux, oui, répondit-elle en mordillant sa lèvre inférieure. Selon moi, il est de notre devoir d'aider les autres, y compris les animaux.

Devoir. Toujours ce mot. Ignorait-il ses obligations en dansant avec elle, sachant qu'il était hors de question pour lui de l'épouser ?

Après ce soir, il ne la reverrait plus, décida-t-il. Il trouverait un prétexte quelconque pour retourner dans son domaine. Worthington avait raison. S'il restait en ville, il ne parviendrait pas à l'éviter, et ce n'était pas juste envers elle. Son père avait déjà dû consentir à de grandes dépenses dans l'espoir qu'elle trouverait un mari adéquat. Et il ne pouvait être celui-là.

Le ventre de Dom se noua à l'idée d'un autre homme dans un lit avec elle, mais elle était tout ce contre quoi son oncle l'avait prévenu : aucune fortune, un rang indigne du sien et une réformatrice. Mais alors pourquoi avait-il autant envie d'elle ?

— Après tout, continuait-elle, la plupart des gens ne choisissent pas d'être dans une mauvaise situation.

Ses opinions étaient à l'exact opposé de celles qu'on lui avait inculquées. Pourtant, plutôt que d'en débattre avec elle, il se contenta d'opiner. La danse terminée, il la raccompagna à la table des Worthington, où le souper allait commencer. Devant l'air déjà agacé de son cousin, il marmonna une excuse et se retira.

Mais enfin, quand on y réfléchissait un peu, l'intérêt qu'il manifestait à Thea était une sorte de faveur qu'il accordait à Worthington. Celui-ci n'avait aucune raison de le traiter de cette façon. C'était même le contraire : il aurait dû lui en être reconnaissant.

Une fois rentré chez lui, il s'enferma dans la bibliothèque avec une carafe de cognac. Après tout, cela valait peut-être mieux ainsi. Il avait le devoir de faire un bon mariage... malgré les sentiments que lui inspirait Thea.

Une paire d'yeux verts surgit dans son esprit.

Bon sang !

Il projeta son verre contre le mur.

Un valet qui était en train d'ajouter une bûche dans le feu sursauta.

— Y a-t-il un problème, monsieur ?

Merton serra les dents.

— Absolument aucun.

Il quitta la pièce, résistant de justesse à l'envie de claquer la porte. Passer ses nerfs sur les domestiques ne servait à rien, mais frapper quelque chose, oui. Le lendemain, il irait chez Jackson.

Le lendemain matin, fidèle à sa promesse, Dom fit quelques rounds avec l'un des jeunes boxeurs les plus prometteurs de Gentleman Jackson. Torse et pieds nus, Dom rendit coup pour coup. La sueur ruisselait sur son visage, dans ses yeux. Finalement, ce fut Jackson en personne qui dut mettre un terme au combat, Dom et son partenaire refusant d'abandonner malgré leur épuisement.

— Cela suffit pour aujourd'hui, milord, dit l'ancien champion avant de lui enlever ses gants. Je ne sais pas ce qu'il se passe aujourd'hui, mais j'vous ai jamais vu aussi vaillant. Dommage que vous soyez un gentleman. Vous auriez pu combattre dans mon écurie.

Dom hocha la tête, acceptant le compliment, et prit la serviette que lui tendait un garçon de salle. Malgré tous ces coups donnés – et pris –, il ne se sentait guère mieux. Toute la frustration qu'il éprouvait la veille était encore là.

De retour chez lui, il tendit canne et chapeau à Paken et gagna son bureau. Il faillit trébucher sur Cyrille.

— Que veux-tu encore ?

Le chaton le dévisagea d'un air entendu.

— Oui, tu as peut-être raison. Paken ?

— Monsieur ?

— Qu'on amène mon cabriolet. Cette fois, je veux les bais.

— Tout de suite, monsieur.

Quinze minutes à peine plus tard, Dom grimpait en voiture et enroulait les rênes autour de ses mains. Une petite boule grise sauta à ses côtés, suivie d'un valet affolé qui essayait de maintenir sa perruque en place.

— Je suis désolé, milord. Le petit diable m'a échappé.

Dom baissa les yeux vers le chat.

— Ainsi, tu t'imagines que tu vas venir ?

Tel un roi, Cyrille s'assit sur le siège, le regard fixé droit devant lui comme s'il attendait le départ.

— Eh bien, n'oublie pas que c'était ton idée, maugréa Dom avant de s'adresser au valet : Il peut rester.

Voilà où il en était arrivé : à parler à un chat et à le laisser l'accompagner en ville. Si l'on apercevait Cyrille, Dom deviendrait la risée de toute la bonne société. Heureusement, cette bestiole était minuscule, et son pelage se confondait avec le gris des sièges. Et puis, Thea serait sans doute ravie de voir l'animal.

Dotty descendait les marches du porche de Stanwood House en compagnie de Charlotte et de Louisa quand le cabriolet de Merton s'immobilisa le long du trottoir.

Il salua brièvement ses amies avant de se tourner vers elle.

— Mademoiselle Sterne, j'ai cru comprendre que vous possédiez une certaine expérience avec les animaux.

C'était vrai, mais elle ne se rappelait pas lui en avoir jamais parlé. Que cherchait-il ? Le coin de ses lèvres frémit tandis qu'elle essayait de ne pas sourire.

— C'est exact.

Il lui offrit son bras.

— Dans ce cas, m'accorderez-vous le plaisir de votre compagnie et de votre assistance dans une affaire assez urgente ?

Elle haussa un peu les sourcils.

— Mais bien sûr, dit-elle avant de se tourner vers ses amies.

Louisa plissa les yeux tandis que Charlotte écarquillait les siens avant de déclarer avec une douceur exagérée :

— Naturellement, si Merton a besoin de ton aide...

Dotty faillit lever les yeux au ciel. Nul doute qu'à son retour, elles l'interrogeraient sur la nature de cette urgence.

L'entraînant avec lui, lord Merton déclara à voix basse :

— Voyez-vous... j'ai un problème avec Cyrille.

— Vraiment, monsieur ? fit-elle en essayant de garder son sérieux. Et quel est ce problème ?

Merton s'éclaircit la voix en montrant le cabriolet.

— Je crois qu'il ne comprend pas qu'il est un chat.

Elle regarda dans la direction indiquée. Le chaton était bien là, assis sur son séant à la place du passager, surveillant les alentours.

— Oh..., fit-elle, au bord du fou rire.

— Vous voyez ce que je veux dire ?

Sa voix était sévère, mais quand elle le regarda, l'amusement dansait dans ses yeux.

Elle se tourna vers Louisa et Charlotte, qui ne les quittaient pas des yeux.

— Partez sans moi, leur dit-elle. L'affaire est importante. Cela risque de prendre un moment.

Comme Louisa fronçait les sourcils, Dotty s'empressa de la rassurer :

— Tout ira bien. Un léger problème, c'est tout.

Son amie acquiesça. Heureusement, de là où elles se trouvaient, Charlotte et elle ne pouvaient voir le chaton. Dans le cas contraire, Merton aurait été la cible de quelques commentaires assez cruels. Il l'aida à monter en voiture, et Cyrille s'installa d'autorité entre eux. Dotty ne savait toujours pas quoi penser de Merton. Cet homme éveillait une telle animosité chez tant de personnes qu'elle appréciait !

Matt, qui le connaissait depuis des années, le décrivait comme un être froid, un homme sans cœur ni personnalité. Un jugement avec lequel elle ne pouvait être d'accord. De bien des façons, Merton était d'excellente compagnie et avait le sens de l'humour, comme il venait de le prouver avec ses explications à propos du chat. À vrai dire, Merton était une énigme... et Dotty avait toujours aimé les mystères.

Ils arrivaient au parc quand elle décida de se pencher sur l'affaire qui les occupait.

— Cyrille me paraît extrêmement bien éduqué. Quel est le problème ?

— Il ne parle pas.

— Je vous demande pardon ? fit-elle en essayant en vain de masquer son sourire. Vous ne comptez quand même pas tenir une conversation avec lui ?

— Non, mais voyez-vous, il n'émet pas les sons que produisent normalement les chats.

Dotty croisa les mains sur ses cuisses, imitant sa gouvernante quand elle était sur le point d'expliquer un sujet difficile.

— Mes amies et moi avons observé la même chose chez les chatons que nous avons. Apparemment, quand tout va bien, ces chats restent silencieux. Mais s'ils ont un besoin quelconque, ils produisent une sorte de gazouillement. L'avez-vous entendu ?

Il regarda Cyrille, qui somnolait.

— Non.

— Alors, peut-être n'a-t-il aucune plainte à formuler, conclut Dotty, qui réprimait une folle envie de rire.

— Je ne vois pas comment il pourrait se plaindre. Tout le personnel se plie à ses caprices.

— Ne disiez-vous pas qu'il prenait son nom à cœur ?

Il lui adressa un regard qui la remplit de chaleur.

— C'est peut-être cela. Par ailleurs, il me suit partout.

— Comme le disait votre mère, c'est sans doute une caractéristique de cette race.

Un homme les héla depuis l'allée. Reconnaissant lord Fotherby, Dotty se mordit la lèvre. Elle ne l'appréciait guère, et pas seulement parce qu'il avait donné des coups de pied à ce chiot. Elle avait la sensation qu'on ne pouvait pas lui faire confiance.

Comme elle s'en doutait, Merton changea du tout au tout, adoptant cette expression vaguement ennuyée qui était si à la mode ces temps-ci. Avait-il peur que même ceux qu'il prenait pour ses amis voient qui il était vraiment ?

Il immobilisa l'attelage.

— Bonjour, Fotherby.

Lord Fotherby adressa un regard acéré à Dotty avant d'incliner la tête.

— Merton. Mademoiselle Sterne, quel plaisir.

Son ton narquois démentait ce « plaisir ». Elle sourit poliment.

— Bonjour, monsieur. Quel temps délicieux, n'est-ce pas ?

— Oui, si vous le dites. Nous verrons-nous au bal de lady Wilton, Merton ?

— J'ignore ce que ma mère a prévu, répondit ce dernier.

Lord Fotherby laissa son regard vaguement dédaigneux dériver vers Dotty avant de revenir vers Merton.

— Au club alors, plus tard dans la soirée ?

Merton lui répondit d'un vague hochement de tête qui ne l'engageait à rien et fit repartir ses chevaux.

— Je vous ramène.

— Oui, cela vaudrait mieux. J'ai beaucoup de choses à faire avant ce soir.

La rencontre avec lord Fotherby avait gâché quelque chose.

Quand ils arrivèrent à Stanwood House, Merton l'escorta jusqu'à la porte et lui prit la main. Mais, au lieu de se pencher dessus, il la regarda dans les yeux pendant quelques instants. Son regard était désespéré, presque implorant, et elle fut prise d'une folle envie de le consoler.

— Merci pour cette promenade, dit-elle. J'ai passé un excellent moment.

Il se ressaisit, et son masque guindé retomba sur son visage.

— Moi aussi. Vos conseils ont été très appréciés.

Elle ne put s'empêcher de le suivre des yeux tandis qu'il regagnait son cabriolet. Pendant un instant, il avait paru si triste... Elle aurait voulu l'aider, mais comment ?

8

Dotty trouva ses deux amies dans le boudoir qu'elles partageaient.

— Que voulait Merton ? demanda aussitôt Louisa.

Dotty hésita, ne tenant pas à lui donner l'occasion de se moquer de lui.

— Il avait quelques questions au sujet du chat. Je ne pense pas qu'il en ait jamais eu, et il s'inquiétait de certains de ses comportements.

— C'est tout ? fit Louisa, soulagée. Pendant un instant, j'ai eu peur que ce ne soit une excuse pour passer du temps avec toi.

Le thé avait été servi, et Dotty prit un biscuit.

— Cela aurait-il été si terrible ?

— Tu n'envisages pas sérieusement de l'épouser ?

— Il est trop tôt pour penser à ce genre de choses, mentit-elle. Et je ne suis pas pressée de me marier.

— Mais il t'intéresse ?

Elle se servit une tasse de thé, prenant son temps pour ajouter le sucre et le lait, qu'elle préférait à la crème.

— Peut-être. Avez-vous une objection ?

Louisa poussa une exclamation de dépit.

— Tu es en ville pour te trouver un mari, pas pour régler les problèmes de Merton.

— Ce qui pourrait s'avérer une tâche insurmontable, même pour toi, renchérit Charlotte.

— Merton n'a pas de cœur, déclara Louisa. Même Matt le dit.

Pourtant, Merton ne lui paraissait pas insensible. Il avait été gentil avec elle, et il avait même laissé Cyrille monter en voiture avec lui.

— Comment Matt est-il parvenu à cette conclusion ?

— Les votes de Merton à la Chambre des lords, expliqua Louisa. Il soutient chaque projet de loi défavorable à ceux qui ont moins de chance que nous.

Charlotte hocha la tête.

— Les actes en disent plus que les mots.

Dotty se mordit la lèvre. Elle savait de quoi il était question. Ces derniers temps, des lois impitoyables avaient été passées qui, même pour des délits mineurs, conduisaient les accusés à la peine capitale ou à de très lourdes peines de prison. Elle ne pouvait ne serait-ce que songer à épouser un homme qui était aussi aveugle à la souffrance des autres. Pourtant, elle n'était toujours pas convaincue que Merton ait le cœur aussi dur. Cet homme était plus complexe qu'il n'y paraissait. Avec elle, il montrait un aspect de sa personnalité qu'il cachait soigneusement aux autres. Elle avait un peu l'impression que deux personnes différentes cohabitaient en lui. Ou bien était-elle simplement naïve ? Matt n'aurait jamais menti à propos des votes de Merton. Peut-être n'était-il tout simplement pas fait pour elle...

Mais c'était là une question dont elle préférait ne pas débattre avec ses amies.

— Eh bien, jusqu'à ce que je rencontre un gentleman qui m'intéresse vraiment, je peux toujours tenter d'aider Merton.

Louisa haussa les épaules.

— Si c'est ainsi que tu veux passer ton temps, cela te regarde. Cela ne fera de mal à personne et pourrait même lui être salutaire.

— Et l'aider dans sa quête d'une épouse, intervint Charlotte, toujours désireuse de rendre service.

— Excellente idée, déclara Dotty, sincère. Je commencerai à chercher dès ce soir.

Après tout, elle ne devrait avoir aucun mal à lui trouver une fiancée : il était si séduisant, avec ses traits superbes et son nez aquilin. Et quand il la regardait, ses yeux lui rappelaient le bleu profond de cet océan qu'elle avait vu dans un tableau.

De retour à Grosvenor Square, Dom se barricada dans son bureau. Thea – il n'aurait vraiment pas dû commencer à penser à elle en lui donnant ce nom – interférait avec son travail et sa quête d'une épouse. Cet après-midi, quand il avait baissé les yeux vers elle, il n'avait plus songé qu'à goûter ses lèvres généreuses... pendant que la voix de son oncle lui reprochait de délaisser ses devoirs. Malgré cela, il ne désirait rien d'autre que de faire de Thea sa femme.

Il avait pourtant déjà eu un aperçu de ce que serait une vie avec elle. Une maison remplie d'animaux errants, des repas de charité à n'en plus finir et Dieu seul savait quoi d'autre. Elle le harcèlerait pour qu'il soutienne les causes whigs, peut-être même les plus radicales. Son existence si bien ordonnée deviendrait un chaos.

Se passant les doigts dans les cheveux, il chercha une bouteille de cognac et s'aperçut qu'il n'y en avait pas. Il tira avec rage sur le cordon de la sonnette.

La porte s'ouvrit aussitôt.

— Milord ?

— Qu'on m'apporte une bouteille de cognac !

Le valet en resta bouche bée. Dom ne s'autorisait jamais le moindre alcool fort avant le soir.

— Vous m'avez entendu.

— Ou… oui, milord. Tout de suite.

Après ce qui lui parut une éternité, la porte se rouvrit. Planté devant la fenêtre, il émit un grondement.

— Voilà qui a été fort long.

— Dominic, depuis quand bois-tu du cognac pendant la journée ?

Il fit volte-face. Sa mère, suivie du valet, le toisait depuis l'entrée.

— Je…

Il était chez lui, et il était adulte. Pourquoi se justifier auprès de sa mère ? Et pourquoi diable l'avait-on prévenue ?

— J'en ai envie.

Elle sourit tendrement et fit signe au domestique de poser son plateau sur une table basse près d'un sofa.

— Alors, je crois que je vais me joindre à toi. De toute manière, c'est quasiment l'heure du thé.

Sur le plateau, il vit des tartes, des biscuits, du porto et du cognac.

Sa mère ne venait jamais dans son bureau. Tout le monde était-il devenu fou cette saison ?

Elle s'installa et, après s'être servi un porto et avoir rempli un verre de cognac pour lui, sourit de nouveau.

— Tu n'as pas l'air dans ton assiette. Puis-je faire quelque chose ?

Prenant le verre qu'elle lui tendait, il avala une bonne gorgée d'alcool. Il avait envie de se confier, mais la voix de son oncle retentit une nouvelle fois en lui.

Ne dérangez pas votre mère, Merton. Vous êtes le maître désormais, et vous devez être fort pour elle. En fait, il vaudrait mieux qu'elle aille séjourner un moment chez votre tante à Bath.

— Non. Je me débrouillerai.

Elle fronça légèrement les sourcils avant de siroter son porto.

— Il m'est apparu que, peut-être, je t'avais un peu trop abandonné à ton oncle.

Les doigts de Dom se crispèrent sur le cristal de son verre.

— Pourquoi dites-vous cela ?

— Toi et moi, nous ne sommes pas aussi proches que nous devrions l'être. Alasdair semblait toujours savoir ce qui était le mieux pour toi et, après la mort de ton père, j'ai été longtemps malade. Néanmoins, ces derniers temps, je suis arrivée à la conclusion que j'aurais dû prendre une part plus active dans ton éducation.

— Il était mon tuteur.

Et il n'aurait pas été facile à sa mère de s'opposer à lui. En fait, Dom préférait ne pas penser aux problèmes que cela aurait provoqués.

— Quels sont vos projets pour la soirée ? s'enquit-il pour changer de sujet.

— La comtesse de Watford, une de mes vieilles amies, donne un bal.

Watford ? Une autre whig. À quoi diable sa mère jouait-elle ?

— Très bien. 21 heures ?

Elle se leva.

— Oui. Te joindras-tu à moi pour le dîner ?

Il passa ses options en revue. Curieusement, il n'avait guère envie d'aller au club.

— Avec plaisir.

— Je te laisse donc à ton travail. Mais, Dominic, si jamais tu souhaites parler à quelqu'un, je suis là.

Il vint l'embrasser sur la joue.

— Merci, mère.

Une fois dans le grand hall, Eunice demanda qu'on lui serve un thé plus habituel dans son boudoir.

Quand elle ouvrit la porte, Matilda leva les yeux.

— Alors ?

— Il souffre, c'est certain, déclara Eunice avec un grand sourire. Il a demandé qu'on lui apporte du cognac et... il l'a vue.

T'a-t-il dit ce qui le troublait ?

— Non, malheureusement. Mais j'ai bien l'impression que c'est Mlle Sterne. Il l'a encore emmenée en promenade dans son cabriolet.

Matilda ouvrit de grands yeux.

— Vraiment ? Eh bien, en voilà une bonne nouvelle ! Cela fait donc deux fois ?

Eunice acquiesça.

— Oui, et il vient au bal des Watford avec nous ce soir.

Ses jupes s'agitèrent, et elle baissa les yeux. Son chaton, Camille, donnait de petits coups de patte sur le tissu.

— D'accord, d'accord.

Prenant place dans son fauteuil préféré, elle tapota ses cuisses pour indiquer à Camille de s'y installer.

— Grace m'a assuré qu'elle amènerait les filles, ce qui signifie que Mlle Sterne sera présente elle aussi.

— Si seulement lord Worthington n'en voulait pas à ce point à Merton !

— Oui, dit Eunice en caressant la chatte. Même si, pour être honnête, du point de vue de Worthington, il y a de quoi en vouloir à Dominic.

— Crois-tu que Worthington tentera d'influencer Mlle Sterne ?

— J'en suis persuadée.

Eunice resta pensive un instant avant d'ajouter :

— Mais j'ai bien l'impression que si cette jeune dame a une idée derrière la tête, rien ni personne ne l'en détournera. Je prie seulement pour que cette idée ait un rapport avec Dominic.

Après le dîner avec les enfants, Dotty remonta dans sa chambre afin de se préparer pour le bal. Sa robe pour ce soir, en soie d'un rose glacé, était brodée de petites fleurs et de perles de culture. Elle ajouta à sa tenue l'éventail coloré qu'elle avait acheté le jour même, ainsi qu'un réticule assorti à sa robe.

Quand elle passa dans le boudoir, Louisa et Charlotte s'y trouvaient en compagnie de leurs sœurs cadettes. Celles-ci, à qui on avait interdit de toucher ces demoiselles, s'extasiaient sur leurs tenues.

— Vous êtes tellement jolies ! déclara Theodora, huit ans, la plus jeune sœur de Louisa.

Mary, la plus petite des Carpenter, hocha vigoureusement la tête.

— Je veux avoir une robe comme ça un jour.

— Nous en aurons toutes quand nous ferons nos débuts dans le monde, déclara Alice, une des jumelles Carpenter.

Dotty songea à ses propres sœurs avec regret. C'était la première fois qu'elle était séparée de sa famille, et elles lui manquaient.

Grace fit sortir les filles, les expédiant en salle d'étude.

Watford House ne se trouvant que deux portes plus loin, elles y allèrent à pied. Elles venaient à peine de se joindre aux invités qui attendaient que Merton et sa mère arrivèrent. En veste et pantalon noirs, il était resplendissant. Sa chemise était ivoire au lieu du blanc standard, et un saphir du même bleu que ses yeux était fiché au creux de son impeccable nœud de cravate.

Pour ce qui était de l'élégance, il était tout ce qu'une dame pouvait désirer. Si seulement ses opinions n'avaient pas été aussi rétrogrades ! Mais, en dépit de cela, il méritait d'être heureux, se dit Dotty. Elle allait donc essayer de lui trouver une épouse.

— Ma chère mademoiselle Sterne, dit lady Merton en lui tendant la main. Je suis ravie de vous revoir.

Dotty se releva de sa révérence et prit la main offerte.

— Merci, madame. Comment va Camille ?

— Très bien, dit lady Merton d'un ton enjoué. Je vous suis redevable de l'avoir fait entrer dans ma vie. Je n'ai jamais autant aimé un animal.

— C'est une joie pour moi de l'apprendre.

Voilà au moins une chose qui tournait bien.

La file avançant, la paume de Merton vint se poser au creux des reins de Dotty. Elle eut l'impression que des étincelles de chaleur lui parcouraient le dos.

— Vous êtes particulièrement ravissante ce soir, murmura-t-il en venant se placer à ses côtés.

Elle sentit le rouge lui monter aux joues.

— Merci, monsieur.

Quand ils pénétrèrent enfin dans la salle de bal, Dotty avait déjà promis une valse à lord Merton. Dans la mesure où son but était de lui trouver une épouse, elle n'aurait probablement pas dû, mais quand elle avait plongé son regard dans le bleu de ses yeux, elle n'avait pu résister.

La première danse était un quadrille, qu'elle dansa avec le fils de la maison, tandis que Merton invitait lady Mary Pierce. Cette dernière était belle, dans un genre assez distant, mais elle n'était pas aussi gracieuse que lui. Ils formaient un couple bizarrement assorti. Dotty l'écarta donc comme candidate potentielle. Quel gentleman aurait voulu d'une femme avec deux pieds gauches ? Elle se reprocha aussitôt cet accès de mesquinerie. Si un homme aimait une femme, il se moquerait bien de ses talents de danseuse.

À la danse suivante, la nouvelle partenaire de Merton se montra certes assez gracieuse, mais de là à être la compagne idéale pour lui… et il en fut ainsi pendant le restant de la soirée. Quand il vint enfin réclamer sa valse, Dotty avait épuisé son stock de candidates. Aucune n'était assez bien pour lui.

— Mademoiselle Sterne.

— Lord Merton.

Il frôla sa main gantée de ses lèvres avant de l'emmener vers la piste.

— N'avez-vous pas mal aux orteils ? s'enquit-elle.

Il tourna vers elle un regard inquisiteur.

Oh non, maintenant, elle allait devoir admettre qu'elle n'avait cessé de l'observer.

— J'ai cru voir une dame vous écraser le pied.

— Ah oui... Je vais bien. Et je vous remercie pour votre sollicitude. Il me semble que vous avez été victime de la même mésaventure, et vos escarpins ne sont pas aussi épais que mes chaussures.

— Oui, mais j'ai l'habitude. J'ai appris à danser à mon frère aîné.

Il lui sourit, et le ventre de Dotty se mit à faire des choses bizarres.

— J'espère que vous portiez de solides chaussures.

— C'était le cas.

Il la serra un peu plus dans ses bras en la faisant tourner, et elle eut envie de se laisser aller contre lui.

— N'avez-vous qu'un frère ?

— Non, j'ai deux frères et deux sœurs. C'est assez animé à la maison quand tout le monde est là, conclut-elle en souriant.

Il resta silencieux.

— Il m'est arrivé de regretter qu'il n'y ait pas d'autre enfant avec moi.

La musique s'arrêta, comme le cœur de Dotty.

— Vous êtes fils unique ?

— Oui, mon père est mort quand j'étais très jeune.

Il lui prit la main pour la placer au creux de son coude, et lorsqu'il releva les yeux vers elle, elle y vit une mélancolie qu'elle n'y avait encore jamais vue.

— Votre famille vous manque-t-elle ? demanda-t-il.

— Pas jusqu'à ce soir, quand les plus jeunes sœurs de Charlotte et de Louisa sont venues nous voir avant que nous partions pour le bal. J'aurais voulu que les miennes soient là. Et ma mère, aussi.

— Pourquoi votre mère ne vous a-t-elle pas accompagnée en ville ?

— Elle s'est cassé la jambe. C'est la raison pour laquelle je séjourne chez Charlotte. Je suppose qu'elle pourrait venir une fois guérie, mais papa a renoncé à la maison que nous devions louer, et il y a tellement de monde à Stanwood House…

Il sourit.

— J'ignore où Worthington et Grace mettent tous ces gamins.

Leurs regards se croisèrent. La main de Dom sur sa taille se fit plus présente. Soudain, elle n'eut plus du tout envie de lui trouver une épouse.

— Eh bien, la plupart d'entre eux passent leur temps dans la salle d'étude.

— Oui, bien sûr.

Dom cessa de respirer quand les yeux verts de Thea le capturèrent. Un désir inouï s'empara de lui, et il sentit qu'il était tout près de commettre un acte stupide et de se donner en spectacle. Une fois encore, il considéra le conseil de Worthington. Il ferait mieux de quitter Londres pour laisser Thea se trouver un mari. C'était le seul moyen de se libérer de ce sortilège. Mais, pour l'instant, il voulait savourer encore la sensation de ses douces courbes contre lui et son odeur légèrement citronnée.

Il s'efforça d'ignorer cette part de lui qui le pressait de l'emmener ailleurs pour la faire sienne à jamais. Laisser le désir prendre le pas sur son devoir était inacceptable. Après l'avoir raccompagnée auprès de Grace, il se jura de rester à l'écart de Thea, quoi qu'il lui en coûte, et quitta le bal dès que cela lui fut possible.

Le lendemain matin, déterminé à retrouver le cours de sa vie, il alla prendre son petit déjeuner au White's. Il s'installa dans un des immenses fauteuils en cuir du club avec la *Gazette*, mais au bout de plusieurs minutes, il n'en avait toujours pas lu la moindre ligne. Sentant qu'on lui tapait sur l'épaule, il leva les yeux.

— Je croyais connaître ton emploi du temps à la minute près, déclara sèchement Fotherby, mais cela fait un bon moment que je ne t'ai pas vu ici. Cela n'aurait pas un rapport avec cette petite Sterne ?

La colère saisit Dom devant cette façon de cracher le nom de Thea. Ces derniers temps, Fotherby était davantage une plaie qu'un ami.

Repliant soigneusement le journal, il ravala une réplique acerbe.

— Ma mère est en ville. Quand elle est ici, je dois passer du temps avec elle.

— Oui, bien sûr, j'avais oublié, déclara Fotherby d'un ton contrit, avant d'hésiter un moment tout en contemplant son jabot volumineux. Ta mère et toi n'étiez pas au bal de lady Wilton hier soir.

Où diable voulait-il en venir ? Au prix d'un effort supplémentaire, Dom domina son agacement croissant.

— Je laisse ma mère choisir ses sorties.

Fotherby poussa un soupir sonore.

— Ce qui explique pourquoi tu étais chez les Featherington. J'ai dit à Alvanley que cela n'avait rien à voir avec cette jeune femme.

D'un ton froid, destiné à couper court à cette discussion stérile, Dom demanda :

— Tu as quelque chose à me dire, Fotherby ?

— Alvanley, Petersham et moi, nous sommes tes amis, Merton, et nous ne voudrions pas que tu commettes une erreur. Cette femme... eh bien, on l'a aperçue chez lady Thornhill.

S'il espérait provoquer une réaction chez Dom, il fut déçu.

— C'est juste que..., reprit-il avant de déglutir. Lady Thornhill, tu vois.

Dom voyait très bien. Les Thornhill étaient un couple de radicaux qui cherchaient à promouvoir les idées libérales et les arts. Il n'était pas surpris que Grace ait emmené les jeunes filles dont elle avait la charge dans ce salon.

— Mlle Sterne réside chez les Worthington.

— Bien sûr, cela doit être la raison.

Fotherby hocha la tête, mais ne s'éloigna pas. Il savait pourtant que Dom n'aimait pas être interrompu quand il lisait le journal. Essayant de ne pas grincer des dents, celui-ci demanda :

— Qu'y a-t-il ?

— Il ne serait pas convenable que tu l'épouses. Ce ne sont pas les jeunes femmes qui manquent...

— Assez ! Je n'ai besoin de l'aide de personne, ni de toi ni de qui que ce soit, pour choisir ma femme.

Fotherby s'inclina avec raideur.

— Comme tu veux. Je te laisse à ta lecture.

— Merci.

Dom déploya de nouveau le journal, se dissimulant derrière ses pages. Mais les lignes de mots disparaissaient, remplacées par l'image d'une créature aux cheveux noirs et aux yeux verts.

Une demi-heure plus tard, après s'être forcé à avaler une tasse du café toujours excellent qu'on servait au White's, il sortit et croisa Alvanley.

— Bonjour.

— Tu te caches, ces derniers temps ?

Depuis quand Dom devait-il répondre de son emploi du temps devant ses amis ? Il réprima encore une fois sa colère.

— Non. Ma mère est à Londres.

Combien de fois allait-il devoir le répéter ?

— Elle souhaite revoir d'anciennes amies.

Alvanley sortit sa tabatière, qu'il ouvrit d'une pichenette.

— Tu as ma plus profonde sympathie.

Au moins, il ne lui parlait pas de Mlle Sterne.

— Merci.

Comme si cela mettait un terme à la discussion, Dom en profita pour le planter là. Il descendit St. James Street en direction de Picadilly avant de s'engager sur Bond Street. Le culot de Fotherby ! Certes, Dom avait déjà décidé que Mlle Sterne ne pouvait devenir sa femme, mais son ami n'avait pas à fourrer son nez dans ses affaires. Il connaissait son devoir et, même si cela lui arrachait le cœur, il l'accomplirait. Dès le lendemain, il annoncerait à sa mère qu'il devait rejoindre son domaine dans le Devon sous un prétexte quelconque.

— Qu'est-ce que vous croyez, mam'selle ? Lâchez c'gosse. Il est à moi !

Une voix furieuse et vulgaire venait d'interrompre ses cogitations.

Quelques personnes s'étaient rassemblées au milieu de la rue, formant un cercle. Plus grand que les autres, un valet portant la livrée de Worthington se tenait près du centre de cette petite foule.

Une voix féminine que Dom connaissait bien s'éleva au-dessus du vacarme.

— Ce n'est qu'un enfant, jeune et affamé. Vous ne le ferez pas arrêter !

Thea. Évidemment. Pressant le pas, il rejoignit l'attroupement. Les gens s'écartèrent devant lui. Thea se tenait là, au beau milieu du groupe, défiant un solide gaillard – un vendeur ambulant, apparemment. Un enfant crasseux et fort mal nourri serrait une pomme dans une main sale tandis que l'autre agrippait la jupe de Thea de toutes ses forces, comme si le gamin tenait là son salut.

— Combien pour la pomme ? demanda-t-elle au vendeur.

— C'est pas la question, mam'selle, répondit l'autre, belliqueux et postillonnant. C'est un voleur, et il mérite d'être puni.

L'enfant se cacha derrière Thea quand le bonhomme se pencha vers lui.

— C'est la corde pour toi, ou au moins la prison, ajouta le vendeur.

Haussant le menton, Thea ne céda pas d'un pouce.

— Je ne dis pas qu'il a eu raison, mais on peut voler si on est affamé. La loi dans ce cas est trop dure.

Dom eut l'impression que sa propre cravate l'étranglait. La loi à laquelle elle faisait référence, il l'avait votée.

— Enfin, mam'selle, r'gardez-le. C'gosse, c'est une sale engeance.

Le petit se serra un peu plus contre Thea et gémit. Quand Dom avait soutenu cette loi, il n'avait pas songé qu'elle s'appliquerait à des enfants aussi jeunes.

Thea était en train de fouiller dans son sac à main.

— Ah, flûte alors. J'ai dépensé tout mon argent ce matin pour une paire de gants.

Elle se tourna vers le valet, dans l'espoir sans doute qu'il aurait quelque pièce, mais celui-ci secoua imperceptiblement la tête.

— Très bien. Dans ce cas, je vais rester ici pendant que vous irez rendre ces gants au magasin pour moi.

— Non, mademoiselle. Mes ordres sont de ne pas vous quitter.

Thea se passa la main sur le front.

— Dans ce cas, la seule possibilité...

Il vint alors à l'esprit de Dom qu'elle était parfaitement capable de conduire toute cette meute assez bigarrée dans Bond Street, la rue commerçante la plus chic de Londres, où elle irait rendre les gants pour payer le vendeur. La simple idée du scandale qui en résulterait le terrifia.

— Mademoiselle Sterne, puis-je vous être utile ?

Elle se tourna vivement vers lui, et les rides d'inquiétude qui lui creusaient le front disparurent comme par magie.

— Oh, milord. Oui, merci. Voulez-vous bien payer une pomme à cet homme ? J'ai malheureusement dépensé tout l'argent que j'avais sur moi.

En entendant le mot « milord », le vendeur avait reculé d'un pas. Cette fois, quand il prit la parole, ce fut d'une voix beaucoup moins forte et considérablement plus polie.

— Ce garçon m'a volé. Je veux appeler un policier.

Dom prit ostensiblement le temps d'examiner le bonhomme depuis son chapeau de feutre informe à ses bottes crasseuses. Quelqu'un ricana. Il devait sortir Thea de ce mauvais pas avant qu'elle devienne l'objet de la dernière rumeur.

— Combien pour la pomme ?

Le vendeur fit grise mine, mais finit par grommeler :

— Deux pence.

Merton haussa les sourcils.

— Peut-être devrions-nous appeler un policier pour vous plutôt ? Je vous donne un demi-penny et rien de plus.

Il laissa tomber les pièces minuscules dans la grosse paume déjà tendue, avant de se tourner vers le groupe avec un air sévère.

— Il n'y a plus rien à voir. Circulez.

La foule se dispersa, et le valet poussa un soupir de soulagement.

Thea se tourna vers le garçon.

— Tu peux manger la pomme, maintenant.

Craintif, l'enfant suivait des yeux le vendeur qui s'éloignait.

— Et s'il r'vient ?

— Il ne reviendra pas, dit-elle avec douceur. De toute manière, lord Merton et moi te protégerons.

Le petit leur adressa à tous les deux un regard empli de vénération.

— Vous êtes vraiment un lord ? souffla-t-il.

— Bien sûr, dit le valet. C'est le marquis de Merton.

— Bon Dieu, un vrai lord ! Ça alors.

Merton réprima un soupir. Il était vain d'espérer que Thea laisserait l'enfant retourner à sa vie de larcins.

— Mademoiselle Sterne, que comptez-vous faire de ce garçon ?

Elle fronça les sourcils.

— Je vais tenter de retrouver ses parents. S'il est orphelin, j'essaierai de l'envoyer chez nous à la campagne. Je suis sûre que mon père et ma mère lui trouveront une famille d'accueil.

Elle hésita.

— Mais j'ai promis de n'imposer personne aux Worthington...

Elle regardait Dom avec espoir, ses yeux verts immenses et anxieux, et il sut qu'il allait regretter les paroles qu'il était sur le point de prononcer.

— Dans ce cas, permettez-moi de le prendre avec moi.

Thea sourit comme s'il venait de lui offrir le bijou le plus extraordinaire qui soit.

C'est alors que Dom se rendit compte que ni Louisa ni lady Charlotte ne l'accompagnaient. Thea était-elle seule ? Il tuerait Worthington pour prendre aussi peu soin d'elle.

— Mais que faites-vous seule ici ?

— Je ne suis pas seule, dit-elle en montrant le valet. Fred m'accompagne, et Grace est chez le cordonnier. J'étais venue chercher un livre à la bibliothèque quand j'ai vu cet homme s'en prendre à Tom.

— Oui, Vot' Seigneurie, dit le gamin en contemplant Thea avec une ferveur quasi religieuse. C'est comme ça qu'ça s'est passé. La d'moiselle m'a sauvé.

Apparemment, se dit Dom, le destin avait décidé de jeter Thea en travers de sa route afin qu'il la protège de ses folies. Et il faudrait au moins une intervention divine pour que cette affaire se termine bien.

Il se tourna vers le valet.

— Conduisez le garçon à Merton House. Dites à mon majordome qu'il faut le laver et le nourrir. Je resterai avec Mlle Sterne.

Le valet s'inclina et voulut prendre Tom par la main, mais celui-ci s'accrocha de plus belle aux jupes de Thea. Elle lui desserra calmement les doigts.

— Tu ne risques rien avec Fred. Il va t'emmener chez lord Merton, où on s'occupera bien de toi, mais il faudra faire tout ce qu'on te dit.

Les yeux de l'enfant s'emplirent de larmes.

— Je... je vous reverrai ?

Elle sourit avec gentillesse.

— Bien sûr. Je viendrai te voir dès que possible. Va, maintenant. Tout se passera bien.

Le gamin regarda le valet en tremblant un peu.

— Oui, mademoiselle. Je serai gentil, c'est promis.

— Je sais, dit-elle en se baissant pour déposer un baiser sur sa joue crasseuse. À très bientôt.

Grace arriva au moment où Fred emmenait le garçon, qui ne cessait de jeter des regards éperdus pardessus son épaule en direction de Thea.

Découvrant cette scène, Grace dévisagea Thea et Dom, avant de hausser les sourcils.

— Vous voulez bien m'expliquer ce qu'il se passe ici ?

— Oh, Grace, dit Thea en saisissant les deux mains de son amie. Lord Merton a eu la bonté de recueillir ce pauvre Tom...

Quand elle acheva son récit, Grace lança à Dom un regard étrange avant de remarquer de façon mystérieuse :

— Évidemment.

Elle se tourna vers Thea.

— Eh bien, nous avons encore quelques courses à faire.

Thea adressa à Dom un sourire aveuglant.

— Merci pour votre aide. Si vous n'y voyez pas d'objection, je passerai voir Tom demain. Je viendrais bien aujourd'hui, mais...

Dom était sidéré. Non par elle, mais par lui-même. Comment pouvait-il se soucier à ce point de son approbation ? Désirer ses sourires ? Vouloir la prendre dans ses bras ? Il se reprit.

— Demain sera parfait. Cela lui laissera le temps de s'installer.

Il prit sa main, qu'il porta à ses lèvres.

— Peut-être vous reverrai-je plus tard.

Elle le fixa un long moment avec un air très grave.

— J'en serais ravie.

Tout en la regardant s'éloigner aux côtés de Grace, il sentit une joie délicieuse l'envahir. Avec cette nouvelle responsabilité, il ne pouvait plus quitter Londres, désormais.

9

Lorsque Dom franchit le seuil de sa maison, un hurlement terrifiant l'accueillit.

— Que diable est-ce là ?

Paken se racla la gorge.

— Je crois que c'est le jeune Tom.

— Il a déjà mérité le fouet ?

— Non, monsieur. Nous essayons de lui donner un bain. Une expérience qui, apparemment, lui inspire une terreur sans nom.

— Il a peur d'un bain ?

— Oui, monsieur. D'après ce que nous avons pu comprendre, sa mère est morte en en prenant un.

Ou elle s'était noyée après avoir trop bu.

Fred, le valet de Thea, surgit d'une pièce et, découvrant Dom, s'immobilisa en dérapant sur les dalles cirées.

— Milord ! Dieu merci, vous êtes là ! Vous devez venir au plus vite.

Dom secoua la tête. Comment un tel chaos était-il possible ?

— Je vous aurais cru parti maintenant.

— Chaque fois que j'ai essayé de m'en aller, le pauvre enfant s'est accroché à moi en pleurant. Si vous pouviez seulement lui expliquer que l'eau ne va pas le tuer, je pense que tout ira bien.

D'abord un chat récalcitrant, maintenant un enfant aux manières déplorables. Quel autre fardeau allait-il devoir supporter ?

— J'arrive.

Dom se rendit donc aux cuisines pour la première fois depuis la mort de son père. Il y trouva sa gouvernante, Mme Sorley, les mains sur les hanches, toisant un tas de haillons blotti dans un coin.

— Tu ne mangeras pas tant que tu ne seras pas propre, et puis c'est tout.

Dom comprit sur-le-champ que même cette menace ne suffirait pas.

— Je prends la suite, annonça-t-il.

Elle se tourna vers lui et, au lieu d'exprimer sa consternation de le voir s'impliquer personnellement dans une affaire qui était du ressort des domestiques, elle s'exclama :

— Eh bien, il était grand temps que vous veniez ici... milord.

Il se passa la main dans les cheveux, de nouveau en proie à l'idée dérangeante qu'il était en train de perdre le contrôle d'une existence jusqu'ici parfaitement réglée.

— Allez lui chercher un verre de lait et des tranches de pain beurré.

Elle s'éloigna en marmonnant quelque chose qu'il ne comprit pas.

Tendant la main vers l'enfant, il employa son ton le plus ferme.

— Viens.

Tom releva la tête. Sur son visage, les larmes creusaient des sillons dans la crasse. Des frissons ébranlaient son corps émacié. Dom n'avait jamais vu un enfant aussi terrifié. L'affaire n'allait pas être simple.

— Je préfère mourir que d'aller dans la baignoire.

Dom s'accroupit.

— Tu peux me dire pourquoi ?

— C'est à cause de ce qui est arrivé à ma mère. Elle est entrée dans une baignoire et elle s'est mise à hurler. Puis du sang a jailli, et elle s'est endormie et ne s'est plus jamais réveillée.

— Étais-tu seul avec elle ?

Tom hocha la tête.

— Après sa mort, la vieille Mme White a dit que je devais partir et des hommes sont venus me chercher.

Mme White, qui qu'elle soit, n'allait pas tarder à entendre parler de Dom. Réprimant l'envie de frapper quelque chose, il s'obligea à desserrer les poings. Comment pouvait-on jeter un enfant à la rue ?

— Quand était-ce ?

Les grands yeux fatigués de Tom se levèrent vers Dom comme s'il était le Seigneur en personne.

— Je ne sais pas.

Eh bien, voilà un autre détail qu'il découvrirait plus tard. Pour l'instant, cet enfant devait se laver et manger.

— Je te jure que tu ne mourras pas dans la baignoire. Et je resterai avec toi pour m'assurer que tu ne risques rien. Qu'en penses-tu ?

Pendant un moment, il crut que Tom allait refuser, puis l'enfant hocha de nouveau la tête.

— Vous jurez que je ne mourrai pas ?

— Parole d'un Bradford.

Il était certes responsable de l'existence de centaines de personnes sur ses terres, mais ce gamin le croyait détenteur du pouvoir de vie ou de mort. C'était là une étrange leçon d'humilité pour Dom.

Toujours tremblant, Tom se releva et commença à enlever le reste de ses vêtements. Pendant qu'une servante emportait les haillons, Mme Sorley revint avec la nourriture.

Dom fut choqué de découvrir les contusions, les hématomes et autres signes de brutalité qui couvraient le corps du gamin.

— Qui t'a fait ça ?

Le garçon n'osa pas répondre. Apparemment, Mme White n'était pas la seule dont Dom allait devoir s'occuper. Il souleva le gamin pour le déposer dans la baignoire. À l'aide d'un linge mouillé imbibé de savon, une fille de cuisine entreprit de frotter son corps si maigre. Une fois débarrassé de sa crasse, un autre enfant apparut. Des cheveux châtain clair, un nez peut-être un peu trop grand pour son visage, mais en dehors de cela des traits réguliers. Bizarrement, Dom lui trouva un air vaguement familier, mais sans comprendre à quoi cette impression était due.

La servante lui enfila une chemise de nuit, et Mme Sorley inspecta l'arrière de ses oreilles et ses ongles.

— Voilà un bon garçon. Tu peux manger maintenant. Il faut ajouter un peu de viande sur ce squelette.

— Oui, m'dame.

Tom engloutit la chope de lait et le pain en un rien de temps. On lui donna ensuite du fromage et un morceau de poulet auxquels il fit également honneur, puis on le conduisit dans une chambre à coucher.

Bras croisés sur son imposante poitrine, Mme Sorley semblait monter la garde à la porte.

— Un drôle de petit mystère que vous avez là, milord.

— Que voulez-vous dire ?

— Vous n'avez pas remarqué comme il a changé de façon de parler ?

Dom repensa à leur conversation. La gouvernante avait raison : le garçon avait perdu son accent cockney.

— C'est exact. Son élocution était presque raffinée.

Elle hocha la tête, comme s'il avait réussi un test. Et peut-être était-ce le cas.

— Y a-t-il autre chose que je n'aie pas remarqué ?

— Il a de longues mains, aux doigts fins, comme un gamin des quartiers riches.

— Un bâtard ?

Elle haussa les épaules.

— Possible. À vous de le découvrir.

— Je pourrais engager quelqu'un.

— Vous pourriez... ou vous pourriez le faire vous-même.

Il fronça les sourcils. Mais que voulait cette femme ?

— Votre père l'aurait fait, ajouta-t-elle.

Il eut la présence d'esprit de ne pas laisser voir sa stupeur. Personne ne mentionnait jamais son père... sans qu'il sache pourquoi ni qu'il songe à le demander.

— Pourquoi évoquer mon père maintenant ?

De nouveau, Mme Sorley haussa les épaules.

— Les plus vieux de vos domestiques ne connaissaient que lui. Mais quand lord Alasdair est arrivé, il nous a ordonné de ne plus jamais parler de lui. Eh bien, lord Alasdair n'est plus là maintenant. Bon, j'ai du travail. Madame a dit qu'elle déjeunerait avec vous.

En pénétrant dans la salle de bal des Rutherford ce soir-là, Dom passa la foule en revue et fut satisfait de voir qu'il y avait peu de jeunes gentlemen. Deux secondes plus tard, il aperçut Thea parmi un groupe de dames.

Sans se soucier du regard des autres, il se dirigea droit vers elle.

— Bonsoir, mademoiselle Sterne.

Elle sourit.

— Bonsoir, monsieur. C'est un plaisir de vous voir ici.

— Le plaisir est partagé.

Incapable de s'en empêcher, il porta ses doigts à ses lèvres.

— Votre danse du souper est-elle encore libre ?

— Elle l'est.

Ses joues avaient légèrement rosi.

Ses compagnes avaient cessé de parler. Elles semblaient toutes fascinées par leur échange.

— Voulez-vous bien me la réserver ?

Elle le regarda droit dans les yeux avant de répondre d'une voix ferme :

— Volontiers.

— Merci.

Il lui caressa la main de la pulpe du pouce.

Elle retint son souffle, et ses doigts tremblèrent légèrement entre les siens. Si seulement il avait pu la prendre dans ses bras, embrasser cette gorge si... Assez ! Cela ne l'aidait en rien.

Il n'avait aucun désir de danser avec une autre des invitées. Peut-être ferait-il mieux de se réfugier dans la salle de jeu jusqu'à ce que vienne le moment de leur valse. Sauf que, dans ce cas, il ne la verrait plus. Mais avait-il vraiment envie de la voir dans les bras d'un autre ? Décidément, il était en train de devenir fou.

Oh, et puis zut. Du coin de l'œil, il vit Worthington qui venait vers eux. Deux danses. Dom en voulait deux. Mais il fallait faire vite.

— M'accorderez-vous aussi la première valse ?

Thea inclina la tête pour l'observer un moment.

— Oui.

Il lui embrassa de nouveau les doigts.

— Merci. Je dois retourner auprès de ma mère.

Par-dessus les têtes des autres invités, il croisa le regard de Worthington et sourit. Même lui ne pouvait empêcher Thea de danser avec lui. Néanmoins, afin d'éviter toute confrontation, Dom se réfugia à l'autre bout de la salle pour attendre son heure. Il rafla une coupe de champagne sur le plateau d'un valet.

— Bonsoir, lord Merton.

Il n'avait pas eu le temps d'avaler une seule gorgée.

Il ferma brièvement les yeux, puis se retourna et sourit poliment, s'inclinant à peine.

— Bonsoir, mademoiselle Turley.

Elle exécuta une révérence. Étrange, mais jusqu'à ce soir, il n'avait pas remarqué à quel point elle manquait de grâce. Alors que Thea...

Elle ne dit rien, attendant visiblement qu'il l'invite à danser. Il n'en avait aucune envie, mais s'il ne l'invitait pas, leur hôtesse lui trouverait sans doute une autre jeune dame ayant besoin d'un cavalier.

— Voulez-vous bien danser avec moi le prochain quadrille ?

Elle inclina la tête, un petit sourire aux lèvres.

— Avec plaisir, monsieur.

— Merci.

Ne sachant que dire d'autre et peu désireux de se lancer dans une conversation avec quelqu'un qui approuvait tout ce qu'il disait, il s'inclina de nouveau.

— Si vous voulez bien m'excuser, je dois voir quelqu'un.

Il s'échappa tandis qu'elle exécutait une nouvelle révérence. L'idée de l'épouser, elle ou n'importe quelle autre jeune fille de sa liste, lui soulevait le cœur.

Mlle Elizabeth Turley laissa échapper un soupir quand lord Merton s'éloigna.

— Cela ne s'est pas passé comme je l'espérais.

— Non, répondit Lavvie, qui suivait le marquis du regard. J'étais certaine qu'il te demanderait une valse.

— Moi aussi. Mais il n'a pas non plus essayé de me rendre visite. Avant la semaine dernière, j'avais l'espoir qu'il me proposerait une promenade. Papa dit qu'au White's les paris ne sont pas en ma faveur.

— Elizabeth ! s'exclama Lavvie, choquée. Ton père ne devrait pas discuter de ces choses avec toi.

Elizabeth ne cessait de lorgner vers Merton. Avec sa haute taille et ses cheveux blonds, il était facile à repérer parmi la foule.

— Je me demande avec qui il va valser.

— Avec personne, peut-être. Sauf s'il avait déjà invité quelqu'un avant que tu arrives.

— Eh bien, il m'aurait été difficile de venir plus tôt, répondit Elizabeth, irritée. Il y a encore une demi-heure, nous ignorions qu'il serait ici ce soir.

Lavvie agita son éventail.

— C'était une très bonne idée d'inciter une de tes servantes à se lier d'amitié avec ce garçon d'écurie de Merton, fit-elle, assez fière visiblement de cette « idée » qu'elle avait proposée.

— J'aurais néanmoins préféré obtenir cette information un peu plus tôt. Merton se conduit bizarrement ces derniers temps. Mon père dit qu'on ne le voit pratiquement plus au White's.

— J'ai entendu dire que Fotherby et lui s'étaient un peu querellés, déclara Lavvie. Mais je suis sûre que cela n'a aucune importance.

Les violons entamèrent le prélude à la valse, et Elizabeth scruta la piste de danse pour voir qui serait la cavalière de Merton.

— C'est Mlle Sterne ! Il a déjà valsé avec elle l'autre soir.

— Je pensais qu'il ne dansait avec elle qu'en raison de ses liens avec Worthington.

— Apparemment non, rétorqua Elizabeth avec rage. Bon sang !

Il était en train de lui glisser entre les doigts.

Lavvie la contempla avec de grands yeux.

— Pardon ?

— Je suis désolée, dit Elizabeth en se massant la tempe. C'est juste que je tiens tant à ce mariage, pour moi mais aussi pour ma famille. As-tu trouvé un moyen de...

Elle ne put finir sa phrase. L'idée de faire appel à la ruse lui répugnait, mais son mariage avec lord Merton était devenu une obsession.

— Pas encore. Mais je trouverai bien quelque chose, répondit Lavvie à mi-voix. Voici le vicomte Vivenly qui vient t'inviter. Lui aussi serait un bon choix.

— Sauf qu'il lui faudra des années avant d'hériter, et je doute que mon père donne son accord.

Peu après, Elizabeth virevoltait dans les bras du vicomte, tout en essayant en vain d'observer Mlle Sterne et lord Merton. S'ils étaient en train de tomber amoureux, ce qu'elle s'apprêtait à faire serait encore pire. Pourrait-elle même supporter de vivre si elle brisait leur amour ? Et lui, lui pardonnerait-il un jour ?

Dotty sourit quand, au sortir d'une volte, Merton la serra un peu plus près de lui qu'il ne l'aurait dû. Elle était assez proche pour sentir son parfum, une eau de Cologne légèrement musquée. De petits fourmillements de plaisir traversaient ses doigts au contact des siens. Sa main était brûlante sur sa taille. Quand il répondit à son sourire, elle eut l'impression que son visage s'illuminait, comme s'il ne voulait être nulle part ailleurs qu'ici, avec elle.

— À quoi pensez-vous ? demanda-t-il.

Elle se sentit rougir.

— Danser avec vous est un tel plaisir.

Il parut un peu surpris.

— Merci.

Elle plongea le regard dans ses yeux bleus, regrettant de ne pouvoir s'y noyer à jamais. Puis elle se souvint de leur petit protégé.

— Comment va Tom ?

Il redevint soudain grave.

— Bien, maintenant. Il dormait quand j'ai quitté la maison. Une sorte de mystère plane autour de lui, semble-t-il.

— Comment cela ? fit-elle, surprise.

— Je ne sais pas si c'est le bon endroit pour en parler.

Il la fit tournoyer sur le parquet.

— Je demanderai à votre mère la permission de venir le voir. Si cela ne vous dérange pas, bien sûr.

— Pas du tout. Vous saurez peut-être mieux que moi l'inciter à vous confier son histoire. J'ai très peu d'expérience avec les enfants.

Oui, il était fils unique, songea-t-elle. Quelle tristesse.

— Parlez-moi de Cyrille. Comment était-il après son tour en voiture ?

Merton éclata de rire, et un couple à leurs côtés le dévisagea.

— À peine arrivé à la maison, il a foncé vers sa litière.

— Heureusement qu'il n'a pas bondi de la voiture.

Il prit une mine sévère, mais son regard brillait d'espièglerie.

— Si vous croyez que j'allais arrêter ma voiture afin qu'un chat puisse se...

— Oh, arrêtez ! Sinon, je ne réponds plus de moi. Je risque de partir dans un fou rire, et je doute qu'on considère cela comme des manières convenables pour une jeune dame.

— N'essayez-vous donc jamais de cacher vos émotions ?

— Parfois, pour éviter de blesser quelqu'un. Par exemple, je n'irais jamais dire à Mme Jacobs, la femme d'un de nos métayers, que ses biscuits sont secs comme de la paille.

Dom ouvrit des yeux ronds.

— Comment cela ? Vous voulez dire que vous les mangez ?

Comment pouvait-il poser des questions aussi idiotes ? se reprocha-t-il aussitôt.

— Bien sûr que je les mange. Comment pourrais-je faire autrement ?

Merton secoua la tête.

— Oui, je suppose. Mais vous arrive-t-il jamais de masquer le fait que vous prenez du bon temps ?

— Non. Pourquoi le ferais-je ? Ce serait un comportement assez ridicule, surtout de la part d'une jeune femme qui fait sa première saison.

— Les autres le font pour suivre la mode.

— Je préfère suivre ma propre mode. Une qui ne soit pas basée sur la tromperie.

Il la regarda avec une intensité inouïe avant de déclarer :

— Vous êtes une femme peu ordinaire, Dorothea Sterne.

Elle ignorait s'il s'agissait d'un compliment, dans sa bouche. Elle décida donc que c'en était un.

— Merci.

La danse terminée, il la raccompagna auprès de Grace, qui était assise en compagnie de lady Merton. Louisa et Charlotte arrivèrent au même moment.

— Où est Matt ?

Grace leva les yeux au ciel.

— Je l'ai envoyé dans la salle de jeu.

— Mais pourquoi donc ? s'enquit Louisa.

— Pour lui sauver la vie, répliqua Grace, pince-sans-rire. Son plan brillant pour vous chaperonner, toi, Charlotte et Dotty, consistait à me faire danser toutes les danses afin de pouvoir vous tenir à l'œil.

Charlotte fronça les sourcils.

— Mais tu aimes danser avec lui.

— En temps normal, oui, mais pas quand il tente de surveiller chacune d'entre vous par-dessus mon épaule. Je passe mon temps à me demander ce qu'il va faire au cas où il jugerait qu'un de ces messieurs vous serre de trop près ou soutient votre regard un peu trop longtemps, ce qui a tendance à gâcher mon plaisir.

Elle se tourna vers Dotty.

— J'ai cru comprendre que tu t'étais engagée auprès de Merton pour la danse du souper ?

Dotty acquiesça, espérant que ce ne serait pas un problème.

— Lady Merton aimerait que tu te joignes à eux pour le souper.

C'était une excellente idée. Ainsi, elle n'aurait pas à supporter un repas au cours duquel Worthington ferait la tête à Merton.

Elle se tourna vers la mère de celui-ci.

— Merci, madame.

Pendant la valse précédant le souper, elle n'eut qu'une envie : se fondre dans les bras de Merton.

Après cela, il l'escorta jusqu'à leurs places, le plus loin possible des Worthington, avant de s'éloigner en compagnie d'un valet pour aller leur chercher des pâtés de homard, du saumon poché dans du champagne, de la pintade fourrée aux truffes, de la salade, des crèmes, des tartes et une demi-douzaine de friandises.

Quand il lui tendit un verre de champagne, sa main toucha celle de Dotty, provoquant de nouveau ces étranges fourmillements.

— J'ai essayé de prendre tous les mets que vous avez paru apprécier la dernière fois.

Sidérée qu'il s'en soit souvenu, elle sourit.

— Merci, monsieur.

Des promenades en voiture, deux valses, et maintenant ceci. Merton était-il en train de la courtiser ?

Si c'était le cas, elle devait sonder son cœur et tenter d'analyser ce qu'elle éprouvait pour lui.

Il fit disposer d'autres plats devant sa mère. Ils étaient tout aussi nombreux.

— Merci, mon cher. Je suis sûre que je ne vais pas en laisser une miette, dit lady Merton d'un ton un peu ironique, avant de se tourner vers Dotty. Comment se passe votre saison jusqu'à présent, Dorothea ?

— Très bien, madame. Tout est exactement comme je l'espérais. Pourriez-vous me dire comment va Camille ? demanda-t-elle après un bref silence.

Une lueur brilla dans le regard si expressif de lady Merton.

— C'est la lumière de ma vie. Elle semble toujours savoir quand j'ai besoin d'elle, et elle est aussitôt là pour moi.

Dom s'installa auprès de Dotty à la petite table ronde. Comme elle portait une bouchée à ses lèvres, elle risqua un coup d'œil vers lui et découvrit qu'il la regardait. Il leva sa coupe en souriant.

— N'êtes-vous pas d'accord, Dorothea ?

Elle rougit, n'ayant pas entendu ce que lui avait dit lady Merton.

— Mère, intervint Merton, n'est-ce pas lady Bellamy qui vient d'entrer ?

Dotty poussa un soupir de soulagement et lui adressa un regard reconnaissant tandis que sa mère se tournait vers la porte.

— Oui, c'est bien elle. Il faudra que je lui parle tout à l'heure. Nous étions très amies à l'école.

— Je croyais bien me souvenir de quelque chose comme cela, fit-il.

Lady Merton jeta un coup d'œil à Dotty avant de s'adresser à son fils :

— Dominic, je crois savoir que nous avons un nouveau pensionnaire à la maison.

— C'est exact. Il s'appelle Tom. Mlle Sterne l'a sauvé aujourd'hui.

Dotty rougit de plus belle quand Merton raconta l'incident dans la rue, puis ce qui s'était passé lors du bain.

— J'espère que cela ne vous dérange pas, madame ? s'enquit-elle.

— Bien sûr que non. C'est une très grande maison. Je doute qu'un petit garçon nous encombre le moins du monde.

— Je crois savoir où nous pourrions trouver des informations à son sujet, déclara Dotty. Deux des amies de Grace, lady Evesham et lady Rutherford, ont ouvert un orphelinat et, de ce fait, ont beaucoup appris sur les enfants des rues.

— Je ne pense pas qu'on l'ait abandonné, dit Merton. Il a mentionné quelqu'un. Je vous en parlerai demain quand vous viendrez.

Lady Merton haussa les sourcils, et Dotty se souvint qu'elle ne lui avait pas encore demandé la permission de passer chez elle.

— Si vous me le permettez, madame.

— Naturellement, je serai ravie que vous nous rendiez visite. Pourquoi ne pas vous joindre à nous pour le déjeuner ?

— Merci. Ce sera avec plaisir.

À la fin du souper, Dotty s'excusa pour se rendre dans la pièce réservée aux dames. Elle se trouvait encore derrière le paravent quand deux femmes, qui, visiblement, se croyaient seules, car elles s'exprimaient sans baisser la voix, arrivèrent.

— Ce n'est pas bon signe. Merton qui danse deux fois avec elle et qui l'invite ensuite à la table de sa mère, dit la première d'une voix désespérée.

— Nous devons agir, et vite. J'ai une idée, répondit la seconde. Tu vas donner un mot à un valet à l'intention de Merton lui demandant de venir te retrouver à la fontaine à 1 heure du matin.

— Je ne puis signer un tel message de mon nom. Et s'il tombait entre de mauvaises mains ? Je serais perdue.

— Mais non, ma chérie. Il sera anonyme. Mieux encore, je vais l'écrire moi-même.

Il y eut un assez long silence, puis la première femme reprit :

— Très bien. Mais dépêchons-nous. Il ne reste que vingt minutes. Que comptes-tu faire ?

— Je vais demander à deux ou trois dames de ma connaissance de venir prendre l'air dans le jardin avec moi. Quand tu m'entendras rire, jette tes bras autour de son cou.

Effarée, Dotty réprima un petit cri. Quelle horreur ! Son père l'avait prévenue que certains hommes pouvaient faire preuve de sournoiserie, mais qu'une femme tente délibérément de se compromettre de la sorte était parfaitement choquant.

La première dame paraissait inquiète.

— Tu es sûre que cela va marcher ?

— Oh oui, dit l'autre avec un vilain rire. Merton a horreur du scandale. Le fait qu'il soit aussi guindé va enfin nous être utile.

Encore cette accusation ! Merton ne s'était pourtant jamais montré hautain avec elle. Où les gens allaient-ils se forger leurs opinions ?

— Eh bien, je suppose que cela pourrait marcher, dit au bout d'un moment la première dame encore hésitante.

Dotty envisagea de bondir hors de sa cachette et de menacer ces deux femmes de révéler leur complot à Merton, mais cela ressemblait trop à ce qu'aurait fait l'héroïne d'un roman. Et puis, si elle faisait échouer leur plan ce soir, rien ne les empêcherait de recommencer.

Ces deux femmes semblaient déterminées à piéger Merton.

— Bien, dit la seconde. Justement, j'ai du papier et un crayon.

Pendant quelques instants, on n'entendit que le grattement de la mine sur la feuille, puis la porte s'ouvrit et se referma. Dotty risqua un œil au coin du paravent. Personne. Elle devait avertir Merton. Elle revint dans la salle de bal. Le souper terminé, les invités y affluaient de nouveau. Lady Merton était assise en compagnie de Grace et d'une autre dame. Elle ne vit pas Merton, mais si sa mère était là, il n'était sûrement pas parti. Elle se dirigea vers les portes-fenêtres qui donnaient sur la terrasse juste à temps pour le voir sortir.

Elle le rattrapa au moment où il arrivait à la fontaine.

— Monsieur…

— Mademoiselle Sterne, que signifie ceci ?

Fronçant les sourcils, il brandissait un bout de papier.

Le cœur de Dotty battait si fort qu'elle eut de la peine à parler. C'était la première fois qu'elle se retrouvait seule avec un gentleman.

— Je suis venue vous prévenir. Vous devez rentrer à l'intérieur. Vite !

Il secoua la tête.

— Je ne comprends pas. Vous m'avez demandé de venir ici.

— Non, ce mot est un piège.

Le saisissant par la main, elle tenta de le traîner vers la terrasse, mais le satané bonhomme ne bougea pas d'un pouce.

— Un piège ? Que voulez-vous dire ?

Il était près de 1 heure.

— Je vous expliquerai tout une fois dans la salle.

Il la toisa.

— Vous allez vous expliquer sur-le-champ.

Mais pourquoi se comportait-il comme un... Ah ! Ne lisait-il jamais aucun roman ?

— J'ai surpris une conversation, déclara-t-elle avec tout le calme dont elle était capable. Une dame veut vous forcer à l'épouser.

Elle lui prit son autre main et tira.

— Je vous en prie, nous ne pouvons être vus ici.

Finalement, il se décida à bouger, mais entre elle qui le tirait et lui qui s'avança, la force résultante les amena au contact l'un de l'autre. Avant qu'elle ait pu s'écarter, quelqu'un poussa une exclamation étranglée.

— Tiens, tiens, tiens, qu'avons-nous là ?

Dotty reconnut la voix d'une des dames qu'elle avait surprises un peu plus tôt, mais les larges épaules de Merton lui bloquaient la vue.

Il était si près d'elle que ses seins frôlaient son torse et... il avait les bras autour de sa taille.

Seigneur Dieu, ceci n'est pas en train d'arriver ! On va nous prendre pour des amants !

— À l'évidence, nous interrompons un rendez-vous galant, gazouilla une autre femme.

— Un tel comportement dans un jardin ! dit une troisième.

La quatrième émit un caquètement.

— Cela fait des semaines que nous n'avons pas eu un bon scandale.

Dotty voulut essayer de les sortir, Merton et elle, de cette embarrassante situation. Elle parvint à le contourner et découvrit une dame blonde qui la regarda fixement, bouche bée. Son ébahissement ne tarda pas à se transformer en rage.

— Je... je venais délivrer un message, balbutia Dotty d'une voix qui manquait par trop de conviction.

À leur air choqué, il était évident qu'aucune des quatre femmes ne la croyait.

Merton, quant à lui, posa calmement son bras autour de ses épaules.

— Ce que vous voyez là, mesdames, fit-il d'une voix si glaciale qu'elle frissonna, c'est une demande en mariage.

Il se tourna vers elle.

— Mlle Sterne était justement sur le point de me donner sa réponse quand vous êtes apparues.

Elle ne respirait plus. Épouser Merton ? Elle l'appréciait beaucoup, et parfois même plus que cela, mais elle voulait vivre avec un homme qu'elle aimait et qui l'aimait, sans parler d'un tas d'autres considérations. Elle ne pouvait lier sa vie à quelqu'un qui ne partageait pas ses vues sur les questions sociales et politiques.

Il lui murmura à l'oreille :

— Vous avez fait un vaillant effort, mais cela n'a pas fonctionné. Il n'y a qu'un moyen de nous sortir de ce mauvais pas.

Posant un doigt sous son menton, il le releva. Son haleine lui caressa la gorge.

— M'épouser serait-il donc une telle tragédie ?

Elle scruta son visage, mais ne put y lire grand-chose dans le noir. Son cœur battait si vite !

— Je ne sais pas, chuchota-t-elle.

Il la dévisagea comme s'il ne s'attendait pas à cette réponse.

— Nous pouvons nous fiancer et, si vous découvrez que vous ne supporterez pas de devenir ma femme, rompre nos fiançailles. Au moins, nous aurons évité un scandale.

Oui, éviter un scandale était impératif.

— Très bien, je serai votre fiancée.

Il allait reculer quand Matt se fraya un chemin à travers le petit groupe qui s'était réuni autour d'eux, lui arracha Dotty et voulut le frapper. Merton esquiva le coup avec adresse.

— Worthington, ce n'est pas ce que tu crois.

Lord Rutherford saisit solidement le bras de Matt et lui ordonna fermement :

— Pas ici.

Matt se libéra et toisa Merton.

— Je t'attends à Stanwood House sur-le-champ.

— Je viendrai, déclara Merton en reprenant la main de Dotty, qu'il plaça au creux de son coude. Mlle Sterne vient d'accepter de m'épouser.

Mais, bon sang, quel était son problème ? Pourquoi provoquer Matt dans un moment pareil ? Elle eut envie de lui flanquer un bon coup de pied. Jamais elle ne comprendrait pourquoi les hommes aimaient tant parfois se conduire comme des enfants.

— Assez, fit-elle avec autorité. Nous en discuterons une fois à la maison. Lord Merton, vous pouvez m'accompagner à l'intérieur.

Puis, baissant la voix, elle ajouta à son intention :

— N'oubliez pas de sourire. Nous venons tout juste de nous fiancer.

Il lui adressa un étrange regard, mais fit ce qui lui était demandé. Dotty garda la tête haute pendant qu'elle défilait devant tous les invités. Elle sourit à ses amies, qui semblaient aussi perplexes que curieuses.

Une fois à la maison, elle aurait bien le temps d'expliquer à Charlotte et à Louisa que ce n'étaient pas de vraies fiançailles. Le problème étant que, quand elle les romprait, le blâme en retomberait entièrement sur Merton. Or tout le monde avait déjà décidé que cet homme n'était pas digne d'être aimé.

10

Quand Dom arriva dans le hall d'entrée avec sa mère et Thea, sa voiture les attendait déjà. Il avait été choqué puis ravi quand elle avait pris le contrôle de la situation en leur ordonnant, à son cousin et à lui, de se taire. Elle possédait détermination et autorité, ce qui était rare chez une femme de son âge et de son rang.

Thea et lui montèrent en voiture avec sa mère, à qui il expliqua ce qu'il s'était passé pendant le court trajet jusqu'à Berkeley Square.

— C'était très courageux de votre part, ma chère, dit lady Merton à Thea. Peu de femmes auraient obéi à leur conscience comme vous l'avez fait.

Quelques petites minutes plus tard, ils étaient tous réunis dans le salon de Stanwood House, où du vin et du cognac furent servis. Pas de champagne, remarqua Dom. En fait, en dehors de Thea, la seule autre personne qui semblait envisager ce mariage éventuel de façon favorable était sa mère.

Une fois encore, Thea dut raconter l'incident. Même après avoir entendu ses explications, Worthington continua de faire grise mine.

— Je vais le tuer.

— Tu ne feras rien de tel, intervint Grace avec autorité. Merton et Dotty doivent se fiancer. Ce n'est pas leur faute, ni à lui ni à elle.

— Si quelqu'un est à blâmer, renchérit Thea, ce sont ces dames qui ont tenté de le piéger.

Worthington émit une sorte de grondement mais, sinon, ne dit mot.

Grace se tourna vers Dom.

— Avez-vous une idée de l'identité de ces femmes ?

Il réfléchit quelques secondes.

— Mlle Turley, peut-être. Sa cousine, lady Manners, se trouvait avec le groupe qui nous a surpris. Je dirais même qu'elle le dirigeait. Elle a paru très surprise de voir Mlle Sterne.

— Mais alors, où était passée Mlle Turley ? s'enquit Thea.

— Je l'ai vue se disputer avec son frère, intervint Charlotte. Elle était sur le point de sortir sur la terrasse, et j'aurais juré qu'il la retenait.

La mère de Dom se pencha pour tapoter la main de Thea.

— C'est une bonne chose que Mlle Sterne soit intervenue. Je ne veux pas de Mlle Turley comme belle-fille.

— Mère ! s'exclama Dom, scandalisé.

Elle lui adressa un regard nullement repentant.

— Eh bien, quoi ? C'est la vérité. Si cette jeune femme est capable de ceci aujourd'hui, imagine ce qu'elle fera une fois mariée.

— J'ai du mal à croire que Mlle Turley puisse se conduire ainsi, déclara Charlotte. À moins qu'on ne l'ait poussée à le faire. Elle est très influençable.

— Je ne pense pas qu'il faille nous inquiéter, intervint Louisa. Une fois la saison terminée, Dotty pourra se rétracter et, à l'automne, tout sera oublié.

Worthington se leva pour se servir un nouveau cognac.

— Et c'est exactement ce qu'il va se passer.

Se maîtrisant à grand-peine, Dom serra les poings. *Pas si j'ai mon mot à dire.*

Ces fiançailles n'étaient peut-être pas prévues – Thea lui inspirait tant de sentiments contradictoires qu'il ne savait même pas s'il lui aurait demandé de l'épouser –, mais maintenant que c'était fait, il sentait au plus profond de lui-même que c'était elle, et uniquement elle, qu'il désirait pour épouse.

Au diable ses cousins et son oncle. À présent, les choses étaient simples : il ne lui restait plus qu'à convaincre Thea qu'il était l'homme de sa vie.

— Je crains que rompre avec lord Merton ne soit pas possible.

Ils se tournèrent tous vers la porte, que Patience, la belle-mère de Matt, venait de franchir en compagnie de lady Bellamy, une femme qui possédait un pouvoir quasi absolu sur la bonne société.

Patience se tourna vers Thea et Dom avant de poursuivre :

— Je n'ai pas vu ce qui s'est passé entre vous deux et je doute que les histoires qui circulent soient vraies ; néanmoins, un mariage est nécessaire. Nous devons à tout prix éviter un scandale.

— Un mois devrait faire l'affaire, ajouta lady Bellamy en hochant la tête et son triple menton avec. Il ne faut pas que cela ait l'air précipité. Je vous félicite d'avoir gardé votre sang-froid, Merton. Et vous aussi, mademoiselle Sterne.

Dom aurait poussé un immense soupir de soulagement si Worthington ne lui avait pas lancé un regard aussi venimeux. Voilà qui lui convenait infiniment mieux. Il aurait son mariage avec la femme qu'il désirait, sans courir le risque d'éprouver les dangereuses émotions qu'une cour assidue aurait pu susciter alors qu'il aurait su que la menace de la rupture planait au-dessus de sa tête.

Malheureusement pour lui, Thea n'était pas du tout du même avis.

— Je ne comprends pas. Nous n'avons rien fait ! Je le tenais par la main parce que je tentais de le ramener à l'intérieur. C'est tout.

Elle se tourna vers lui.

— Dites-leur.

Il fit de son mieux pour lui adresser un regard réconfortant. Fort heureusement, lady Bellamy ne lui laissa pas le temps de répondre.

— Peu importe ce qui s'est réellement passé. Ce qui compte, c'est la façon dont les gens perçoivent cet événement. Laissez-moi vous dire, jeune dame, que si Merton n'avait pas gardé la tête froide, votre réputation serait désormais ruinée.

Thea se mordit la lèvre inférieure, ce qui donna à Dom une folle envie de l'embrasser.

— Que... que dit-on à mon propos ?

La comtesse douairière vint prendre les mains de Thea.

— Ma chère, sachez simplement qu'on en raconte beaucoup plus que ce qui s'est vraiment passé. Mais nous ferons taire ces ragots. L'annonce des fiançailles circule déjà. Néanmoins, elles doivent être publiées de façon officielle, un bal doit être donné et une date de mariage fixée.

Thea acquiesça avec un regret qui ne plut guère à Dom.

— Je comprends.

L'imposante lady Bellamy se laissa tomber dans un fauteuil aux côtés de Thea.

— L'intérêt que vous porte Merton, et que vous lui rendez, a été remarqué. Beaucoup de mariages heureux ont commencé avec bien moins que cela.

Thea le regarda. Encore incertaine, mais résolue.

— Très bien, j'accepte que nous nous mariions dans un mois.

Il inspira un bon coup, se rendant soudain compte à quel point il avait eu peur qu'elle refuse.

— Je vais immédiatement écrire à votre père.

Matt étira paresseusement ses jambes devant lui.

— Inutile, Merton, dit-il avec un petit sourire satisfait. Sir Henry m'a donné tout pouvoir pour négocier un éventuel contrat de mariage.

Par la barbe de Jupiter ! Worthington allait lui faire vivre l'enfer. Il aurait volontiers écrasé son poing sur son visage ricanant, mais ce n'était ni le lieu ni le moment. Il hocha la tête.

— Très bien. Envoie-moi un projet dès qu'il sera prêt.

— Tu l'auras d'ici un jour ou deux. Je te notifierai aussi, dès que nous le saurons, l'endroit où sir Henry souhaite que la cérémonie ait lieu.

Oui, Worthington allait tout lui rendre le plus difficile possible. Dom serra les dents.

— Je préférerais qu'elle se déroule à St. George ou bien à la chapelle de Merton Hall.

Thea se leva, plaçant une main sur son bras.

— Je ne sais pas si ma mère sera en état de voyager. Vous vous rappelez, n'est-ce pas, qu'elle s'est cassé la jambe ?

— Je suis désolé, ma chère. J'avais oublié, en effet. Nous nous marierons là où votre père le décidera, assura-t-il, masquant sa déception.

Lady Bellamy fronça les sourcils.

— Si votre mère peut faire le voyage jusqu'à Londres, St. George serait le meilleur choix.

— J'écrirai à lady Sterne, annonça Grace. Nous enverrons une de nos voitures de voyage. Les sièges peuvent se transformer en couchettes. Elle sera confortablement installée.

Dom s'inclina.

— Je vous laisse prendre ces dispositions, mesdames. Pour l'heure, j'aimerais parler à Mlle Sterne seul à seule.

Il faillit éclater de rire en voyant l'air renfrogné de Worthington.

En dépit de tout, Thea lui adressa un sourire hésitant, et il crut bien que son cœur s'arrêtait.

Possessif, il referma ses doigts sur les siens.

— Nous serons de retour d'ici quelques minutes.

Ces derniers mots furent accueillis de diverses façons : Matt, Charlotte et Louisa se rembrunirent ; lady Merton, qui n'était guère intervenue dans la discussion, hocha la tête d'un air encourageant. Quant à la comtesse douairière et à lady Bellamy, qui discutaient déjà à mi-voix avec Grace, elles ne levèrent même pas la tête.

Dotty conduisit Merton dans un des petits salons qui donnaient sur la rue.

Une fois la porte close, elle se tourna vers lui, et il la prit dans ses bras. Malgré la boule qui lui nouait la gorge, il parvint à déclarer d'une voix qu'il reconnut à peine :

— Je ferai de mon mieux pour être un bon mari.

— Je suis tellement désolée, dit Dotty, les yeux brouillés de larmes qu'elle refoulait vaillamment. Si seulement je ne m'étais pas précipitée ainsi, vous ne seriez pas dans cette situation.

Il lui caressa la joue avec la pulpe de son pouce. Elle fut surprise de découvrir qu'elle était un peu calleuse.

— Et j'aurais été forcé d'épouser Mlle Turley.

Ce qui aurait probablement été un bon choix. Ne l'avait-il pas inscrite sur sa liste ?

— Mais...

— Non, l'interrompit-il. Je suis heureux que ce soit vous, Thea.

— Comment m'avez-vous appelée ?

— Thea. Tout le monde vous appelle Dotty. Je voulais avoir mon nom spécial. Êtes-vous d'accord ?

Elle sentit ses joues se colorer. Décidément, avec lui, elle ne cessait de rougir. Sa grand-mère l'appelait Thea, elle aussi. Et, malgré toutes les incertitudes qu'elle nourrissait à propos de ces fiançailles, cette requête lui procurait un plaisir inattendu.

— Thea me plaît beaucoup. Comment dois-je vous appeler ?

— Dom. Une seule autre personne m'appelait ainsi, et elle est morte maintenant... Puis-je vous embrasser ?

Des myriades de pensées et d'émotions se bousculaient dans l'esprit de Dotty, mais sa question la prit de court.

— Oui, fit-elle d'une voix déjà haletante.

Légères comme des plumes, ses lèvres effleurèrent les siennes. Quand elle les tendit pour lui rendre son baiser, il sourit.

— Ouvrez-les pour moi.

Dotty ne comprit pas où il voulait en venir, mais elle lui obéit et eut la surprise de sentir sa langue contre la sienne. La sensation était si surprenante et délicieuse... qu'elle copia ses mouvements, lui rendant ses caresses.

Quand il grogna, elle eut un geste de recul.

— Je vous ai fait mal ?

— Oh non.

Il la serra un peu plus contre lui.

Nouant les mains autour de son cou, elle se pressa contre son torse. Curieusement, jusqu'à cet instant, elle n'avait pas remarqué qu'il était aussi grand. Il inclina la tête, et soudain, elle arrêta de penser. Il n'y avait plus que lui, son goût de cognac, son odeur musquée. Une sorte de vibration prit naissance au plus profond d'elle-même. Elle comprenait maintenant pourquoi les jeunes filles n'étaient pas censées embrasser les gentlemen avant d'être fiancés. Elle ne savait pas exactement quels étaient ses sentiments à l'égard de Merton – Dom ! –, mais ce qu'il lui faisait était merveilleux.

Insatiable, il semblait la caresser partout en même temps. Ses seins étaient presque douloureux, et quand il les prit en coupe dans ses paumes, des étincelles jaillirent en elle. Elle poussa un petit cri de surprise.

Il s'arrêta. Ses mains retombèrent vers sa taille, et sa bouche la quitta.

— Je suis désolé, dit-il avec raideur. Je n'aurais pas dû vous toucher de façon aussi intime.

Pensait-il que cela ne lui avait pas plu ? Elle posa deux doigts sur ses lèvres pour l'empêcher d'en dire davantage.

— S'il vous plaît, ne vous excusez pas. C'était délicieux.

Il la regarda un long moment avant de sourire enfin et de déposer un baiser dans sa paume.

— Ce mariage me rend excessivement heureux.

— Moi aussi... je crois.

Surtout quand il oubliait ses manières aussi formelles.

Même si elle n'avait aucune expérience avec les hommes, elle avait aimé sa façon de la toucher. Et, après ces baisers, il était impossible de croire que Dom fût insensible. « Réservé » semblait un mot plus approprié.

Et quelques points plaidaient en sa faveur : ce soir, il avait sauvé sa réputation, et puis il l'avait aidée avec les chatons et avec Tom. Cependant, s'il ne changeait pas, elle serait sans doute malheureuse avec lui. Mais peut-être n'avait-il jamais appris à aider les autres, que ce soit dans sa vie privée ou à la Chambre des lords. Pouvait-elle être celle qui l'aiderait à relever ce défi ?

Si seulement Charlotte et sa famille n'avaient pas éprouvé une telle aversion à son égard ! Dès qu'elle le pourrait, Dotty parlerait avec Grace. Elle ne voulait pas s'éloigner de ses amis ; de plus, en tant que fils unique, Dom gagnerait aussi à se rapprocher de ses cousins. Il devait bien y avoir un moyen de provoquer une réconciliation.

11

Dom captura une nouvelle fois la bouche de Thea, espérant ainsi lui arracher tous les doutes qu'elle pouvait encore nourrir.

Il s'emplit de sa douce odeur de lavande. À la seconde où leurs lèvres se joignirent, elle devint insatiable. Il était évident qu'elle était innocente, mais pas prude : elle n'avait pas été choquée par ses caresses. Pour avouer la vérité, il ne s'était pas attendu à une telle ferveur chez une épouse. Maintenant qu'il avait goûté un échantillon de ce qu'il pourrait avoir, il s'estimait incroyablement chanceux. Et, soudain, il lui paraissait essentiel qu'elle souhaite ce mariage autant que lui.

Ses mamelons durcis se pressaient contre son torse. Lorsqu'elle gémit, il glissa les paumes le long de son dos jusqu'à ses fesses. Il avait envie de sentir la peau si soyeuse sous ce tissu, être en elle, l'emplir de sa semence. Un mois entier à attendre lui paraissait une éternité.

Il saisit de nouveau ses seins, et elle poussa un cri rauque, étranglé, avant de l'embrasser avec une passion naïve qui le toucha au plus profond de lui-même.

Il avait toujours été capable de satisfaire ses amantes, mais cette fois il ne lui suffirait pas de procurer du plaisir à sa partenaire. Il devrait faire en sorte de la lier à lui à jamais. Ah, si seulement il avait pu l'emmener chez lui tout de suite... Oui, peut-être était-ce là la solution. En tant que fille d'un petit noble de la campagne, Thea avait beaucoup à apprendre pour tenir son futur rôle de marquise. Si elle s'installait à Merton House, la mère de Dom lui montrerait ce qu'on attendait d'elle. Et la présence de lady Merton dans la maison rendrait sa venue parfaitement convenable. Les parents de Thea n'y trouveraient sûrement rien à redire. Cette union ne pouvait que les ravir et les flatter. Ce n'était pas tous les jours que la fille d'un vague baronnet épousait un marquis.

Il interrompit leur baiser.

— Nous devrions rejoindre les autres avant que Worthington vienne nous chercher.

Elle poussa un soupir.

— Il n'est pas vraiment ravi, n'est-ce pas ?

— C'est un euphémisme. Il aimerait sans doute me couper la tête.

Et sans doute autre chose, ajouta-t-il en son for intérieur.

Elle leva vers lui le visage d'une femme qui venait de vivre ses premiers baisers. Si son cousin la voyait ainsi, oui, ce serait sans doute la castration.

— Nous ne sommes pas responsables de ces fiançailles, dit-elle. Et si faute il y a eu, c'était la mienne, pour n'avoir pas trouvé quelqu'un pour m'accompagner. Mais j'avais si peu de temps pour vous prévenir !

Il l'embrassa avec douceur. Il refusait qu'elle s'accuse de quoi que ce soit. Si elle avait été plus prudente, il aurait été fiancé à une autre, à présent.

— Le destin a peut-être joué un rôle dans cette affaire. Et, comme je vous l'ai dit, je suis ravi que nous nous mariions. Mon unique souhait est que vous soyez aussi heureuse que moi.

— C'est très soudain, mais je suis sûre que tout ira bien.

Elle baissa ses longs cils noirs.

— J'aime vos baisers.

C'est alors qu'il comprit. Lorsqu'elle le regardait, Thea ne voyait pas un marquis ou un riche propriétaire terrien, elle ne voyait que l'homme. Cela lui était-il jamais arrivé avec une femme ? Quand, pour la dernière fois, avait-il oublié, ne serait-ce que quelques minutes, le rang qui était le sien ?

« Merton, vous n'avez pas à jouer avec ces garçons. Pensez à vos devoirs. Leurs pères sont à votre service. N'oubliez jamais qui vous êtes. »

Il avait dix ans, à l'époque, et n'avait encore jamais désobéi à son oncle Alasdair.

— Tout va bien ?

Il baissa le regard et tomba sur ses yeux verts qui le fixaient.

— Je vous demande pardon.

— Pendant un instant, vous paraissiez très loin d'ici.

Il frôla de nouveau ses lèvres des siennes.

— Oui, tout va bien. Très bien, même.

Cela allait être une torture si elle venait s'installer sous son toit. Il avait déjà du mal à s'empêcher de la toucher maintenant. Mais, Dieu du Ciel, qu'allait-il s'imaginer ? Worthington ne la laisserait jamais venir à Merton House et, de toute manière, Dom ne pouvait la séduire dans la demeure même de ses ancêtres. Son oncle avait raison. La passion rendait téméraire. Il devait se contrôler.

Se forçant à baisser les bras, il lui prit la main.

— Nous ferions mieux d'y retourner.

Ils revinrent au salon. Les dames y étaient toujours en pleine discussion, mais Worthington avait disparu, tout comme Louisa et Charlotte.

Tout à coup, Dom refusait d'attendre un mois. Se penchant à l'oreille de Thea, il murmura :

— Trois semaines.

Désorientée, elle leva les yeux vers lui.

— Trois semaines pour quoi ?

— Je ne souhaite pas attendre si longtemps avant notre mariage. Pas vous ?

Elle le scruta un moment avant de répondre :

— Moi non plus.

C'était déjà la fin avril.

— Nous pouvons nous marier à la mi-mai. Dès que j'aurai reçu confirmation que votre père a bien été informé de nos fiançailles, je publierai une annonce dans le *Morning Post*.

Thea acquiesça, et ils se tournèrent ensemble vers les autres personnes présentes dans la pièce.

Elle se dirigea vers Grace, lady Merton, lady Worthington et lady Bellamy.

— Excusez-moi, dit-elle, mais lord Merton et moi souhaitons nous marier dans trois semaines. Il n'y a aucune raison d'attendre davantage.

Grace et Patience haussèrent les sourcils, mais la mère de Dom sourit, et lady Bellamy afficha un air entendu en déclarant :

— Merton, il était temps que vous cessiez d'être aussi lent à vous décider.

Il inclina la tête et sourit.

— Oui, madame.

— Il y a peut-être encore de l'espoir pour vous.

« Votre devoir, Merton. N'oubliez jamais votre devoir. »

Quand il entendit la voix de son oncle dans sa tête, Dom glissa la main autour de la taille de Thea.

Le lendemain, Elizabeth attendit sa cousine toute la matinée. En se séparant la veille après cette soirée calamiteuse, Lavvie lui avait assuré que cela ne changeait rien, qu'elle trouverait le moyen de l'unir à Merton. D'ailleurs, elle avait déjà une idée. Cette déclaration avait alarmé Elizabeth, qui envisageait de prévenir Mlle Sterne, mais elles n'étaient pas assez proches et il restait encore la possibilité qu'elle convainque sa cousine d'abandonner son projet, quel qu'il puisse être.

On venait de lui apporter un mot disant que Lavvie était retardée quand la porte s'ouvrit et que sa tante Agatha apparut dans un tourbillon de plumes et de foulards.

— Ma chère Elizabeth, quelle chance de vous trouver chez vous. Venez, prenons un thé. Nous avons bien des choses à nous dire, si j'en crois Gavin.

Elizabeth faillit se sentir mal quand tante Agatha déposa un baiser sur ses deux joues à travers une forêt de plumes.

La veille au soir, Gavin l'avait retenue au moment où elle partait retrouver lord Merton. Il avait eu vent, Dieu seul savait comment, de la petite machination ourdie par Lavvie et lui avait interdit d'y participer. Il lui avait aussi assuré qu'il se mettrait en quête d'un moyen convenable de lui trouver un mari. Apparemment, ce moyen était tante Agatha.

— Votre frère m'a dit que votre père vous avait confiée aux bons soins de Lavinia dans l'espoir qu'elle parviendrait à traîner Merton devant l'autel. Permettez-moi de vous le dire, c'est une idée exécrable qu'il a eue là.

— Oui, madame.

Après ce qui s'était passé, il était inutile d'essayer de défendre son père ou sa cousine.

— Et je n'apprécie guère ces manières, reprit sa tante en levant un index impérieux. Elles ne posent en rien les bases d'un mariage heureux.

Elizabeth réprima un frisson en songeant à ce qu'elle avait failli provoquer. Heureusement que Gavin l'avait arrêtée. Elle servit à sa tante le thé qui venait d'arriver.

— J'ai déjà envoyé un mot à Lavinia lui expliquant qu'elle n'avait plus à se soucier de prendre en main votre avenir, reprit celle-ci.

— Merci.

Voilà qui, avec un peu de chance, amènerait Lavvie à renoncer à son projet de séparer lord Merton et Mlle Sterne.

Sa tante hocha la tête.

— Vous allez venir vous installer chez moi. Mais, avant cela, nous devons rendre visite à Mlle Sterne.

Elizabeth faillit s'étrangler dans sa tasse.

— Je... je vous demande pardon. Je la connais à peine.

— Malheureusement, il semble que Lavinia ait déjà commencé à répandre de vilaines rumeurs à propos de Mlle Sterne et de Merton. Nous devons prendre nos distances avec ces ragots. Après le déjeuner, nous nous rendrons donc à Stanwood House. Je suis amie avec lady Worthington, la douairière, et une visite paraîtra tout à fait normale. Vous saisirez l'occasion pour présenter vos vœux de bonheur à Mlle Sterne.

Quand elles arrivèrent à Stanwood House, plusieurs voix féminines résonnaient dans le salon. Mais, dès qu'elles furent annoncées, le silence s'installa. Elizabeth plaqua un sourire poli sur son visage, et sa tante lui prit le bras avant de pénétrer dans la pièce d'une démarche royale.

— Bonjour, Patience, dit tante Agatha à une femme aux cheveux blonds assise avec lady Louisa.

— Agatha, quelle délicieuse surprise ! fit la dame blonde en se levant pour venir l'étreindre avant de se tourner vers Elizabeth.

— Permettez-moi de vous présenter ma nièce, Mlle Turley. Elizabeth, lady Worthington, la comtesse douairière.

Elizabeth exécuta une révérence.

— C'est un plaisir de vous rencontrer, madame.

Patience sourit.

— Je suis ravie de vous voir ici.

Elizabeth se tourna vers Mlle Sterne.

— Je suis contente de vous voir. Je... je vous présente tous mes vœux de bonheur. Je suis sincèrement ravie que vous épousiez lord Merton.

Même si Mlle Sterne parut d'abord assez surprise, son sourire n'en fut pas moins sincère.

— Merci. Je suis heureuse de votre visite.

— Malheureusement, intervint tante Agatha, je suis arrivée tard en ville. Je vais chaperonner ma nièce pour sa saison, vous savez. Une de ses cousines s'en chargeait jusqu'à hier, mais je n'en dirai pas davantage à ce sujet, ajouta-t-elle, ne laissant aucun doute quant à sa réprobation. Je crois qu'il serait profitable à Elizabeth d'élargir le cercle de ses connaissances. C'est sa première saison, après tout, elle doit en tirer le maximum.

Elle se tourna vers Mlle Sterne et lui adressa un sourire resplendissant.

— Je vous souhaite moi aussi tout le bonheur du monde. Mais, ne vous y trompez pas, vous allez devoir prendre Merton en main.

Mlle Sterne lui adressa elle aussi un sourire, nettement plus contrit.

— Oui, on m'a déjà prévenue, madame.

Puis elle se tourna vers Elizabeth avec un air beaucoup plus chaleureux.

— S'il vous plaît, appelez-moi Dotty. Toutes mes amies le font. Venez, je vais vous présenter aux autres. Je crois que vous connaissez déjà lady Charlotte Carpenter et lady Louisa Vivers.

— Nous nous sommes rencontrées au début de la saison. Je serais très heureuse si vous m'appeliez Elizabeth.

Elizabeth poussa un petit soupir de soulagement quand Dotty noua son bras au sien pour l'entraîner vers le groupe des jeunes filles. Si la future marquise de Merton l'acceptait, tout le monde suivrait son exemple. Il était désormais plus impératif que jamais d'arrêter Lavinia.

Cordelia, en ayant plus qu'assez de son boudoir au premier étage de Sterne Manor, se sentait à présent assez rétablie pour s'installer dans le petit salon, qui donnait sur les jardins si resplendissants en cette saison avec leurs roses, leurs œillets et leurs nigelles bleues. Son majordome lui tendit un plateau d'argent sur lequel trois lettres étaient posées.

À l'aide de son coupe-papier, elle ouvrit d'abord celle de Dorothea. Dès la deuxième ligne, son cœur bondit. Quand elle put enfin donner voix à son excitation, elle hurla quasiment :

— Hudson !

Le majordome, qui n'avait pas eu le temps de se retirer, se retourna, parfaitement impassible.

— Madame ?

— Allez chercher sir Henry. Mlle Dotty va se marier.

Voilà qui s'avéra trop même pour Hudson. Il écarquilla les yeux.

— Notre Mlle Dotty ?

— Vous en connaissez une autre ? répliqua une Cordelia assez exubérante.

— Non, madame. Je vais chercher sir Henry sur-le-champ. Notre Mlle Dotty se marie ! Excellent. Excellent.

Elle relut la lettre.

Très chère maman,

Grace te racontera sûrement toute l'histoire. Essaie de ne pas trop t'inquiéter quand mes fiançailles seront annoncées. Tout va pour le mieux. Même si nous ne sommes pas encore amoureux l'un de l'autre, je suis optimiste. J'épouse un homme que je pourrai aimer. Lord Merton a été d'une bonté absolue. Tu te souviendras de lui comme du gentleman qui m'a aidée à sauver quatre chatons et un pauvre enfant des rues.

Ta fille dévouée,
Dotty

Ce fut avec les larmes aux yeux que Cordelia ouvrit la lettre de Grace, qui, de fait, lui expliquait toute la situation et lui donnait son opinion : même si Merton avait tendance à se croire sorti de la cuisse de Jupiter, il semblait fou de Dorothea.

La troisième lettre provenait de la marquise de Merton. Marquise ? Dotty allait être marquise, et elle n'en avait même pas fait mention dans sa lettre ! Cordelia secoua la tête en souriant. C'était bien sa petite fille. Elle ne se sentait pas plus concernée que cela par un titre, si ronflant soit-il. Non pas que, par sa naissance et ses relations, elle ne puisse viser aussi haut qu'elle le désirait. Mais Cordelia n'avait jamais pensé que sa fille ferait un mariage si avantageux.

Peu de temps après, son mari pénétra dans la pièce, l'air très préoccupé. Il tenait deux lettres à la main.

— Qu'y a-t-il, mon cher ? demanda-t-elle.

— J'ai des doutes sur la façon dont Dotty se conduit en ville. J'ai presque envie de la faire revenir ici.

Cordelia leva les yeux au ciel et soupira.

— Inutile de prendre une mesure aussi drastique. Nous avons été invités par lady Merton à venir séjourner chez elle à Londres. Grace a proposé de nous prêter une de ses voitures de voyage qui arrivera demain ou après-demain et attendra que nous soyons prêts à partir.

— Et nos deux autres filles, ma chère ?

— J'aurais préféré que Tilly soit de retour parmi nous, mais l'état de sa mère ne s'est pas amélioré. J'espère que nous n'aurons pas à chercher une autre gouvernante. En attendant, leur nourrice est parfaitement capable de s'occuper d'elles pendant une semaine ou deux. Bien sûr, nous les ferons venir à Londres pour le mariage.

Il semblait toujours incertain. Pauvre Henry ! Il détestait laisser sa famille.

— Il faut aussi prévenir Harry à Oxford et Stephen à Rugby, reprit-elle.

Elle se passa une main sur le front.

— Il vaudrait peut-être mieux que Harry passe prendre Stephen et les filles.

— Es-tu seulement en état de voyager ? demanda-t-il, dubitatif.

— Je verrai cela avec le médecin. Bonté divine, Henry, tu n'as aucune raison de faire cette tête, dit-elle en lui tendant les lettres qu'elle avait reçues. Je suis sûre que tout ira bien.

Il leva les yeux de la missive qu'il lisait déjà.

— Sinon, ce jeune homme m'en répondra.

Elle résista à l'envie de lever de nouveau les yeux au ciel, se demandant comment son si progressiste mari allait s'entendre avec un marquis aux opinions apparemment assez rétrogrades. Puis elle sourit. Dorothea était convaincue qu'ils tomberaient amoureux. C'était tout ce que Cordelia souhaitait à chacun de ses enfants.

— Cela risque d'être une drôle de surprise pour mère quand elle apprendra la nouvelle, reprit-elle.

— Ce titre semble soudain te rendre très heureuse, dit Henry en venant s'agenouiller devant elle. N'as-tu jamais regretté…

— Jamais, dit-elle en l'embrassant. Je suis encore plus amoureuse de toi maintenant qu'il y a vingt-deux ans. Je suis très contente que Dotty fasse un beau mariage, je ne vais pas le nier, mais je n'en voudrais pas si elle n'était pas persuadée qu'ils s'aimeront profondément.

Henry sourit enfin.

— C'est ce qu'elle t'a dit ?

— Oui, et même toi, tu dois admettre que notre Dorothea est une jeune femme sensée.

— C'est vrai, convint-il en soupirant. Je ne devrais pas m'inquiéter autant. Je me sentirai sans doute mieux quand j'aurai rencontré ce jeune homme.

— Je dois écrire à mère sur-le-champ. Je suis sûre que cette nouvelle va la décider à revenir à Londres dès que ma sœur aura donné naissance à son bébé.

Sur ces entrefaites, le majordome entra dans la pièce.

— Madame, le courrier régulier de la poste vient d'arriver. Vous avez une autre lettre.

Cordelia la parcourut rapidement.

— Ma sœur vient d'avoir un garçon. Mère dit qu'il est la bonne santé incarnée, mais qu'il ressemble à son père.

Henry éclata de rire.

— Pauvre de lui.

Cordelia lui fit une grimace.

— Voilà qui n'est pas très charitable.

— Oui, mais qui est vrai.

Il déposa un baiser sur son front et poursuivit :

— Je veux bien admettre qu'il a d'autres qualités, mais Leonard n'a jamais été bel homme.

Elle l'ignora, continuant à lire la lettre.

— Mère dit qu'elle sera de retour chez elle d'ici la fin de la semaine.

Cordelia rabaissa la lettre.

— Elle ne reste jamais après la naissance du bébé.

— Bien sûr que non. C'est là que le vrai travail commence.

— C'est tout aussi bien. Dorothea va avoir besoin d'elle en ville.

— Exactement, fit Henry, goguenard. Une duchesse pour donner un peu de cachet à notre fille.

Ne voulant pas concéder ce point, Cordelia rétorqua :

— Notre fille va être marquise. Mère peut lui montrer comment se comporter.

— Sommes-nous bien en train de parler de la même femme ? ironisa Henry. Celle que le prince régent ne veut même plus saluer, car elle lui a dit qu'il se dandinait comme un canard ?

— C'était il y a longtemps. Je suis sûr qu'il s'en est remis.

— Je me demande si Merton survivra à ta mère. Il serait peut-être bon qu'ils ne se rencontrent qu'après le mariage.

Comme son mari pouvait être exaspérant, parfois !

— Henry, tu ne devrais pas autant lui manquer de respect. Sans elle, nous ne nous serions jamais mariés.

— Allons, mon amour, tu sais que je plaisante. J'ai la plus grande estime pour ta mère. Mais même toi, tu dois admettre qu'au bout de quelques jours, c'est un soulagement de la voir partir.

— C'est juste parce qu'elle préfère qu'il en soit ainsi.

Henry prit soudain un air facétieux.

— Dis-moi qu'elle va séjourner chez Bristol.

Elle secoua la tête. Henry ne pardonnerait jamais au frère de Cordelia, autrefois son ami, de ne pas avoir soutenu leur mariage.

— Non, il est encore à la campagne.

Son mari déposa un baiser sur ses lèvres.

— Je m'en vais écrire à Harry et à Stephen. Je tiens à être hors de portée quand tu annonceras la nouvelle aux filles. Leurs hurlements m'arracheraient les oreilles.

— Et envoie chercher le médecin.

— Oui. Plus j'y pense, plus j'ai envie d'être à Londres. J'aimerais mieux connaître mon gendre avant la cérémonie.

La bonne humeur de Cordelia s'envola.

— Henry Sterne, si vous tentez de l'effrayer, je ne réponds plus de rien.

— Si Dotty le veut, elle l'aura. Mais il ne va pas tarder à apprendre qu'il aura affaire à moi s'il maltraite ma fille.

Il marqua une légère pause.

— D'ailleurs, s'il se laisse effrayer par moi, c'est qu'il n'est pas l'homme qu'il faut pour Dotty.

Il sortit, et Cordelia se laissa retomber contre ses coussins. Peut-être devrait-elle demander à Grace de faire connaître à Merton – par Worthington, peut-être ? – les idées radicales de son mari. Mais sans doute valait-il mieux ne pas intervenir et voir comment tout ceci allait évoluer. Cela risquait de s'avérer fort divertissant.

12

Deux jours après les fiançailles, Dom reçut une lettre laconique de la part de sir Henry disant qu'il approuvait le mariage. Pas de félicitations ni de surprise ou de gratitude pour l'union de sa fille avec un marquis. Sir Henry Sterne se contentait de donner la permission à lord Merton d'épouser sa fille, Mlle Sterne.

Il ne perdit pas une seconde pour envoyer l'annonce au *Morning Post*. Étrangement, il avait le sentiment qu'avec cette publication, il rendait impossible que le mariage n'ait pas lieu.

Un peu plus tard ce matin-là, Worthington envoya sa première proposition de contrat de mariage. En brisant le sceau, Dom se rendit compte qu'il était vraiment impatient que tout soit réglé – une hâte que son oncle aurait sans doute jugée inconvenante.

Au bout de quelques lignes, sa colère était à son comble. C'était grotesque ! Non, pire encore. Cette lettre constituait une véritable insulte.

Worthington suggérait que Thea garde tous ses biens placés dans un fonds réservé uniquement à son usage personnel en addition de l'allocation que Merton lui verserait. Thea serait sa marquise : bien sûr qu'il comptait se montrer extrêmement généreux envers elle ! Elle n'aurait nul besoin de disposer de sa propre fortune. Et affirmer qu'elle posséderait ses propres voitures et ses propres chevaux ! Il était impensable qu'elle ne dispose pas de son phaéton ou de n'importe quel autre attelage de sport qui lui ferait plaisir ainsi que d'une calèche et de son équipage, avec son approbation naturellement. Worthington s'attendait-il qu'elle ouvre ses propres écuries ? Les femmes ne savaient pas choisir des chevaux dignes de ce nom. Elles n'y connaissaient rien.

Le satané document à la main, il se leva. Marcher un peu lui calmerait les nerfs. Quelques minutes plus tard, la porte de Worthington House, où son cousin travaillait dans son bureau pendant la journée, s'ouvrit alors qu'il gravissait les marches du perron.

Le majordome s'inclina.

— Bonjour, milord. Je crois que lord Worthington vous attend.

Ravalant sa rage, Dom répondit :

— Évidemment.

Worthington l'attendait, en effet. Un valet ouvrit la porte à Dom, le privant du plaisir de l'envoyer claquer contre le mur.

Il agita le document sous le nez de son cousin.

— Que signifie ceci ?

Worthington se renfonça dans son fauteuil.

— Bonjour à toi aussi. Assieds-toi, dit-il en lui montrant le siège qui lui faisait face.

Serrant les dents, Dom resta debout.

— Je ne signerai jamais ce contrat.

Son cousin sourit, amusé.

— Tu comptes renoncer à Dotty ?

Renoncer à Thea ? Jamais.

— Non.

Worthington haussa les épaules.

— Alors, tu signeras.

Dom serra et desserra les poings. Jamais de sa vie, il n'avait eu autant envie de boxer son cousin.

— A-t-elle vu ce projet de contrat ?

Worthington haussa les sourcils.

— Non. Je lui ai dit ce qu'il contenait, mais elle n'a, bien sûr, aucune expérience quant à l'établissement d'un contrat de mariage. Ce qui compte, c'est que sir Henry l'a approuvé. Dotty est tout simplement heureuse que tu te montres aussi généreux. En fait, même ma belle-mère est encline à avoir une opinion un tout petit peu plus favorable de toi.

Tout cela ne détendit nullement Dom.

— Tu ne cherches qu'à m'embarrasser.

Son cousin se pencha vers lui, posant les deux coudes sur la table.

— Pas du tout. Je cherche simplement à protéger Dotty. Et, sache-le, mon accord avec Grace est quasiment identique.

Dom eut soudain l'impression de se dégonfler comme un ballon de baudruche. Estomaqué, il ne put que balbutier :

— Identique ?

Worthington se leva pour gagner une petite table. Après avoir rempli deux verres, il lui en tendit un.

— Cognac ?

— Oui, merci.

— Grace et moi ne sommes pas les seuls à croire qu'il est temps de changer ces contrats de mariage afin qu'ils prennent mieux en considération les besoins des épouses. Plusieurs de mes amis ont fait de même. C'est l'ère moderne, Merton. Tu pourrais essayer d'entrer dans le XIXe siècle.

Dom avala une gorgée d'alcool, savourant son goût et la brûlure dans sa gorge. Il n'était pas ici pour subir un sermon de la part de son cousin. Mais il n'était pas non plus venu se battre.

— Très bien. Je signerai.

Worthington sourit, et cette fois, il paraissait sincère.

— C'est bien ce que je pensais. Au fait, je crois savoir que ta mère a écrit à lady Sterne pour les inviter, sir Henry et elle, à séjourner à Merton House jusqu'au mariage.

Dom acquiesça. Sa mère lui en avait parlé, mais il ignorait si elle avait déjà reçu une réponse.

— Ils arriveront à la fin de la semaine prochaine. Le médecin refuse que lady Sterne voyage avant cela.

— Bien.

Worthington haussa les sourcils.

— Ne commets pas l'erreur de croire que sir Henry ou lady Sterne se soucient le moins du monde de ton rang. Tout ce qui compte pour eux, c'est le bonheur de leur fille.

Le monde entier était-il devenu fou ? Sir Henry n'était qu'un baronnet. Il aurait dû être fier comme un paon.

Son expression dut trahir ses pensées, car Worthington ajouta :

— Sir Henry n'est pas loin de croire que la noblesse devrait être abolie.

Pendant un moment, Dom en resta sans voix.

— Mais pourquoi ? Ne bénéficie-t-il pas de l'ordre que nous procure notre système ?

Son cousin acquiesça.

— Oui, mais il y a plus important à ses yeux. Par exemple, le fait que ceux qui possèdent tant soient si peu nombreux et promeuvent des lois qui rendent la vie encore plus dure à l'immense majorité qui a si peu. Si j'étais toi, j'éviterais tout débat politique avec lui.

L'esprit de Dom cessa de fonctionner. Il avait toujours pensé que seuls les hurluberlus qui soutenaient la Révolution française et les anciennes colonies des Amériques nourrissaient de telles croyances.

— As-tu eu des mots avec lui ?

— Non, fit Worthington en souriant. Mais, à vrai dire, je vote comme lui.

Par tous les chiens de l'enfer ! Voilà d'où Thea tenait ses idées progressistes. Il posa son verre.

— J'aimerais voir Mlle Sterne maintenant.

Son cousin fit un vague geste vers la fenêtre et, au-delà, vers Stanwood House.

— Je t'en prie. Mais j'ignore si elles sont encore à la maison.

Voilà qui était trop. Un homme aurait toujours dû savoir où se trouvaient les femmes de sa maison.

— J'aurais cru le contraire.

— Tu dois avoir perdu l'esprit si tu t'imagines que je vais essayer de contrôler – ou même de comprendre – leur emploi du temps pendant la saison, répliqua sèchement Worthington. Je vais là où on me dit d'aller en essayant simplement de me rendre utile.

Il but une gorgée de cognac.

— En y repensant, je crois avoir salué ta mère et sa cousine avant de quitter la maison tout à l'heure.

Comment cela était-il possible ? Dom avait vu sa mère au petit déjeuner. Elle ne lui avait pas dit qu'elle comptait sortir.

— Je vais y passer, au cas où.

— Ne te gêne pas pour moi, répondit Worthington en s'emparant d'une plume sur son bureau. Après, bien sûr, avoir signé ce contrat.

Dom apposa son paraphe au bas du document et sortit.

Que cherchait sa mère ? Non pas qu'il lui reproche de vouloir passer du temps avec Thea. En fait, il aurait lui-même suggéré qu'elle le fasse. Néanmoins, elle aurait dû au moins le prévenir qu'elle s'absentait. Et s'il avait eu besoin d'elle ? Il traversa la place et frappa à la porte de Stanwood House, où la famille Worthington résidait cette année.

Le majordome le reçut et s'inclina.

— Je voudrais voir Mlle Sterne.

— Je suis navré, milord. Ces dames sont sorties. Dois-je dire à Mlle Sterne que vous êtes passé ?

Dom secoua la tête.

— Non. Je reviendrai plus tard.

Le majordome s'inclina de nouveau.

— Comme vous voulez, milord.

Dom consulta sa montre. Il était trop tôt pour des visites mondaines. Où diable pouvaient-elles être ? Et pourquoi ne l'avait-on pas informé ?

— Oh, Madame Lisette, c'est ravissant.

Sur l'instigation de Grace, de Charlotte et de Louisa, Dotty s'était rendue chez la couturière la plus prisée de Londres. Miraculeusement, semblait-il, elles avaient obtenu un rendez-vous pour elle. À présent, ses essayages terminés, elle contemplait son reflet dans les miroirs qui entouraient l'estrade. La robe de bal en soie bleu pâle décorée de fils argentés possédait un décolleté un tout petit peu trop profond, en tout cas plus que ce qui était considéré comme convenable pour une jeune fille qui faisait ses débuts. Les manches bouffantes étaient ourlées de tulle. Elle n'avait jamais rien possédé de semblable. Cette robe était le premier signe extérieur que sa vie était sur le point de changer.

— *Moi**[1], je crois qu'elle conviendra, dit Madame Lisette.

— Puis-je la montrer aux autres ?

— *Naturellement**. Je les appelle.

Quelques secondes plus tard, Grace, Charlotte, Louisa et lady Merton entrèrent dans la petite pièce.

— Dotty, tu es resplendissante, s'exclama une Charlotte époustouflée.

Grace eut un sourire approbateur.

— Elle est parfaite.

---

1. Les mots suivis d'un astérisque sont en français dans le texte. (*N.d.T.*)

— Splendide, ma chère, renchérit lady Merton. Si vous n'avez pas les bijoux appropriés, je crois pouvoir vous fournir juste ce qu'il faut.

Cette offre sidéra Dotty.

— Je ne sais pas si je peux accepter...

— Balivernes. Vous serez la marquise de Merton d'ici peu, et tous les bijoux de famille vous appartiendront.

Dotty se frotta le front, ce qui lui valut un regard de reproche de la part de la retoucheuse qui travaillait sur ses manches.

— Si cela vous tranquillise, continua lady Merton, vous pourrez toujours me les rendre après le bal.

Veillant bien à ne tourner que la tête, Dotty s'adressa à Grace :

— Quand aura-t-il lieu ?

— J'ai reçu une lettre de ta mère ce matin. Elle sera en ville vendredi prochain.

Grace éclata de rire avant d'ajouter :

— Elle a dû promettre au médecin de ne pas danser et, au cas où elle le ferait, de ne pas se servir de sa jambe.

Tout le monde se mit à rire. Dotty n'avait aucun mal à imaginer sa mère persuadant le médecin de la laisser voyager.

— J'ai bien l'impression qu'elle lui a forcé la main.

— Il y a des chances, oui. Maintenant que nous avons leur date d'arrivée, lady Merton a proposé de donner le bal le samedi précédant le mariage.

Voilà qui était une surprise.

— Il n'aura pas lieu à Stanwood House ?

— Eh bien, cela paraît plus judicieux, intervint sa future belle-mère. Votre mère a accepté mon invitation à séjourner chez nous. Nous nous disions que vous aimeriez peut-être vous installer à Merton House, vous aussi. Cela vous permettra de vous familiariser avec la maison et le personnel.

Dotty commençait à se dire qu'elle serait bien avisée de faire un peu plus attention à toutes les décisions qui étaient en train d'être prises sans qu'elle y participe.

— Sans vouloir manquer de respect à maman, j'aurais pensé qu'elle aurait jugé bon de m'écrire à moi aussi.

— Oh ! fit Grace, l'air consterné. Ta lettre a sans doute été mélangée avec le reste du courrier. Je n'ai pas pensé à prévenir notre majordome de le trier.

— Oui, bien sûr, fut tout ce que Dotty trouva à répondre.

Elle était tellement heureuse avec ses amies à Stanwood House qu'elle n'avait pas songé à la possibilité de s'installer ailleurs. Ce qui était idiot. Dans moins de trois semaines, elle serait mariée. Depuis qu'il avait recueilli Tom, Merton et elle s'étaient encore un peu plus rapprochés. Oui, l'avenir semblait radieux.

13

Il était près de midi quand Dom retrouva sa fiancée et sa mère, accompagnées de Louisa, de Grace et de lady Charlotte. Elles étaient en train de s'engager dans Bruton Street et venaient dans sa direction.

Le visage de Thea s'illumina dès qu'elle l'aperçut.

— Bonjour. Quelle bonne surprise ! Avez-vous à faire dans le quartier ?

Oui. Il les traquait, sa mère et elle. Il salua les autres dames avant de prendre la main de Thea, caressant ses doigts. Il dissimula son plaisir quand il la sentit reprendre son souffle.

— Non, je me promenais, voilà tout. Vous êtes ravissante, comme toujours.

Son visage et son cou prirent de nouveau un joli ton de rose, et il éprouva le désir soudain de continuer à la faire rougir jusqu'à la fin de ses jours.

— Avez-vous terminé vos courses ?

— Non, nous nous rendions chez le chausseur.

Coinçant sa main sous son bras, il fit demi-tour pour se joindre à elles. Il baissa la voix afin qu'elle soit la seule à l'entendre.

— Je suis jaloux.

Elle écarquilla les yeux.

— Mais de quoi ?

— De ce chausseur qui va avoir la permission de vous toucher les pieds.

Elle lui adressa un regard en coin.

— Seriez-vous en train de me courtiser, monsieur ?

— J'essaie, en tout cas. Aurais-je une chance de succès ?

— Plus d'une, répondit-elle, encore un peu plus rose. J'ignorais que vous étiez aussi fripon.

Que répondre à cela ? Elle venait à peine d'arriver en ville, et elle en savait déjà plus que lui quant à l'art subtil de la séduction. Cela devait venir naturellement aux femmes.

— Seulement avec vous, mon amour.

— Maintenant, peut-être, répliqua promptement Thea, mais qu'en sera-t-il après le mariage ? La bonne société ne voit-elle pas d'un mauvais œil un mari qui flirte avec sa femme ?

Il lui répondit en reprenant ses propres paroles.

— Je préfère suivre ma propre mode. Une qui ne soit pas basée sur la tromperie.

Un rire cristallin commença à s'échapper des belles lèvres de Thea avant qu'elle les cache avec sa main.

— J'oublie toujours qu'il ne faut pas rire trop fort.

Maudit soit celui qui avait décrété qu'on devait toujours avoir l'air blasé. Il refusait que son plaisir soit étouffé. Surtout quand son rire était aussi merveilleux et que c'était lui qui le provoquait.

— En tant que marquise de Merton, vous pourrez rire comme bon vous semble. C'est vous qui lancerez les modes.

— Peut-être, mais en tant que Mlle Dorothea Sterne, je ne puis bafouer les convenances. J'attendrai donc encore un peu, ajouta-t-elle avec un drôle de regard en coin.

Elle était sûre d'elle, habitée par une confiance en elle qui ne devait rien à son rang. Était-ce du courage ou un sentiment inné de sa propre valeur ? Elle ne se comportait pas comme si elle devait prouver quoi que ce soit et ne critiquait jamais autrui pour se donner de l'importance.

Un désir insensé le saisit. Si seulement ils avaient été seuls, il aurait pu l'embrasser.

— Dotty, dit Grace, qui marchait quelques pas devant eux. Nous y sommes.

L'enseigne d'un cordonnier se balançait au-dessus de leurs têtes. Dom s'imagina soudain dans la boutique, en train de jeter des regards noirs à l'employé qui manipulerait les pieds de Thea. Bon sang, il était jaloux !

— Puis-je venir vous chercher vers 17 heures pour une promenade ?

Elle grimaça.

— Je ne peux vous promettre que je serai de retour à la maison. Nous sommes plusieurs à devoir faire des achats.

Grace avait entraîné les autres dans la boutique, les laissant seuls.

— Envoyez-moi un message quand vous serez revenue.

Le visage de Thea s'illumina.

— Oui. Et s'il est trop tard pour une promenade, je vous verrai ce soir.

— Absolument. Cette fois, je resterai avec vous toute la soirée.

Elle rit avec une joie communicative, et il la laissa rejoindre les autres. Revenant vers Piccadilly, il se rendit au White's, bien décidé à s'offrir un bon steak.

Fotherby l'accosta sur l'étroit escalier qui menait à la porte du club.

— Tu vas donc aller jusqu'au bout ?

Dom haussa les sourcils.

— J'imagine que tu as vu l'annonce.

— Comment l'aurais-je su, sinon ? répondit Fotherby avec irritation. On ne te voit plus. Je ne comprends pas comment tu peux épouser cette fille.

Une fois encore, la colère gagna Dom en entendant son « ami » traiter Thea de cette façon. Mais il n'allait pas laisser ce triste sire gâcher sa bonne humeur. Il haussa les épaules avec indifférence.

— Que voudrais-tu que je fasse ? dit-il, laissant entendre que, dans ces circonstances, il n'avait pas le choix.

Il n'avait aucune envie de discuter de son désir d'épouser Thea avec Fotherby ou qui que ce soit d'autre.

— Je suppose que je devrais te présenter mes vœux de bonheur, déclara Fotherby. J'ai néanmoins la très nette impression qu'elle va t'en faire voir de toutes les couleurs.

Dom réprima un sourire. C'était fort possible, en effet.

— Peut-être.

— Eh bien, je suppose qu'il n'y a plus rien à dire...

— Oui, et j'ai aussi beaucoup de travail. Les affaires ne s'arrêtent pas parce qu'un mariage va avoir lieu. À moins que tu ne veuilles déjeuner avec moi, je te souhaite une bonne journée.

— J'aimerais pouvoir rester, mais ma mère est en ville et elle m'attend à la maison.

Sur ce, Fotherby le salua et s'en fut.

Dom fut étonné de constater à quel point ce départ le soulageait. Deux heures plus tard, de retour chez lui, il fut accueilli par Cyrille, qui semblait l'attendre, et par Tom, qui brandissait une feuille de papier.

— Monsieur, regardez ce que j'ai fait. Mme Sorley dit que je suis un prodige.

Sa voix ne cessait de changer, et les expressions qu'il utilisait trahissaient une bonne éducation, comme Mme Sorley l'avait très vite remarqué. Dom examina le dessin, un portrait de Cyrille endormi dans un fauteuil dans son bureau. Même s'il s'était servi d'un simple crayon, l'enfant avait capturé le moindre détail du pelage luisant de la bête contre le cuir lisse du siège. Tom avait du talent, c'était indéniable, mais cela ne faisait pas tout. Quelqu'un lui avait enseigné la technique. Qui donc étaient ses parents, et comment les retrouver quand le petit refusait de parler d'eux ?

— C'est excellent. Nous devons te trouver un professeur de dessin.

Le garçon rayonna de fierté.

— Merci, monsieur.

Que serait-il advenu de lui si Thea ne lui avait pas porté secours ? On l'aurait sans doute conduit dans la geôle la plus proche, avant de l'expédier dans un hospice, ou pire encore. Oui, il était essentiel de retrouver sa famille.

— Peux-tu me dire où tu habitais quand tu étais avec ta mère ?

Aussitôt, le garçon prit un air buté et craintif.

— Je ne dois pas en parler, sinon je vais le payer.

Dom demanda qu'on serve du thé dans son bureau, où il emmena le garçon.

— Je peux t'assurer que tant que tu seras sous ma garde, personne ne te fera le moindre mal.

Tom resta silencieux un long moment.

— Vous m'avez sauvé de la mort, murmura-t-il enfin.

— Euh… oui. Et plusieurs fois.

Tom rechignait encore à prendre des bains. Heureusement, après avoir annoncé qu'il avait conféré ses pouvoirs de protection à l'un de ses valets, Dom n'avait plus été tenu d'assister systématiquement à ses ablutions.

Le garçon se hissa sur le canapé et le fixa. Finalement, il hocha la tête.

— Je ne connais pas l'adresse, mais je reconnaîtrais la maison si je la voyais.

Dom réprima un gémissement. Voilà une recherche qui risquait d'être longue et difficile.

— Magnifique. Alors, je suggère que nous fassions quelques promenades dans mon cabriolet. Cela devrait te plaire.

Tom hocha si vigoureusement la tête que Dom craignit qu'elle ne se décroche.

Le thé arriva. Mme Sorley remplit une tasse pour Dom, puis servit à Tom une chope de lait et une tarte à la confiture.

— Et n'en laisse pas une miette. Tu n'as que la peau sur les os.

— Oh oui, fit Tom. C'est tellement bon. Même notre cuisinière n'était pas aussi douée.

Mme Sorley lança un regard éloquent à Dom. À l'évidence, elle lui enjoignait de mener une enquête.

— Cette cuisinière vivait avec vous ?

La bouche pleine, le garçon secoua la tête.

— Non. Elle nous apportait à manger. Maman disait que c'était la personne qu'elle préférait après papa et moi.

Papa ? Ses parents avaient donc été mariés ? Première nouvelle. Dom se passa la main dans les cheveux. Et cet homme avait abandonné femme et enfant. Où donc se cachait cette canaille à présent ?

Lord Fotherby s'évertuait à manier sa nouvelle canne à pommeau d'or avec élégance quand on le héla dans une allée du parc.

— Lord Fotherby, quel plaisir de vous rencontrer !

— Lady Manners.

Il retira son chapeau et s'inclina.

— Le plaisir est réciproque, je vous assure.

Elle fit signe à son valet de s'écarter.

— Quelle triste nouvelle, n'est-ce pas ?

De quoi diable parlait-elle ? Quelqu'un était-il mort ? Ah, mais il serait gênant de lui laisser croire qu'il n'était pas au courant des dernières nouvelles.

— En effet. Cela nous a tous pris par surprise.

Elle ouvrit des yeux ronds.

— Vous aussi ? J'aurais pensé qu'il se serait au moins confié à vous. Mais il est vrai que cet homme est très réservé.

Fotherby cligna des paupières. À qui diable faisait-elle allusion ?

— Comme vous dites, il se livre rarement.

Lady Manners hocha tristement la tête.

— Il doit être très embarrassé de devoir épouser une jeune fille indigne de lui et de son rang.

Fotherby comprit enfin. Il devait s'agir de Merton.

— Espérons simplement qu'il saura en tirer le meilleur parti. Il n'a pas le choix, après tout.

Elle poussa un soupir qui souleva une des mèches sur son front.

— Eh bien, pour ma part, je ne puis m'y résoudre. Cette garce sournoise l'a pris au piège. Le saviez-vous ? Il devait épouser ma cousine, Mlle Turley.

« Pris au piège » ? Même s'il ne l'aimait guère, Fotherby n'aurait jamais cru Mlle Sterne capable d'agir de façon aussi révoltante. Cela dit, que ne ferait-on pour mettre le grappin sur un marquis ? Pas étonnant que Merton n'ait pas eu envie de s'étendre sur les circonstances de ses fiançailles. De toute manière, l'affaire était réglée : tout le monde en parlait déjà avant même l'annonce dans le *Morning Post.* À ce stade, un homme n'avait plus aucune chance. Ah, il n'aurait pas dû se montrer si dur envers son ami.

— Sale affaire, en effet, mais que peut-on faire ?

Il avait posé cette question de façon toute rhétorique, mais une étrange lueur apparut dans les yeux de lady

Manners, qui, le prenant par le bras, adopta un ton de conspiratrice.

— Si j'obtenais l'assistance d'un gentleman, il se pourrait que je connaisse un moyen d'empêcher ce mariage.

— Je ne saisis pas. Merton ne se rétractera jamais. Il tient trop à sa réputation.

Elle battit des cils, comme si elle avait une poussière dans l'œil.

— Imaginez que Mlle Sterne n'apparaisse pas au mariage…

Fotherby voulut s'écarter, mais elle s'accrocha solidement à son bras, l'obligeant plus ou moins à répondre.

— Merton aurait l'impression qu'on le traite comme un idiot. Cela lui déplairait fortement.

— Précisément. Il ne lui donnerait pas de seconde chance.

Fotherby commençait à se sentir très mal à l'aise. À l'évidence, cette femme nourrissait un projet – pour ne pas dire qu'elle complotait – et il n'était pas du tout sûr de vouloir y participer. Si cela se savait, sa mère ne le laisserait plus jamais en paix.

— Je refuse de me prêter à un acte un tant soit peu illégal.

— Oh non, non. Rien de la sorte, je vous rassure… Mais si nous pouvions nous débrouiller pour qu'elle soit… ailleurs pendant un jour ou deux…

Lavvie commençait à être prodigieusement agacée. Si elle avait su que Fotherby était une telle poule mouillée, elle se serait adressée à quelqu'un d'autre. Mais maintenant qu'elle s'était ouverte à lui, il était trop tard, et elle devait aider Elizabeth. Lui trouver un homme qui, à défaut de l'aimer, serait bon avec elle. Elle ne voulait pas que sa cousine se retrouve, comme elle, avec un époux qui ne cessait de la blâmer pour un oui ou pour un non.

Le bras qu'elle tenait toujours se raidit.

— Allons, allons, bafouilla Fotherby. Quoi que Mlle Sterne ait fait, je refuse de ruiner sa réputation.

L'homme se révélait plus têtu qu'elle ne l'avait escompté. Malheureusement, Merton n'avait pas beaucoup d'amis et, parmi ceux-ci, Fotherby était le seul à disposer d'une propriété du côté de Richmond. Juste assez loin pour empêcher Mlle Sterne de revenir en ville par ses propres moyens, mais assez proche de Londres pour qu'on ne remarque pas l'absence de Fotherby.

Elle ravala son exaspération.

— Et vous avez tout à fait raison. Ce n'était pas ce que j'avais en tête. Nous ferons simplement savoir qu'elle est rentrée chez elle. J'ai entendu dire que lady Sterne n'était pas en état de voyager. Quoi de plus naturel pour sa fille de retourner auprès de sa maman lorsqu'elle se sera rendu compte qu'elle n'est pas faite pour un tel mariage ?

Comme il ne répondait pas, elle adopta son ton le plus persuasif.

— Mlle Sterne ne sera retenue qu'un jour ou deux avant de repartir indemne auprès de sa famille, et Merton sera libre de choisir une fiancée plus convenable.

Fotherby la regarda, sourcils froncés.

— Comme, par exemple, votre cousine, Mlle Turley ?

— Pourquoi pas, s'il la désire toujours ?

Lavvie résista à l'envie de lever les yeux au ciel tandis qu'il semblait réfléchir.

— Où l'emmèneriez-vous ? demanda-t-il.

Elle pesa un peu plus contre son bras, lui adressant un regard qui se voulait implorant.

— Je ne suis pas encore parvenue à ce stade de mon plan. Il faudrait un endroit assez proche de Londres...

Fotherby réagit exactement comme elle l'espérait.

— J'ai un cottage à Richmond que m'a légué ma grand-mère. Il n'a pas servi depuis des années, mais un vieux couple s'en occupe. J'ignore si ces gens accepteront de retenir Mlle Sterne contre sa volonté.

— Nous pourrions leur dire qu'il s'agit d'une de mes parentes qui a tenté de s'enfuir pour sc maricr illégalement en Écosse et qu'il nous faut l'abriter dans un endroit discret jusqu'à ce que son frère vienne la chercher.

— Je suppose que cela pourrait marcher, marmonna-t-il.

— Alors, il ne nous reste plus qu'à fixer la date, fit Lavvie, comme si le marché était déjà conclu.

Mais Fotherby avait encore des scrupules.

— Je n'accepte de participer à ceci que pour aider Merton, dit-il d'une voix plaintive. Ce serait une honte de le voir se marier contre sa volonté.

— Naturellement, dit Lavvie de sa voix la plus innocente. Une honte.

Elle fit discrètement signe à son valet de venir lui délivrer le message qu'elle lui avait elle-même donné.

— Madame, vous allez être en retard pour votre rendez-vous.

— Merci, Edwards. Lord Fotherby, je suis tellement contente que nous ayons eu cette discussion.

Il accepta sa main tendue.

— Moi aussi. Quand allons-nous… vous savez ?

Elle sourit.

— Je vous préviendrai.

Et, là-dessus, elle le quitta. Dès qu'il fut hors de portée de voix, elle s'adressa à son valet :

— Edwards, je veux qu'on tienne à l'œil une certaine jeune dame. J'ai besoin de connaître son emploi du temps.

— Oui, madame. Je connais quelqu'un qui se chargera de la besogne.

Il marchait derrière elle, beaucoup plus près qu'il ne l'aurait dû. Quand il reprit la parole, elle sentit son souffle sur son cou.

— Je n'ai pas aimé vous voir suspendue au bras de ce dandy, dit-il avec insolence. Que je ne vous revoie plus ainsi.

Elle se retourna. Il la déshabillait carrément du regard.

Un frisson de délice la parcourut. Elle était impatiente de le voir nu une nouvelle fois, de sentir son corps musclé pendant qu'il la pénétrait, si différent de son mollusque de mari.

— Cessez tout de suite ! On pourrait nous voir.

Il haussa un sourcil noir.

— Vous craignez que Monsieur n'apprenne que je couche avec sa femme ?

C'était l'unique peur de Lavvie. Si Manners découvrait sa liaison, il divorcerait. Elle ne survivrait pas au scandale.

— Il ne doit jamais savoir.

— Je vous veux... et vite.

Seigneur, elle haletait comme une chienne en chaleur.

— La chambre de l'ancienne gouvernante.

Ils étaient déjà arrivés chez elle. Sous couvert de lui prendre son manteau, il lui pinça les fesses. Sa voix sourde lui caressa l'oreille.

— Ne me faites pas attendre.

Elle s'humecta les lèvres.

— Je viens tout de suite.

On frappa alors à la porte. Edwards l'ouvrit.

— Ah, Lavvie ! Je n'étais pas sûre de te trouver chez toi, dit Elizabeth. Il faut que nous parlions.

Lavvie laissa sa cousine l'embrasser sur la joue.

— Je suis désolée, ma chère, mais je ne puis te recevoir maintenant. J'ai un mal de tête épouvantable.

— Encore une de tes migraines ?

— Oui. Cette discussion ne peut-elle attendre ?

Elle essayait de prendre un air malade, alors que la seule chose qui clochait chez elle, c'était cette chaleur insoutenable entre ses cuisses.

— Bien sûr. Je suis désolée que tu te sentes si mal. J'espère que tu te remettras très vite.

— Merci. Ne t'inquiète pas pour moi. J'ai un excellent remède.

14

De retour de son club, Dom avait demandé qu'on lui amène Tom. Celui-ci était à présent assis sur ses genoux. Il était clair qu'à une période de sa vie, le garçon avait vécu avec ses deux parents, et le moment était venu d'en découvrir davantage. Dom espérait simplement que l'enfant avait désormais assez confiance en lui pour lui parler.

— Tom, quel est ton nom entier ?

— James Thomas Hubert, répondit le gamin en fronçant les sourcils. Vous êtes en colère contre moi ?

Pourquoi allait-il s'imaginer une chose pareille ?

— Non, bien sûr que non. Pourquoi ?

— Parce que maman m'appelait comme ça quand elle était en colère.

Dom ébouriffa la tignasse du garçon.

— Tu n'as rien fait de mal, dit-il avant de sourire. Mais au moins, maintenant, je sais comment t'appeler quand ce sera le cas. Donc, M. Hubert était ton papa ?

— Non, c'est mon troisième prénom. C'était celui de l'oncle de maman qui est mort.

Dom se demanda s'il n'allait pas contracter la première migraine de sa vie.

— Quel est le nom de famille de ton père, alors ?

Une fois encore, le garçon prit un air buté et serra les lèvres.

Dom se massa les tempes.

— Laisse-moi deviner : tu ne dois le dire à personne.

Tom hocha la tête avec véhémence. Qui avait pu le terrifier à ce point ?

Des voix féminines s'élevèrent dans l'entrée. Sa mère était de retour, et elle n'était pas seule. Thea, peut-être ? Il tira le cordon de la sonnette, et un valet apparut à la porte.

— Milord ?

— Si Mlle Sterne est ici, demandez-lui de me rejoindre, s'il vous plaît.

— Bien, milord.

C'était la réponse attendue, mais Dom ne l'avait jamais entendu donner avec un tel enthousiasme.

Quand sa mère et Thea entrèrent dans la pièce, Tom bondit dans les jupes de celle-ci.

Elle éclata de rire.

— Tu prends des forces, dis donc. Bientôt, tu me feras tomber.

Dom observa le garçon. C'était vrai : en quelques jours, il avait pris assez de poids pour avoir l'air en bonne santé, ou presque.

— N'est-ce pas l'heure de tes devoirs ?

— Oui, monsieur. Je vais voir Sally.

Tom sortit en courant, prenant toutefois le temps de bien refermer la porte derrière lui.

Thea haussa les sourcils.

— Des devoirs ?

— Je le fais travailler avec une des femmes de chambre en attendant d'engager un précepteur. Il faut que nous parlions, Thea. Cet enfant n'est pas ce qu'il paraît être au premier regard.

— Oui, vous me l'avez déjà dit.

Thea et sa mère s'installèrent devant les fenêtres qui donnaient sur le jardin, et Dom commanda du thé.

Quand il arriva, sa mère suggéra à Thea de faire le service.

Dom prit la tasse qu'elle lui tendait et sourit, heureux de l'avoir ici avec eux. Puis il en vint au sujet qui le préoccupait.

— C'est ma gouvernante qui me l'a fait remarquer. Il semble bien que ce garçon ait reçu une excellente éducation.

Il leur raconta sa conversation avec Tom et conclut :

— Mais après ce qu'il a traversé, je ne veux pas lui faire peur.

— Je suis d'accord, déclara Thea. Peut-être pourrais-je lui parler et en apprendre un peu plus. Je crois deviner pourquoi il a aussi peur. D'après ce que vous nous avez dit, je suis persuadée qu'il a été enlevé et séquestré par une de ces bandes qui se servent d'enfants pour en faire des voleurs.

Il reposa sa tasse sur sa soucoupe assez brutalement.

— Vous n'êtes pas sérieuse. De tels gens existent ?

Elle eut un léger haussement d'épaules.

— C'est de notoriété publique. À Londres, tout le monde le sait.

Tout le monde sauf lui. Comment pouvait-elle connaître ces choses alors qu'elle ne vivait même pas en ville ? Il avala une nouvelle gorgée de thé en regrettant que ce ne soit pas du cognac.

— Mais pourquoi utiliser des enfants ? Ne sont-ils pas plus susceptibles de se faire prendre ?

— Au contraire, un enfant se faufile partout. Et puis, en général, on se contente de les emprisonner au lieu de les pendre.

Il faillit recracher son thé.

— Emprisonner ? Ne sont-ils pas envoyés dans un hospice ?

Comment pouvait-elle rester assise ainsi avec un tel calme ?

— Pas s'ils sont accusés de vol. Si nous n'étions pas intervenus, on aurait sans doute expédié Tom à Newgate.

Soudain, le cœur de Dom battait très fort.

— Newgate ? Mais c'est la plus abominable des prisons !

Thea acquiesça.

— Oui et c'est la raison pour laquelle lady Evesham et lady Rutherford ont fondé cet orphelinat et tentent à présent de faire changer la loi. Il est cruel de tenir un enfant pour responsable d'actes qu'on le force à commettre. Ces canailles ont dû menacer Tom de terribles représailles s'il osait parler de leur bande ou de lui-même.

Thea lui servit une autre tasse de thé pendant que Dom essayait de faire la part des choses entre ce dont il avait toujours été convaincu et ce qui se révélait être la réalité. Son oncle savait-il ce qu'il faisait quand il lui avait conseillé de voter pour des châtiments impitoyables envers les criminels de tous âges ? Une loi contre laquelle Worthington et ses amis s'étaient farouchement battus.

— Dominic ?

— Oui, mère ?

— Dorothea doit visiter la maison avec Mme Sorley. Nous allons te laisser maintenant.

— Bien sûr.

Il se leva avec elles et prit la main de Thea.

— À ce soir, dit-il, ou peut-être avant.

Elle fouilla son regard et sourit.

— L'un ou l'autre, et peut-être les deux.

Tôt ou tard, il lui faudrait aller au fond de cette histoire avec Tom, mais pour l'heure il ne pensait qu'à ce bal avec Thea. Avec un peu de chance, il trouverait un boudoir discret ou un coin de jardin désert pour l'embrasser. Seigneur, il en mourait d'envie.

Dotty avait été sidérée de découvrir à quel point Dom vivait à l'écart de la vie réelle. Quant à Tom, elle aurait sans doute de meilleures chances que son fiancé de l'amener à parler. Elle avait des sœurs et un frère plus jeunes.

— Vous souhaitez voir le petit Tom, n'est-ce pas ? demanda lady Merton tandis qu'elles se dirigeaient vers son boudoir, où la gouvernante devait les rejoindre.

Dotty sourit. En quelques jours à peine, elle en était venue à apprécier et même à admirer la perspicacité de sa future belle-mère.

— Oui. Après avoir vu votre gouvernante, naturellement.

— Je crois que c'est une bonne idée. Il se confiera plus facilement à vous qu'à Dom. Au fait, si vous désirez un petit conseil pour vous attirer les faveurs de Mme Sorley, encouragez-la à vous parler de la famille. Elle est née ici, et sa mère était notre gouvernante avant elle. Elle connaît tous nos secrets.

Dotty écarquilla les yeux.

— Car il y en a ?

— Plus que je ne saurais le dire, soupira lady Merton.

Mme Sorley les attendait déjà. De taille moyenne, avec des cheveux châtain clair et des yeux gris, elle semblait avoir une quarantaine d'années. C'était une femme d'abord plaisant, mais sérieux. Elle plut aussitôt à Dotty, même celle-ci plaignait déjà le gamin qui allait salir ses parquets.

La gouvernante exécuta une révérence.

— Mademoiselle, je suis ravie de vous rencontrer.

Dotty lui tendit la main.

— Moi aussi, madame Sorley. Nous commençons ?

La gouvernante lui prit deux doigts avant de les relâcher. Un sourire scia son long visage étroit.

— Par les étages du haut, si cela vous convient.

— Parfaitement.

Apparemment, Mme Sorley avait conçu cette visite exactement comme Dotty l'aurait fait.

— La nursery ?

— Oui, mademoiselle. Je prendrai des notes, mais peut-être aimerez-vous en faire autant, ajouta-t-elle en lui tendant un carnet et un crayon.

Dotty la suivit au troisième étage, celui réservé aux enfants. Comme elle s'y attendait, la maison était propre et ordonnée, mais pouvait avoir besoin de quelques travaux de rénovation ici ou là. Lady Merton n'y avait pas passé beaucoup de temps. Après avoir vu la salle d'étude de Stanwood House ainsi que les plans pour celle de Worthington House, Dotty ne manquait pas d'idées. Même si elle ne comptait quand même pas élever onze enfants.

Dans la salle d'étude, justement, Tom prenait une leçon de lecture avec Sally.

— Mais, Sally, je ne comprends pas.

La fille se gratta la joue.

— Je ne suis pas sûre de connaître moi-même la réponse.

Dotty vint derrière Tom pour lire le passage par-dessus son épaule. Le livre d'où il était tiré était un très vieil ouvrage juridique.

— Sally, je vous en prie, ne le prenez pas mal, mais n'y avait-il rien d'autre ?

La fille grimaça.

— Non, mademoiselle. C'est le seul livre que j'aie trouvé.

Dotty se tourna vers Mme Sorley.

— Sûrement que dans la bibliothèque...

— Non, mademoiselle. Après la mort du père de lord Merton, lord Alasdair a fait jeter tous les livres pour enfants.

Comment un homme sain d'esprit pouvait-il faire une chose pareille ?

— Seriez-vous en train de me dire que lord Merton a appris à lire dans des ouvrages tels que celui-ci ?

— Oui, mademoiselle, répondit Mme Sorley avec une réprobation évidente.

Pas étonnant que Matt ait à ce point détesté ce lord Alasdair. Dotty se mordit la lèvre. Elle n'était pas encore la femme de Dom et n'avait aucun droit de critiquer un membre de sa famille.

— Pourrait-on dresser une liste de livres plus appropriés que nous enverrions chercher dans une librairie ?

— Si vous vous occupez de la liste, mademoiselle, j'enverrai un valet sur-le-champ.

L'air de défi de Mme Sorley était éloquent : voilà une initiative qu'elle soutenait totalement.

S'asseyant à la petite table, Dotty sortit son carnet, réfléchissant déjà aux ouvrages qui conviendraient pour Tom.

— Mademoiselle ?

— Oui, madame Sorley ?

— Le garçon est très doué en dessin.

Sally opina et tendit une feuille de papier à Dotty.

— Regardez. Il a fait cela pour moi.

Le dessin était un portrait saisissant de ressemblance de la femme de chambre. Tom avait même réussi à capter l'étincelle d'espièglerie dans son regard.

— Il faudra donc aussi du matériel de dessin, dit Dotty en observant le garçon qui, déjà, s'était remis à crayonner sur la feuille. Tom, quel âge as-tu ?

— Six ans.

Il plaqua soudain la main sur sa bouche.

— Je ne dois le dire à personne, parce que j'ai l'air plus jeune.

Dotty fit signe à Mme Sorley et à Sally de quitter la pièce. Une fois la porte fermée, elle installa le garçon sur ses genoux.

— Je sais que tu n'as pas été bien traité avant de venir ici. Mais je te promets que plus personne ne te fera de mal. Tu me crois ?

Tom hocha la tête.

— Monsieur a dit la même chose. Mais les autres disaient…

Il était temps de tuer les dragons. Elle le regarda droit dans les yeux.

— Écoute-moi bien. Tous ceux qui voudront s'en prendre à toi devront d'abord en passer par lord Merton et par moi, ainsi que par Paken et *tous* ses valets.

Le garçon ouvrit de grands yeux.

— Même M. Paken, c'est vrai ?

Comme elle l'espérait, l'imposant et imperturbable majordome avait fait forte impression sur l'enfant.

— Crois-tu que les gens dont tu parles pourraient y parvenir ?

Lentement, Tom secoua la tête.

— Mais pour que Paken puisse te protéger au mieux, tu dois nous aider.

— Comment cela ?

— En me disant tout ce dont tu te souviens à propos de tes parents et de l'endroit où tu vivais avant de te retrouver à la rue.

Tom la fixa pendant ce qui parut durer un très long moment avant de s'effondrer littéralement contre elle. Il se mit à réciter comme une leçon apprise par cœur :

— Le nom de jeune fille de maman est Sophia Cummings. Son père est M. James Cummings, de Bude, en Cornouailles. Mon père est Robert Cavanaugh. C'est le fils du comte de Stratton. Papa est major du 95e fusiliers qui est en route pour le Brésil.

La voix de Tom se mit à trembler.

— Je m'appelle James Thomas Hubert Cavanaugh. Je suis né le 6 avril 1809. J'habite au 14, St. George Street.

Dotty serra contre elle son petit corps secoué de sanglots. Elle refoula les larmes qui lui montaient aux yeux.

— Chut, tout va bien maintenant. Tu n'as plus rien à craindre, je te le promets.

Quand il fut calmé, elle appela Mme Sorley, qui revint avec une tasse qu'elle glissa entre les doigts de l'enfant.

— Un bon lait chaud lui fera du bien.

— Oui. Que Sally reste avec lui et ne le quitte pas. Je vais le mettre au lit.

Il était clair que ces révélations avaient épuisé Tom.

— Bien, mademoiselle. Dois-je dire à Monsieur de monter ?

— Non, mais demandez à lady Merton de me rejoindre dans le petit salon, s'il vous plaît.

— Oui, mademoiselle. Puis-je dire que je suis heureuse de vous voir rejoindre la famille ?

Et, sur une dernière révérence, la gouvernante s'en fut.

Dotty porta Tom dans sa chambre et le borda. Cyrille bondit sur le lit pour se blottir contre lui.

Grâce au Ciel, se dit Dotty, sa mère lui avait fait apprendre par cœur son nom et son adresse. Quel moment terrifiant cela avait dû être pour elle lorsqu'elle était morte seule avec son garçon !

Elle refoula ses larmes. Mieux valait se concentrer sur la rage qu'elle éprouvait à l'égard des canailles qui avaient jeté cet enfant à la rue.

Quand sa mère et Thea pénétrèrent dans son bureau, Dom se leva de sa chaise et attendit qu'elles aient pris place pour se rasseoir. Décidément, elles semblaient s'entendre remarquablement, et il en était heureux.

Puis il remarqua que toutes deux plissaient les lèvres et les yeux d'un air de mauvais augure, et son sourire faiblit.

— Que se passe-t-il ?

Thea glissa une petite feuille de papier sur le bureau.

— Tom m'a finalement dit son nom. Je comptais me rendre tout droit à l'adresse où il demeurait avec sa maman, mais votre mère m'a convaincue de vous en parler d'abord.

Sous le coup de la colère, sa voix grimpa d'un ton ou deux.

— Cette Mme White nous doit des explications.

Dom la regarda fixement, perplexe.

— La propriétaire des lieux, expliqua Thea. C'est elle qui a dû vendre Tom à ces canailles.

Elle était hors d'elle. Ce que lui avait révélé le garçon l'avait visiblement bouleversée.

— Commencez par le commencement et dites-moi ce que vous avez appris.

— Tout est sur cette feuille, intervint sa mère. Mme Sorley ne se trompait pas. Tom est bien issu d'une bonne famille.

— Dans ce cas, c'est cette famille que nous devons trouver.

— Ce que je ne comprends pas, marmonna Thea, c'est pourquoi on n'a pas prévenu le comte de Stratton à la mort de cette femme.

Regardant alternativement sa mère et Thea, Dom demanda :

— Stratton ?

Comme s'il n'avait rien dit, Thea enchaîna :

— Il aurait sans doute payé une somme bien plus importante que ces gibiers de potence.

— Je ne sais pas, ma chère, dit la mère de Dom. Le comte est un homme dur. Imaginez que son fils ait épousé une femme qu'il n'approuvait pas.

— Mais faire porter cette responsabilité à l'enfant ? C'est criminel, dit Thea en serrant ses petits poings.

Dom poussa un long soupir. De quoi diable parlaient-elles ?

— L'une de vous aurait-elle la bonté de me dire ce que le comte de Stratton a à voir avec Tom ?

Thea le fixa d'un air réprobateur, comme s'il aurait déjà dû le savoir.

— Mais c'est son grand-père, bien sûr.

— Enfer et damnation !

— Dominic ! le gronda sa mère. N'use pas d'un tel langage devant Dorothea ou moi.

— Oui, mère, grommela-t-il en s'emparant enfin de la feuille de papier.

Robert Cavanaugh et Sophia Cummings Cavanaugh. Il secoua la tête. Le père de Tom devait avoir quelques années de plus que lui, et la seule personne qui pourrait éventuellement lui donner des informations sur un major du 95e fusiliers était Worthington. Ah oui, enfer et damnation !

— Nous pourrions approcher le comte d'abord, suggéra Thea.

— Je n'en suis pas si sûre, ma chère, répondit lady Merton. Mieux vaut d'abord savoir quelles sont les relations entre le père et le fils. Oh, pourquoi ai-je passé autant de temps emmurée à Bath ?

Elle se leva, puis décréta :

— Allons voir cette Mme White.

Thea se leva à son tour. Et Dom aussi, par habitude. Mais que croyaient-elles faire ? N'étaient-elles pas venues lui demander son avis ?

— Dominic, après St. George Street, j'emmènerai Dorothea à Stanwood House.

Apparemment pas. Les femmes de sa vie étaient-elles toutes devenues folles ? Que Thea veuille aller à St. George Street, il aurait dû s'y attendre, mais sa mère ?

Celle-ci souriait comme si elle s'apprêtait à rendre une visite mondaine.

— Attendez un peu. Je viens avec vous.

Il tira sur un cordon, et un valet apparut aussitôt.

— Qu'on prépare la voiture de ville. Tout de suite.

— Bien, monsieur.

Dom l'entendit courir dans le couloir.

— Où est Tom ?

— Il dort, expliqua Thea en piquant une aiguille dans son chapeau. Toutes ces émotions l'ont épuisé.

Elle se dirigea vers la porte.

— Je suis ravie que vous ayez décidé de nous accompagner, déclara-t-elle. Un marquis ne sera pas de trop pour intimider ces gens.

Il faillit en rester bouche bée. Puis il eut envie d'éclater de rire. Elle avait enfin trouvé une utilité à son titre. Son oncle en aurait fait une crise d'apoplexie. Mais lui, Dom, ne s'était jamais senti aussi vivant.

— C'est ce que nous, marquis, faisons le mieux, dit-il en s'inclinant d'un air ironique. Je vous rejoins dans l'entrée.

Dès qu'elle eut quitté la pièce, il ouvrit le tiroir de son bureau et en sortit un pistolet, certes petit mais redoutable. Parfois, il pouvait arriver qu'un titre ne suffise pas.

15

Vingt minutes plus tard, la voiture de Dom s'immobilisait devant une modeste maison sur St. George Street. La façade était assez banale, grise de la saleté londonienne. Quelques marches menaient à une porte dont le heurtoir aurait eu grand besoin d'être poli. Tout cela paraissait néanmoins assez respectable.

Roger, un des deux valets qui les accompagnaient, ouvrit la portière de la voiture avant d'aller manœuvrer le heurtoir. Une fille maigre aux cheveux frisés, un tablier couvrant sa terne robe bleue, apparut.

— Le marquis de Merton souhaite rencontrer Mme White, annonça Roger de sa voix la plus formelle.

— Je ne sais pas si elle reçoit, déclara la fille en pâlissant quelque peu.

À l'évidence, elle avait plus peur de sa maîtresse que d'un quelconque marquis.

Dom s'avança.

— Peut-être pourriez-vous le lui demander ?

Quand la servante voulut fermer la porte, Roger la bloqua du pied en déclarant d'un ton affable :

— Allons, allons, vous ne voudriez pas que lord et lady Merton attendent sur le trottoir, n'est-ce pas ?

La fille le dévisagea avant de se tourner vers Dom.

— Bon, entrez s'il le faut. Mais j'vous l'dis, elle aime pas recevoir des inconnus.

— Une vieille mégère, hein ? fit le valet.

Elle parut s'adoucir un peu.

— On peut le dire. Dès que je trouve une autre situation, je file d'ici.

Thea, qui avait rejoint Roger, sourit.

— Merci beaucoup de nous avoir permis d'entrer.

La fille la fixa avec des yeux ronds avant d'exécuter une révérence.

— Oui, madame. Je vais chercher ma maîtresse.

Thea regarda autour d'elle et passa un doigt sur la rampe d'escalier, puis examina son gant.

— Cet endroit aurait bien besoin d'un bon ménage.

Quelques instants plus tard, une jeune mère descendit le même escalier, tenant par la main une enfant de l'âge de Tom. Arrivée au bas des marches, elle leva les yeux.

— Oh, désolée, je ne vous avais pas vus. Venez-vous visiter l'appartement vacant ?

Dom allait répondre par la négative quand le regard de Thea l'arrêta.

— Mais oui, absolument, déclara-t-elle. Vous habitez ici depuis longtemps ?

La femme sourit.

— À peine trois mois. Je comptais retourner vivre chez ma mère en attendant que mon mari nous trouve une maison au Canada.

Thea fronça les sourcils.

— Veuillez m'excuser, dit la femme en souriant. Ce que je dis doit vous paraître sans queue ni tête. Mon mari est militaire, et l'armée l'envoie en poste au Canada pour quelques années. Nous le rejoindrons dès qu'il nous aura trouvé un logement. Je devais vivre chez ma mère, mais Mme White s'est montrée si gentille que mon mari et moi avons décidé que je séjournerais ici jusqu'à ce que nous puissions le rejoindre. S'il paie le loyer à l'avance, elle nous accorde même une remise pour le temps que nous passerons ici.

Thea baissa les yeux vers la fillette.

— Quelle charmante petite fille.

— Merci, dit la femme, ravie. Elle est si gentille, et d'ici quelques mois, elle aura la joie d'être rejointe par un petit frère ou une petite sœur. C'est la raison pour laquelle mon mari ne veut pas que je voyage avec lui.

Même si elle parut rester imperturbable, Dom crut sentir Thea se raidir.

— Mme White aime les enfants ?

— Elle les adore. Elle a même donné à Susan certains des jouets laissés par d'anciens locataires.

Thea se figea, et Dom comprit ce qu'il lui en coûtait de continuer à sourire. Il était prêt à parier que ces jouets avaient appartenu à Tom. Il se passait quelque chose de très bizarre ici.

— Madame, votre mari est-il déjà parti ?

— Oh non. Nous avons encore deux semaines ensemble.

Elle tendit la main à Thea.

— Je suis décidément impolie, pardonnez-moi. Je suis Mme Horton.

Thea se présenta à son tour.

— Je suis... Mme Merton, et voici mon mari et ma belle-mère. Que sont devenus les gens qui occupaient cet appartement vacant ?

La femme prit un air perplexe.

— Je ne sais pas trop. Ils sont partis très soudainement, il y a un mois. La dame avait été très bonne avec moi. Son enfant devait naître à l'automne...

— Maman, pouvons-nous y aller maintenant ? demanda la fillette. Bessie va nous attendre.

— Oui, ma chérie, bien sûr.

Mme Horton adressa un nouveau sourire à Thea.

— Nous serons peut-être bientôt voisines, qui sait ?

Thea lui rendit son sourire.

— Ce serait délicieux, n'est-ce pas ?

À peine la porte de la maison refermée, la servante revint.

— Mme White va vous recevoir. Elle dit qu'elle ne se sent pas très bien et vous demande de ne pas vous attarder.

Dom posa une main sur les reins de Thea tandis qu'ils suivaient la fille dans un étroit couloir. L'atmosphère de cette maison le troublait, et ce contact avec elle lui donnait l'impression de la protéger.

Ils pénétrèrent dans un salon décoré avec un mauvais goût navrant. Un assortiment de flacons et de petites boîtes étaient disposés sur une table, près d'une sorte de chaise longue sur laquelle était installée une corpulente femme d'âge mûr coiffée d'un bonnet en dentelle d'où dépassaient des boucles d'un blond peu naturel. Un châle aux couleurs criardes recouvrait son ample poitrine, et un linge mouillé était plaqué sur son front, ce qui avait pour conséquence de faire couler son lourd maquillage. Dom songea à une comédienne dans une très mauvaise pièce.

— Monsieur, mesdames, pardonnez-moi, dit-elle d'une voix qui se voulait un murmure. Je souffre atrocement et ne suis pas en état de me lever.

Elle fit un geste.

— Comme vous le voyez, je suis aux portes de la mort, mais votre présence dans mon humble maison est un honneur.

Dom s'avança et inclina légèrement la tête.

— Madame White, nous sommes venus chercher les effets de Mme Cavanaugh.

Pendant un moment, sous l'épaisse couche de fard, la femme prit un teint verdâtre et parut réellement malade. Mais elle se ressaisit rapidement.

— La malheureuse ! Hélas, il ne me reste plus rien d'elle. J'ai dû mettre en gage le lot pour régler son loyer.

— Et son fils ? demanda-t-il en s'avançant encore, mâchoires serrées.

Elle poussa un soupir théâtral.

— Le pauvre enfant s'est enfui. Je l'ai cherché pendant des jours et...

— Assez, coupa Dom, qui se tenait à présent juste au-dessus d'elle. Je ne supporte pas qu'on me mente.

Elle porta la main à sa gorge.

— Monsieur, je vous en prie. Mon cœur.

— Je ne vous crois pas non plus, déclara Thea en venant se placer aux côtés de Dom.

— Et moi non plus, renchérit lady Merton, qui détaillait la pièce autour d'elle. En fait, je ne serais pas surprise que la plupart de ces babioles appartiennent aux familles de vos victimes.

Adoptant subitement un nouveau rôle, Mme White ricana.

— Essayez donc de le prouver.

Thea s'empara d'une boîte en argent sur la petite table.

— Voilà qui pourrait constituer un début de preuve. Les initiales « SC » y sont gravées. Ce sont celles de la mère de Tom. Il devrait reconnaître cette boîte.

Mme White voulut la récupérer, mais Thea fut plus rapide et mit l'objet hors de portée des griffes de la femme.

— Elle me l'a donnée. C'est un cadeau.

— Tout comme Tom vous a donné ses jouets ? intervint Dom. Je ne crois pas, madame White.

Soudain, la femme se troubla.

— Je vous ai dit qu'il était parti. Je ne l'ai pas revu depuis. Il était bouleversé.

Pour la première fois de sa vie, Dom eut envie de gifler une femme.

— Bouleversé au point de se souvenir que vous l'avez confié à deux hommes qui l'ont emmené ? N'est-ce pas ce qu'il nous a dit, ma chère ? ajouta-t-il en se tournant vers Thea.

— Dit ? fit Mme White qui, pour la première fois, semblait aussi faible qu'elle voulait s'en donner l'air.

Dom allait lui saisir le bras quand Thea l'en empêcha.

— Laissons les Coureurs de Bow Street s'en occuper.

En l'entendant mentionner ces implacables détectives, Mme White bondit de sa chaise et se rua vers la porte. Dom la rattrapa au moment où elle l'ouvrait. Elle se retourna pour le griffer, mais le rata. Dépitée, elle se mit à geindre.

— Par tous les diables, quel est ce bruit ? demanda un homme qui portait l'uniforme du 95e fusiliers. Oh, pardonnez-moi, mesdames, je ne vous avais pas vues. Que se passe-t-il avec Mme White ?

Dom relâcha son étreinte, et la femme s'écroula par terre.

— Si j'étais vous, je sortirais ma femme et ma fille de cette maison.

— Major Horton ? demanda Thea.

— Oui, répondit l'homme, éberlué.

— Je suis Mlle Sterne, et voici mon fiancé, lord Merton, et sa mère, lady Merton.

Thea posa une main sur le bras du major.

— Cette maison n'est pas un endroit sûr pour votre famille.

Le major contempla la scène qui s'offrait à ses yeux et fronça les sourcils.

— Où sont-elles en ce moment ?

— En sécurité. Elles se rendaient au parc quand nous sommes arrivés, répondit la mère de Dom.

— Mieux vaut qu'elles n'aient pas vu ceci. Ma femme en aurait été bouleversée.

Il marqua une pause, puis reprit :

— Merton ? Le cousin de Worthington ?

Dom réprima un grognement. Cet incident n'allait pas tarder à faire le tour de la ville. À quoi pensait-il quand il avait permis à sa mère et à sa fiancée de se mêler d'une affaire pareille ? Et pourquoi lui-même était-il ici ? Qu'aurait dit oncle Alasdair ?

— Je n'aurais pas cru cela de vous.

Tiré de ses pensées, il regarda le major.

— Je vous demande pardon ?

Le soldat sourit.

— À en croire Worthington, vous n'êtes pas du genre à vous mêler d'une histoire comme celle-ci.

— Ce n'est pas vrai, intervint Thea, se portant aussitôt à son secours. Il possède toute la compassion du monde. Il m'a aidée à sauver des chatons...

— Mon amour, merci, mais ce n'est pas nécessaire.

Une lueur espiègle brilla dans le regard du major Horton.

— Des chatons ?

Thea haussa le menton.

— Oui, et un enfant, qui est la raison même de notre présence ici.

Elle baissa les yeux et découvrit Mme White, qui essayait de profiter de la diversion pour ramper hors de la pièce.

— Arrêtez-la !

Le major se posta aussitôt devant la porte, et la femme se hissa sur ses genoux, les deux mains croisées sur sa poitrine.

— Oh, major ! Aidez-moi, je vous en prie !

— J'aimerais savoir ce qu'il se passe ici.

Derrière le major apparut le visage de Roger.

— Milord... Tout va bien ?

— Oui, et si vous envoyez quelqu'un chercher un ou deux Coureurs à Bow Street, tout ira encore mieux.

— Major, déclara lady Merton en brandissant les cordons d'un rideau, si vous voulez bien nous aider, nous vous raconterons tout ce que nous savons. Mais d'abord, nous ferions mieux de l'attacher. Je suis certaine qu'elle va encore chercher à s'enfuir.

Dom prit un des cordons, le major l'autre, et la femme ne tarda pas à se retrouver pieds et poings liés. Dotty approcha un tabouret et s'y installa.

— Racontez-nous toute l'histoire et n'oubliez aucun détail.

Mme White détourna la tête.

— Je ne vous dirai rien. Vous n'avez aucune preuve. Personne ne croira la parole d'un mioche.

Thea haussa les sourcils et, se tournant vers Dom, employa la même voix calme et impérieuse que lors du soir de leurs fiançailles.

— Il faut interroger la servante. Merton, vous pourriez lui offrir un emploi si elle nous donne un compte rendu exact de ce qu'il se passe dans cette maison.

— Elle est pas si stupide, ricana Mme White. Si elle parle, ils s'occuperont d'elle.

Dom la fixa.

— Pas si elle est sous ma protection.

Serrant les lèvres, la femme ne répondit rien.

Thea se leva.

— Je vais parler à la fille.

Dom tiqua.

— Seule ?

— Tout ira bien. Roger sera là. Vous devez rester ici pour attendre les Coureurs. Lady Merton ?

Sa future belle-mère la regarda.

— Oui, ma chère ?

— Serait-ce trop vous demander de fouiller dans ce bric-à-brac pour trouver tout ce qui pourrait constituer une preuve ? Des initiales, des noms gravés...

— Excellente idée, fit lady Merton avec un air ravi.

Mme White se mit à pleurnicher.

Dotty trouva la jeune servante assise sur les marches de l'escalier, Roger veillant sur elle.

— Comment t'appelles-tu ? demanda-t-elle en s'asseyant à côté de la fille.

La jeune femme frissonna.

— Sukey.

— Eh bien, Sukey, il s'en passe de drôles ici, n'est-ce pas ?

La fille hocha la tête.

— M. Roger dit que Sa Seigneurie me protégera si je vous parle.

— M. Roger a raison.

— Et s'ils me cherchent ?

— Lord Merton peut t'offrir un emploi dans un de ses domaines à la campagne, si tu préfères. Tu y seras en parfaite sécurité.

Roger prit la main de Sukey.

— C'est ce que tu voulais. Sache que lord Merton protège toujours les siens.

Elle leva les yeux vers le valet avant d'acquiescer.

— Je suis ici depuis à peu près un an. Les premières fois, j'ai cru ma maîtresse quand elle disait que les gens étaient juste partis sans prévenir. Jusqu'au jour où j'ai vu une lady boire le thé que Mme White lui avait donné et sombrer dans une sorte de torpeur.

Dotty se mordit la lèvre.

— Une lady ?

— Oui, m'dame. Elle était au bout du rouleau, et Mme White l'avait recueillie. Je crois qu'elle était enceinte, mais elle ne portait pas d'alliance.

Sukey regarda Dotty.

— Comme si elle n'était pas mariée, voyez.

Elle fit signe à la fille de continuer.

— Deux jours après, un homme s'est présenté à la porte de la cuisine. Mme White m'avait envoyée en haut, mais je me suis cachée au coin de l'escalier. Il était venu pour la lady.

— Comment cela ? demanda Dotty, perplexe.

— Il devait l'emmener chez une certaine Mlle Betsy.

Roger sursauta.

Dotty se tourna vers lui.

— Vous connaissez cette dame ?

— Oui, mademoiselle, mais vous ne devriez pas entendre parler de ces endroits-là.

Sukey reprit son histoire, parlant d'autres femmes transportées ailleurs pendant leur sommeil et d'enfants s'évanouissant dans la nature. Elle évoqua aussi la mort de Mme Cavanaugh, qui avait visiblement surpris Mme White, sans doute une réaction malheureuse à la drogue qu'elle lui avait administrée. Dotty ne possédait pas l'expérience nécessaire pour comprendre tout ce que cela signifiait, mais elle était certaine que les Coureurs sauraient tirer cette affaire au clair. Quand Sukey eut terminé, elle serra ses mains dans les siennes.

— Merci pour ton aide. Nous veillerons sur toi, je te le promets.

Sukey jeta un coup d'œil à Roger.

— Tu peux croire Mlle Sterne, assura-t-il. Lord Merton ne revient jamais sur sa parole.

On frappa à la porte d'entrée, et il alla ouvrir. Un homme grand et mince, vêtu d'une veste rouge, entra dans le hall.

— Hatchet, de Bow Street, se présenta-t-il.

— Je suis Mlle Sterne, répondit Dotty. Vous trouverez lord et lady Merton ainsi que le major Horton dans le salon au fond du couloir. Votre aide sera la bienvenue.

— Mon partenaire, M. Bonner, ne devrait pas tarder.

Plutôt que de l'accompagner, Dotty préféra rester dans le hall pour attendre Mme Horton. Ce qu'elle avait à lui annoncer était déjà assez angoissant ; il était inutile que la jeune mère assiste à l'interrogatoire de Mme White. Dotty elle-même était en proie à un début de nausée : elle connaissait la cruauté dont certains individus étaient capables, mais quelque chose lui disait que le pire était encore à venir.

Quand le deuxième Coureur arriva, elle l'envoya directement dans le salon. Sukey, accompagnée de Roger, alla préparer du thé dans la cuisine. Dotty se rassit sur les marches. Elle eut l'impression d'attendre une éternité avant que Dom et sa mère reviennent.

Son fiancé l'aida à se lever et la prit dans ses bras.

— Ai-je une nouvelle domestique ?

Cette question gentiment moqueuse lui fit du bien.

— Oui. Elle ne peut rester ici. C'est trop dangereux.

— Roger l'escortera jusqu'à Merton House.

Se souvenant de la présence de lady Merton, elle s'arracha aux bras de Dom.

— Madame, pardonnez-moi. Je n'aurais pas dû...

— Vous avez eu une rude journée, ma chère, dit lady Merton, compatissante. Il n'y a rien de mal à laisser votre futur mari vous réconforter.

— Absolument rien de mal, fit Dom en la reprenant dans ses bras.

Mais quand le major Horton revint dans le hall, il s'écarta.

— Major, où allez-vous vivre ?

L'homme prit un air sombre.

— Je n'en sais rien. Les Coureurs nous ont assuré que nous pourrions rester encore quelques semaines, mais je ne veux pas laisser ma femme seule ici après mon départ.

— Ne pouvez-vous l'emmener ? s'enquit Dotty.

— Dans un cantonnement ? Non. Et je ne puis envisager d'abandonner ma carrière. Maintenant que la guerre est terminée, il est de plus en plus difficile pour nous, militaires, de rester en service actif.

— Qu'en est-il de vos parents ou des siens ? demanda Dom.

Le major éclata d'un petit rire sans joie.

— Nous avions envisagé qu'elle s'installe chez sa mère, mais ce serait unc autre guerre. Nos familles se détestent cordialement. Elles n'ont pas coupé tous les liens avec nous, mais si ma femme et mon enfant devaient vivre avec l'une ou l'autre, ma pauvre Rebecca en deviendrait folle.

Dotty échangea un regard avec lady Merton, une idée commençant à germer dans son esprit.

— Et si votre femme et votre fille disposaient d'un endroit sûr où loger ?

— À quoi pensez-vous, ma chère ? l'encouragea lady Merton.

— J'ignore les contraintes légales, et même si cela est réalisable, fit Dotty en contemplant le hall d'entrée autour d'elle. Mais serait-il possible d'acheter cette maison, ou bien une qui lui ressemble, pour en faire une sorte de refuge ?

À mesure qu'elle parlait, tout devenait plus clair dans sa tête.

— Les appartements pourraient être loués à des familles comme celle du major Horton, poursuivit-elle, ou à des veuves qui n'ont plus nulle part où aller, ou bien...

Ce qu'elle était sur le point de proposer était si scandaleux qu'elle hésita avant d'ajouter :

— ... à des femmes dans le besoin.

Retenant son souffle, elle attendit la réaction de sa future belle-mère.

Une lueur de compréhension passa dans le regard de lady Merton.

— Oui, bien sûr. Beaucoup de dames de bonne naissance n'ont guère de moyens... sans parler de ces autres qui ont tant besoin d'assistance.

Dotty respira de nouveau.

— Milord, vous serait-il possible d'acheter cette maison ainsi qu'une ou deux autres ?

Lady Merton observa son fils et haussa les sourcils.

— S'il ne le fait pas, je m'en chargerai.

Dom contempla sa mère quelques secondes puis prit la main de Dotty, qu'il porta à ses lèvres.

— Je préfère éviter d'acquérir celle-ci. Elle est trop chargée de mauvais souvenirs. Néanmoins, si cela vous rend heureuse, je demanderai à mon régisseur d'en trouver d'autres.

Leurs regards se croisèrent, et elle sut qu'elle avait eu raison. Au fond, Dom était un homme bon et généreux.

— Merci, dit-elle, profondément reconnaissante.

— Eh ben, fit Sukey depuis la porte de la cuisine, si c'est pas un vrai gentleman.

Le major Horton éclata de rire, mais se figea brusquement quand la porte s'ouvrit pour livrer passage à sa femme et à sa fille, tandis que du couloir surgissait un des Coureurs de Bow Street qui tenait solidement Mme White par le bras. Des traînées de larmes creusaient le maquillage sur ses joues. Le noir autour de ses yeux avait coulé, lui donnant une apparence grotesque et quelque peu macabre.

— Bonté divine ! s'exclama Mme Horton. Lion, que se passe-t-il ici ?

Le major souleva sa fille dans ses bras et prit sa femme à l'écart pour lui parler à voix basse. Celle-ci poussa plusieurs petites exclamations étranglées, puis lança un regard acéré vers la logeuse.

— Mesdames, milord, major, déclara le Coureur, nous aurons besoin de vos dépositions au plus tôt.

Dom hocha la tête.

— Bien sûr. Si nous trouvons un bureau, nous pouvons le faire tout de suite.

Sukey s'éclaircit la voix.

— Je vais vous montrer le bureau de Mme White. Vous pourrez y prendre le thé.

Tous suivirent la servante dans une petite pièce à l'arrière de la maison. Dans le bureau meublé d'une table en chêne et de plusieurs chaises, un des murs était couvert d'étagères chargées de ce qui ressemblait à des livres de comptes. Tandis que Dom s'asseyait et commençait à écrire, Dotty en ouvrit quelques-uns. Quoi qu'elle puisse être par ailleurs, Mme White était une femme méticuleuse. Tout était inscrit là, noir sur blanc : dépenses pour la maison, identités des locataires et revenus. Elle archivait avec le même soin ses activités criminelles : les montants reçus de ses complices identifiés par des initiales ou par leurs noms de guerre – ce fut du moins ce que conclut Dotty en découvrant un certain « Serpent ».

— Sukey, va chercher M. Hatchet.

Dom releva la tête.

— Thea, qu'avez-vous trouvé ?

Elle lui tendit le livre.

— Mme White a tout noté. Si ses victimes sont encore vivantes, nous devrions pouvoir les sauver.

Il plissa légèrement les yeux.

— Vous voulez dire que les Coureurs pourront les sauver. Vous n'allez pas écumer Whitechapel ou ces quartiers mal famés où opèrent ces bandes de criminels. C'est bien trop dangereux.

— Oui, bien sûr.

Il avait raison sur ce point, mais il fallait néanmoins retrouver ces femmes au plus vite.

16

Après avoir saupoudré de sable son témoignage, Dom abandonna le bureau à sa mère. Le major et sa femme, assis de l'autre côté de la table, rédigeaient eux aussi leurs dépositions. Thea, pour sa part, notait sur son carnet des informations prélevées dans les registres. Ses yeux verts luisaient d'excitation.

Par tous les saints, songea-t-il, elle avait une idée derrière la tête. Elle n'était quand même pas téméraire au point de tenter de traquer ces malfrats toute seule ?

Cela faisait une bonne demi-heure que la voix de son oncle tempêtait sous son crâne : fréquenter la lie de la société ou des individus comme ces Coureurs était indigne de son rang. Indigne d'un Merton.

« N'oubliez jamais qui vous êtes, Merton. »

Il secoua la tête pour tenter de s'éclaircir les idées. Hatchet, qui était à présent en train de rassembler les registres, lui avait dit que si la traite d'enfants et de femmes était rare dans des quartiers comme Mayfair, elle était assez répandue partout ailleurs dans Londres. Le Coureur lui avait raconté des histoires de jeunes femmes qui, à la recherche d'un emploi respectable, avaient été enlevées et séquestrées dans des maisons closes ; d'enfants contraints de voler dans les rues, pour certains d'entre eux dès l'âge de cinq ans, puis arrêtés et condamnés à des peines de prison pour leurs larcins ou tout simplement parce que nul ne savait que faire d'eux. Ces derniers temps, avec tous les soldats que la fin de la guerre avait laissés sans emploi, le problème s'était aggravé. Comment se faisait-il qu'il n'en ait pas entendu parler ?

L'idée assez inconfortable lui vint que c'était sans doute là une des raisons pour lesquelles Worthington était aussi en colère contre lui. Les votes de Dom et ses opinions avaient-ils contribué à cette situation ? Si veiller sur son pays était un devoir, il s'ensuivait que veiller sur tous ses habitants en était un aussi.

Son oncle l'avait peut-être trop couvé, le protégeant des dures réalités, mais lui-même n'avait rien fait pour ouvrir les yeux. Le moment était peut-être venu pour lui de voir le monde tel qu'il était. Et d'y prendre sa place, comme semblaient le faire son cousin, sa mère et sa fiancée.

— Milord ?

La voix de Thea le tira de ses réflexions.

— Oui ?

— Lady Merton et moi avons décidé de nous rendre chez cette Mlle Betsy pour y récupérer les femmes qui y ont été emmenées.

Le major Horton fut soudain pris d'une forte quinte de toux, tandis que le Coureur virait au cramoisi.

— Mademoiselle, madame, vous devriez vraiment renoncer à ce projet. Il est sans doute déjà trop tard pour ces femmes.

— Que voulez-vous dire ? demanda Thea. Croyez-vous qu'elles soient mortes ?

— Euh… non, pas exactement, dit l'homme en passant un doigt sous son col de chemise. Mais peut-être le préféreraient-elles.

La mère de Dom semblait tout aussi incrédule que sa fiancée.

— Si elles sont malades, déclara-t-elle avec raideur, raison de plus pour Mlle Sterne et moi-même de les trouver.

Le Coureur semblait de plus en plus mal à l'aise, nota Dom. Se pouvait-il que cet endroit soit un lieu de perdition ? Il glissa un regard vers le major, qui articula sans bruit : « Bordel. »

Bon sang ! Il avait bien besoin de cela. Il devait les arrêter, coûte que coûte. Il n'était pas question que sa mère et sa fiancée fréquentent des femmes de mauvaise vie, encore moins qu'il les laisse se rendre dans cet endroit avec la voiture qui portait son blason. Mais la vraie question était : pouvait-il les arrêter ? Jusqu'à présent, il n'avait guère réussi à les détourner de leurs activités.

— Si le major veut bien m'accompagner, j'irai moi-même là-bas, déclara-t-il. Mais j'aimerais d'abord raccompagner Mlle Sterne à Stanwood House.

Il se tourna vers Thea.

— Vous allez être en retard pour le dîner. Vous ne voudriez pas inquiéter Grace, n'est-ce pas ?

Thea secoua la tête.

— Non, la venue de deux hommes pourrait effrayer ces femmes. Mieux vaut que votre mère et moi y allions seules.

Le major se racla la gorge.

— Milord, Worthington pourrait vous être plus utile que moi, et je préférerais ne pas abandonner ma famille en ce moment.

— Ne t'inquiète pas, mon chéri, intervint Mme Horton en posant une main sur son bras. Tout ira bien pour nous, j'en suis sûre. Tu dois aider à sauver ces pauvres femmes. En ton absence, je préparerai d'autres chambres, à moins que vous ne jugiez que ces dames doivent être conduites dans un hôpital.

Son époux la dévisagea comme si elle avait perdu la tête.

— Je continue à penser que l'avis de Worthington nous serait utile.

— Je suis d'accord. Viens, Dominic, fit sa mère en se dirigeant vers la porte. Si nous devons prendre Worthington avec nous, il n'y a pas une minute à perdre.

Bonté divine. Aucune de ces dames ne semblait se douter des activités de cette Mlle Betsy. Il devait trouver un moyen de les dissuader. Et son cousin aurait peut-être une idée.

— Roger, restez ici jusqu'à notre retour.

Il prit le bras de Thea, puis, suivi de sa mère et du major, rejoignit sa voiture.

Le bref trajet jusqu'à Berkeley Square se fit dans le plus grand silence, jusqu'à ce que Thea lui lance un regard intrigué.

— Je ne comprends pas pourquoi l'on paierait pour de pauvres femmes malades.

Dieu lui vienne en aide ! Il devait faire en sorte qu'elle ne découvre pas la vérité. Elle en savait peut-être beaucoup sur certains aspects horribles de la vie, mais il était convaincu qu'elle ignorait tout des maisons closes.

La voiture s'immobilisa devant Stanwood House, où Grace les accueillit à la porte déjà ouverte.

— Je commençais à m'inquiéter...

Elle s'interrompit et les dévisagea.

— Que se passe-t-il ?

— Worthington est-il ici ? demanda lady Merton en l'embrassant sur la joue.

— Pour vous, bien sûr. Il est dans mon bureau.

Tout le monde suivit lady Merton. Matt se leva dès qu'il vit entrer la petite troupe dans le bureau.

— Horton ! Cela fait des lustres que je ne vous ai vu. Qu'est-ce qui vous amène ici ?

Grace demanda du thé, puis Thea raconta ce qu'ils avaient découvert à propos de Tom et de Mme White, avant d'annoncer que lady Merton et elle avaient l'intention d'aller chercher les disparues.

Worthington se laissa aller contre le dossier de son fauteuil en la dévisageant.

— Savez-vous quel genre d'établissement dirige Mlle Betsy ?

Elle secoua la tête.

Bon sang de bonsoir !

— Worthington, elle n'a pas besoin de le savoir ! Il n'y a aucune raison pour que le major Horton, vous et moi ne réglions pas nous-mêmes cette affaire.

— Merton, intervint Grace d'un ton ferme, vous ne pouvez garder Dotty, ou votre mère, dans l'ignorance. Tôt ou tard, d'autant plus maintenant qu'elle va se marier, Dotty apprendra l'existence de ces établissements.

Grace sous-entendait-elle qu'il fréquentait ce genre d'endroit ?

— Dominic, ne fais pas cette tête, dit sa mère. Ce que Grace veut dire, c'est qu'une fois mariée, Dorothea entendra parler de choses qu'on évite de mentionner devant des innocentes.

Il déglutit et faillit s'étrangler.

— Vous voulez dire que des dames discutent de…

Grace sourit.

— Vous seriez surpris de savoir de quoi nous parlons. Et il vous faudra au moins une femme avec vous, sinon votre intervention risque d'être mal comprise. Je vous accompagnerai, déclara-t-elle en se tournant vers son mari.

Thea prit un air buté.

— Si Grace y va, je viens aussi.

Worthington ferma les yeux un instant avant de déclarer tranquillement :

— Dotty, il s'agit d'un bordel.

Cette déclaration parut certes l'impressionner quelque peu, mais cela ne dura pas.

— Si Merton et Grace sont avec moi, je ne vois pas le problème.

Lady Merton lui tapota la main.

— J'accompagnerai Grace. Ce serait vraiment inconvenant pour vous d'y aller. Si on devait vous y voir, cela provoquerait un scandale.

— Je suis d'accord, renchérit Grace.

Le front de Thea se plissa.

— Et si je restais dans la voiture avec les rideaux tirés ?

Worthington se massa le menton.

— Il faudrait que quelqu'un vous tienne compagnie. On ne sait jamais ce qu'il peut se passer dans ce quartier.

Tout le monde était-il devenu fou ? se demanda Dom.

— Worthington, puis-je te parler en privé ?

Grace se leva.

— Je vais faire préparer la voiture. Mesdames, suivez-moi.

Thea jeta un coup d'œil inquiet vers Dom avant de la suivre. Une fois la porte close, il se tourna vers son cousin.

— Mais à quoi diable penses-tu donc en leur permettant de nous accompagner ?

Worthington plissa les yeux.

— Tu n'as pas vu son expression ? Elle viendra, que nous le voulions ou pas. Préfères-tu qu'elle arrive là-bas avec un valet ?

Dom se tassa sur son siège. Ceci n'était pas censé se produire. Il était le chef de famille. Thea et sa mère devaient lui obéir.

— Il doit bien y avoir un moyen de l'en empêcher !

— À moins de l'enfermer dans sa chambre, j'en doute.

Il se redressa.

— Bonne idée.

Son cousin secoua la tête.

— Quelqu'un la ferait sortir très vite. Tu ne vas pas tarder à découvrir qu'en épousant une femme qui a ses propres opinions, tes chances de n'en faire qu'à ta tête diminuent grandement.

Les journées s'allongeant, il faisait encore clair quand les deux voitures noires s'arrêtèrent devant une vaste maison à la limite de Mayfair. Dotty tripotait le voile que Grace lui avait prêté. La dentelle était tissée de telle sorte qu'elle voyait à travers, mais qu'on ne pouvait distinguer son visage. Cela avait fini par convaincre Dom, même si cela ne le ravissait pas non plus. Eh bien, comme avait dit Grace, tôt ou tard, il devrait s'habituer à avoir une femme qui entendait apporter son aide à qui en avait besoin.

Les trois gentlemen et les quatre solides valets qui les accompagnaient portaient tous des pistolets. Matt avait aussi pris soin d'apporter une bourse bien remplie, au cas où ce serait le seul moyen de convaincre Mlle Betsy de libérer ces femmes.

Dotty avait entendu parler de filles de la campagne enlevées et vendues pour être prostituées. C'était même arrivé à une très jeune femme de son village. Malheureusement, celle-ci était morte avant que quiconque puisse lui porter secours.

Un homme à la veste rouge familière traînait dans la rue non loin de là. Quand il se retourna, elle reconnut Hatchet, un des Coureurs de Bow Street.

Dom lui prit la main.

— Cela va à l'encontre de tous mes principes, mais Worthington a raison. Vous serez plus en sécurité à mes côtés, et ce voile empêchera quiconque de vous reconnaître.

Son cœur battait si fort qu'elle avait un peu de mal à respirer. Il serait bientôt son mari, et elle n'avait pas envie de se disputer avec lui. Il semblait important pour lui de croire qu'il commandait.

— Vous voulez dire que je peux venir ?

— Oui, dit-il d'un ton aussi sombre que son expression. Mais vous devrez rester à mes côtés.

Sa voix s'adoucit quand il ajouta :

— Cela va être un choc pour vous, vous savez.

Elle eut envie de l'embrasser, mais le voile aurait été trop gênant.

— Je veux bien vous croire.

Un des valets de Matt alla frapper à la porte, puis s'écarta. Un homme vêtu comme un majordome, mais à la carrure impressionnante et au nez cassé, vint ouvrir, se plaçant de façon à bloquer l'entrée.

Matt s'avança.

— Nous venons voir Mlle Betsy.

L'homme s'inclina.

— Entrez, dit-il. Nous pourvoyons à tous les besoins ici.

La main de Dotty était coincée sous le bras de Dom tandis qu'ils suivaient le gaillard dans un grand hall décoré dans des tons bleu pâle et or. De petites statues romaines les observaient depuis leurs piédestaux. Elle leva les yeux vers le plafond couvert de fresques représentant des couples nus et enlacés.

Elle n'avait encore jamais rien vu de semblable. Elle baissa vivement les yeux et commit l'erreur de les poser sur le « majordome ».

Celui-ci la lorgna sans vergogne, depuis son voile jusqu'à ses orteils.

— Si vous avez envie de sensations plus fortes, faites-le-moi savoir.

Elle sentit le bras de Dom se transformer en pierre.

— Mlle Betsy. Tout de suite, aboya-t-il.

— Brutus, n'en avons-nous pas déjà parlé ?

Une femme vêtue d'une espèce de tunique blanche à la grecque ornée de rubans dorés venait d'apparaître. Ses mamelons peints en rouge se dessinaient à travers sa tenue presque transparente. À chacun de ses pas, ses jupes se séparaient pour dévoiler ses jambes de façon scandaleuse. Un vernis doré couvrait les ongles de ses orteils, une teinte assortie à ses sandales.

— Désolé, mademoiselle Betsy.

Ignorant le rustre, elle observa le petit groupe.

— Bienvenue dans ma maison de plaisir.

Elle émit ce qui ressemblait fort à un ronronnement quand elle détailla Dom.

— Passons dans mon boudoir, où vous me ferez part de vos désirs.

Dotty serra une main possessive sur le bras de Dom. À l'évidence, il courait un bien plus grand danger qu'elle.

Le boudoir dans lequel on les conduisit était décoré selon la mode du moment dans le style égyptien, tout de blancheur et de dorures. Ils prirent place sur de longs sofas très bas, et leur hôtesse commanda du vin.

Une fois qu'ils furent servis, Matt sortit une feuille de papier de sa poche.

— Nous sommes ici pour deux jeunes femmes que vous avez achetées à Mme White.

Sous son fard, Mlle Betsy pâlit, puis elle releva le menton.

— J'ignore de quoi vous parlez. Mes filles viennent ici de leur propre volonté.

« Menteuse ! » eut envie de hurler Dotty.

— Mme White a été arrêtée, déclara Dom, et ses registres se trouvent à Bow Street. Nous connaissons les montants que vous lui avez payés et à quelles dates.

Le regard de la femme se fit fuyant. Elle cherchait visiblement un moyen de s'en sortir.

— J'ai dû les laisser partir. Elles ne convenaient pas à mon établissement.

La mère maquerelle lança un coup d'œil nerveux vers une porte qui était réalisée de façon à se fondre dans le mur.

Dotty serra le bras de Dom.

— Dans ce cas, vous ne verrez aucun inconvénient à ce que nous jetions un coup d'œil dans votre établissement et parlions à vos pensionnaires.

L'autre haussa une épaule.

— Si vous voulez. Vous ne trouverez rien.

Dotty se leva et alla directement à la porte.

— Mais enfin, ce sont mes appartements privés ! Vous ne pouvez pas entrer ici !

Matt saisit la femme par le poignet.

— Vous avez dit que nous pouvions regarder.

Dotty ouvrit la porte, qui donnait sur un escalier. Elle allait s'y engager quand Dom la retint.

— Je passe en premier.

Il grimpa les marches deux à deux. Soulevant ses jupes, elle le suivit. Sur le palier, ils trouvèrent un étroit couloir avec des portes des deux côtés. Une odeur âcre emplissait l'air.

Oh, Seigneur, non ! Elle sortit un mouchoir de sa poche et le plaça sur son nez.

— De l'opium. Couvrez-vous le nez !

Dom l'imita en s'attachant le tissu autour de la tête.

— Comment le savez-vous ?

— Nous avons dû en utiliser pour un de nos fermiers.

Elle tenta d'ouvrir une fenêtre.

— Elle est coincée.

Il essaya à son tour, en vain.

— On a dû la clouer. Reculez-vous.

D'un coup de botte, il brisa la vitre, puis, à l'aide d'une chaise, enleva les échardes de verre.

Un cri outré retentit en bas.

— Que fait-il à ma maison ?

Dotty ouvrit la première porte. Un pot en métal d'où sortait un mince panache de fumée était posé sur un petit brasero dans un coin de la pièce. Une femme brune, ne portant qu'une chemise sale, était blottie sur une paillasse, repliée sur elle-même.

— Il faut aérer cette pièce pour chasser les vapeurs d'opium.

S'emparant d'une mince couverture pour ne pas se brûler, elle prit le pot et le jeta sur la vitre, qui explosa en morceaux. Regardant Dom, elle lui sourit, mais il se dirigeait déjà vers la chambre suivante.

Ils pénétrèrent dans chacune d'entre elles, brisant les vitres pour faire entrer de l'air frais, débarrassant les pièces des pots d'opium. Quand cela fut terminé, Dotty passa les femmes en revue. Elles étaient six en tout. Aucune ne portait rien de plus qu'une chemise crasseuse. L'une semblait à peine adolescente. Était-il possible qu'elles viennent toutes de chez Mme White ?

Haletant, Dom se tenait au centre de la dernière chambre.

— Il nous faut des voitures supplémentaires.

— Où allons-nous les emmener ?

— Là où elles pourront se remettre des effets de la drogue, déclara lady Merton, qui venait d'apparaître et pressait un mouchoir contre son nez et sa bouche.

L'énergie qui avait jusqu'à présent animé Dotty commençait à se dissiper tandis qu'elle prenait la mesure du trafic qu'ils avaient mis au jour. Des larmes de rage lui piquaient les yeux.

— Je n'ai jamais rien vu d'aussi immonde.

Sans se soucier de la présence de sa mère, Dom la prit dans ses bras.

— Vous êtes sous le choc. Peut-être devriez-vous vous contenter de sauver des animaux.

Même si ses mots pouvaient paraître condescendants, elle crut y percevoir une note d'espoir. Comme s'il avait vraiment peur pour elle… et pour leur avenir commun. Il n'avait sans doute jamais imaginé que des endroits pareils puissent exister. Et, si insoutenable que soit un tel spectacle, une fois devenue marquise de Merton, elle disposerait de davantage de ressources qu'elle n'en avait jamais eu pour s'attaquer à ces atrocités.

— Non. Ceci n'est que le début. Je vais demander à rencontrer lady Evesham et quelques-unes de ses amies. Nous verrons quels sont les besoins les plus urgents.

Elle s'écarta un peu et le regarda dans les yeux.

— Vous n'essaierez pas de m'en empêcher, n'est-ce pas ?

Il l'attira de nouveau contre lui avant de déclarer, résigné :

— Même si je le voulais, je ne crois pas que je le pourrais.

17

Soudain retentirent des cris, des grognements, des bruits de bagarre et de meubles qui se brisaient, accompagnés de quelques hurlements féminins. Que diable fabriquaient Worthington et Horton en bas ?

Écartant Thea, Dom sortit son pistolet de sa poche et se rua dans le couloir. Worthington s'y trouvait déjà.

Rangeant son arme, Dom observa son cousin. Sa cravate d'ordinaire impeccablement nouée était de travers. Les phalanges d'une de ses mains étaient écorchées, et une marque rouge qui n'allait pas tarder à changer de couleur marbrait sa mâchoire.

— On s'amuse ?

Une lueur brilla dans les yeux de Worthington.

— On peut le dire. Les hommes de cette chère Mlle Betsy sont à notre merci, et nous avons réuni les autres femmes dans un salon.

Il s'inclina devant la mère de Dom.

— Grace aimerait que vous vous joigniez à elle pour leur parler.

En dépit de tout, lady Merton souriait.

— Avec plaisir. Même si ce que nous avons trouvé ici est horrible, cela fait bien longtemps que je ne me suis pas sentie aussi utile. Et vivante.

Dom réprima un grognement.

— Les femmes retenues à cet étage ont toutes été droguées.

Le sourire de Worthington s'élargit.

— Je me demandais pourquoi tu brisais tous ces carreaux. Ce n'est pas ton passe-temps habituel.

Dom essaya en vain d'afficher un air assez hautain pour gâcher la bonne humeur de son cousin. Mais, à vrai dire, comme sa mère, cela faisait très longtemps qu'il ne s'était pas autant amusé. Depuis son enfance, en fait.

— Les fenêtres étaient clouées, annonça Dotty, son regard émeraude brillant de fierté. Merton a été magnifique.

Un sentiment de fierté inouï s'empara de Dom. Il n'aurait jamais cru s'attirer des louanges en se conduisant comme une brute. Le regard admiratif de Thea lui réchauffait le cœur… et d'autres régions du corps. Il la serra contre lui.

— Merci.

Il se tourna vers son cousin.

— Le major Horton est-il en meilleur état que toi ?

— Il a eu moins de chance. On lui a cassé un vase sur la tête.

— Oh non ! s'exclama Dotty. Le pauvre. J'espère qu'il s'est quand même bien amusé et que ça valait la bosse qu'il va sûrement avoir.

— Thea ! fit Dom, scandalisé.

Elle leva de grands yeux innocents vers lui.

— Papa dit que les hommes aiment bien une bonne bagarre de temps à autre. Pas vous ?

Il allait nier, mais ç'aurait été un mensonge. Pourquoi, sinon, aurait-il fréquenté la salle de Jackson ? Néanmoins, il avait conduit sa mère et son innocente Thea dans un bordel. Cela ne devait plus jamais se reproduire.

— Je partage l'avis de Dorothea, dit sa mère. Aujourd'hui, tu m'as rappelé ton père.

Il la dévisagea un moment et faillit lui demander ce qu'elle voulait dire par là, mais la malheureuse blottie sur la paillasse émit un faible gémissement.

— Nous devons trouver un endroit pour ces femmes.

— Et d'abord, déclara Thea, les vêtir de façon un peu plus décente. Elles ne peuvent sortir ainsi.

Cette pièce, comme toutes les autres, était vide, à l'exception du lit sommaire et d'un pot de chambre. Pas même un placard.

— Il faudrait aussi leur donner à manger, reprit-elle. Essayons de trouver la cuisine.

Elle suivit Dom dans l'escalier. Le boudoir était transformé en champ de bataille. Mlle Betsy avait les mains liées derrière le dos, et sa mince tunique était déchirée par endroits. On avait posé un châle sur ses épaules afin de cacher sa poitrine. La servante qui leur avait apporté du vin était blottie dans un coin, terrifiée.

Thea alla droit vers elle.

— N'aie pas peur, nous ne te ferons aucun mal. Peux-tu m'aider à apporter un peu de bouillon et du pain aux femmes là-haut ?

La fille hocha timidement la tête.

— Oui, madame.

À la grande surprise de Thea, la cuisine était propre et bien équipée. Plusieurs casseroles mijotaient sur un de ces nouveaux poêles pourvus d'un four qui se fermait, et une femme corpulente donnait ses ordres à deux jeunes filles.

La cuisinière continua de remuer le contenu d'une marmite avant de lever les yeux pour transpercer la pauvre servante d'un regard féroce.

— Lucy, qu'est-ce qui te prend d'amener des gens de qualité ici ?

Thea s'interposa.

— C'est moi qui le lui ai demandé. Je voulais vous parler.

La cuisinière posa les deux mains sur ses amples hanches.

— Et qui êtes-vous, au juste ?

Thea se raidit et haussa les sourcils.

— Mlle Sterne. Avec mon fiancé, lord Merton, nous avons trouvé ici plusieurs femmes qui ont été droguées. Dès qu'elles seront en état, il faudra les nourrir. Y a-t-il une gouvernante dans cet établissement ?

La cuisinière regarda Thea d'un air soupçonneux.

— Où est la maîtresse ?

— Les Coureurs de Bow Street l'ont arrêtée.

La cuisinière se signa.

— Dieu soit loué.

Dom la fixa, surpris. Cette femme semblait heureuse de la chute de sa patronne.

Une des filles de cuisine, qui ne devait pas avoir plus de quatorze ou quinze ans et était très jolie, demanda :

— Je ne risque plus rien, alors, madame Oyler ?

La cuisinière lui sourit.

— Peut-être bien, mon cœur.

Elle se tourna vers Thea.

— Je vais préparer de la soupe, mais je n'aime pas que mes filles se promènent à travers la maison. C'est trop dangereux.

— Ne craignez rien, m'dame, dit Lucy. Brutus est dans les pommes et les autres aussi.

— Allez, mademoiselle, dit la cuisinière à Thea, asseyez-vous. Je vais vous servir un bon bouillon, à vous et à Sa Seigneurie. Je m'appelle Mme Oyler.

Ils s'installèrent et, une fois qu'ils furent servis, Thea fit signe à la cuisinière de s'asseoir elle aussi.

— Dites-moi pourquoi vous êtes ici.

— Après la mort de mon homme, ça n'a pas été facile pour une catholique comme moi de trouver un emploi. Mme Spencer a bien voulu me prendre à son service. C'était une maison respectable ici avant que Mlle Betsy mette la main dessus. Elle se comportait comme une vraie dame, et elle l'a achetée aux héritiers de mon ancienne maîtresse. J'ai pensé à partir, mais sans références c'était pour ainsi dire impossible de trouver une autre situation. Et puis, en restant ici, je pouvais me rendre utile. Certaines filles sont amenées ici très jeunes, comme May.

De la tête, elle désigna la jolie fille de cuisine.

— Je me suis mise à leur trouver des places d'apprenties et à les aider à s'échapper. Mlle Betsy a dû s'en rendre compte, car c'est à ce moment-là qu'elle a commencé avec l'opium.

Il ne fallait pas beaucoup d'imagination pour deviner le reste. Une fois les femmes dépendantes de la drogue, elles étaient prêtes à tout pour obtenir leur dose. Elles n'avaient plus aucune issue.

— Mademoiselle, demanda Mme Oyler, que comptez-vous faire ?

— Aider les femmes qui souhaitent partir d'ici, déclara Thea, une petite ride plissant son front. D'abord, il leur faut des vêtements propres. Avec lady Merton et lord et lady Worthington, nous chercherons un endroit où elles pourront vivre. Je suis sûre que nous trouverons quelque chose.

— Je serais heureuse de vous aider, déclara la cuisinière.

Thea acquiesça.

— Merci. J'ai le sentiment que nous aurons besoin de toutes les bonnes volontés. Je n'imaginais pas une affaire d'une telle proportion.

C'était l'euphémisme de la saison, songea Dom. S'il l'avait vu en cet instant, son oncle en aurait fait une attaque. Il était même étonnant que Thea ne lui ait pas suggéré d'acheter *cette* maison. Néanmoins, la journée n'était pas terminée. Elle en avait encore largement le temps.

Mme Oyler souleva son imposante silhouette au prix d'un effort visible et commença à distribuer des ordres afin qu'on monte de la nourriture dans les étages.

Thea se leva à son tour.

— Merci, madame Oyler. Je reviendrai vous voir avant de partir.

Dom la suivit de nouveau dans l'escalier.

— Pourquoi désirez-vous la revoir ?

— Eh bien, pour m'assurer qu'elle retrouve un travail. Nous ne pouvons la laisser sans emploi. Après tout, à quoi bon venir en aide aux gens si c'est pour les plonger dans une situation pire encore ?

Dom réprima un soupir. Il n'aurait jamais dû laisser Worthington le convaincre de permettre à Thea de garder ses propres fonds. Elle était capable de tout dépenser en actes de charité.

— Vous n'avez pas tort.

Elle s'immobilisa, une marche plus haut que lui, posa la paume sur sa joue et ses lèvres doucement sur les siennes.

— Merci. Je ne pensais pas vous causer autant de soucis.

Glissant un bras autour de sa taille, il l'incita à ouvrir la bouche. Elle avait un goût merveilleux. Leurs langues se caressèrent. Voilà qui valait largement tous ces « soucis », songea-t-il.

— Ne vous inquiétez pas. Allons voir ce que font les autres.

Quand ils arrivèrent dans le boudoir, sa mère, les Worthington, le major Horton et cinq femmes discutaient calmement. Mlle Betsy avait disparu, sans doute emmenée par les Coureurs.

Sa mère tapota le canapé à ses côtés.

— Bow Street a laissé un homme ici et va en envoyer un autre pour empêcher quiconque d'entrer dans la maison. Les dames ici présentes souhaitent partir. Les autres aimeraient trouver un autre emploi. Apparemment, cet endroit était une prison pour tout le monde.

À l'exception de celles qui étaient parvenues à s'échapper grâce à Mme Oyler. Dom éprouva un respect nouveau à l'égard des malheureuses qui avaient survécu à de tels sévices.

— Où iront-elles ?

— C'est ce dont nous discutions, déclara Grace. Ces dames ainsi que celles de l'étage ont toutes été kidnappées. Presque toutes sont mariées à des soldats en mission à l'étranger. Il leur faut un foyer jusqu'au retour de leurs maris… et peut-être aussi après.

Dom eut besoin de quelques instants pour comprendre ce qu'elle voulait dire, avant de se demander pourquoi il était si lent : après ce qu'elles avaient vécu, certains maris risquaient de refuser de les reprendre.

— Elles peuvent rester ici quelques jours, continuait Grace, mais nous devons leur trouver un endroit plus permanent.

— Je ne suis pas sûre que ce soit une bonne idée qu'elles restent là, dit sa mère. Si on les voit ici, elles n'auront plus aucun espoir de sauver leur réputation. Tout le monde saura ce qu'on les a forcées à faire.

Selon Dom, ils n'avaient pas une chance sur un million de sauver la réputation de ces femmes. Thea se mordillait les lèvres avec entrain. Il espéra qu'elle s'arrêterait avant de les avoir complètement mastiquées.

— Une maison de veuves, dit-elle.

Tous les autres accueillirent cette déclaration avec un optimisme évident. Lui seul resta dans le noir.

— Une maison de veuves ?

Thea acquiesça avec cette excitation qui la saisissait dès qu'elle avait une idée.

— Oui. Un foyer pour les veuves de guerre et les épouses des soldats déployés à l'étranger. Cela nous permettra aussi d'offrir un emploi aux servantes et à la cuisinière.

— Nous pourrons lever des fonds pour elles, ajouta Grace. Peut-être même obtenir de l'argent du gouvernement.

Worthington lança un regard vers Dom.

— Tu soutiendrais une telle loi ?

Thea tourna vers lui des yeux emplis d'amour, et il eut envie qu'elle le regarde de cette manière jusqu'à la fin de ses jours.

— Oui. La façon avec laquelle nous avons traité nos soldats et leurs familles est navrante.

Une des femmes se mit à sangloter. Grace se pencha pour lui frotter le dos.

— Allons, allons, tout ira bien. Vous verrez.

Une autre femme prit celle qui pleurait dans ses bras.

— Elle ira mieux quand elle aura mangé.

— Major Horton, dit Thea, verriez-vous une objection à ce que nous les installions à St. George Street jusqu'à ce que nous ayons trouvé une solution plus permanente ?

Il ne répondit pas tout de suite.

— Je ne crois pas avoir le droit de leur refuser un abri. Après tout, si vous n'aviez pas découvert les méfaits de Mme White, ma femme aurait très bien pu se retrouver dans une de ces chambres là-haut.

— Dès qu'il fera nuit, dit Grace, nous les conduirons là-bas et les ferons entrer par les écuries à l'arrière de la maison.

Elle s'adressa à Worthington :

— Les valets sauront-ils se débrouiller seuls ?

— J'en suis certain.

C'était Mme White qui avait vendu la plupart des femmes à Mlle Betsy, et même si aucune n'avait envie de retourner dans cette maison, cela valait mieux que de rester ici. La cuisinière et les servantes décidèrent elles aussi de les accompagner à St. George Street.

— Eh bien, nous n'en ferons pas davantage aujourd'hui, déclara la mère de Dom en se levant. Mieux vaut partir.

Worthington, Thea et le major Horton montèrent dans une des voitures, Grace, Dom et sa mère dans l'autre. En l'absence de Thea, elles furent beaucoup plus franches quant au sort de ces malheureuses.

— La jeune dame qui s'est mise à pleurer..., commença Grace.

Il hocha la tête.

— Elle n'a été mariée que quelques mois avant que son mari soit détaché à l'étranger. Mme White lui a fait boire quelque chose et, ce même soir, elle a perdu son bébé. Moins d'une semaine après, elle a été conduite ici. On a essayé de lui donner de l'opium, mais elle a refusé. Alors, ils lui ont dit que si elle continuait, ils l'attacheraient et laisseraient plusieurs hommes la prendre.

Dom eut un haut-le-cœur, et une rage comme il n'en avait encore jamais ressenti s'empara de lui. Ces horreurs n'avaient cessé de se produire autour de lui, et il n'en avait même pas eu conscience. Pire encore, il avait refusé d'écouter ceux qui avaient essayé de le prévenir.

— Elles ont toutes des histoires semblables, enchaîna sa mère avec colère. Même les filles qui avaient choisi de se prostituer n'avaient plus le droit de quitter la maison et se voyaient contraintes à des actes abominables.

Il s'écroula contre le dossier de son siège.

— Merci de ne pas avoir parlé de tout cela en présence de Mlle Sterne. Elle pourrait ne pas supporter un tel choc.

Grace ouvrit des yeux ronds.

— J'en discuterai avec Dotty dès que nous serons rentrées. Elle mérite de savoir. Regardez toutes les vies qu'elle a changées aujourd'hui. Et puis, il n'est jamais bon de garder les gens dans l'ignorance.

Il grogna, et sa mère lui tapota le bras.

— Tout ira bien, Dominic. Dorothea est une jeune femme sensée. Je regrette simplement de ne pas avoir eu son courage et sa force d'âme quand j'avais son âge.

L'esprit de Dom se rebella. Il ne pouvait supporter l'idée que sa mère ou sa fiancée affrontent la laideur du monde. Son oncle lui avait toujours dit de protéger les femmes, que son rôle était de leur éviter de voir ce qu'elles ne pouvaient comprendre ou supporter. Mais Dom ignorait comment réussir un tel exploit avec une demoiselle qui ne cessait de se lancer dans des aventures toutes plus risquées les unes que les autres.

Dotty ne put s'empêcher de sourire quand Dom apparut en haut des marches et se mit à fouiller la salle de bal du regard. Dès qu'il l'aperçut, son visage s'illumina.

Peu après, il était auprès d'elle, lui embrassant chaque doigt un par un.

— Bonsoir.

Une délicieuse chaleur remontait le long du bras de Dotty.

— Monsieur.

Il la dévisagea avec la même intensité et le même désir que lors de leur premier baiser. S'ils n'avaient pas été au milieu de cette foule, il l'aurait embrassée sur les lèvres, elle en était certaine.

Un gentleman toussota.

— Mademoiselle Sterne, je crois que vous m'avez promis cette danse.

Elle se tourna vers M. Garvey.

— Oui, bien sûr.

Dom la retint.

— Garvey, partez.

Louisa se détourna et masqua son sourire derrière sa main.

— Monsieur, j'ai bien promis une danse à M. Garvey, intervint Dotty.

Dom lui embrassa de nouveau la main.

— Avez-vous accepté d'autres danses avec qui que ce soit ? demanda-t-il d'une voix très sourde.

Les battements de son cœur s'accélérèrent. Était-il jaloux ?

— Non.

— Bien. Ne le faites pas, dit-il en libérant sa main avant de s'adresser à Garvey. J'attends Mlle Sterne immédiatement après votre quadrille.

Une lueur espiègle brilla dans le regard de M. Garvey.

— Après le quadrille, il pourrait bien me prendre l'envie de faire un tour dans les jardins avec Mlle Sterne.

Avant que Dom ait pu réagir, il entraîna Dotty dans la ligne des danseurs qui se formait.

— Je ne sais pas ce que vous lui avez fait, mademoiselle Sterne, mais c'est une immense amélioration.

Dotty fut tentée de protester, mais Charlotte comme Louisa avaient dit quelque chose de similaire au cours du dîner. Et depuis qu'elle avait appris le rôle qu'avait joué Dom dans le sauvetage de Tom, la plus jeune sœur de Matt avait même cessé de l'appeler « Sa Marquiserie ».

— Connaissez-vous lord Merton depuis longtemps ?

Les figures du quadrille les séparèrent, mais il répondit dès qu'ils se retrouvèrent.

— Nous aurions dû passer notre vie ensemble, mais après la mort de son père, son oncle l'a tenu à l'écart de tous les autres enfants du voisinage. Je l'ai bien croisé à Oxford, mais notre amitié avait été brisée.

Pourquoi avoir voulu séparer un garçon des autres enfants de son âge ? Dotty ne pouvait le comprendre, mais cela expliquait peut-être la raideur de Dom face à certaines personnes.

— Pourriez-vous me dire comment il était quand vous l'avez connu ?

— C'était un garçon normal. Son père était vraiment un type génial. De son vivant, Merton et moi nous voyions souvent et commettions les pires farces que l'on fait à cet âge. Après la mort de lord Merton, mon père et moi en avons eu assez de venir présenter nos respects et de nous voir fermer la porte au nez.

Elle ne pouvait croire Dom ou sa mère capables d'une telle chose.

— Mais qui…

— Son oncle ne nous appréciait pas.

— Ah !

Elle marqua une petite hésitation.

— Monsieur, je vous remercie pour votre franchise.

— Mademoiselle Sterne, je vois encore beaucoup de son père en lui. Il est fort dommage qu'il n'ait pas vécu plus longtemps.

Quand la danse s'acheva, il remarqua :

— Je vous aurais bien proposé ce petit tour dans les jardins, mais je vois que Merton n'est pas de cet avis.

Dom était justement en train d'enlever la main de Dotty du bras de son cavalier pour la presser sur le sien.

— Venez, ma chère. Vous avez soif, on dirait.

M. Garvey laissa échapper un petit rire moqueur tandis que Dom entraînait Dotty.

Il s'empara de deux coupes de champagne sur le plateau d'un valet avant de se diriger vers les portes-fenêtres ouvertes sur la terrasse.

— Il fait très chaud ici, ne trouvez-vous pas ?

Les lèvres de Dotty frémirent tandis qu'elle retenait un fou rire.

— En effet. Très, très chaud.

Une fois dehors, il la conduisit sous un treillage chargé d'une profusion de roses. Elle but une gorgée de champagne avant qu'il pose les deux verres sur la balustrade en pierre.

— Thea, murmura-t-il en la prenant dans ses bras, ses lèvres descendant vers les siennes. J'ai attendu ce moment toute la soirée.

Nouant les bras autour de son cou, elle lui offrit sa bouche. Il l'embrassa et la caressa avec une ferveur insensée, descendant vers ses fesses avant de remonter pour prendre ses seins en coupe. Partout où il la touchait, des flammes jaillissaient en elle. Ses pouces agacèrent ses mamelons durcis, et elle gémit.

Glissant les doigts le long de son visage, elle pencha la tête, plongeant sa langue dans sa bouche tandis qu'un désir inouï s'éveillait au plus profond d'elle-même. Si seulement ils avaient au moins pu enlever leurs gants ! Elle voulait sentir ses mains nues sur elle.

Quand il abandonna ses lèvres, ils étaient à bout de souffle tous les deux. Il continua de laisser sa bouche courir sur son cou.

— Dom, j'en veux davantage.

Sa langue taquina un point sensible sous le lobe de son oreille.

— Davantage de quoi ? fit-il, un brin moqueur.

Elle posa les mains sur son torse.

— Je ne sais pas au juste. Je pensais que vous...

Elle s'interrompit, et il lui leva le menton pour s'attaquer à sa gorge... avant de s'arrêter.

— Mon Dieu, que fais-je ? Il nous reste encore deux semaines avant le mariage.

Il se redressa.

— Je suis désolé. Je n'aurais pas dû me laisser aller ainsi.

Elle scruta son visage, mais ne put distinguer son expression dans l'obscurité.

— Moi aussi, je voulais ce baiser, dit-elle.

Il lissa le tissu de sa veste avant d'en faire autant avec ses jupes. Ses gestes étaient rapides, efficaces.

— N'oubliez pas qui vous êtes, marmonna-t-il comme s'il s'adressait à lui-même plutôt qu'à elle. Thea, aucune femme ne m'a jamais inspiré un tel désir, mais j'essaierai désormais de me contenir.

Non, non, non ! Ne vous contenez surtout pas !

— Vous n'y êtes pas obligé.

— Vous êtes une innocente, dit-il en renversant la tête en arrière pour lâcher un long soupir. Vous ne comprenez pas où cela pourrait nous mener. Moi, oui.

Elle baissa les cils, mais ne put se résoudre à jouer les coquettes.

— Vous aimez m'embrasser.

Il baissa les yeux vers elle, mais au lieu de la reprendre dans ses bras, il la tint par les épaules.

— C'est bien le problème. Nous aimons cela tous les deux. Mais il est hors de question que le moindre parfum de scandale vous entoure.

Quand il la prit par le bras pour la ramener à l'intérieur, Dotty était folle de frustration. Pourquoi fallait-il qu'il fasse soudain preuve d'une telle raideur alors qu'il avait été parfait toute la journée ? On eût dit qu'il ne s'autorisait pas à s'amuser. Eh bien, il allait devoir apprendre. Et elle était bien décidée à devenir son professeur.

18

Dotty était assise sur un petit sofa dans le boudoir qu'elle partageait avec Charlotte et Louisa. Deux chatons gris somnolaient, étalés dans un rayon du beau soleil de cette fin de matinée. Trois piles de lettres parfaitement rangées attendaient sur un plateau d'argent posé sur une table basse. Elle s'empara d'une missive qui lui était adressée. Maman, Henny et Harry lui avaient écrit. Elle ouvrit d'abord la lettre de sa mère.

— C'est ta mère ? demanda Charlotte.

Dotty acquiesça.

— Le médecin dit qu'elle ne fait pas autant de progrès qu'elle le devrait et il ne l'autorise pas à voyager avant une autre semaine, mais grand-maman Bristol vient.

Charlotte fronça les sourcils.

— Voudra-t-elle que tu habites avec elle ?

— J'en doute, fit Dotty en souriant. Elle refuse de me chaperonner. Elle dit que l'Almack's est insipide et que les jeunes dames timides lui donnent de l'urticaire. D'après maman, grand-maman séjournera au Pulteney, où elle pourra tyranniser le personnel autant qu'il lui plaira.

— Qui tyrannise le personnel ? s'enquit Louisa, qui venait d'entrer.

— Ma grand-mère. Bon, ce n'est pas tout à fait vrai, mais elle est assez particulière. Selon elle, le Pulteney est le seul endroit où on la comprenne. Même quand mon oncle Bristol est en ville, elle va à l'hôtel.

— Je croyais que c'était parce que ta tante et elle ne s'entendaient pas, remarqua Charlotte.

— Oh pour ça, oui, fit Dotty avec un petit rire. Elles se détestent cordialement. Dès qu'elles se retrouvent dans la même pièce, l'atmosphère se refroidit tellement qu'on se croirait aux îles Shetland.

— Bristol ? répéta Louisa. Le duc de Bristol ?

— Oui, répondit Dotty.

— J'ignorais que vous étiez parents.

— Papa dit qu'il n'y a pas à s'en vanter. Mon oncle a tenté d'empêcher le mariage de mes parents, ce qui a provoqué un schisme dans la famille. L'histoire est longue et déplaisante mais, pour faire court, mon grand-père a arrangé le mariage de mon oncle, ce qui, selon ma grand-mère, a causé son malheur. Elle s'est donc opposée à tous les partis que mon grand-père envisageait pour ma mère, jusqu'à ce qu'elle soit en âge d'épouser papa. Et elle en a fait autant avec tous ses autres enfants.

— Et sont-ils heureux ?

Dotty acquiesça.

— Oui, tous sauf l'oncle Bristol. C'est donc qu'elle n'avait pas tout à fait tort. J'espère vraiment qu'elle approuvera Merton. Je n'aimerais pas me fâcher avec elle. C'est ma parente préférée.

— J'espère qu'elle nous invitera à venir la voir, dit Charlotte en souriant. C'est une vieille dame absolument géniale.

— Je me demande quand elle arrivera, fit Dotty. Elle ne prévient jamais.

Charlotte se tourna vers la haute pile de cartes sur le plateau.

— Ce ne sont pas les invitations qui manquent. Nous devrions peut-être commencer à choisir…

Chacune prit un tas de messages.

— Lady Bellamy organise un petit déjeuner vénitien, annonça Louisa. Ce devrait être amusant.

— Et voilà un bal masqué, dit Charlotte en brandissant un carton d'invitation. Tu crois que Grace nous donnera la permission d'y aller ?

Louisa grimaça.

— Grace, peut-être. Matt, non.

— Tu as sans doute raison, soupira Charlotte.

— En voici une de la baronne Merton qui a ces si jolies jacinthes. Pour un pique-nique la semaine prochaine, dit Louisa. Quel dommage que nous ne soyons pas parentes ! Nous pourrions visiter ses jardins dès que nous en aurions envie.

— Merton est son nom de famille ? s'étonna Dotty.

Les deux autres filles acquiescèrent.

— Nous devrions y aller. C'est toujours un plaisir d'admirer des jacinthes.

— Je l'ajoute à la liste des invitations que nous acceptons.

Louisa déposa le carton sur la pile appropriée.

Quand elles eurent terminé, elles envoyèrent la liste à Grace pour qu'elle l'approuve.

Quelques minutes plus tard, Dotty jeta un regard à la pendule et se leva.

— Je vous laisse. La voiture de lady Merton ne devrait pas tarder. Nous allons faire des courses.

— Tu es décidément très occupée. Nous te voyons à peine, ces temps-ci, dit Charlotte en venant l'étreindre. Es-tu heureuse ?

Dotty aurait souhaité pouvoir confier ses inquiétudes à son amie, mais ce n'était pas possible. Si Charlotte et Louisa avaient cessé de critiquer Dom, elle ne voulait pas leur donner la moindre occasion de recommencer. Elle sourit.

— Oui, je le suis. Je crois que lady Merton sera une merveilleuse belle-mère et je tiens énormément à Merton.

— Alors, je suis contente pour toi.

Dotty la serra dans ses bras.

— Peut-être serez-vous encore là à mon retour.

Elle quitta très vite le boudoir, car des larmes lui montaient aux yeux. Oui, elle était heureuse. La veille au soir, elle avait senti que Merton était sur le point de lui dire qu'il l'aimait. Si seulement il ne s'était pas retiré dans sa coquille chaque fois qu'il se découvrait un tout petit peu !

La voiture arriva, et un valet en descendit pour lui annoncer que lady Merton aimerait qu'elle passe à Merton House avant qu'elles aillent faire des courses.

Tom l'accueillit en se jetant contre elle.

— Vous ne devinerez jamais ce que j'ai récupéré aujourd'hui.

L'étreignant à son tour, elle répondit :

— Tu as raison, je n'en ai aucune idée.

— Mes jouets.

— Oh, Tom. C'est merveilleux, dit-elle en remerciant mentalement Mme Horton d'avoir pensé à les lui renvoyer. Il faudra que tu me les montres.

La prenant par la main, il la conduisit dans le petit salon.

— Et devinez quoi d'autre ? Mme Sorley a retrouvé les jouets de lord Merton, et il a dit que je pouvais m'en servir.

Le cœur de Dotty s'emplit de joie. Voilà qui l'occuperait un peu. Dom ne permettait pas à Tom d'aller au parc, car il craignait que les crapules qui l'avaient séquestré ne traînent dans les environs et ne tentent de le reprendre.

— C'est très gentil à lui. Tu n'as pas oublié de le remercier ?

— Oh non, mademoiselle.

Mme Sorley se trouvait avec lady Merton dans le salon quand Dotty y entra.

— Prenez un siège, ma chère, dit lady Merton en indiquant la chaise la plus proche d'elle devant une petite table. Nous étions en train de passer en revue tout ce qui aurait besoin d'être remplacé dans la maison.

Dès que Dotty fut assise, la gouvernante lui tendit une liste déjà impressionnante.

— Je tiens à ce que vous vous sentiez libre de décorer à votre goût, annonça lady Merton. N'allez pas croire que vous me vexerez en changeant telle ou telle chose. Rien ou presque n'a bougé ici depuis la mort de ma belle-mère. Le père de Dom et moi-même passions plus de temps à Merton Hall qu'à Londres.

Elles entreprirent donc une nouvelle visite de la maison, qui dura bien plus longtemps que Dotty ne s'y attendait. Quand elles eurent terminé de discuter des nouveaux tissus, des rideaux et du reste, il était temps pour elle de retourner à Stanwood House.

Dom rentra au moment où elle attendait qu'on amène la voiture. Souriant, il l'embrassa sur la joue.

— Je suis content que vous soyez encore là. Venez, s'il vous plaît.

Il l'entraîna dans un salon rarement utilisé avant de sortir un petit paquet de la poche de son gilet.

— Cela a pris plus longtemps que prévu, mais c'est enfin prêt.

Elle attendit qu'il ouvre l'emballage.

— J'ai pensé qu'elle vous plairait, dit-il en lui prenant la main droite.

La bague qu'il lui glissa au doigt était un large anneau d'or sur lequel était enchâssée une grosse émeraude carrée entourée de petits diamants.

— Dites-moi si j'ai eu raison.

Elle tendit le bras. Un rayon de soleil fit étinceler la pierre.

— Oh..., fit-elle. Elle est magnifique. Je l'adore.

Il la prit dans ses bras, la serrant contre lui. Elle renversa la tête pour le regarder dans les yeux, et il l'embrassa. Leurs langues dansèrent ensemble, éveillant en elle cette chaleur toujours aussi exquise. Glissant la main sous sa veste, elle caressa son dos si solide.

C'est alors que le valet vint annoncer que la voiture était prête.

Si seulement ils avaient pu trouver le moyen d'être seuls un moment tous les deux !

Ce soir-là, Dotty reçut un mot de sa grand-mère.

Très chère Thea,

Je suis arrivée à Londres. Je t'attends demain à 15 heures au Pulteney.

Avec toute mon affection,

Grand-maman

Le Pulteney était encore bien plus opulent qu'on ne le lui avait dit. Dotty fut escortée dans des couloirs au sol recouvert d'épais tapis turcs qui étouffaient ses pas jusqu'à une chambre où des rideaux de velours bleu roi étaient maintenus par des embrasses dorées, afin de laisser le soleil entrer.

— Grand-maman !

Dotty se précipita pour étreindre la dame majestueuse assise près de la cheminée. Même si les cheveux de sa grand-mère étaient de pur argent, ses sourcils et ses cils étaient encore aussi noirs que les siens.

— Thea !

Elle l'embrassa rapidement sur chaque joue avant de l'étudier.

— Tu es la beauté faite femme. Dis-moi, ces messieurs t'ont-ils déjà trouvé un de ces surnoms idiots qu'ils adorent ?

Dotty sourit.

— Louisa a entendu quelqu'un nous appeler les Trois Grâces.

Hochant la tête avec approbation, sa grand-mère montra le tabouret face à elle.

— Très approprié, j'en suis sûre. Je n'ai pas encore rencontré lady Louisa, mais si elle possède ne serait-ce qu'un soupçon de la beauté de sa mère, elle doit être fort gracieuse en effet. Quant à Charlotte, je me suis laissé dire qu'elle était encore plus jolie que quand elle était enfant.

S'installant sur le tabouret, Dotty saisit les mains encore fortes et habiles de sa grand-mère.

— Oui. Elles sont belles toutes les deux, mais ce sont surtout des amies très chères.

Sa grand-mère resta silencieuse un moment.

— Ta mère m'a écrit que tu t'étais fiancée avec Merton. Elle semble penser qu'il y a une chance pour que cela se transforme en mariage d'amour. Je dois dire, cependant, que tout ce que j'ai entendu à son sujet dément cette opinion. Mais j'ai confiance en ton jugement. Pourras-tu l'aimer et, plus important encore, t'aimera-t-il ? Peu m'importe ce qu'il s'est déjà passé. Je ne te laisserai pas épouser un homme qui ne te rendra pas heureuse.

L'une des choses les plus appréciables avec grand-maman était qu'on pouvait tout lui dire. Dotty raconta donc comment Dom l'avait aidée à sauver les chatons puis Tom, avant d'évoquer tout le reste : Mme White, la maison close et – les joues empourprées – leurs baisers.

Une fois qu'elle eut terminé, elle fronça les sourcils.

— La seule chose qui me chagrine, c'est qu'à la seconde où il se rend compte qu'il s'amuse, il s'arrête. Je ne sais vraiment pas quoi faire. Jusqu'à ce que vous arriviez, je n'avais personne à qui en parler.

Les sourcils froncés, sa grand-mère resta pensive un long moment.

— Je suis contente de voir qu'il tient un peu de son père. Je craignais que lord Alasdair n'ait réussi à tuer cette part de lui.

Ainsi, sa grand-mère connaissait la famille de Dom.

— J'aimerais tant en savoir davantage sur l'enfance de Merton.

Grand-maman eut un sourire nostalgique.

— Le père de Merton était une sacrée canaille. Toujours fourré dans un imbroglio quelconque. Il ne s'interdisait aucun tour pendable, mais il faisait cela avec un tel charme naturel et une telle bonne humeur que tout le monde lui pardonnait même ses farces les plus scandaleuses. Lord Alasdair était son contraire absolu. Je ne comprendrai jamais comment ces deux-là ont pu devenir amis. Mais cette amitié a bien failli se briser quand Merton est tombé amoureux d'Eunice, la sœur d'Alasdair.

On frappa à la porte, et une soubrette apporta le thé. Dotty et sa grand-mère gagnèrent une table à l'autre bout de la pièce. Une fois que Dotty eut fait le service, elle dévisagea sa grand-mère.

— Pour quelle raison ?

Grand-maman sirota une gorgée de thé avant de répondre.

— Alasdair était persuadé que Merton ne serait jamais fidèle à sa sœur, et il ne voulait pas qu'elle ait le cœur brisé. Pourtant, Merton a surpris tout le monde. Il a immédiatement donné congé à toutes ses maîtresses.

Dotty eut du mal à avaler son thé.

— Il en avait plus d'une en même temps ?

— Oh que oui ! Je t'ai déjà dit qu'il était assez choquant dans son genre. Il entretenait un véritable harem, dont chaque membre avait un talent spécial. J'étais là quand il a vu Eunice pour la première fois. Elle était au centre de sa cour et, sans la moindre hésitation, il a traversé le cercle de ses amis et admirateurs, s'est agenouillé et l'a demandée en mariage.

Dotty n'avait jamais rien entendu d'aussi romantique.

— Et qu'a-t-elle dit ?

— Que c'était la meilleure demande qu'elle avait reçue de la saison et que, par conséquent, elle acceptait. À partir de ce soir-là, il ne l'a pas quittée un seul instant et lui a été fidèle toute sa vie. Il était fou d'elle et de Dominic. Après sa mort, Eunice a beaucoup souffert, et pas seulement de chagrin : elle a aussi perdu l'enfant qu'elle portait. Tout cela était déjà assez pénible, mais Alasdair n'a fait qu'empirer les choses. Il a insisté pour qu'elle aille se refaire une santé à Bath – comme si prendre les eaux allait changer quoi que ce soit ! – pendant que lui, en tant que tuteur légal de son fils, s'occuperait de donner à Dominic une éducation digne de son rang... selon lui.

Ainsi, Dom avait perdu en même temps son père et sa mère. Elle comprenait mieux son attitude, maintenant, et cette impression qu'il donnait d'avoir en lui deux personnalités en conflit.

— Que puis-je faire ?

— Sois toi-même et ne le laisse pas s'enfermer dans son rôle de marquis, déclara grand-maman en choisissant un gâteau. Maintenant, dis-moi, qu'as-tu prévu pour le reste de l'après-midi ?

— Lady Thornhill tient salon.

Dotty sourit.

— Lady Merton compte s'y rendre, et Merton l'accompagne toujours.

Une étincelle dansa dans le regard de sa grand-mère.

— Parfait. Alors, je viens aussi... si cela ne te dérange pas.

Dom posa sa plume. Il n'arrivait pas à se concentrer sur ses livres de comptes, car son esprit ne cessait de dériver vers Thea, et sur ce qui avait bien failli se passer dans ce salon. Une seconde de plus, et il aurait perdu tout contrôle de lui-même. Dieu sait ce qu'il aurait fait si ce domestique n'était pas venu leur annoncer que la voiture était prête ! Il sentait encore la rondeur de ses seins sous ses doigts, la fermeté de ses...

Cyrille bondit sur ses cuisses, et il l'accueillit avec soulagement. Il ne devait pas laisser de telles pensées s'installer en lui. Son oncle le lui avait toujours dit.

Souvenez-vous, Merton : vous devez toujours garder votre maîtrise de vous-même. Vous ne devez en aucun cas céder à vos appétits charnels. La modération est la clé. Aucune dame n'a envie d'être traitée comme une traînée.

— Monsieur !

Tom venait de se ruer dans la pièce.

— Regardez ce que j'ai dessiné. Sally dit que je n'ai jamais rien fait d'aussi beau.

L'enfant réussit à se loger sur son autre genou sans déranger le chaton. Un véritable exploit.

Dom réprima un grognement. Sans doute un nouveau dessin de chien errant. Cet enfant semblait les apprécier tout particulièrement. Mais, quand il baissa les yeux vers la feuille que Tom lui tendait, il eut la surprise de voir un portrait de Thea. Le garçon avait réussi à rendre cette étincelle dans son regard – celle que Dom espérait ne pas éteindre quand il lui dirait qu'elle devait cesser de se porter au secours d'autrui.

Il ébouriffa la tignasse de Tom.

— C'est excellent.

Au moins, le garçon se portait de mieux en mieux. Les efforts de Dom pour retrouver son grand-père, le comte de Stratton, n'avaient pour l'instant rencontré aucun succès. L'homme n'était pas à Londres, et les lettres envoyées à son domaine à la campagne n'avaient pas encore reçu de réponse. Le major Horton avait accepté d'enquêter chez les Horse Guards pour découvrir la date de retour du père de Tom. Jusqu'à ce qu'un membre de sa famille soit retrouvé et accepte de le prendre en charge, il lui revenait de s'occuper de l'enfant. Il devait trouver le temps d'embaucher un précepteur, mais lequel accepterait un emploi qui pouvait s'arrêter d'un jour à l'autre ?

Soudain, une idée le frappa. Worthington et Grace pouvaient l'aider. Avec dégoût, Dom songea aux longues heures qu'il avait lui-même passées enfermé avec des précepteurs. Même Garvey avait cessé de venir le voir pour jouer. Demander le moindre service à son cousin le chagrinait – et c'était là un euphémisme –, mais il le ferait. Envoyer Tom étudier en compagnie d'autres enfants ne pouvait que lui faire du bien. Maintenant, il suffisait de lui trouver un maître de dessin. Mais où diable dénichait-on ces gens-là ?

On frappa de nouveau à la porte et, cette fois, ce fut sa mère qui entra. Le découvrant avec Tom, elle sourit.

Le garçon sauta aussitôt sur ses pieds en agitant son dessin.

— Madame, regardez ce que j'ai fait.

Lady Merton examina le portrait.

— Tu as énormément de talent.

Elle se tourna vers Dom comme pour lui demander ce qu'il comptait faire à ce sujet.

— Savez-vous comment je pourrais trouver un professeur de dessin ?

Elle hésita à peine.

— Je crois, oui. J'étais venue te dire que Matilda et moi comptons nous rendre chez lady Thornhill, qui tient salon aujourd'hui. En général, de nombreux artistes y sont présents. Pourquoi ne te joindrais-tu pas à nous ?

Il y avait fort longtemps de cela, il avait promis à son oncle de ne jamais pénétrer dans ce lieu de perdition. La plupart des invités de lady Thornhill ne cessaient de se moquer du prince régent et étaient partisans de réformes radicales. Mais comment, maintenant, formuler son aversion sans blesser sa mère ?

— Je pensais passer un peu de temps avec Thea cet après-midi.

Sa mère haussa les sourcils.

— Alors, mieux vaut que tu nous accompagnes, sinon tu ne la verras pas avant ce soir.

Bon sang, il avait oublié. Grace emmenait fréquemment les jeunes filles dont elle avait la charge chez lady Thornhill. Bon, s'il se contentait de chercher un professeur de dessin pour Tom parmi les artistes invités, quel mal y avait-il à cela ? Et puis, ce serait l'occasion de découvrir par lui-même à quel genre d'opinions Thea se trouvait confrontée chez ces gens.

— Avec joie, répondit-il à sa mère.

Se rendre à ce salon, trouver un professeur puis emmener sa mère et Thea loin de l'influence pernicieuse de lady Thornhill, voilà qui ne devrait pas être trop difficile. Mais, avant cela, il lui fallait conduire Tom chez les Worthington.

Il ordonna à un valet de préparer l'enfant et demanda qu'on amène son cabriolet.

Quand il retrouva Tom quelques minutes plus tard, celui-ci leva vers lui un regard anxieux.

— Allez-vous me confier à quelqu'un d'autre ?

— Pas du tout. Nous allons simplement voir si tu peux prendre quelques leçons en compagnie d'autres enfants. Ils font partie de ma famille. Je crois qu'ils te plairont.

Le garçon ne répondit pas.

À Stanwood House, le majordome les conduisit dans le bureau de Grace. Abandonnant ses livres de comptes, elle se leva.

— Quelle surprise, dit-elle, avant d'enchaîner avec un sourire alors que Dom regrettait déjà son initiative : Mais fort agréable. Royston ? Du thé, s'il vous plaît, et je crois que le chef a préparé des tartes à la confiture.

Elle tourna la tête vers le petit garçon avant de se diriger vers un petit canapé.

— Tu dois être Tom. Bonjour. Venez, installez-vous et dites-moi ce qui vous amène.

Dom prit place dans un fauteuil en cuir, tandis que Tom s'asseyait sur ses genoux.

— Si ma demande vous paraît incongrue, je vous en prie, dites-le-moi. J'aimerais que Tom étudie avec tous ces enfants dont vous avez la charge.

Grace dévisagea de nouveau le garçon avant de répondre :

— Je ne vois pas pourquoi ce ne serait pas possible, mais je préfère d'abord consulter Mlle Tallerton et M. Winters. Ils voudront sans doute évaluer son niveau d'études... à moins que vous ne le connaissiez ?

Dom secoua la tête. Il ne lui était jamais venu à l'esprit de poser la question à l'enfant.

Grace tira sur un cordon, et un valet apparut à la porte.

— J'aimerais que Mlle Tallerton et M. Winters viennent me voir dès qu'ils pourront faire une pause.

— Bien, madame.

Dom tiqua. Ce n'était pas une façon de tenir sa maison. Quiconque travaillant à son service devait se présenter à lui sur-le-champ s'il le demandait.

— J'espérais que nous pourrions régler ceci sans attendre.

Elle le regarda calmement.

— Vous n'avez pas encore bu votre thé.

— Certes, mais...

Elle lui adressa un regard aussi sévère que celui de son ancienne nourrice.

— Je refuse d'interrompre les leçons des enfants. Ils suivent un emploi du temps strict qu'il serait contre-productif de bouleverser.

Il grimaça.

— Pardonnez-moi. J'aurais dû comprendre que vous deviez maintenir l'ordre.

— Précisément. Sinon, ce serait le chaos.

Elle consulta l'immense horloge en chêne.

— Ils ne devraient pas tarder.

Quelques instants après que le thé fut arrivé, il entendit ce qui ressemblait fort à la cavalcade d'une horde de chevaux sauvages, accompagnée de hurlements suraigus.

— Ah, dit Grace en reposant sa tasse. La récréation.

Dom était sidéré. Il n'avait pas du tout été éduqué ainsi. Après la mort de son père, on lui avait interdit de courir et de crier dans la maison. Bien que conscient que c'était une question stupide, il ne put s'empêcher de demander :

— Que vont-ils faire maintenant ?

— Sortir, courir et se dépenser dehors pendant dix minutes, puis goûter. Après cela, chacun se plongera dans ses études personnelles.

Ne comprenant pas, Dom secoua la tête.

— Ils jouent tous d'un instrument, expliqua Grace, mais cela exige qu'ils s'entraînent tous les jours s'ils ne veulent pas avoir honte le jour où on leur demandera de se produire devant un public. On leur enseigne aussi les rudiments du dessin même si, je l'avoue, Matt est le seul dans cette maison à posséder une once de talent dans ce domaine. Et puis, il y a les langues étrangères. Les plus âgés apprennent aussi le latin, le grec, les mathématiques avancées et la science, tout en continuant l'étude du français et de l'italien. De plus, les filles doivent s'entraîner à la couture.

Tout cela ressemblait fort aux propres études de Dom. Ce qui le surprenait, c'était que garçons et filles obéissaient apparemment au même programme.

— Les enverrez-vous à l'école ?

— Les garçons, oui, mais ni Matt ni moi n'avons une haute opinion des établissements pour jeunes filles. Fort heureusement, avec un tel nombre d'enfants, aucun ne se retrouve jamais seul.

Comme il l'avait été.

On frappa un coup à la porte, et une femme de haute taille, accompagnée d'un gentleman encore plus grand, pénétra dans la pièce.

Grace leur fit signe de s'asseoir.

— Oui. Mademoiselle Tallerton, puis-je vous présenter mon cousin, le marquis de Merton ? Merton, voici notre gouvernante, Mlle Tallerton, et notre précepteur, M. Winters.

Les deux nouveaux venus s'installèrent en jetant des regards curieux à Tom.

— J'aimerais savoir si ajouter un enfant à tous vos élèves bouleverserait votre emploi du temps, demanda Grace.

Les professeurs se consultèrent du regard, avant de secouer tous les deux la tête.

— Il nous faudra simplement nous assurer que le garçon en est au même niveau qu'au moins un des autres enfants, déclara M. Winters. Pourriez-vous nous le laisser pour le goûter et le restant de l'après-midi ? demanda-t-il à Dom.

Grace ouvrit la fenêtre qui donnait sur le jardin et appela Mary et Theodora, les plus jeunes. Les deux filles accoururent aussitôt, toutes nattes bondissantes.

— Oui, Grace ? demanda Mary, cinq ans.

— Voici Tom. Il séjourne quelque temps chez lord Merton, et il est possible qu'il vienne étudier avec vous. Pourriez-vous le présenter aux autres ?

Theodora, huit ans, prit aussitôt Tom par la main.

— Viens donc jouer avec nous jusqu'au goûter.

Le cœur de Dom se serra quand le garçon sourit et lui lança, déjà prêt à partir :

— À tout à l'heure, monsieur.

— J'enverrai une voiture te chercher.

Il le regarda disparaître. Tôt ou tard, cet enfant le quitterait à jamais.

— Tout ira bien, monsieur, dit Mlle Tallerton.

Dom se racla la gorge, chassant le nœud qui s'y était formé.

— Bien sûr.

Deux heures plus tard, en entrant dans le salon de lady Thornhill, Dom fut surpris d'y trouver une atmosphère aussi plaisante. Cela ne ressemblait en rien à l'antre d'excités de tous poils à laquelle il s'était attendu. Une grande dame mince vêtue d'une robe et d'un turban aux couleurs éclatantes les accueillit, sa mère, Matilda et lui.

— Eunice, je suis si heureuse de vous voir, dit leur hôtesse en embrassant lady Merton sur la joue.

— Bonjour, Silvia, dit celle-ci en lui rendant son baiser. Je pense que vous ne vous souvenez pas de Dominic.

Lady Thornhill lui tendit les mains.

— Mais quel jeune homme séduisant vous êtes devenu ! La dernière fois que je vous ai vu, vous étiez en culottes courtes. Il est vrai qu'entre-temps, j'ai dû accompagner mon mari pour son service diplomatique en Turquie.

Dom était si étonné qu'il faillit oublier de s'incliner.

— C'est un plaisir de vous retrouver après tout ce temps, déclara-t-il.

Il ignorait que lady Thornhill et sa mère avaient été amies. Si elles décidaient de rattraper le temps perdu aujourd'hui, il ne pourrait pas partir aussi tôt qu'il l'avait espéré.

Lady Thornhill éclata de rire.

— Je doute que vous en soyez vraiment convaincu, mais peut-être trouverez-vous certaines de nos discussions intéressantes. Mon mari et moi ne sommes pas aussi terribles que certains le prétendent, ajouta-t-elle.

Acceptant de bonne grâce la remontrance à peine dissimulée, il s'inclina de nouveau.

— Je suis tout disposé à vous croire, madame, dit-il, sincère. Néanmoins, ma priorité est de trouver un professeur de dessin pour un jeune garçon dont j'ai temporairement la charge. Il possède un réel talent.

Leur hôtesse se retourna pour scruter la foule d'invités.

— Ah, les voilà, dit-elle en montrant le coin opposé, près d'une fenêtre. Vous devriez trouver votre bonheur parmi ce groupe. Ce sont tous de jeunes artistes qui espèrent percer. Si aucun ne s'avère intéressé par votre proposition, ils connaîtront certainement quelqu'un qui le sera.

Dom s'inclina pour la troisième fois.

— Si vous permettez ?

— Bien sûr. Autant régler cela au plus vite. Votre Mlle Sterne n'est pas encore arrivée.

Il sentit la chaleur qui gagnait subitement ses joues. Lady Thornhill était une personne fort directe.

— Merci, madame.

Elle hocha la tête et se tourna vers sa mère pendant qu'il entreprenait la traversée du très grand salon.

Une demi-heure plus tard, après avoir longuement interrogé Dom sur les capacités de Tom, un artiste du nom de John Martin accepta de lui donner des leçons. Dom en fut d'autant plus soulagé qu'il venait de voir Thea arriver.

Elle emboîtait le pas à une dame âgée aux cheveux gris encore fort séduisante.

Il n'était plus qu'à quelques pas de sa future épouse quand lady Thornhill s'exclama :

— Votre Grâce ! Il était temps que vous me rendiez visite.

« Votre Grâce » ? Que diable faisait donc Thea en compagnie d'une duchesse ?

Les yeux de ladite duchesse pétillèrent, mais elle répliqua d'une voix sévère :

— Silvia, vos manières sont aussi déplorables que cette façon de remonter votre coiffure sur le sommet de votre crâne.

Les yeux de lady Thornhill s'embuèrent tandis que son sourire s'élargissait.

— Vous m'avez manqué. Nous ne nous voyons plus assez.

Les deux femmes s'étreignirent.

— Toujours aussi grincheuse.

— Toujours aussi franche.

Sa Grâce fit signe à Thea d'approcher.

— Je crois que vous avez déjà rencontré ma petite-fille, Dorothea ?

Éberlué, Dom se figea sur place.

Lady Thornhill se tourna vers Thea.

— Telle grand-mère, telle petite-fille.

Il étudia la duchesse, puis Thea. Oui, la ressemblance était frappante. Les traits de Thea étaient la version plus jeune, plus ronde de ceux de sa grand-mère, qui restait d'une beauté remarquable.

— J'ignorais que lady Thornhill et vous étiez si proches, déclara Thea, perplexe.

— Silvia est ma filleule. Après la mort de sa mère, c'est moi qui l'ai chaperonnée pour sa première saison.

Dom avait l'impression de voir les pièces d'un puzzle s'assembler sous ses yeux. Pas étonnant que Thea possède une telle maîtrise d'elle-même et paraisse à l'aise en toutes circonstances. Il croisa son regard et montra sa grand-mère d'un signe à peine perceptible.

Elle lui tendit la main.

— Grand-maman, puis-je vous présenter mon fiancé, lord Merton ? Milord, ma grand-mère, la duchesse douairière de Bristol.

Celle-ci le considéra d'un regard amusé.

— Merton, je n'aurais jamais pensé vous voir ici, mais sachez que j'en suis ravie.

Il avait peine à croire que cette femme charmante soit la mère du duc de Bristol, l'homme le plus amer qu'il ait jamais croisé.

Il prit la main qu'elle lui tendait et s'inclina. S'il s'agissait d'un test, il eut l'impression de le passer avec succès.

— Merci, Votre Grâce.

Et lui qui se voyait déjà traiter la famille de Thea avec condescendance ! Personne, pas même Alvanley, ne l'avait prévenu.

Sa Grâce inclina la tête.

— Filez, tous les deux. Je suis sûre que vous avez des choses plus intéressantes à vous dire que tout ce dont nous pourrions discuter.

Thea coinça une main sous son bras.

— Merci, grand-maman.

Elle le conduisit vers une fenêtre.

— Je suis heureuse de vous voir, mais qu'est-ce qui vous amène ici ?

— Ma mère. Et la possibilité de trouver un professeur de dessin pour Tom.

Elle fronça les sourcils.

— Toujours aucune nouvelle de sa famille ?

— Rien. Et le plus étrange, c'est que Tom ne pose aucune question. Il semble trouver normal de ne pas voir son père.

— C'est un soldat. Peut-être est-ce normal pour lui. Grand-maman dit que lord Stratton est bizarre.

Elle se mordit la lèvre inférieure, et Dom eut très envie de la mordiller à sa place.

— Cela vous dérange-t-il de garder Tom encore un peu ?

— Vous voulez dire, de le garder avec nous jusqu'au retour de son père, si personne ne le réclame ?

Son doux sourire lui noua le cœur.

— Le fait est que je commence à beaucoup m'attacher à lui, avoua-t-elle.

C'était bien là une partie du problème.

— Moi aussi. Mais plus longtemps Tom restera avec nous, plus il sera difficile de nous séparer de lui.

— Nous ne pourrons le laisser qu'à son père, déclara Thea avec une soudaine férocité.

Il la dévisagea.

— Vous pensez qu'il y a une sorte de cassure dans sa famille ?

— Oui. Sinon, pourquoi Tom et sa mère ne résidaient-ils pas à Stratton House ou dans l'un des domaines du comte ? Il possède de nombreuses propriétés. Il aurait très bien pu en laisser une à leur disposition. Avez-vous oublié que c'était une des exigences de Mme White ? Qu'il n'y ait aucune famille proche.

— J'avais oublié, en effet.

Comment cela était-il possible ? Il avait toujours eu une excellente mémoire. Mais, dès qu'il était avec Thea, il avait du mal à penser à autre chose qu'à elle.

— Il semble que vous ayez fait quelques recherches, reprit-il. Avez-vous découvert autre chose ?

— Toutes les informations dont je dispose viennent de ma grand-mère. Elle ne sait pas grand-chose du mariage des parents de Tom, sinon que son père est le fils cadet du comte et que, même s'il est marié depuis plusieurs années, l'héritier n'a pas d'enfants.

Son regard s'emplit d'inquiétude.

— Grand-maman dit aussi que Stratton est en mauvaise santé.

— Plutôt que de continuer à essayer de joindre le comte, il vaudrait peut-être mieux trouver son héritier. Avez-vous une idée de son nom ?

Elle leva vers lui un regard un peu agacé.

— Ne vous a-t-on pas appris la liste des pairs de ce royaume ?

Il lui offrit son sourire le plus charmeur.

— J'ai toujours pensé que j'épouserais une femme qui connaîtrait cela par cœur. Mais je dois avoir une copie du Debrett's quelque part.

— Inutile. C'est le vicomte Cavanaugh. Sa résidence principale se trouve dans le Norfolk.

— Dans ce cas, je ferais bien de lui écrire.

Elle glissa sa petite main dans la sienne.

— Merci. Venez, allons voir la galerie de tableaux. Je crois qu'il y a un petit portrait de ma grand-mère.

Dès qu'ils eurent quitté le salon, elle changea de sujet.

— Avez-vous trouvé une maison pour les dames ?

Sa mère, Thea et lui avaient convenu qu'une propriété assez proche de Londres serait le plus pratique, à condition d'être assez éloignée pour que les femmes n'aient pas à vivre dans la crainte d'être reconnues.

— Mon secrétaire consulte des listes de biens disponibles. Malheureusement, je viens d'envoyer mon régisseur dans le Norfolk pour plusieurs semaines, sinon ce serait déjà fait.

— Naturellement, elles aimeraient déménager le plus vite possible. La plupart ont peur de sortir, et cette maison n'est qu'une source de mauvais souvenirs pour elles.

Ils avaient atteint la galerie. Avec le nombre d'invités, il fut surpris de la trouver déserte. Dieu soit loué, ils étaient enfin seuls.

Il s'apprêta à prendre Thea dans ses bras et se retint au dernier moment. Si forte que soit son envie, il devait à tout prix éviter de la toucher. Il ne pouvait se permettre de céder à son désir.

19

Dotty espérait que Dom ne remarquerait pas son petit stratagème. Sa grand-mère avait bien dit qu'il devait y avoir un portrait d'elle et de la mère de lady Thornhill quelque part dans la maison. Mais, étant déjà venue dans cette galerie, Dotty savait qu'elle était généralement vide et que les alcôves n'y manquaient pas. L'endroit idéal, en somme, pour échanger un baiser et quelques caresses.

Après qu'ils eurent longé le vaste corridor, elle s'arrêta à l'autre extrémité, près d'une niche assez grande pour contenir une statue. Ils n'avaient toujours pas trouvé le portrait.

— Il doit être ailleurs, dit-elle avant de se tourner vers lui. Dom ?

Ils se dévisagèrent quelques secondes, puis, sans hésiter, il captura ses lèvres.

Mais, très vite, il s'écarta… un tout petit peu.

— Nous ne devrions pas, murmura-t-il.

Audacieuse, elle enfonça les doigts dans les vagues soyeuses de sa chevelure avant de caresser sa langue avec la sienne.

— Pourquoi ?

Il lui saisit les fesses, la serrant un peu plus contre lui.

— Quelqu'un pourrait venir.

Avec un soupir, elle se laissa aller contre lui.

— Nous sommes fiancés, Merton. Nous serons mariés d'ici deux semaines.

Elle s'accrocha à lui, tandis qu'il caressait un de ses seins. Quand son pouce trouva son mamelon dressé, une lame de feu courut en elle, particulièrement dans cet endroit si sensible entre ses jambes. Encore une fois, elle se plaqua contre lui, à la recherche de quelque chose, d'un soulagement quelconque.

En gémissant, elle tenta de nouer une jambe autour de la sienne, mais ses jupes, si encombrantes, l'en empêchèrent. D'étranges pulsations l'avaient saisie, et elle poussa un petit cri aigu.

— Dom, il faut... J'ai besoin...

— Quoi, mon cœur ? Que voulez-vous ?

— Je ne sais pas. C'est bizarre, je suis...

— Seigneur, Thea, dit-il comme s'il avait du mal à parler. Vous causerez ma mort.

Il écarta ses jambes des siennes et pressa sa cuisse contre son mont de Vénus. Pendant un court instant, les élancements s'intensifièrent. Juste quand elle crut ne plus pouvoir les supporter, un violent spasme lui coupa le souffle. Il accrut la pression, tandis que des vagues de sensations inconnues déferlaient en elle. Et, soudain, le plaisir explosa.

Nouant sa bouche à la sienne, il étouffa son cri.

Seigneur Dieu, qu'était-ce donc que cela ? se demanda-t-elle après quelques longues secondes. Et quand pourraient-ils recommencer ? Tandis qu'il écartait sa jambe, elle s'effondra contre lui.

Il la soutint.

— Nous ne pouvons pas recommencer. Pas avant le mariage.

Ce n'était pas du tout ce qu'elle avait envie d'entendre.

— Mais cela m'a beaucoup plu, dit-elle en déposant de doux baisers sur son menton.

Un rire profond roula dans le torse de Dom.

— Voilà qui présage d'un avenir délicieux pour nous deux. Néanmoins, si nous n'arrêtons pas, je risque fort de vous prendre avant le mariage.

Et quel mal y aurait-il à cela ? songea-t-elle. Mais elle préféra ne pas lui poser cette question. Pas tout de suite, en tout cas.

Soutenant son regard, elle caressa sa chevelure avant de déposer un baiser sur sa bouche. Quelque chose brilla au fond de ses yeux bleus quand il lécha ses lèvres, l'incitant à les ouvrir.

Puis, brusquement, il s'écarta.

— Nous devons retourner au salon. On risque de vous chercher.

Au diable ses principes, sa bonne éducation et tout le reste. Sa mission risquait de s'avérer plus difficile qu'elle ne l'avait cru. Elle lissa ses jupes.

— Je vous suis.

Quand ils revinrent dans le salon, la foule avait quasiment doublé. Thea chercha sa grand-mère du regard et la repéra au sein d'un groupe d'autres femmes d'âge mûr, parmi lesquelles se trouvaient lady Merton et lady Shirring. Ce qui signifiait que Mlle Turley devait être présente elle aussi.

Après la visite que cette dernière leur avait rendue, Dotty, Charlotte et Louisa en étaient venues à la conclusion que lady Manners avait été l'instigatrice du piège tendu à Merton et que Mlle Turley s'était trop facilement laissé convaincre.

Tous les sièges près des fenêtres étaient occupés, ainsi que les fauteuils et les canapés. Des jeunes gens et certaines des dames les plus audacieuses avaient même pris place sur de gros coussins colorés jetés à même le sol.

— Je crois que Mlle Turley est ici, dit-elle à Dom.

Il fronça les sourcils.

— Qu'est-ce qui vous fait dire cela ?

— Sa tante, la comtesse de Shirring, est avec ma grand-mère et votre mère. Elle est venue prendre Mlle Turley en charge.

— Après le vilain tour qu'elle a voulu me jouer, il était grand temps que quelqu'un le fasse.

— Je ne crois pas que Mlle Turley soit entièrement responsable. Quoi qu'il en soit, sans elle, nous ne serions pas fiancés.

Dom, qui examinait la foule d'un œil assez distrait, perçut le défi dans le ton de Thea. Il se tourna vers elle. Bon sang ! C'était là un de ces moments dont se plaignaient certains hommes et qu'il n'aurait jamais pensé vivre. Trop occupé à se laisser bercer par sa voix, il n'avait prêté qu'une attention relative à ce qu'elle disait. Regrettait-elle leurs fiançailles ? Une lueur belliqueuse brillait dans ses yeux verts, et il sut instinctivement qu'il n'y avait qu'une réponse à lui donner.

— C'est vous que je veux.

Elle parut se détendre, et son sourire revint.

— Je me demande pourquoi lady Manners tenait tant à ce mariage entre sa cousine et vous.

Il haussa les épaules. Il avait, bien sûr, fait enquêter sur chacune des jeunes filles de sa liste. Leurs familles disposaient toutes d'une fortune raisonnable, et aucun parfum d'inconvenance ne flottait autour d'elles.

— Le prestige. Le père de Mlle Turley n'est que vicomte.

Les sourcils de Thea se haussèrent de nouveau, tandis que son sourire s'évanouissait.

Bonté divine ! Il tombait de Charybde en Scylla. Avant qu'elle ait pu répondre, il reprit précipitamment :

— Il est assez naturel que sa famille espère pour elle la meilleure union possible.

Elle marmonna quelque chose à propos de son propre père et secoua la tête.

— Toutes les dames ne tentent pas de piéger un gentleman, dit-elle, maussade.

Dieu soit loué. Il était revenu sur un terrain plus solide.

— C'est vrai.

— Ah, la voilà... avec un jeune homme.

— Son frère, M. Turley.

— Oui, je vois la ressemblance. Je me demande s'ils vont nous remarquer.

— J'espère bien que non.

Dom était ravi d'avoir Thea rien que pour lui, même si c'était dans un salon encombré d'une foule toujours plus nombreuse. Au moins, ici, personne n'invitait sa fiancée à danser.

Malheureusement, M. Turley les aperçut et se pencha à l'oreille de sa sœur, qui rougit et secoua la tête. Mais il ajouta quelque chose, et l'instant d'après, elle acquiesçait d'un air assez penaud. Ils vinrent droit vers eux.

Dom serra les mâchoires.

— Soyez gentil, murmura Thea. Avec toutes les rumeurs qui ont circulé, les mauvaises langues vont nous tenir à l'œil.

Quelles rumeurs ? Il n'avait rien entendu. Certes, il n'avait guère vu ses amis ces derniers jours et n'était pas allé au White's non plus.

Thea sourit et tendit la main.

— Elizabeth, quelle joie de vous revoir.

Après un regard effrayé vers Dom, Mlle Turley préféra se concentrer sur elle.

— Dotty, merci. Je connais peu de monde ici, mais ma tante a insisté pour que nous venions.

Les deux hommes se saluèrent d'un bref hochement de tête.

— Turley.

— Lord Merton.

— Oh, Dotty, reprit Mlle Turley avec un large sourire, puis-je vous présenter mon frère, M. Turley ? Gavin, voici Mlle Sterne.

Il s'inclina sur la main de Thea avec un sourire qu'elle jugea sincère.

— C'est un plaisir, mademoiselle Sterne. Permettez-moi de vous adresser, à vous et à lord Merton, tous mes vœux de bonheur.

Thea se tourna vers Dom. Elle semblait si heureuse qu'il eut l'impression que son cœur gonflait dans sa poitrine. Il sourit à Turley.

— Merci.

Gavin hocha la tête et s'adressa de nouveau à Thea :

— Elizabeth m'a dit à quel point vous aviez été gentille avec elle.

— Mon cher monsieur, il est aisé d'être gentil avec quelqu'un d'aussi aimable que votre sœur.

Ils discutèrent pendant quelques minutes de choses et d'autres, puis M. Turley déclara :

— Mademoiselle Sterne, ce fut un plaisir de vous rencontrer. Je comprends pourquoi lord Merton est aussi heureux.

Mlle Turley acquiesça et prit le bras de son frère.

— Oui. Vous formez un couple idéal.

Comme Thea les remerciait, Dom se rendit compte avec un certain choc qu'il était effectivement heureux. Plus heureux qu'il ne l'avait été depuis la mort de son père.

Une fois les Turley partis, il murmura :

— Voilà qui s'est très bien passé et devrait mettre un terme à toutes les rumeurs. Je vais peut-être envoyer un mot de remerciement à lady Manners.

Feignant l'horreur, Thea écarquilla les yeux.

— Monsieur ! Vous plaisantez, j'espère ?

— À peine, ma chère. À peine, déclara-t-il gaiement.

20

Quelques jours plus tard, le major Horton sollicita une entrevue urgente avec Dotty, Dom et sa mère.

Visiblement tendu, il se tenait à présent adossé au manteau de la cheminée dans le bureau de Dom.

— Que s'est-il passé ? demanda celui-ci.

Le major était venu leur annoncer que les dames devaient être relogées bien plus tôt que prévu.

— Toute la maison a été réveillée au beau milieu de la nuit, dit le major avec un regard vers lady Merton et Dotty. Heureusement, Mme Oyler a réussi à calmer ces dames, mais elles étaient terrorisées, y compris mon épouse. La femme qui avait poussé le hurlement dit qu'elle a entendu des hommes parler juste sous sa fenêtre.

Dom prit un air impatient, comme s'il ne comprenait pas vraiment la gravité de la situation.

— La maison est bien gardée, et nous avons remplacé toutes les serrures. Dites-leur simplement qu'il n'y a aucune raison d'avoir peur.

Dotty retint son souffle. Dans l'attente de son procès, Mme White était incarcérée à la prison de Newgate. Fort heureusement, les Coureurs détenaient assez de preuves pour éviter aux dames de témoigner. Mlle Betsy, en revanche, avait réussi à s'enfuir – Dieu seul savait comment –, et on n'avait pas encore appréhendé les canailles qui avaient servi d'intermédiaires à Mme White.

Le major Horton parut se raidir encore un peu plus.

— C'est la deuxième fois cette semaine que cela se produit. Elles ne se sentiront jamais en sécurité dans cette maison.

Il avait raison. Même si Dom avait installé plusieurs valets dans la maison, qui savait de quelles violences ces criminels étaient capables ? Le relogement, cependant, demeurait un problème. Le secrétaire de Dom avait bien déniché un manoir non loin de Londres, mais celui-ci avait besoin de travaux de rénovation.

— Il faut absolument qu'elles déménagent, intervint Dotty.

Le regard de Dom abandonna le major pour se poser sur elle.

— Nous sommes au beau milieu de la saison. Tout le monde est en ville. Il n'y a plus une seule maison convenable en location, et les propriétaires se méfieront d'un lieu uniquement habité par de jeunes dames seules. C'est exactement l'impression que nous voulons éviter qu'elles donnent.

— Il doit y avoir une solution, intervint lady Merton. Peut-être pourraient-elles s'installer dans un de nos domaines à la campagne en attendant que les travaux soient terminés.

Dotty demanda au major :

— Quand devez-vous partir ?

— Pour le moment, ma mission est reportée, mais il y a des chances pour que je doive retourner sur le continent d'ici peu. Je ne veux pas laisser ma femme à St. George Street. Un endroit à la campagne me conviendrait parfaitement, ajouta-t-il avec un sourire.

Passant une main dans sa chevelure déjà en désordre, Dom se laissa aller contre le dossier de sa chaise.

— Laissez-moi voir cela avec mon régisseur. Avez-vous des nouvelles du père de Tom ?

— Aucune. Comme vous le savez, il doit rentrer en décembre. J'ai envoyé une lettre, mais il est encore trop tôt pour qu'il l'ait déjà reçue. Comment va le garçon ?

C'était bien là le seul point positif dans toute cette épreuve.

— Bien. Tom semble heureux. Il a repris ses études chez les Worthington et il a même un professeur de dessin, déclara Dotty en songeant à la joie du garçon d'être en compagnie des frères et sœurs de Matt et de Grace. Il a beaucoup de talent.

— Malheureusement, enchaîna Dom, nous n'avons pas réussi à entrer en contact avec son grand-père, et quand je suis allé chez le vicomte Cavanaugh hier, le heurtoir avait été retiré de la porte. J'ai envoyé un courrier à sa résidence à la campagne, mais n'ai pas encore reçu de réponse.

Pensif, le major se frotta le menton.

— Peut-être vaudrait-il mieux que le garçon reste avec vous jusqu'au retour de son père, ne croyez-vous pas ?

Le regard de Dom s'assombrit, comme si l'on venait d'éteindre une chandelle.

— J'ai le devoir de rendre ce garçon à sa famille.

Le major croisa les bras sur son torse.

— Vous ignorez toujours pourquoi Cavanaugh a préféré laisser sa femme seule à Londres. Et si ces gens maltraitaient le garçon ?

Dotty estima cette remarque pleinement justifiée. Il était en effet étrange que le major Cavanaugh n'ait pas confié son épouse et son enfant à sa propre famille.

— Nous parlons d'un pair du royaume, répondit Dom, hautain. Sans même parler de son devoir vis-à-vis de son petit-fils, il ne maltraiterait jamais un enfant.

Elle le dévisagea, incrédule. Ce n'était pas là l'homme qu'elle aimait, mais plutôt celui qui déplaisait tant à ses amies. Eh bien, c'était le moment ou jamais de lui remettre les idées en place.

— Merton, vous ne croyez pas sérieusement une chose pareille ? Jusqu'à présent, cet individu ne s'est nullement soucié de son *devoir*. Et si j'en crois sa conduite passée, je ne vois pas pourquoi il changerait.

— Thea...

C'était presque un aboiement.

— ... laissez-moi m'occuper du bien-être de Tom.

Mais comment pouvait-il être aussi têtu ? Et comment osait-il lui parler sur ce ton en présence du major ?

Elle se leva, le regard noir.

— Pas si vous comptez le remettre à des gens qu'il ne connaît pas et qui ne veulent pas de lui.

Le visage de Dom se ferma.

— Nous discuterons de ceci plus tard.

Il n'avait jamais employé ce ton avec elle. Froid et dur. Bouillant de colère, Dotty se sentait à deux doigts de perdre son sang-froid.

— Dans ce cas...

Elle tourna les talons et se dirigea vers la porte.

— Thea, arrêtez-vous ! ordonna Dom.

Faisant volte-face, elle pointa un doigt vers lui.

— Non, vous, arrêtez-vous. Vous semblez croire qu'un pair du royaume ne peut rien faire de mal. Ouvrez les yeux et regardez autour de vous. Les pairs maltraitent tout autant leurs femmes et leurs enfants que n'importe qui. Je vous laisse à vos illusions.

— Restez où vous êtes. Je vous raccompagne à Berkeley Square.

— Ne vous donnez pas cette peine. Je marcherai.

Elle fila hors du bureau et courut pratiquement dans le couloir. Ralentissant avant de pénétrer dans le hall, elle afficha un sourire poli avant d'y entrer et de demander un valet.

Fred ne tarda pas à arriver.

— Y a-t-il un problème, mademoiselle ? Je croyais que vous restiez déjeuner.

— Il y a eu un changement.

Elle finit de boutonner son spencer et s'adressa à Paken :

— Pourriez-vous faire transporter quelques affaires de Tom à Stanwood House, s'il vous plaît ? Il va y séjourner un moment.

Le majordome s'inclina.

— Bien, mademoiselle. Désirez-vous une voiture ?

— Non, merci, Paken. L'air frais me fera du bien.

Et il lui en faudrait beaucoup pour calmer sa colère.

Après avoir descendu Brook Street d'un pas vif, elle pénétrait dans un square quand, du coin de l'œil, elle surprit un mouvement très rapide. Elle se retourna vivement. Les alentours étaient déserts.

— Fred, avez-vous vu quelque chose ?

— Non, mademoiselle. Pourquoi ?

Elle aurait pu croire qu'il ne s'agissait que d'un oiseau ou d'un écureuil, mais...

— J'ai l'impression qu'on nous observe.

Il regarda autour de lui.

— Rentrons à la maison.

Dotty acquiesça et repartit à longues enjambées, comme elle le faisait quand elle marchait sur les chemins de campagne.

Quelques minutes plus tard, ils arrivaient sur Berkeley Square.

— Venez, je vous offre une glace.

Le visage de Fred vira au cramoisi.

— Mademoiselle, vraiment, je ne peux pas accepter. Ce ne serait pas...

— Faites en sorte d'ouvrir l'œil pour voir si on nous suit.

— Ah... oui ! Bien, mademoiselle. Pardonnez-moi, mais pourquoi voudrait-on vous suivre ?

— Quand nous sommes allés chez Mme White, lord Merton s'est présenté sous son nom. Je ne suis pas naïve au point de croire que ces canailles ne chercheront pas à se venger. Ce serait une très mauvaise idée de les mener à Stanwood House.

Le valet acquiesça vigoureusement.

— Très malin de votre part, mademoiselle.

Ralentissant le pas, elle gagna l'autre extrémité de la place et le petit pavillon où l'on vendait des glaces. Dès qu'elle eut franchi la porte, on l'interpella :

— Mademoiselle Sterne ? Voudriez-vous vous joindre à nous ?

Dotty salua Mlle Featherington et sa mère, qui étaient installées à une table.

— Merci. Je suis désolée, mais je ne puis rester très longtemps.

— Je comprends, déclara Mlle Featherington avec un sourire. Je voulais juste vous dire que mère vient de recevoir l'invitation de votre grand-mère pour le bal. Je suis si excitée ! Je ne suis encore jamais allée au Pulteney.

Un bal ? Quand donc grand-maman a-t-elle décidé de donner un bal ?

Afin de dissimuler sa surprise, Dotty se mit en devoir de retirer ses gants.

— Ma grand-mère adore y séjourner lorsqu'elle est en ville.

— Vous paraissez très calme. Je serais dans tous mes états si un bal était donné en mon honneur deux jours avant mon mariage.

La serveuse, qui apportait sa glace, offrit à Dotty le répit nécessaire pour se remettre de son choc.

— Oh, mais je n'ai qu'à me laisser porter, dit-elle avec une parfaite sincérité. Grand-maman aime s'occuper elle-même de tous les détails.

Ou, plus exactement, elle confierait cette besogne à sa dame de compagnie et à son secrétaire. Pour une fois, Dotty aurait bien aimé que sa grand-mère consulte la principale intéressée avant d'organiser quoi que ce soit. Elle jeta un coup d'œil vers Fred qui, debout devant la porte, restait aux aguets. Discutant de tout et de rien, elle prit le temps de déguster sa glace.

— Merci encore de m'avoir invitée à me joindre à vous, mais je dois vraiment y aller. Lady Worthington va se demander ce que je deviens.

Elle quitta les deux femmes et gagna la porte, que Fred lui ouvrit.

— Vous avez vu quelque chose ?

— Un jeune garçon, derrière ce gros arbre là-bas. Il vous surveillait. Il vaudrait peut-être mieux aller à Worthington House d'abord.

Oui, Matt s'y trouvait sans doute. La demeure était située juste en face de Stanwood House, de l'autre côté de la place.

— Excellente idée.

Matt serait sûrement de bon conseil.

Comme si elle déambulait sans but précis, elle traversa le petit square au centre de la place.

Le majordome, Thorton, lui ouvrit la porte et l'escorta dans le bureau de Matt, qui se leva dès son entrée.

— À quoi dois-je ce plaisir ?

— Oh, Matt, dit Dotty avec soulagement. Je crois nous avoir tous mis dans le pétrin.

Il lui fit signe de s'installer dans l'un des fauteuils placés face à sa table de travail.

— Ceci a-t-il un rapport avec Merton ?

— Un peu, seulement. Nous avons eu un désaccord, et j'ai quitté sa maison assez agacée.

— Seriez-vous en train de me dire qu'il ne vous a même pas offert une voiture ? demanda-t-il d'un ton dangereusement calme.

Elle se mordit la lèvre. Elle avait peut-être réagi avec un peu trop de vivacité.

— Si, il l'a fait. Mais j'étais si en colère que j'ai préféré marcher.

Elle marqua une pause.

— J'ai été suivie.

Elle lui parla du garçon, avant de conclure :

— Fred a suggéré que nous venions plutôt ici.

Matt tira un cordon, et Thorton ne tarda pas à apparaître.

— Monsieur ?

— Que Fred décrive ce gamin aux garçons d'écurie, et s'ils parviennent à le trouver, qu'on me l'amène ici.

Il se tourna vers Dotty.

— Partez avec Fred. Qu'il vous conduise à Stanwood House, mais en passant par-derrière. Plus personne n'effectuera le trajet à pied depuis Merton House tant que nous n'aurons pas réglé cette histoire.

— Je comprends. Merci.

Matt esquissa un mince sourire.

— Ne vous accusez pas de tous les maux. Je m'attendais plus ou moins à quelque chose comme cela. Avec un peu de chance, nous découvrirons qui sont ces gens et ce qu'ils veulent.

— S'ils se servent d'un enfant, il s'agit peut-être de la même bande qui avait enlevé Tom.

— C'est possible, mais des tas de bandes se servent d'enfants pour toutes sortes de méfaits.

Posant les coudes sur son bureau, il croisa les doigts.

— Dotty, à propos de Merton et vous…

Elle se mordilla la lèvre.

— Oui ?

— Si vous désirez vous rétracter…

Dotty sentit ses yeux s'embuer, tandis qu'une boule douloureuse lui obstruait la gorge.

— Et provoquer le plus grand scandale de la saison ?

— Nous pouvons reporter le mariage. La santé de votre mère serait un excellent prétexte.

Après ce matin, une part d'elle désirait avoir plus de temps. Pourtant, à cette idée, son cœur se brisait. Il existait sûrement un moyen de faire comprendre à Dom à quel point il se trompait. Et si elle ne le trouvait pas, qui le ferait ?

— Je vais y réfléchir.

Dom regarda Thea sortir du bureau. Il s'apprêtait à se lancer à sa poursuite quand il sentit une main sur son bras.

— Pour le moment, dit sa mère, elle est très en colère. Laisse-lui le temps de se calmer.

Il fourragea dans ses cheveux une nouvelle fois. Avant de rencontrer Thea, c'était un geste qu'il ne faisait jamais. Oh, Seigneur ! Et si elle le quittait ? Il ne supportait même pas d'y penser.

— Si seulement elle n'était pas si têtue !

— Je suis navrée, Dominic, mais j'estime que c'est elle qui avait raison. Tu dois lui présenter des excuses.

Il en resta bouche bée.

— Moi ? Des excuses ?

— Absolument.

Comme pour quêter son aide, il se tourna vers Horton, toujours adossé à la cheminée.

Le major secoua la tête.

— Ne comptez pas sur moi pour vous aider. Je partage l'opinion de lady Merton et de Mlle Sterne.

Il se redressa.

— Je dois retourner annoncer aux dames que vous cherchez bien une autre maison.

Tout en se dirigeant vers la porte, il sourit.

— Et ne vous inquiétez pas trop à propos de votre fiancée. Il est évident que vous êtes amoureux, tous les deux. Implorer son pardon devrait améliorer les choses. Quelques fleurs ne seraient pas de trop non plus.

Sur ce, il quitta la pièce en sifflotant.

— Deux conseils excellents, dit sa mère avant de suivre le major.

— Enfer et damnation ! jura Dom avant de sortir à son tour.

À grands pas, il gagna le bureau de son secrétaire.

— Laquelle de mes propriétés pourrait accueillir convenablement les dames que nous avons libérées jusqu'à ce que les rénovations du manoir soient achevées ?

Son secrétaire réfléchit quelques secondes.

— Celle d'Oxford.

Dom secoua la tête.

— Trop près de l'université.

— St. Albans ?

— Rafraîchissez ma mémoire, demanda Dom en s'installant sur une chaise. Cela fait longtemps que je n'y suis pas allé.

— Il y a vingt chambres à coucher, monsieur, et bien assez de salons. Un joli parc et des jardins où elles pourront se promener.

— Pensez-vous que ce soit assez loin d'ici pour éviter les rumeurs ?

— Avant que les dames arrivent, nous pourrions faire circuler le bruit qu'il s'agit de veuves de guerre et d'épouses d'officiers déployés à l'étranger. Mais il faudra embaucher du personnel. J'écrirai au couple qui s'occupe des lieux pour les prévenir de votre dernier acte de charité.

« Des actes de charité ? Et puis quoi encore ! » ricana oncle Alasdair. « Croyez-vous vraiment que ces filles changeront ? Elles auraient fui ce bordel depuis longtemps si elles n'avaient pas voulu vivre dans la honte. »

Pour la première fois, Dom sut au fond de son cœur que cette voix avait tort. Et si son oncle se trompait à ce sujet...

— Oui, faites en sorte qu'on traite ces dames comme elles le méritent. Je me porte garant d'elles.

— Bien, monsieur, répondit son secrétaire avec enthousiasme.

Un coup fut frappé à la porte, et Paken fit son entrée.

— Un message pour vous de la part de lord Worthington, monsieur.

Bon sang ! Ça y était, Thea le quittait.

Il prit la missive et quitta la pièce sans un mot.

De retour dans son bureau, il fixa la lettre entre ses mains. Eh bien, retarder le moment de l'ouvrir ne changerait rien.

Merton,

J'attends ta présence à Worthington House dans la demi-heure.

Passe par tes écuries. Personne ne doit savoir que tu as quitté ta maison.

Worthington

Rien à propos de Thea. Dom poussa un soupir de soulagement, avant que la colère le saisisse. Cet homme était-il devenu fou, pour s'adresser à lui sur ce ton ? Lui demander de se faufiler dans une ruelle comme un voleur ? Il faillit ignorer les instructions de Worthington, mais quelque chose le retint.

— Paken, qu'une voiture soit prête derrière le jardin dans cinq minutes.

Moins d'un quart d'heure plus tard, Dom entrait au pas de charge dans le bureau de Worthington, en brandissant la missive.

— Que diable signifie ceci ?

— Assieds-toi, ordonna son cousin, les mâchoires serrées.

— Tu n'as pas à me dire..., fit Dom avant de se figer. C'est Thea ? Elle va bien ?

— Pas grâce à toi.

Dom se laissa tomber sur une chaise et se passa la main dans les cheveux. Si Thea ne le faisait pas, son valet, lui, allait finir par le quitter. Witten ne supportait pas de voir son maître décoiffé.

— Que s'est-il passé ?

— Elle a été suivie par un garçon que mes hommes tentent de retrouver en ce moment même.

Dom gémit et se prit le visage à deux mains.

— J'attends une explication, Merton. Pourquoi Dotty a-t-elle été autorisée à quitter Merton House à pied ? demanda Worthington.

— Nous avons eu un désaccord à propos de Tom et des dames.

Son cousin plissa les paupières.

— Il a dû y avoir plus que cela. Dotty a la tête sur les épaules ; elle ne se fâcherait pas pour un simple « désaccord ».

— Il se peut que je lui aie ordonné de me laisser m'occuper du sort de Tom.

Sur le moment, cela lui avait paru assez raisonnable. Maintenant, il n'en était plus aussi sûr.

— Raconte, dit simplement son cousin.

Dom lui résuma leur entretien avec le major Horton. Quand il eut terminé, le visage de Worthington n'était que colère.

— Fais-tu exprès de traverser la vie avec des œillères ?

Dom ferma les yeux.

— C'est aussi ce qu'ont dit ma mère et le major. Je n'ai pas l'habitude de tant de remue-ménage. Je ne savais pas...

Il se massa les tempes.

— Il est très embarrassant de découvrir qu'une femme aussi jeune en sait bien plus que moi sur les aspects sordides de ce monde. Et s'il n'y avait que cela ! Le pire, c'est qu'elle ne fait jamais ce que je lui dis.

— Sache que ta fiancée a la réputation de toujours se porter au secours des plus démunis.

Devant le regard de Dom, il précisa :

— Pas à Londres, bien sûr. Elle n'en a pas encore eu le temps. Néanmoins, le fait est que tu as raison : sur certains sujets, elle en sait bien plus que toi et, que cela te plaise ou non, tu ne peux continuer à l'ignorer.

Worthington se leva pour remplir deux verres de cognac et lui en tendit un.

— Avant l'incident au bordel, reprit-il, je me demandais s'il y avait un peu de sang Bradford en toi. Ta conduite là-bas m'a donné quelque espoir, mais il faut que tu te décides enfin à ouvrir les yeux. La vie ne se limite pas au White's et à la gestion de tes domaines. Et laisse-moi te dire encore autre chose : quand on a affaire à la lie de la société, le fait d'être un pair ne protège pas toujours.

Dom regarda son cousin. Personne ne lui avait encore jamais parlé ainsi. Sauf Thea.

— Et à propos du fait qu'elle ne m'obéisse pas ?

Worthington haussa les épaules.

— Là-dessus, je ne peux rien pour toi. Elle a ses propres opinions, tout comme Grace, et, pourrais-je ajouter, comme toute femme digne d'intérêt.

Ce n'était pas ce que Dom aurait désiré entendre, mais il répondit :

— Je lui parlerai.

Son cousin afficha un sourire sarcastique.

— Tu veux un conseil ? Rampe devant elle.

— Un Merton ne rampe pas.

Matt se leva, contourna son bureau et lui tendit la main.

— Dans ce cas, bonne chance. Tu vas en avoir besoin.

Grands dieux ! Il était sérieux.

— Sais-tu où je pourrais acheter des fleurs ?

21

Assise sur le petit sofa placé sous la fenêtre du boudoir, Dotty but une gorgée de thé froid.

— On pourrait demander une nouvelle théière, suggéra Charlotte.

— Ou un nouveau fiancé, ajouta Louisa.

Dotty avait cédé au besoin de se confier à des oreilles compatissantes. Elle aurait mieux fait d'aller pleurer sur l'épaule de sa grand-mère au Pulteney. Certes, ses amies se montraient compréhensives, mais aucune des deux n'avait jamais été amoureuse. Ce qui, pour une raison étrange, semblait faire toute la différence du monde.

Même elle avait du mal à comprendre ses propres émotions. Pire encore, Dom n'était pas venu la voir. Oh, elle ne souhaitait pas lui parler – elle avait demandé au personnel de dire qu'elle refusait de le recevoir –, mais il aurait au moins pu essayer.

Elle reposa sa tasse sur une table basse.

— Non, merci. Je pense que je vais juste m'allonger un moment. Où allons-nous ce soir ?

— Tu n'es vraiment pas dans ton assiette ! s'exclama Charlotte. C'est le bal de Mlle Smyth !

— Ah oui, comment ai-je pu oublier ?

Elle se leva, et Charlotte vint l'étreindre.

— Tu te sentiras mieux après t'être un peu reposée. Je voudrais juste savoir comment t'aider.

Soudain, la porte alla s'écraser contre le mur, et... un immense bouquet de roses rouges surgit et s'avança. Soudain, le visage de Dom apparut. Il vint droit sur elle et la prit dans ses bras.

Comment osait-il...

— Je vous ai dit...

Il écrasa ses lèvres sur les siennes. Son odeur et celle des roses formaient un mélange ensorcelant. Quand elle sentit sa langue chercher la sienne, elle ne résista plus, s'offrant complètement. Saisissant sa chance, il l'embrassa avec une ferveur qui semblait proclamer qu'elle était sienne à jamais.

Après un long baiser passionné, il se redressa. Dotty avait l'impression que chacun respirait à travers le corps de l'autre.

— Je vous demande pardon pour ma conduite.

Reculant un peu, mais sans la lâcher, il lui présenta les fleurs.

— Elles sont pour vous.

Un formidable soulagement submergea Dotty tandis qu'elle se laissait griser par le parfum des roses.

— Elles sont magnifiques. Vous ne m'en aviez encore jamais offert.

— Je vous en ferai désormais livrer tous les jours de votre vie.

Elle lâcha un petit rire.

— Merci, mais cela deviendrait un peu monotone.

Plaçant un doigt sous son menton, il lui releva doucement le visage.

— Je n'aurais pas dû dire ce que je vous ai dit, et encore moins de cette façon.

Dans ses yeux d'un bleu si profond, le désir semblait lutter contre la peur. Elle posa la main sur sa joue.

— C'est un problème que nous réglerons ensemble.

Il parut se détendre comme si, jusque-là, il avait retenu son souffle.

— Merci.

Il l'embrassa encore une fois, mais beaucoup plus légèrement.

— Que vouliez-vous dire quand je suis entré ?

Elle rougit légèrement.

— Cela n'a plus d'importance.

Souriant, il se pencha de nouveau pour l'embrasser, et quelqu'un se racla la gorge.

— Eh bien, nous sommes de trop, déclara Louisa. Charlotte ? Je crois me souvenir que Grace voulait nous parler.

— Quoi ? Ah oui, répondit Charlotte en souriant. Dotty, à tout à l'heure. Merton, je vais dire au chef que vous serez des nôtres au dîner.

— Cela devrait leur laisser assez de temps, dit Louisa en fermant la porte. Je crois que je commence à comprendre ce que c'est que d'être amoureux.

— En tout cas, c'était très impressionnant, répondit Charlotte.

Dotty leva les yeux au ciel, avant de se tourner vers Dom qui contemplait la porte avec horreur.

— Monsieur, vous rougissez.

— Il fait très chaud ici.

— Vraiment ? J'ai un peu froid, moi, dit-elle en lui caressant la joue.

— Voyons si je peux arranger cela.

Il l'embrassa de nouveau, avec une telle passion qu'elle eut l'impression de décoller du sol. Elle ne fut donc pas si surprise de se retrouver perchée et collée contre le mur.

La voix profonde de Dom résonna en elle.

— Thea, je vous veux.

Seigneur, oui.

— Je vous veux aussi.

L'enlaçant, elle pressa ses lèvres contre les siennes. Quand elle sentit ses doigts lui caresser les seins, de longs frissons de plaisir la parcoururent. Des palpitations naquirent entre ses jambes, et elle gémit. Un courant d'air la frôla lorsque Dom lui caressa le mollet, avant de monter vers sa jarretière puis vers la peau nue de sa cuisse.

Il interrompit leur baiser.

— Thea ?

— Oui ?

Elle pouvait à peine respirer.

Les doigts de Dom effleurèrent son entrejambe, et aussitôt elle se sentit devenir brûlante et humide. Ses hanches se levèrent vers lui, implorant d'autres caresses. Soudain, un doigt la pénétra. Oh, Seigneur ! Rien, pas même ses caresses précédentes, ne l'avait préparée à cela, à ce besoin, à ce plaisir exquis... Le doigt de Dom bougeait lentement, d'avant en arrière, puis un deuxième vint le rejoindre. Les palpitations s'accrurent, comme si quelque chose – quoi ? – était en train de naître et de grandir en elle. Elle voulut reculer la tête, mais il la maintint pour continuer à l'embrasser. Finalement – finalement ! –, dans une espèce d'explosion, cette « chose » se produisit encore : une extase inouïe qui déferlait en elle, portée par des spasmes incoercibles qui la laissèrent tremblante de bonheur et de soulagement. Elle s'effondra dans ses bras.

La soulevant comme si elle ne pesait guère plus qu'un chaton, il alla s'asseoir sur le canapé et l'installa sur lui. La tenant ainsi, il déposa de tendres baisers sur son menton et son cou. Quand il arriva à la naissance de sa poitrine, sa langue vint lécher le sillon entre ses seins. Là, il insista à peine... juste assez pour lui donner une idée du plaisir qu'il lui offrirait plus tard. Et dans pas trop longtemps, si elle avait son mot à dire.

Lorsqu'il s'arrêta, elle ravala une envie de hurler fort peu digne d'une dame.

— Je dois vous le dire : j'ai trouvé un endroit où loger les dames en attendant que le manoir soit prêt.

Elle le scruta attentivement, cherchant à s'assurer qu'il n'évoquait pas ce sujet dans le simple but d'arrêter de l'embrasser. Heureusement pour lui, un film de sueur recouvrait son front, et son élocution était difficile.

— Dom ?

Il fixait le vide droit devant lui, comme s'il était incapable de la regarder.

— Je n'aurais pas dû agir de cette façon, dit-il. Je ne sais pas ce qui m'a pris.

Elle se souvint de ce que sa grand-mère lui avait dit à propos des hommes chez les Bradford et les Vivers. Était-il en train de lutter contre ses tendances naturelles ? Si oui, était-ce à cause de son oncle ?

— Ma grand-mère m'a parlé de votre père...

— Je ne suis pas mon père, gronda-t-il, la repoussant vivement pour se lever. Je vous en prie, présentez mes excuses à lady Worthington pour le dîner. Je dois partir.

Au nom du Ciel, que lui arrivait-il ?

— Vous verrai-je ce soir au bal de Mlle Smyth ?

— Oui, très probablement.

Arrivé à la porte, il s'arrêta.

— Je suis désolé, dit-il.

Et il sortit.

— Moi aussi.

Dotty se renfonça contre les coussins du canapé, s'efforçant de comprendre son attitude. D'après sa grand-mère, les Bradford-Vivers étaient des hommes très passionnés – au point que le Bradford qui était autrefois tombé amoureux de la Vivers qui lui avait offert son titre avait adopté son nom de famille. Pour eux, il n'y avait jamais qu'une seule femme. La mère de Dotty lui avait raconté un jour que le précédent lord

Worthington n'avait plus jamais été le même après la mort de sa première épouse, tant il était fou d'elle. L'amour qui unissait Matt et Grace semblait du même ordre, et ni l'un ni l'autre n'avait la moindre réticence à le montrer. En avait-il été de même pour les parents de Dom ? Dotty porta la main à ses lèvres. Mais si c'était là ce que Dom éprouvait pour elle, pourquoi s'était-il arrêté ?

Et qu'avait-il contre son père ? À qui pouvait-elle s'adresser pour le savoir ? Pas à Dom, de toute évidence. Ah, pourquoi fallait-il qu'il soit aussi exaspérant ?

Dom dévala l'escalier de service aussi rapidement qu'il l'avait monté. Quelque chose clochait chez lui. Chaque fois qu'il était avec Thea, il perdait le contrôle de lui-même. Dès l'instant où il était entré dans ce boudoir, il n'avait vu qu'elle. Quel spectacle avait-il dû donner ? Et même cela ne l'avait pas empêché de l'embrasser et... plus encore.

Il était déjà à la porte du jardin quand il songea enfin à ralentir le pas. Il ne serait pas comme son père. Ce genre d'amour n'apportait que du chagrin. C'était mauvais pour la famille, pour les domaines. Si seulement sa mère avait prévu une autre sortie ce soir ! Il ne voulait pas revoir Thea. Enfin si, il voulait la revoir. Pour la première fois, il était soulagé que ses parents ne soient pas encore arrivés. Avoir Thea sous son toit, si proche, allait être la pire des tortures.

Lorsqu'il parvint aux écuries, il découvrit qu'on avait dételé les chevaux de son cabriolet pour les étriller.

— Une minute, monsieur, dit un vieux valet. Nous allons les harnacher en un rien de temps.

Dom acquiesça. Le « rien de temps » dura néanmoins quelques minutes pendant lesquelles il ne pensa strictement à rien, comme si son cerveau refusait de fonctionner.

Dès que son attelage fut prêt, il rentra chez lui et, passant par la porte de service, monta directement dans son bureau, où il se servit un verre de cognac. L'alcool lui brûla la gorge.

Il remplit son verre une deuxième fois et le leva avec un rire sans joie.

— À la vôtre, oncle Alasdair. Et à votre vie sans amour.

Il but et s'assit, la carafe dans une main, le verre dans l'autre.

Un peu plus tard, une voix traversa les brumes qui l'enveloppaient.

— Il est bien imbibé.

— Balivernes ! Monsieur ne s'enivre jamais. Il doit être malade.

— Si vous le dites, monsieur Paken, mais cette carafe de cognac était pleine cet après-midi.

— Bonté divine !

La porte se referma, et Dom se retrouva seul. Il était largement temps qu'il monte se changer. N'y avait-il pas un bal quelconque, ce soir ? Witten avait déjà dû préparer sa tenue. « Il ne faut jamais faire attendre son valet », répétait souvent oncle Alasdair, sans jamais expliquer la raison d'un tel paradoxe. Et Dom devait toujours prévenir Witten de son emploi du temps.

Il dut s'assoupir, car quand il rouvrit les yeux, la pièce était plongée dans le noir. La porte s'ouvrit, et il ferma les paupières, les yeux blessés par cette lumière cruelle, se couvrant même le visage avec son bras.

Des pas légers approchèrent.

— Eh bien ! fit la voix de sa mère. J'espère que le chef se souvient de la recette. Il va en avoir besoin. Que deux domestiques le montent dans sa chambre. Ils devront sans doute aider son valet à le déshabiller.

Il n'avait pas besoin d'aide. Il était parfaitement capable de se déshabiller tout seul. Il essaya de se lever et crut y parvenir… jusqu'au moment où sa tête heurta le tapis.

Aïe, ça fait mal.

Pensez-vous qu'il va vomir, madame ?

— J'espère bien que non. Les Bradford tiennent l'alcool bien mieux que cela. Couchez-le, cela devrait suffire.

— Bien, madame.

Lorsque Dom se réveilla de nouveau, il se trouvait dans son lit et avait la sensation de barboter dans son matelas, qui, il fallait le reconnaître, était fort doux.

— Quand il m'a embauché, j'avais bien dit à lord Alasdair que je ne saurais travailler dans une maison où on se livre à la boisson.

La voix aiguë de Witten le fit grimacer.

Il ouvrit la bouche pour protester, mais quelqu'un en profita pour y déverser un breuvage fort déplaisant.

— Par tous les diables, mais que faites-vous ? demanda-t-il, outré.

— Ne vous inquiétez pas, monsieur. Cela vous aidera à vous sentir mieux, déclara Paken avec calme.

Que fabriquait donc le majordome dans sa chambre ?

Pff.

— Dans ce cas, peut-être aimeriez-vous trouver une autre place ailleurs, répliqua Paken, répondant à Witten.

— Je ne travaille pas pour vous, monsieur Paken. J'en discuterai avec Monsieur demain matin.

— Faites donc cela, monsieur Witten. En attendant, quand Monsieur se réveillera, faites-lui monter une autre dose de ce remède.

Mais il *était* réveillé, bon sang. C'est juste que le matelas refusait de le laisser se lever.

— Quand lord Alasdair était en vie…

— Eh bien, il ne l'est plus et, même si je n'aime guère dire du mal des morts, nous nous portons tous bien mieux sans lui. Parler du père de Monsieur comme il le faisait, ne pas permettre que même son nom soit prononcé dans la maison, voilà autant de choses que je ne supportais pas. Pas vis-à-vis d'un homme qui était le meilleur des maîtres.

Dom essayait de comprendre ce que disait son majordome, mais les élancements dans sa tête lui donnaient l'impression qu'un cheval fou y était enfermé et s'entraînait au galop. Quelque chose de chaud se pelotonna contre lui et se mit à ronronner. Délicieux. C'était grâce à Thea qu'il avait ce chaton. Il la remercierait dès le lendemain. Ce soir, il avait juste envie de dormir.

22

Polly était en train de fixer les perles dans la chevelure de Dotty quand on frappa à la porte. Grace entra et croisa le regard de Dotty dans le miroir.

— Je viens de recevoir un mot de lady Merton m'informant que lord Merton n'assistera pas au bal des Smyth ce soir. Un abus d'alcool, apparemment.

— Dom, ivre ?

Dotty avait du mal à le croire.

— Il semble bien que ce soit une première pour lui.

— Cela ne m'étonnerait pas, approuva Dotty en faisant signe à sa femme de chambre de les laisser.

Une ride se forma entre les sourcils de Grace.

— Matt m'a appris que Merton et toi aviez eu des mots aujourd'hui. Charlotte, qui n'aurait pas dû te laisser seule avec lui, affirme que vous vous êtes réconciliés.

Le teint rose de Dotty s'assombrit quelque peu.

— Oui.

Grace s'assit sur une chaise à côté de la coiffeuse.

— Voudrais-tu me dire ce qu'il s'est passé ?

Après une hésitation, Dotty déclara :

— Il s'est excusé, et nous nous sommes embrassés. Puis, apparemment, il a pensé que nous n'aurions pas dû et il est parti comme un voleur.

Cette fois, Grace haussa les sourcils.

— Vous vous êtes embrassés ?

Le visage en feu, Dotty se racla la gorge.

— Peut-être un peu plus que cela.

— Ma chérie, dit Grace en lui prenant les mains, je suis mariée et j'ai été fiancée. Je sais que la passion peut vite s'enflammer. Merton t'a-t-il fait quelque chose que tu n'as pas apprécié ?

— Oh non. Pas du tout. Plutôt le contraire, même. À vrai dire, cela m'a beaucoup plu.

Grace sourit.

— Eh bien, s'il en est ainsi, ton mariage devrait s'avérer fort agréable. As-tu une idée de ce qui a pu le troubler ?

Dotty soupira.

— Si seulement je le savais ! Je lui ai dit que grand-maman m'avait parlé de son père, et il est parti. J'ai passé le reste de l'après-midi à essayer de comprendre ce qu'il s'était passé.

— Selon Matt, lord Alasdair a tout fait pour réprimer chez Merton le moindre trait de caractère qui aurait pu lui venir de son père. Veux-tu que nous retardions le mariage ?

Dotty secoua la tête. C'était la dernière chose qu'elle désirait.

— Non. En fait, aussi heureuse que je sois ici, je suis impatiente de revoir mes parents et de m'installer à Merton House.

— Je suis très contente de te l'entendre dire. Je crois qu'ils seront là d'ici un jour ou deux, déclara Grace d'un ton enjoué. Matt a reçu une lettre de sir Henry. Ta mère aurait décidé que son médecin n'était qu'une vieille bonne femme et qu'elle viendrait à Londres avec ou sans sa permission.

— Oh, fit Dotty en souriant. On croirait entendre ma grand-mère.

Grace l'étreignit.

— Tant que tu habites ici, je crois qu'il serait sage que Merton et toi évitiez de rester seuls ensemble. Les enfants adorent écouter aux portes.

Oh non ! Si cet après-midi, ils avaient... Elle n'osa même pas y songer et pria le Ciel pour que ses parents arrivent très vite.

— Je vois.

Finalement, c'était peut-être une chance que Merton ne vienne pas au bal ce soir. Elle avait quelques questions à poser à lady Merton.

Une heure plus tard, Dotty n'eut aucun mal à repérer sa future belle-mère. Le problème, visiblement, serait de l'éloigner de lady Bellamy.

— Bonsoir, mademoiselle Sterne, dit cette dernière. J'ai cru comprendre que votre fiancé était indisposé.

Dotty fit sa révérence et afficha un sourire poli.

— C'est ce que l'on m'a dit, madame. J'aimerais savoir comment il se porte. Puis-je vous emprunter lady Merton un instant ?

— Bien sûr.

— Faisons quelques pas, ma chère, déclara lady Merton.

Elle se leva et prit le bras de Dotty. Dès qu'elles furent hors de portée de voix de lady Bellamy, elle demanda :

— Grace vous a dit que Dominic avait trop bu ?

— Oui. Mais ce que je ne comprends pas, c'est pourquoi. Tout se passait bien, puis j'ai dit quelque chose à propos de son père et cela a paru le bouleverser.

Lady Merton continua d'afficher un large sourire tout en saluant d'autres invités.

— Faites comme si nous parlions de tout et de rien.

À son tour, Dotty plaqua l'expression mondaine attendue sur son visage tandis que son interlocutrice reprenait la parole.

— Je viens d'apprendre des choses qui m'ont énormément troublée. Il semble que mon frère n'ait pas montré à l'égard de mon mari tout le respect qui lui était dû. Je me suis toujours demandé pourquoi Dominic était si différent de David, mais j'attribuais cela à son chagrin. J'étais rarement avec lui, malheureusement. Après le décès de mon mari, j'ai été longuement malade et je suis restée à Bath beaucoup trop longtemps. Ensuite, quand je revenais à Merton Hall, Dom semblait si... capable, même quand il était très jeune. Je me languissais de le prendre dans mes bras, mais cela paraissait toujours l'embarrasser.

Elle prit une inspiration frémissante.

— Par la suite, à chacune de mes visites, il était rarement là, Alasdair ayant fait en sorte de l'envoyer ici ou là. C'est seulement l'an dernier que j'ai senti que quelque chose n'était pas normal, et quand, il y a quelques semaines, j'ai reçu la liste des jeunes filles qu'il envisageait de courtiser, j'ai compris qu'il était temps d'agir.

Dotty se surprit à se mordiller la lèvre. Elle s'arrêta.

— Qu'est-ce que lord Alasdair cherchait à faire, selon vous ?

— À façonner mon fils – le fils de David – à sa propre image.

Elles approchaient des portes-fenêtres qui ouvraient sur la terrasse.

— Je ne suis pas sûre de comprendre.

— Sortons, voulez-vous ? J'ai besoin d'un peu d'air frais.

Elles gagnèrent la terrasse et descendirent les marches qui menaient aux jardins.

— Alasdair et David étaient très proches, mais je ne suis pas sûre que mon frère ait jamais approuvé le style de vie de mon mari. Devenu le tuteur légal de

Dom, Alasdair s'est peut-être dit qu'il allait corriger ce qu'il percevait comme des erreurs de la part de David.

Elle se frotta le front, et un soupir lui échappa.

— En fait, ma chère, je suis autant dans le noir que vous. Je n'ai compris que très récemment que mon frère m'avait délibérément tenue à l'écart de mon fils.

Le chagrin dans sa voix déchira le cœur de Dotty. Comment et pourquoi l'oncle de Dom avait-il agi ainsi ? Pour elle, c'était incompréhensible. Mais demeurait le fait que Dom et sa mère avaient été victimes d'une abominable injustice. Si elles avaient été seules, elle aurait pris sa future belle-mère dans ses bras pour la réconforter.

— Il vous aime, dit-elle d'une voix très douce.

— Je l'espère. Mais il y a des moments où je me demande si sa façon de veiller sur moi ne tient pas davantage du sens du devoir qu'Alasdair a instillé en lui que d'une réelle envie de sa part.

Dotty se mordilla de nouveau la lèvre. Dom évoquait souvent son devoir.

— Au moins, reprit lady Merton, je sais qu'il vous aime, Dorothea.

Cette déclaration la fit sursauter.

— Vraiment ? Il m'arrive parfois de le croire, comme quand il est venu s'excuser aujourd'hui, mais il ne me l'a jamais dit.

— Je le vois dans ses yeux lorsqu'il vous regarde. David aussi avait cette lueur dans le regard avec moi.

Le cœur de Dotty se gonfla de joie et, si elle était honnête, de soulagement.

Lady Merton lui reprit le bras et leur fit faire demi-tour.

— Venez me voir demain. Nous parlerons encore.

Elles avaient presque atteint les portes-fenêtres quand une rumeur s'éleva à l'intérieur. Rien de très extravagant, mais le signe que quelque chose retenait l'attention générale. Le cercle des invités se sépara quand elles pénétrèrent dans la salle. Dotty leva les yeux. Dom se tenait au sommet des marches et fouillait la foule du regard ; s'il était en habit de soirée, sa tenue était légèrement froissée, comme s'il avait dormi dedans.

— Ciel ! s'exclama lady Merton. Je ne l'ai encore jamais vu ainsi.

Il sourit et leva le bras pour les saluer, avant de descendre les marches pour fendre la foule, droit vers elles.

Lady Merton émit un bruit étrange, à mi-chemin entre le sanglot et le hoquet.

— On dirait son père.

Le cœur de Dotty rata un battement. Dom ne lui avait jamais paru aussi dangereux.

— Après ce que vous venez de me dire, chuchota-t-elle, je ne le lui répéterai pas.

Elle risqua un coup d'œil vers lady Merton ; ses yeux brillaient de larmes contenues, et elle souriait.

Quand Dom les rejoignit enfin, il prit la main de Dotty et s'inclina.

— Thea, je vous dois des excuses pour mon retard.

Une légère odeur de cognac l'enveloppait, et ses yeux étaient un tout petit peu trop brillants. Il avait bien bu, et il était fort possible que les effets de l'alcool ne se soient pas encore dissipés. Eh bien, comme aurait dit sa grand-mère, à elle de montrer de quel bois elle était faite.

— Monsieur, dit-elle en exécutant une révérence. On m'a dit que vous étiez incommodé, et je ne m'attendais pas que vous quittiez votre lit pour moi.

— Je ne pouvais faire autrement.

Le coin de ses lèvres si bien dessinées se releva.

— Suis-je arrivé à temps pour une valse ?

— Bien sûr.

Si elle avait pensé qu'il savait vraiment ce qu'il était en train de faire, elle aurait été plus que ravie de danser avec lui. Mais il chancelait légèrement, et elle soupçonnait que c'était le cognac qui parlait à travers sa bouche. Elle recula, l'obligeant à la suivre sur la terrasse.

À présent, elle devait trouver le moyen de lui faire quitter les lieux avant qu'il provoque un scandale. Sinon, Mlle Smyth aurait le prestige d'avoir donné *le* bal de la saison, celui où le marquis de Merton s'était ridiculisé.

Elle intercepta le regard de lady Merton, qui hocha la tête.

— Trouvez Grace, lui chuchota Dotty avant de se tourner de nouveau vers Dom. Allons nous promener un peu.

Avec un peu de chance, l'air frais le dégriserait.

Glissant la main au creux de son coude, elle l'entraîna dans les jardins, en veillant à bien rester dans la lumière et à éviter les coins sombres – Dieu seul savait de quoi Dom était capable, dans son état. Plus ils marchaient, plus Dom ralentissait le pas et pesait sur son bras, au point qu'elle avait du mal à le soutenir.

— Dorothea ?

Lady Merton était déjà de retour.

— J'ai besoin d'aide, je crois, dit Dotty.

— Je suis là.

Matt surgit comme par magie et prit l'autre bras de Dom. Celui-ci se contenta de cligner des paupières et de sourire – un sourire un peu niais, à vrai dire.

Secouant la tête, Matt le fit rentrer par un salon situé un peu à l'écart de la salle de bal, avant de le guider vers le hall d'entrée.

— Vous connaissez bien la maison, remarqua Dotty tandis qu'un valet lui donnait son manteau.

— Il m'est arrivé à moi aussi de devoir filer d'ici en toute discrétion.

Quelques minutes plus tard, Dotty et lady Merton étaient installées dans une voiture face à Matt et à Dom. Dans l'obscurité, elle discernait à peine leurs traits.

Lorsque lady Merton émit un petit bruit réprobateur, Dom se pencha en avant. Il serait tombé si son cousin ne l'avait pas retenu.

— Mère, vous allez bien ?

Elle agita une main, mais sa voix tremblait.

— Oui, mon cher, je vais bien.

Il se renfonça dans son siège.

— ... faut que je veille sur vous.

Soudain plus alerte, sa mère le fixa.

— Qu'as-tu dit ?

— Rien. Ne vous inquiétez pas... Je suis Merton, maintenant, dit Dom avant de regarder sa mère d'un air troublé. Vous ne voulez pas retourner à Bath, n'est-ce pas ?

— Non, mon cher. Pourquoi cette question ?

— Mon oncle disait toujours qu'il valait mieux que vous restiez à Bath... que ça ne servait à rien de pleurer... mais je n'ai plus l'âge de pleurer maintenant.

Il s'exprimait d'une voix pâteuse ce qui, étrangement, rendait ses propos encore plus déchirants.

— Non, tu ne pleures plus.

Lady Merton échangea un regard avec Dotty.

— Et que disait encore ton oncle ?

Dom tourna la tête vers son cousin.

— ... toujours voulu aller à l'école... jamais personne avec qui jouer... même Garvey ne venait plus.

— Qui aurait pu deviner que Merton avait l'alcool bavard ? ricana Matt. Voilà qui pourrait s'avérer intéressant.

Dotty lui adressa un regard noir.

— Matt, taisez-vous.

Elle prit la main de Dom et noua ses doigts aux siens.

— Garvey et son père sont venus vous voir. C'est votre oncle qui leur interdisait d'entrer.

Le sillon sur le front de son fiancé se creusa un peu plus.

— Il n'aimait pas Garvey… il n'aimait personne.

Il la dévisagea.

— Il ne vous aurait pas aimée.

Elle n'en doutait pas une seconde.

Il eut un sourire de gamin avant de déclarer d'un air décidé :

— Mais je vais vous épouser, que cela lui plaise ou non.

Matt grogna, et Dotty eut la très nette impression de voir le pied de lady Merton entrer assez brutalement en contact avec son tibia.

Ce fut au tour de Dom de lui prendre les deux mains pour la regarder avec une intensité qu'elle ne lui avait encore jamais vue.

— Thea, je vous veux.

Dotty sentit ses joues la brûler. Dieu merci, il faisait très sombre. Il lui fallut un moment pour retrouver son calme.

— Je vous veux, moi aussi.

— Eh bien, commenta sèchement Matt, je suis ravi que ce point soit réglé. Nous sommes arrivés, annonça-t-il en regardant par la fenêtre.

La voiture s'immobilisa, et un valet vint ouvrir la portière. Quand ils pénétrèrent dans le hall d'entrée de Merton House, Dom tenait à peine debout.

— Dominic, dit lady Merton, va te coucher.

Il secoua la tête.

— Mais Worthington et Thea…

Même si Dotty ne pouvait approuver l'abus de boisson, il était clair que l'alcool éveillait chez son fiancé un tout autre aspect de sa personnalité.

— Nous partons. Nous nous verrons demain.

Il chancela un tout petit peu.

— Vous êtes sûre ?

— Certaine.

Elle le suivit des yeux pendant qu'un valet l'aidait à gravir l'escalier.

— Eh bien, voilà qui a été éclairant, déclara Matt.

Lady Merton, pour sa part, était folle de colère.

— Si Alasdair était encore vivant, je le tuerais de mes mains. Imaginez ! Dire à un enfant qu'il ne doit pas voir sa mère, l'empêcher de rencontrer ses amis... Pas étonnant que Dominic ait été aussi perdu à la mort de mon frère ! Il a sans doute eu l'impression qu'il n'avait plus personne.

— Au moins, il défie son oncle en épousant Dotty, répondit Matt.

Apparemment, il avait décidé que l'ambiance générale nécessitait un peu de légèreté.

Pour la deuxième fois en très peu de temps, Dotty se sentit rougir violemment.

— C'est très vrai, murmura-t-elle.

— Merton va avoir un sacré mal de crâne demain au réveil, dit Matt en se tournant vers lady Merton. Je peux vous faire parvenir un remède si vous le désirez. Il rendrait sa santé à un mort.

Elle grimaça.

— Oui, s'il vous plaît. Nous en avons un que nous lui avons déjà administré. Comme vous avez pu le constater, il ne semble guère efficace. Cela étant, pour l'avoir vu avant la soirée, je me demande comment il a réussi à quitter son lit.

— Et à s'habiller, ajouta Dotty. On aurait dit qu'il s'était débrouillé sans son valet.

Dom était réveillé, mais quand il voulut ouvrir les yeux, ses paupières refusèrent de lui obéir. Un oiseau faisait un vacarme épouvantable devant sa fenêtre, ajoutant au mal de crâne lancinant qui le torturait... et sa bouche, pourquoi l'avait-on emplie de poussière ?

Il essaya de trouver une raison pour expliquer cet état déplorable. Ah, le cognac. Son oncle l'avait pourtant prévenu. Apparemment, il n'avait pas écouté.

— Witten !

De longues minutes passèrent. L'homme ne répondit pas.

— Witten, essaya-t-il un peu plus fort.

La porte s'ouvrit enfin.

— Je veux Witten.

— Je reviens tout de suite, monsieur.

La porte se referma. Il allait devoir parler au majordome de ces valets qui claquaient les portes.

Peu après, Paken se présenta.

— Oui, monsieur ?

Dom réussit enfin à ouvrir les yeux. Heureusement, quelqu'un avait tiré les rideaux, lui épargnant la lumière du soleil.

— Où diable est Witten ?

Une expression satisfaite passa fugitivement sur le visage de Paken.

Pourquoi fallait-il que ses domestiques se débrouillent toujours pour lui faire comprendre ce qu'ils pensaient quand ceux de Worthington restaient imperturbables en toutes circonstances ?

— Vous l'avez renvoyé hier soir, monsieur. Votre nouveau valet arrivera dans l'heure.

Renvoyer Witten ? Allons bon, qu'est-ce que c'était que cette histoire ? Cela étant, en toute honnêteté, il n'était pas mécontent de s'être débarrassé de ce tyran que son oncle lui avait imposé.

Un autre domestique entra avec un plateau qu'il posa sur la table de chevet.

— Monsieur, déclara Paken en s'emparant d'une tasse, si vous voulez bien boire ceci, vous ne vous en sentirez que mieux.

Au point où il en était, il était prêt à tout tenter, surtout avec ce maudit volatile dehors. Ayant un vague souvenir de l'immonde décoction de la veille, il se prépara au pire. Il fut surpris.

— Du café… Merci.

Il but le breuvage chaud et légèrement amer et se sentit tout de suite un peu mieux.

— Dites-moi ce qu'il s'est passé.

— Vous vous en êtes sorti avec les honneurs, monsieur. Vous êtes même parvenu à aller au bal.

Un souvenir s'agita au fond de la mémoire de Dom, mais il disparut avant qu'il puisse le saisir.

— Le bal des Smyth ?

— Oui, monsieur.

Il réprima un gémissement.

— Madame ?

— Elle vous a ramené à la maison avec l'aide de lord Worthington et de Mlle Sterne.

L'horreur absolue. Se retrouver ivre en compagnie de sa fiancée ! Il aurait de la chance si elle n'avait pas déjà annulé le mariage. Il s'était sans doute complètement ridiculisé. Il essaya de se redresser, mais un violent coup de hache en plein centre de son cerveau l'en empêcha.

Paken lui prit la tasse, heureusement vide, des mains.

— Reposez-vous encore un peu. Je vous enverrai un autre plateau.

Dom regarda en direction de la cheminée, mais fut incapable de discerner les chiffres de la pendule.

— Quelle heure est-il ?

— Près de 14 heures, répondit Paken en tapotant ses oreillers. Les dames vous attendent pour le thé tout à l'heure.

— Les dames ?

— Madame et Mlle Sterne. Sir Henry et lady Sterne devraient arriver un peu plus tard cet après-midi.

Quoi ? Déjà ? Mais comment allait-il être prêt à temps ?

— Vous avez bien dit que j'avais un nouveau valet ?

Paken s'inclina.

— En effet, monsieur. M. Wigman possède les plus hautes recommandations.

Dom voulut acquiescer, mais y renonça dès que la hache dans sa tête remua.

— Je crois que je vais dormir encore un peu.

— Bien, monsieur.

Le majordome s'en fut, refermant très doucement la porte derrière lui.

Deux heures plus tard, Dom se sentait ragaillardi. Il avait mangé, pris un bain, rencontré son nouveau valet et s'était habillé. Wigman était un type enjoué qui ne débattait pas de chaque détail de sa tenue et ne semblait pas enclin à lui rappeler l'importance du moindre de ses gestes.

Il se rendit dans le boudoir de sa mère, prêt à recevoir le châtiment verbal qu'il méritait sûrement. Marquis ou pas, il était persuadé de s'être très mal conduit la veille au soir.

Il frappa et entra dans la pièce. Thea leva les yeux. Son sourire lui coupa le souffle... et le soulagea. Elle ne paraissait pas du tout en colère ; sa mère non plus, d'ailleurs.

— Bonjour, mère, Thea.

Il s'assit auprès d'elle et accepta la tasse qu'elle lui tendit.

— Je suis venu vous présenter mes excuses. Il semble que cela m'arrive très souvent ces derniers temps.

Thea haussa les sourcils, mais ses yeux étaient rieurs.

— Le soir où mon frère Harry est rentré ivre à la maison, Papa l'a réveillé à l'aube et l'a obligé à nettoyer les écuries.

L'estomac de Dominic se retourna.

— Je parie que cela ne lui est plus jamais arrivé.

— À ce que je sais, oui.

Elle hocha la tête d'un air pensif et ajouta :

— Papa dit que tous les jeunes gens doivent en passer par là.

Dom avait entendu tellement de choses à propos de sir Henry qu'il se demandait s'il avait vraiment envie de le rencontrer.

Elle lui adressa un regard compatissant.

— Comment vous sentez-vous ?

— Paken me dit que vos parents arrivent aujourd'hui.

— Oui, nous avons reçu un message ce matin. Mère a toujours besoin de deux cannes, mais elle refuse de rester à la maison une seconde de plus. Elle ressemble beaucoup à ma grand-mère sur ce point-là.

Il ferma brièvement les yeux avant de poser la question qu'il avait en tête depuis son réveil, ou plutôt depuis que son cerveau acceptait de coopérer.

— Vous ai-je embarrassée hier soir ?

Sa mère garda sa tasse devant ses lèvres, mais ne parvint pas à étouffer son petit rire.

Thea n'essaya même pas. Elle s'esclaffa.

— En résumé, non. Mais, sans l'intervention de Matt, j'ignore ce qui aurait pu se produire. À vrai dire, vous êtes apparu au bal, vous avez foncé sur moi, et c'est tout.

— Après avoir fait un grand signe de la main, ajouta sa mère.

— Un grand…

— Oui, fit Thea, hilare. Vous étiez en haut des marches, vous m'avez vue et vous avez agité le bras.

Il plongea le visage dans ses mains.

— Voilà une honte à laquelle je ne survivrai pas.

— Allons, allons, dit sa mère, ce n'est pas si terrible. Tu avais juste l'air d'un jeune homme amoureux.

À ses côtés, Thea vira au cramoisi.

— Amoureux, répéta-t-il.

Oui. La veille, il avait enfin compris qu'il était amoureux d'elle. Thea avait pudiquement baissé les yeux vers le service à thé, mais il sentit qu'il ne pouvait pas la décevoir. Lui prenant la main, il la porta à ses lèvres.

— Très amoureux, même.

Elle releva la tête, et la profondeur de l'affection qu'il vit dans ses yeux le bouleversa.

— Moi aussi, dit-elle tranquillement.

Parfait.

Il eut envie de gémir. Maintenant, tout ce qu'il lui restait à faire, c'était d'empêcher que leur amour détruise tout. Il nageait en plein désastre.

23

Dotty ne parvenait pas à dormir – sans doute à cause de l'excitation d'avoir revu ses parents et d'avoir déménagé dans une nouvelle maison. Sa nouvelle maison.

Ses parents étaient arrivés comme prévu, mais sa mère souffrait, même si elle essayait de le cacher. Sa grand-mère, qui avait daigné dîner avec eux, s'était alliée à Dom et, à eux deux, ils avaient fait appel à un médecin formé aux dernières méthodes venues d'Autriche. Il avait dit que la jambe n'était pas guérie et avait prescrit une infusion de consoude ainsi que d'autres plantes. Il avait aussi prescrit du laudanum pour la douleur, en insistant pour que la blessée ne s'en serve qu'en dernière extrémité.

N'y tenant plus, Dotty se leva pour fouiller parmi ses livres. Malheureusement, elle les avait tous terminés. Après avoir enfilé une robe de chambre et des pantoufles, elle prit la chandelle de sa table de nuit pour s'éclairer et descendre à la bibliothèque, où elle fut surprise de trouver une importante sélection de romans. Elle choisit *Mariages de minuit*, qu'elle n'avait pas encore lu. Soudain, un déclic brisa le silence.

Son cœur s'arrêta. *Ressaisis-toi. Il n'y a aucune raison d'avoir peur.* Que pouvait-il lui arriver dans la bibliothèque de Merton ? Puis elle pensa à ce garçon qui l'avait suivie. Et si quelqu'un s'était introduit dans la maison ?

— Qui va là ? demanda-t-elle d'une voix qui se voulait autoritaire.

— Thea, c'est moi.

La voix profonde traversa la pénombre.

— Dom.

Au moment même où son cœur repartait, il était déjà là, la prenant dans ses bras.

— Vous ai-je effrayée ?

Il déposa un baiser sur son front.

— Un peu. Je ne pensais pas que quelqu'un d'autre serait debout à cette heure.

Lui soulevant doucement le menton, il effleura son cou de ses lèvres. Quand elle noua les bras autour de ses épaules, le livre tomba par terre.

Une paume vint se poser sur ses fesses, l'attirant contre lui.

— Thea, mon amour.

Cette fois, elle frémit pour une raison fort différente. Pendant qu'il lui caressait les fesses d'une main, l'autre avait cueilli l'un de ses seins. Une chaleur formidable naquit au plus profond d'elle-même. Il chercha ses lèvres et elle l'accueillit, impatiente, tout en glissant les doigts dans l'ouverture de sa robe de chambre, qui s'écarta légèrement. Elle les enfonça dans la douce toison qui recouvrait son torse.

Dom grogna, la serrant un peu plus contre lui. Même s'ils ne faisaient rien de plus que ce qu'ils avaient déjà fait, cette fois, c'était différent. Jusqu'à présent, ils avaient toujours été habillés. Maintenant, deux couches à peine de tissu très fin les séparaient. Que portait-il sous son peignoir ? Elle sentait une sorte de colonne très dure contre son ventre. Les palpitations qui avaient commencé quand il lui avait touché les seins et les fesses se déchaînèrent à cet endroit très particulier entre ses jambes. Elle avait besoin de lui. Qu'il la prenne. Si seulement elle pouvait être assez délurée... ou assez courageuse pour le lui dire.

La voix de Dom retentit, rauque, presque méconnaissable.

— Thea, s'il vous plaît.

La joie l'envahit.

— Oui. Oh oui.

La soulevant dans ses bras, il la porta vers la cheminée. Là, il saisit une des deux statues de déesses grecques sur le manteau et la déplaça. Une porte s'ouvrit dans le mur juste à côté.

— Un passage secret, expliqua-t-il. Qui mène droit dans ma chambre.

Elle rit doucement.

— J'ai toujours rêvé d'habiter une maison avec des passages secrets.

Il l'embrassa.

— Tenez-vous à moi. Il est étroit. Je vais devoir vous porter de côté.

— Je peux marcher.

— Dotty, c'est vous ?

Lady Merton !

Il marmonna dans sa barbe – et cela ressemblait fort à un juron – avant de la déposer à terre.

— La chandelle.

Frustrée, Dotty se mordit la lèvre. Si seulement elle avait pensé à l'éteindre !

— Je suis là, madame. Je n'arrivais pas à dormir. Je suis venue prendre un livre.

Derrière elle, le passage se referma. Dom avait disparu. Dotty se précipita vers l'endroit où elle avait laissé la chandelle et ramassa le livre.

— Moi non plus, je ne trouve pas le sommeil, déclara lady Merton en souriant et en s'avançant dans la pièce, un chandelier à la main. Le homard farci, sans doute.

Levant les yeux vers la bibliothèque, elle choisit un livre.

— Si vous voulez bien m'attendre, je vous raccompagnc à votre chambre.

— Oui, madame.

Dans la pénombre, Dotty grimaça. Son corps était en feu. Elle ne voulait qu'une chose : rejoindre Dom par le passage secret. Si elle retournait dans sa chambre, elle devrait soit redescendre ici, soit passer devant la chambre de ses parents puis devant celle de lady Merton pour atteindre ses appartements. Elle jeta un bref regard de regret en direction de la cheminée.

Lady Merton lui souhaita une bonne nuit devant sa porte. Dotty pénétra dans la chambre, referma derrière elle et posa sa chandelle sur la table de chevet. Son corps vibrait encore. Si seulement il existait un moyen de… La porte qui donnait sur le boudoir s'ouvrit, et Dom apparut.

Ravalant un cri de joie, elle se jeta dans ses bras.

— Comment…

— Il y a un autre passage depuis mes appartements au bout du couloir. Je crois que tout le monde l'a oublié.

— Nous ne pouvons pas rester ici, chuchota-t-elle. Mes parents sont trop près.

Il explorait de nouveau son corps, ses mains déclenchant mille feux partout où elles la touchaient.

— Thea, êtes-vous sûre de vous ? Je ne devrais même pas vous poser cette question alors que vous êtes sous mon toit. Je devrais attendre que…

Elle l'interrompit d'un baiser.

— Oui. Nous serons mariés dans trois jours. Vous n'êtes pas en train de me séduire. Je vous veux.

Un sourd grondement lui échappa, et il ravit sa bouche.

— Je vous ai désirée à la seconde où je vous ai vue.

Une fois dans le boudoir, il lui montra une porte dissimulée dans le mur. Le battant pivota en silence. Quelqu'un n'avait pas dû l'oublier ; les gonds étaient parfaitement huilés.

Marchant devant elle, Dom la tenait par la main. Ils ne tardèrent pas à atteindre sa chambre. Le lit à baldaquin, déjà défait et rideaux ouverts, lui parut bien plus grand maintenant que lors de sa visite de la maison. Plusieurs bougies étaient allumées sur un immense chandelier, illuminant les draps blancs. Elle allait faire l'amour pour la première fois.

Dom la serra dans ses bras.

— Dernière chance.

Elle attira son visage vers le sien, capturant sa bouche comme il avait pris la sienne un peu plus tôt.

— Je le veux. J'ai eu beaucoup de temps pour y réfléchir.

— Moi aussi. Beaucoup trop.

Il glissa les mains sous sa robe de chambre et sa chemise de nuit, qui glissèrent ensemble vers le sol. Elle leva les yeux vers lui tandis qu'il découvrait son corps nu. Elle voulut se cacher, mais il lui saisit les mains.

— Non, laissez-moi regarder.

Il retint son souffle.

— Vous êtes encore plus belle que je ne l'imaginais.

La bouche sèche, elle demanda d'une toute petite voix :

— À votre tour.

Elle dénoua la ceinture de son peignoir, le repoussa sur ses épaules et le contempla. Des boucles blondes recouvraient son torse musclé. Son ventre était plat et fort, lui rappelant le Discobole qu'elle avait vu dans un des livres de son père. Son membre était dressé entre eux. Il lui parut immense.

Elle se força à relever les yeux vers son visage.

— Vous êtes parfait.

Il l'attira contre lui en riant doucement.

— Sûrement pas, mais merci.

Alors qu'elle se demandait ce qui allait se passer ensuite, il la souleva dans ses bras et la porta vers le lit, la tenant contre lui pendant qu'il y grimpait.

— Si je fais quoi que ce soit qui ne vous plaît pas, vous devrez me le dire.

Elle glissa les doigts dans les boucles si douces de son torse.

— Oui.

Il commença par taquiner sa bouche, prenant son temps pour l'explorer, et elle goûta sa langue, lui arrachant un nouveau grondement. Les pointes de ses seins étaient si dures qu'elles lui faisaient presque mal. S'arrachant à leur baiser, il vint embrasser son menton, puis sa gorge, et elle retint son souffle quand il aspira un de ses mamelons dans sa bouche. Elle serra les jambes, car la chaleur entre elles devenait insoutenable.

— Cela vous plaît ?

— Oui. Oh oui…

Il changea de sein, tout en continuant à caresser le mamelon que sa bouche venait d'abandonner. Elle était en feu. Juste au moment où elle crut ne plus pouvoir en supporter davantage, sa bouche descendit vers son ventre, puis plus bas encore, vers ce petit bouton dont elle ignorait qu'il puisse être aussi sensible… ni aussi exigeant. Il le lécha.

— Seigneur !

— J'apprécie votre piété, dit-il, amusé, mais je préférerais entendre mon nom.

Elle ne put s'empêcher de rire. Comment osait-il plaisanter dans un moment pareil ?

— Dom. Recommencez, s'il vous plaît.

— Quoi donc ? la taquina-t-il en lui écartant les jambes avec ses épaules. Ceci ?

— Oh oui !

Elle haletait, les doigts enfoncés dans sa chevelure.

La voix grave de Dom résonna.

— J'adore votre goût.

Elle plia les genoux pour lui faciliter la tâche et cria lorsque sa langue la pénétra. Le dos cambré, elle tremblait tandis que les vagues de plaisir se succédaient en elle. Rien de ce qu'elle avait entendu dire ne l'avait préparée à cela.

Dom releva la tête et inséra un puis deux doigts en elle, prolongeant son orgasme. Son membre n'avait jamais été aussi dur, mais il était prêt à attendre le temps qu'il fallait. Enfin, il se plaça au-dessus d'elle, avant de s'enfoncer doucement en elle. Son hymen céda aussitôt.

Thea poussa un cri étranglé.

— Mon amour ? dit-il, attendant, la scrutant.

Son visage était crispé.

— Cela ira. Je savais que cela ferait un peu mal la première fois.

Elle grimaça encore quand il tenta de bouger, et le cœur de Dom se tordit. Si seulement il avait pu lui enlever cette douleur !

— Essayez de vous détendre.

Se mordant les lèvres, elle hocha la tête.

Il lécha sa bouche. Quand elle l'ouvrit, il l'embrassa avec une délicatesse infinie, lentement, s'enfonçant tendrement en elle. Lorsqu'il sentit sa tension l'abandonner un peu, il imita avec son sexe les mouvements de sa langue.

Elle commença à bouger avec lui.

— Mets tes jambes autour de moi, dit-il, la tutoyant sans même s'en rendre compte.

Les talons de Thea sur ses fesses le pressèrent de continuer. Alors, la folie s'empara de lui et, très vite, il s'enfonça une dernière fois, répandant sa semence en elle, avalant leurs cris dans sa bouche.

Elle était sienne. Entièrement.

Si seulement il ne l'avait pas aimée autant...

Roulant sur le dos, il l'attira contre lui, la caressant comme pour lui arracher la douleur qu'elle avait éprouvée.

— Comment te sens-tu ?

Elle resta silencieuse quelques secondes.

— Bien.

— Dors. Je te réveillerai quand ce sera l'heure de retourner dans ta chambre.

Elle se blottit contre lui en bâillant.

— Bonne nuit, mon amour.

Il souffla les chandelles, plongeant la pièce dans l'obscurité. La respiration de Thea s'apaisa, et il continua de la serrer contre lui. Jamais encore il n'avait passé la nuit avec une femme, mais il ne voulait pas – ne pouvait pas – laisser Thea partir.

Mille pensées se bousculaient dans sa tête. *Oncle Alasdair.* Qu'il aille au diable pour venir s'interposer entre eux dans ce lit ! Comment avait-il pu lui ordonner de ne jamais tomber amoureux ? Sans cela, il n'aurait jamais vu le beau visage de Thea au comble de la passion. Et il aurait épousé une autre femme avec qui il aurait passé une vie insipide.

Lentement, ces idées s'espacèrent, et il sombra dans le sommeil.

Il s'éveilla plusieurs heures plus tard, alors qu'une lumière grise s'insinuait dans la chambre par les fenêtres aux rideaux ouverts. Thea dormait profondément, la tête sur son torse tandis qu'il l'enlaçait encore. Sa longue chevelure noire était étalée, cachant l'essentiel de son corps. Voilà comment il voulait dorénavant se réveiller chaque matin... mais peut-être pas aussi tôt.

Il jeta un coup d'œil à la pendule sur la cheminée. 5 h 30. Déjà. Bientôt, Witten serait levé. Non, pas

Witten, c'était Wigman désormais. Il devait ramener Thea dans sa chambre avant que quiconque la voie.

Répugnant à la réveiller, il se glissa délicatement hors du lit, rassembla ses affaires – chemise de nuit et robe de chambre – avant de la soulever tendrement dans ses bras. Il emprunta de nouveau le corridor « oublié » pour retourner dans sa chambre.

Elle s'étira quand il tira les couvertures sur elle.

— Dom ?

— Vous êtes dans votre lit, mon cœur. Dormez encore un peu.

— Mmm...

Il faillit bien céder à la tentation de la rejoindre.

Pour la première fois depuis la mort de son père, son propre lit lui parut trop grand et solitaire. Incapable de se rendormir, il s'efforça de comprendre ce qui s'était passé entre Thea et lui. Il n'avait jamais rien éprouvé de semblable. Il avait besoin d'elle comme il avait besoin de manger et de respirer, et cela le terrifiait. Comment empêcher un tel amour de détruire tout ce qu'ils avaient ?

Dom pénétra dans la salle du petit déjeuner au moment où sir Henry prenait la tasse de thé que lui tendait Paken. Son futur beau-père ne ressemblait pas du tout à l'idée qu'il aurait pu s'en faire. En tout cas, pas à un petit noble de la campagne fou de chasse, un peu rustre et très désireux de s'attirer ses bonnes grâces. Sir Henry était un homme visiblement cultivé et fort sérieux, même si dans ses yeux brillait un humour malicieux.

— Bonjour, monsieur.

— Bonjour à vous aussi, Dominic.

Tout formalisme entre eux avait rapidement été banni dès leur première rencontre la veille. Sir Henry le traitait comme un jeune homme désireux d'épouser sa fille, et non comme un marquis à qui il fallait témoigner le plus grand respect. Ce qui, malgré tous les préjugés de Dom, s'était avéré un soulagement.

Sir Henry but rapidement son thé et se leva.

— Désolé de vous abandonner, mais j'ai quelques affaires à régler pendant que je suis en ville.

— Je vous en prie, faites. Notre seul projet aujourd'hui, c'est le bal donné par la duchesse ce soir.

— Il vaudrait mieux pour moi que je ne l'oublie pas, fit sir Henry d'un ton enjoué. J'en entendrais parler jusqu'à mon dernier jour.

Dom n'en doutait pas. Entre la duchesse et lady Sterne, il était facile de voir d'où Thea tenait sa force.

— Bonjour, papa. Tu pars déjà ?

Thea, qui venait d'entrer, embrassa son père sur la joue.

— Bonjour, ma chérie. Je devrais être de retour pour le thé.

Il l'étreignit rapidement.

Elle s'installa à table, et Paken posa une nouvelle théière devant elle.

— Merci, lui dit-elle avant de se tourner vers Dom en souriant. Comment aimez-vous votre thé ?

À la surprise de Dom, elle ne semblait pas du tout embarrassée par ce qui s'était passé entre eux cette nuit. Il s'assit auprès d'elle.

— Fort, avec du lait et deux morceaux de sucre.

— Alors, laissons-le infuser un peu plus.

— Avez-vous vu la galerie de portraits ?

— Non, dit-elle en préparant un toast. Votre mère pensait que vous aimeriez me la montrer.

— Après le petit déjeuner ? proposa-t-il.

Elle servit le thé, respectant ses instructions, et lui tendit sa tasse.

— Goûtez.

Il but une gorgée.

— Il est parfait.

— Merci. Après le petit déjeuner, ce sera très bien. Je dois aussi vous dire que nos mères prennent le petit déjeuner ensemble et que maman va beaucoup mieux.

Quelques minutes plus tard, il la conduisit dans la galerie.

— Elle est bien moins importante que celle de notre domaine à la campagne, mais elle devrait vous aider à vous faire une idée de la famille. Voici le premier marquis de Merton. Avant lui, nous étions vicomtes.

— À en juger par sa tenue, c'est l'époque de Charles II.

— Oui. C'est lui qui a élevé la maison.

Elle sourit.

— Quoi, pas de comte ?

Il fronça les sourcils, l'air moqueur.

— Seulement du côté Worthington. Son titre est à vrai dire beaucoup plus ancien que le mien, et voici le bonhomme…

Il l'amena devant un autre portrait.

— … qui l'a transmis du temps de la reine Anne.

— C'est étonnant. Ils ont tous ces mêmes yeux si bleus.

Il sourit.

— Le bleu Bradford. On raconte qu'un Bradford sait si un enfant est le sien grâce à ses yeux. On devrait sans doute dire le bleu Bradford-Vivers, d'ailleurs. Jusqu'à présent, je n'avais jamais compris comment un homme pouvait adopter le nom de sa femme.

Elle continua le long de la galerie des portraits.

— Qui est-ce ?

— Mon grand-père.

— Et voilà votre mère. Vous étiez un beau bébé, commenta-t-elle en se tournant vers lui. J'ignorais que votre père était blond, lui aussi. Vous lui ressemblez beaucoup.

Dom leva les yeux vers le jeune homme représenté sur le tableau, son propre père, tenant un bébé dans ses bras avec sa femme assise à ses côtés. Un grand chien de chasse se trouvait devant lui. Oui, il ressemblait beaucoup à son père, mais il n'était pas comme lui. C'était impossible.

Il songea au jour de la mort de son père, quand son oncle était arrivé. Il avait six ans et avait voulu se réfugier dans les bras de son oncle Alasdair, mais après une brève étreinte, celui-ci l'avait repoussé.

« Désormais, vous êtes Merton. Vous devez vous comporter comme tel. Vous ne pouvez vous offrir le luxe de vous vautrer dans ces émotions larmoyantes. Allons, cessez de pleurer… vos devoirs vous attendent.

— Je veux maman.

— Le docteur lui a donné quelque chose pour la faire dormir. Voilà ce qui arrive quand on éprouve des émotions aussi violentes envers une autre personne. Vous la verrez lorsque vous aurez maîtrisé les vôtres. »

Son oncle lui avait pris la main.

« Pour votre propre bien et celui de ceux qui dépendent de vous, vous éviterez de vous attacher aussi passionnément à une femme. »

— Comment était-il ?

La question de Thea le ramena au présent.

— C'était un passionné. En tout, et surtout avec ma mère.

Il ne parvenait pas à arracher son regard du portrait.

— Et avec vous aussi, semble-t-il. Normalement, c'est la femme qui tient le bébé, mais là c'est lui.

La gorge de Dom se serra. Ses yeux le piquèrent. Seigneur, non, il n'allait pas pleurer. Il n'avait plus pleuré depuis la mort de son père.

— Excusez-moi. Je dois vous quitter.

Il fit un pas, mais elle le saisit par le bras.

— Dom, je vous en prie, dites-moi ce qui vous trouble.

— Je ne puis en parler maintenant.

Il la dévisagea.

— Thea, lâchez-moi.

Se mordant la lèvre, elle obéit.

— Très bien. Pour l'instant. Mais un jour vous me parlerez.

Quittant la galerie, il se réfugia dans son bureau, où il se sentit aussitôt mal à l'aise. C'était ici qu'il accomplissait son « devoir », ici qu'il n'était pas autorisé à éprouver quoi que ce soit. Où aller, alors ? Quittant la pièce, il laissa ses pieds le conduire dans la salle d'étude. Dieu merci, elle était déserte. Ressortis par Mme Sorley, tous les jouets qui avaient été les siens avant la mort de son père s'y trouvaient. Les soldats de plomb avec lesquels ils avaient mené ensemble tant de guerres imaginaires, la batte et la balle qu'il lui avait offertes pour lui apprendre à jouer au cricket... Il ne les avait plus touchées depuis sa mort. Il remarqua soudain la seule chaise pour adulte dans cette pièce, et le souvenir de son père le berçant sur cette chaise le bouleversa. Les larmes forcèrent le passage entre ses paupières serrées et ruisselèrent sur son visage. *Papa, pourquoi nous as-tu abandonnés ? Pourquoi m'as-tu laissé ?*

De longues minutes plus tard, des pas légers approchèrent.

— Dominic, dit sa mère, est-ce que tout va bien ?

— Je ne sais pas. Non. Tout ce en quoi j'ai cru pendant des années...

Il ne réussit pas à finir sa phrase.

Elle s'assit sur un tabouret et lui prit la main.

— Parle-moi.

Il la fixa, submergé par le besoin de se confier.

— Je ne sais pas si je peux. Oncle Alasdair disait toujours que je ne devais pas vous imposer ce fardeau.

Les lèvres de sa mère ne formèrent plus qu'une fine ligne.

— Si Alasdair n'était pas déjà mort, je le tuerais moi-même. Que diable s'imaginait-il ? Raconte-moi. Tout.

Un petit rire très sec jaillit de la gorge de Dom. Il n'avait jamais vu sa mère faire preuve d'une telle férocité.

— Après la mort de papa, oncle Alasdair m'a dit que j'étais Merton, désormais, et que c'était mon devoir...

À mesure que sa mère écoutait son récit, des myriades d'émotions se reflétèrent sur son visage. Elle sortit même un mouchoir brodé de dentelle pour essuyer des larmes. Quand il eut terminé, elle ferma les yeux et secoua la tête.

— Je n'aurais jamais dû écouter Alasdair. Je n'aurais jamais dû lui faire confiance. Ce qu'il t'a dit n'était pas la vérité.

— Que voulez-vous dire ?

Sa mère contempla ses mains un moment, comme si elle rassemblait ses pensées.

— Ce n'est pas qu'il t'a menti, mais il ne voyait les choses que d'un seul point de vue. Le sien. Ton père et lui étaient très amis, mais étaient en désaccord à peu près sur tout.

Voilà qui était une nouvelle pour lui.

— Y compris en politique ?

— Surtout en politique, et notamment quant au rôle de l'aristocratie. Ton père croyait que les pairs du royaume avaient le devoir d'exercer un contrôle sur le pouvoir royal et de veiller au bien de tous les habitants du pays, qu'ils soient riches ou pauvres. Ton oncle, lui, pensait que les devoirs envers la Couronne prévalaient sur tout le reste, que notre statut dans la vie avait été décrété par Dieu et que s'il nous arrivait du mal, c'était exclusivement notre faute. Malgré cela, ton père savait que mon frère nous aimait, toi et moi. C'est pour cela que dans son testament, il l'avait désigné comme tuteur.

La gorge de Dom se serra.

— Mon père... Dites-moi comment il est mort.

Elle tordait son mouchoir entre ses doigts.

— Il avait tenu à aider à l'installation d'une nouvelle meule dans un de nos moulins. Et la catastrophe est arrivée. Il a été écrasé par la meule. Nous l'avons ramené à la maison le plus vite possible, mais ses blessures étaient trop graves, et il est mort peu après. J'étais enceinte, et j'ai perdu le bébé. Ton oncle a insisté pour que j'aille passer ma convalescence à Bath. Quand j'ai enfin été remise, Alasdair était installé et tu semblais aller bien. Je me disais qu'en raison de ta jeunesse, tu supportais mieux que moi la perte de ton père. J'ignorais qu'Alasdair te forçait à enfouir tout ton chagrin et essayait de te transformer en une autre version de lui-même.

Elle cligna plusieurs fois des paupières avant de continuer :

— Il n'a pas accompli les volontés de ton père.

Dom avait du mal à tout assimiler. Contrairement à ce qu'il avait toujours cru, son père était mort en accomplissant son devoir. Une chose qu'il aurait faite, lui aussi, dans les mêmes circonstances.

— Mais, quand même, tout n'était pas faux. Oncle Alasdair disait que grand-papa était mort jeune parce que son amour pour sa femme était trop fort.

— À condition de penser que soixante-cinq ans, c'est jeune, répliqua sa mère. Dominic, poursuivit-elle en prenant ses mains dans les siennes, quand les sentiments sont réciproques, il n'y a pas d'amour trop fort. Ton grand-père est mort parce qu'il avait pris froid en essayant de rentrer chez lui. Ce qu'Alasdair ne t'a pas dit – peut-être l'ignorait-il –, c'est que tes grands-parents n'ont jamais passé plus d'une nuit séparés l'un de l'autre au cours de leurs trente-cinq années de mariage.

Elle lui sourit.

— Chez les Bradford, les hommes aiment avec passion, Dominic. Et si tu parviens à te l'autoriser, il en sera de même pour toi.

Là-dessus, elle se leva et le laissa seul avec ses pensées.

24

Une bonne heure était passée, et Dotty n'avait toujours pas quitté la galerie. Elle réfléchissait. D'une manière ou d'une autre, elle devait trouver un moyen d'inciter Dom à se confier. Quel genre de mariage auraient-ils s'il restait enfermé en lui-même ?

— Dotty, Dotty !

C'était la voix de Tom.

— Je suis ici, mon cœur. Pourquoi es-tu de retour si tôt ?

— Sa Seigneurie et Cyrille me manquaient.

Elle ne put s'empêcher de rire.

— Que veux-tu ?

Il plaça avec confiance sa petite main dans la sienne. De l'autre, il tenait son carnet de croquis.

— Sally est sortie. Vous pourriez m'emmener au parc pour dessiner ? M. Martin m'a donné un devoir à faire pour demain.

Une part d'elle avait envie d'attendre Dom pour lui parler, mais il n'était peut-être pas plus mal qu'elle réfléchisse un moment dans un endroit tranquille.

— D'accord. Laisse-moi prendre mon spencer et mon chapeau.

Willy, le valet chargé de veiller sur Tom, les accompagna. Dotty regrettait Fred mais, comme elle en avait convenu avec Dom, les domestiques de Matt n'avaient rien à faire à Merton House. Après la filature dont elle avait été l'objet, certains des serviteurs de Dom restaient dehors en permanence, s'assurant que personne ne surveillait la maison.

Une fois dehors, elle repensa à la fin de sa discussion avec Dom, et à la façon dont il s'était soudain retiré en lui-même. Peut-être devrait-elle demander l'aide de lady Merton. Dotty était convaincue que les problèmes de son fiancé étaient pour l'essentiel dus à l'influence de son oncle. C'était probablement une bonne chose que celui-ci soit mort, pourtant son absence pouvait aussi compliquer la situation, d'une certaine manière. Si lord Alasdair avait été encore en vie, il aurait été plus facile à Dom de se rebeller contre lui. Ah, si seulement elle avait su quoi faire !

Elle ferma les paupières et se mordit la lèvre pour refouler les larmes qui lui montaient aux yeux.

— Hé, qu'est-ce que vous faites ? s'écria Willy.

Elle se retourna au moment même où un inconnu robuste la saisissait, ses doigts se plantant douloureusement dans ses chairs. Son complice avait attaqué Willy par-derrière et le maintenait, bras tordu dans le dos. Elle chercha Tom du regard et ne le vit pas. *Oh, Seigneur ! Faites que ce ne soient pas ces canailles qui tentent de le reprendre !* Elle pria le Ciel pour que l'enfant ait réussi à s'enfuir. Au moins, il savait rentrer à la maison.

Elle se mit à hurler de toutes ses forces, jusqu'à ce qu'une grosse main la bâillonne. Puis elle se sentit entraînée vers une voiture noire aux parements dorés, un véhicule fort luxueux. Il ne devait donc pas s'agir des malfrats qui asservissaient les enfants, ni des hommes qui avaient kidnappé les femmes. Qui, alors ?

On la jeta sans ménagement sur le siège, et l'attelage démarra aussitôt. Le cœur battant la chamade, les mains moites sous ses gants, elle essaya de retrouver une position plus digne. Jamais de sa vie elle n'avait eu aussi peur.

Se forçant à prendre plusieurs profondes inspirations, elle parvint à trouver le courage de redresser son chapeau, qui lui était tombé sur les yeux. Et c'est alors qu'elle les vit. Malgré la pénombre, les glands dorés sur les bottes étaient parfaitement reconnaissables. *Fotherby ?*

La colère et l'incompréhension se déchaînèrent en elle tandis qu'elle levait les yeux vers son visage suffisant. C'était peut-être un des plus vieux amis de Dom, mais celui-ci le tuerait pour cela... ou pas ? Peut-être était-ce cela qui le troublait : il ne tenait pas réellement à l'épouser.

Elle se secoua mentalement. *Ne sois pas idiote.* Dom avait bien trop le sens de l'honneur pour être complice d'une telle fourberie, surtout après lui avoir fait l'amour. Et il était amoureux d'elle. Elle le savait, le sentait jusque dans la moelle de ses os.

Si Fotherby s'imaginait qu'elle aurait peur de lui, il se trompait lourdement. Elle releva le menton.

— Dites-moi, monsieur, fit-elle d'un ton glacial. Qu'espérez-vous accomplir ainsi ?

Elizabeth travaillait sur une broderie particulièrement délicate quand Lavvie surgit dans le salon, un immense sourire aux lèvres.

— J'ai résolu tous tes problèmes, annonça sa cousine de but en blanc.

Elizabeth plissa les paupières. Elle sentait déjà que cette conversation n'allait pas lui plaire.

— Quels problèmes ?

— Mais... avec Merton, bien sûr.

Un frisson ébranla Elizabeth.

— Merton ? dit-elle d'une voix si faible qu'elle la reconnut à peine.

Sa cousine se débarrassa de son chapeau et de ses gants et vint s'asseoir auprès d'elle.

— Oui. D'ici quelques mois, crois-moi, il sera ravi d'épouser une dame comme toi.

La colère remplaçant la stupeur, Elizabeth posa son ouvrage.

— Lavvie, qu'as-tu fait ?

— Je me suis juste assuré que Mlle Sterne n'assisterait pas à son propre mariage.

Comme Elizabeth se levait, elle enchaîna :

— Je ne lui ai fait aucun mal. Je me suis contentée de faire circuler la nouvelle qu'au bout du compte, épouser un marquis était une charge bien trop lourde pour une gamine de la campagne comme elle, et qu'elle était vite retournée se réfugier dans les bras de sa mère.

— As-tu perdu la tête ? s'exclama Elizabeth.

Sa cousine ouvrit de grands yeux.

— Il ne sera fait aucun mal à Mlle Sterne. Elle sera retenue dans une maison non loin de Londres et, d'ici deux jours, elle sera relâchée. Nous lui fournirons même une voiture pour qu'elle puisse rentrer. Naturellement, elle ne voudra plus se montrer en ville, en tout cas pas pendant une saison ou deux.

Elizabeth regardait fixement sa cousine, incapable de comprendre comment elle pouvait être aussi fière de ruiner la réputation d'une jeune femme.

Elle essaya de ne pas crier.

— Elle ne pourra plus se montrer nulle part ! Quand on saura qu'elle a fait faux bond à Merton, quel homme voudra d'elle ? Quant à toi, que t'arrivera-t-il lorsqu'on apprendra que tu as orchestré sa disparition ?

Lavvie pâlit un peu.

— Oh, tu n'as pas à t'inquiéter pour cela. C'est Fotherby qui l'a enlevée.

Pendant un instant, Elizabeth crut qu'elle allait s'évanouir.

— Pourquoi ? Pourquoi as-tu fait une chose pareille ?

— Pour te sauver. Si tu n'épouses pas Merton, Dieu sait qui ton père choisira pour toi. Ce pourrait être...

Sa cousine n'acheva pas sa phrase.

— Quelqu'un comme ton mari ? Lavvie, t'a-t-il fait du mal ?

Celle-ci répondit en évitant le regard d'Elizabeth :

— Il ne me frappe pas.

Elizabeth prit sa cousine dans ses bras.

— Oh, ma pauvre. Mais papa ne me forcera jamais à épouser qui que ce soit contre mon gré.

Lavvie sanglota.

— Moi aussi, j'avais confiance en mon père, jusqu'à ce que...

Elizabeth secoua la tête.

— Où se trouve Mlle Sterne maintenant ?

Sa cousine hésita avant de répondre.

— Je ne sais pas exactement. Fotherby a une maison du côté de Richmond, mais j'ignore l'adresse.

Elizabeth tira sur un cordon, et un valet apparut.

— Mon chapeau, mes gants et mon spencer, vite !

Dès que la porte fut refermée, Lavvie s'écria :

— Elizabeth ! Que comptes-tu faire ?

— Tout dire à Merton. Fotherby est son ami. Il connaît peut-être cette maison.

Cette fois, Lavvie blêmit.

— J'essaierai de ne pas mentionner ton nom, mais peux-tu aller chez un parent pendant quelques semaines ? Mieux vaut que tu disparaisses un certain temps.

Lavvie parut sur le point de protester, avant de se résigner et de hocher la tête.

— Je comptais déjà aller rendre visite à une tante dans le Nord, mais est-ce vraiment nécessaire ? Je suis sûre que Fotherby ne dira rien à personne.

Elizabeth lui répondit en essayant de ne pas lui hurler dessus.

— Tu croyais t'attaquer à une petite campagnarde, sauf que c'est en réalité la petite-fille de la duchesse de Bristol. Qui a organisé son bal de fiançailles ce soir.

Pendant quelques secondes, Lavvie parut pétrifiée sur place. Puis elle s'effondra sur son siège.

— Oh non. Qu'ai-je fait ?

Elizabeth la contempla. Il était grand temps que sa cousine apprenne à ne plus se mêler de ce qui ne la regardait pas.

— En outre, ses parents viennent d'arriver en ville, et toute la famille s'est installée à Merton House.

Lavvie se recroquevilla sur elle-même. Elizabeth eut pitié d'elle.

— Espérons que personne n'apprendra ton rôle dans cette affaire. J'essaierai de ne pas parler de toi.

Sa cousine leva vers elle un regard accablé, mais où brillait un faible espoir.

— Je quitterai Londres aujourd'hui même.

Elizabeth acquiesça.

— Oui, cela vaut mieux.

Elle se décida à l'étreindre, car malgré tout, Lavvie restait sa meilleure amie.

— Tu vas me manquer.

Dom sortait de la maison quand Tom, suivi d'un Willy désemparé, grimpa les marches du perron deux par deux.

— Monsieur ! Monsieur ! Ils ont enlevé Dotty !

Pendant un instant, le monde parut se figer, et le cœur de Dom s'arrêta de battre. *Non !* Il se força à sortir de sa transe et se tourna vers le valet.

— Où est Mlle Sterne ?

— C'est comme vient de le dire maître Tom, monsieur. Elle a été enlevée. Deux gros voyous nous ont sauté dessus. L'un d'eux m'a immobilisé pendant que l'autre l'attrapait. Maître Tom s'est caché derrière un arbre, mais il a eu le temps de faire un dessin de l'homme qui attendait dans la voiture.

Tom brandit son carnet de croquis.

— C'est le gentleman qui est parti avec elle.

Dom n'arrivait pas à y croire. Des images de Thea conduite dans un bordel ou sur les quais défilèrent dans son esprit. Si on lui faisait le moindre mal, il ne se le pardonnerait jamais. Il n'aurait jamais dû l'abandonner de cette façon tout à l'heure.

Tom continuait à agiter le dessin sous son nez, et il finit par le regarder. Puis il le fixa sans comprendre. Fotherby ? Pourquoi diable aurait-il enlevé Thea ? Certes, il ne l'appréciait guère, mais de là à la kidnapper ! Lady Fotherby avait peut-être raison : son fils était un bon à rien. Une chose était sûre, dès que Dom lui mettrait la main dessus, il le tuerait. Il gronda :

— Paken. Un fiacre. Vite !

Worthington fit son apparition sur ces entrefaites.

— Je venais voir si Tom avait envie de jouer avec la meute.

Voilà encore une chose qui n'était pas normale.

— Attends un peu. N'était-il pas censé être déjà chez toi ?

Le visage de l'enfant se chiffonna.

— Vous me manquiez, monsieur. Alors, je suis rentré à la maison.

— Prends Tom avec toi, dit Dom à Matt en se passant la main dans les cheveux. Nous verrons cela plus tard. Il faut que j'y aille.

Worthington haussa les sourcils.

— Que se passe-t-il ?

Tom ne cessait d'agiter son dessin.

— Fotherby a enlevé Dotty et nous allons la sauver ! s'exclama-t-il.

Bonté divine !

— *Nous* n'allons nulle part, répliqua Dom. *Tu* resteras ici en toute sécurité. Paken, où est ce fiacre ?

— Merton, calme-toi, ordonna Worthington. Avant de faire quoi que ce soit, il nous faut en savoir davantage.

— Je crois pouvoir vous aider.

Dom fit volte-face et découvrit Mlle Turley. Celle-ci eut un petit geste de recul, comme s'il lui faisait peur.

— J'ai vu la voiture de lord Fotherby tout à l'heure, dit-elle d'une toute petite voix. Elle prenait la route de Richmond.

Dom serra les poings.

— Richmond ?

— Oui, fit-elle. Je crois comprendre que Mlle Sterne n'est pas là.

Dom ne lui répondit pas. Il avait trop envie d'étrangler quelqu'un.

Paken s'inclina.

— Non, mademoiselle.

— Qu'y a-t-il à Richmond ? s'enquit-elle. À moins qu'il ne la conduise plus loin à l'ouest ?

Et dire que Dom avait un jour considéré cette vermine comme son ami.

— Il a une maison là-bas. J'y ai séjourné une fois.

— Tu saurais la retrouver ? demanda Matt.

Dom leva les yeux au ciel.

— Bien sûr que je saurais. Allons-y. Il n'y a pas une seconde à perdre si nous voulons revenir à temps pour le bal de la duchesse. Paken, un crayon et du papier.

Dès que son majordome se fut exécuté, il griffonna quelques mots.

— Faites préparer la voiture de ville et envoyez-la au plus vite à cette adresse.

— Monsieur, que dois-je dire à ces dames et à sir Henry ?

En dépit de tout, Dom sourit.

— Eh bien, dites-leur que nous sommes allés à Richmond. Mlle Turley, poursuivit-il en se tournant vers la jeune femme, merci pour votre aide. Je vous serais reconnaissant de ne rien répéter de ce que vous avez entendu.

— Vous pouvez en être certain.

Elle redescendit vivement les marches pendant que Matt annonçait :

— Je viens avec toi.

— Paken, des chevaux. Sur-le-champ.

Son majordome envoya un valet aux écuries.

Quand Dom et Worthington y arrivèrent à leur tour, leurs montures étaient déjà sellées. Ils chevauchèrent aussi vite que le permettait la circulation. Il leur faudrait moins d'une heure pour arriver au manoir de Fotherby, et près de deux à la voiture qui les suivait. Le dîner précédant le bal commençait à 21 heures. Il était 13 heures.

— Je vais le tuer, gronda Dom.

— Tu l'as déjà dit. Remarque que ce n'est pas un reproche, et si tu veux un conseil, n'attends pas, trucide-le tout de suite. Ne t'embarrasse surtout pas d'un duel : les dames n'aiment pas cela.

Ils atteignirent la porte de la ville et durent patienter un certain temps, car le garde était très lent. Dom fut tenté de bondir par-dessus la barrière. Finalement, un très vieil homme vint leur demander la somme due. Après cela, ils purent lancer leurs chevaux au galop, ne ralentissant que de temps à autre pour laisser souffler les bêtes. Enfin, ils arrivèrent aux abords de Richmond.

Dom tira sur ses rênes.

— Ce n'est plus très loin. Environ deux kilomètres après le village.

Pour la première fois, il hésitait sur la conduite à tenir.

— Vaut-il mieux nous présenter à la porte ou essayer de les surprendre ?

— Autant ne pas courir le risque qu'on nous tire dessus comme de vulgaires voleurs, répliqua Worthington. Nous nous annoncerons dans les règles.

Il esquissa un sourire ironique.

— Tu pourras toujours dire que tu es marquis.

Malgré la tension qui l'habitait, Dom s'esclaffa. Depuis qu'il connaissait Thea, le seul pour qui son titre avait la moindre importance, c'était le fantôme de son oncle.

— Je ne crois pas que cela suffira. Si je me souviens bien, c'est un vieux couple qui garde la maison. Mais s'il y a quelqu'un d'autre, je serai ravi de m'en occuper.

Si on avait fait du mal à Thea, Dom ne répondait pas de ses actes.

Dotty attendait que Fotherby lui réponde. Elle commençait à s'impatienter quand il déclara enfin :

— Je ne vous veux aucun mal, mais Merton mérite une épouse digne de lui, et j'entends bien veiller à ce qu'il en trouve une.

Essayant de contrôler sa colère, elle se mordit la lèvre.

— Que comptez-vous faire ?

Il ne lui répondit pas, s'emmurant dans le silence pendant de très longues minutes. Elle crut devenir folle, jusqu'à ce que, finalement, alors que le train de l'attelage s'accélérait nettement – ils avaient dû quitter la ville –, il déclara :

— Je possède un vieux manoir non loin de Londres. Je vous y retiendrai jusqu'à ce que la date du mariage soit passée. Une fois que vous aurez abandonné Merton devant l'autel, il vous oubliera et en cherchera une autre.

Il s'enfonça dans son siège.

— Ne vous inquiétez pas, votre vertu ne risque rien. Nous vous renverrons chez vos parents à la campagne d'ici deux ou trois jours.

À l'évidence, cet imbécile n'avait même pas enquêté et ignorait que son père et sa mère étaient à Londres depuis la veille.

— Et qui voudra m'épouser une fois que j'aurai fait faux bond à Merton ?

La bouche de Fotherby s'ouvrit et se ferma. Un vrai poisson.

— J'avoue ne pas y avoir réfléchi. Il est vrai que le scandale éclatera en un rien de temps. Comme toujours.

Dotty retint un ricanement. Ce sinistre personnage était vraiment idiot. Si la voiture s'immobilisait, elle pourrait peut-être bondir hors de la cabine. Oui, et ensuite ? Avec les volets tirés, elle ne savait même pas où il l'emmenait, mais il était clair qu'ils se trouvaient déjà sur une route de campagne. Avait-elle même assez d'argent sur elle pour revenir à Londres ? Par ailleurs, dès que Dom découvrirait qu'elle avait disparu, il se mettrait à sa recherche. Mais comment saurait-il où la chercher ? Songerait-il seulement à Fotherby ? Non. Elle devait trouver un moyen de se sauver elle-même.

La voiture s'arrêta enfin, après qu'ils avaient roulé pendant à peu près deux heures. Voilà qui lui donnait une idée de la distance qui la séparait de la ville... Fotherby déverrouilla une des portières. Un valet l'aida à descendre. Elle repéra aussitôt le vieux couple qui se tenait dans l'entrée d'une sorte de manoir. Les concierges, sans doute. Ils pourraient peut-être l'aider.

— La voici, annonça Fotherby comme s'ils étaient attendus. J'ai envoyé un message à ses parents. Ils devraient arriver d'ici quelques jours.

La vieille dame gratifia Dotty d'un regard sévère.

— N'essayez pas de nous jouer un de vos tours, mademoiselle. Ce n'est pas d'ici que vous vous enfuirez avec un coureur de dot.

Bon, pas d'aide à attendre de ce côté-là, alors.

— J'en ai bien l'impression, madame...

— Whitaker, dit la femme.

— Madame Whitaker, répéta Dotty en prenant un air blessé. Sincèrement, je pensais qu'il m'aimait, moi, et non mon argent. Sinon, je n'aurais jamais tenté de partir avec lui, et encore moins causé cette peine à mes parents.

Mme Whitaker parut s'adoucir quelque peu.

— Vous serez traitée avec les égards dus à votre rang, mademoiselle. Mais je suis navrée de vous le dire, vous resterez dans votre chambre.

— Bien sûr, madame, dit Dotty en baissant les cils dans un acte de contrition. Je ferai comme vous dites.

— Suivez-moi, alors.

Obéissante, elle lui emboîta le pas. Tout en traversant la maison, elle enregistra le plus de détails possible jusqu'à ce qu'elles arrivent dans une grande chambre à coucher au premier étage.

— Quelle ravissante demeure. Est-elle ancienne ?

— Elle date du roi Jacques Ier.

Mme Whitaker lui fit une petite révérence.

— Je vous apporte un en-cas.

Dotty lui offrit un sourire reconnaissant.

— Merci. C'est très gentil à vous.

La porte se referma, et elle entendit le déclic de la serrure. Elle enleva chapeau et gants. En premier lieu, il fallait convaincre cette femme qu'elle s'était résignée à son sort.

Un broc en porcelaine décoré de roses peintes et rempli d'eau chaude se trouvait sur un guéridon aux côtés d'une bassine assortie. Hormis cela, la pièce contenait une impressionnante armoire en chêne, un lit, un canapé, une coiffeuse et un paravent cachant un pot de chambre. Il y avait aussi, près de la cheminée, une porte qui devait conduire à un dressing. Elle souleva le loquet, et le battant s'ouvrit facilement.

Entendant des pas dans le couloir, elle revint précipitamment s'asseoir sur le canapé. La femme et son mari entrèrent. Il portait un plateau avec du thé, des sandwichs et des fruits. De quoi sustenter au moins trois personnes.

M. Whitaker posa le plateau sur la table devant le canapé.

— Voilà, mademoiselle. Vous ne pourrez pas dire qu'on vous a affamée.

Dotty sourit.

— Non, en effet. Je vous remercie.

Mme Whitaker montra le cordon de la sonnette.

— Appelez-nous si vous avez besoin de quoi que ce soit. Je vous ai préparé une chemise de nuit et une robe de chambre dans l'armoire. Le dîner est à 17 heures, ajouta-t-elle. Ici, nous gardons les horaires de la campagne.

— Pour vous dire la vérité, répondit Dotty, sincère, je les préfère à ceux de la ville.

Mme Whitaker hocha la tête, son expression s'adoucissant un peu. Dotty sentait qu'elle pourrait la gagner à sa cause, avec le temps. Hélas, ce temps, elle ne l'avait pas. Son bal de fiançailles avait lieu dans quelques heures.

Tout en mangeant, elle réfléchit. Si cette maison était si ancienne, il était fort possible qu'elle possède des passages secrets. C'était le cas de la plupart des demeures construites à cette époque. Mais ses geôliers ne l'auraient pas enfermée dans une pièce d'où il serait facile de s'échapper. À moins que, comme à Merton House, on n'ait oublié l'existence de tels passages.

Elle passa l'heure qui suivit à frapper sur les murs et les boiseries, sondant, manipulant tout ce qui aurait pu servir de levier caché. Elle examina la cheminée sous toutes ses coutures sans rien trouver qui sorte de l'ordinaire. Finalement, elle ouvrit l'immense armoire. Après une hésitation, elle y entra carrément pour tâter les parois et passer les doigts le long des rebords intérieurs. Soudain, elle sentit une excroissance sur celui du fond. Si elle n'avait pas cherché avec une telle minutie, elle ne l'aurait jamais trouvée. Murmurant une brève prière, elle manœuvra la butée dans tous les sens jusqu'à ce qu'elle glisse vers le haut, déclenchant l'ouverture d'un panneau au fond de l'armoire.

Soudain, quelque part dans la maison, un fracas de bois brisé retentit et une voix furieuse s'éleva.

— Où est-elle ?

Dom !

Dieu soit loué, il est venu !

Des bottes grimpèrent l'escalier à toute allure. Elle glissa la tête hors de l'armoire au moment où un coup de pied rageur défonçait la porte de sa chambre. Le temps parut ralentir, et elle se retrouva dans les bras de Dom au moment même où, en bas, retentissait un coup de feu.

— Il faut qu'on sorte d'ici, dit-il en grimaçant, car une nouvelle détonation se faisait entendre.

— Par ici, répondit-elle en le saisissant par la main. Il y a un passage secret.

Il jeta un coup d'œil dans l'armoire et vit l'ouverture. Il lui donna un rapide baiser.

— Bien joué, mon amour.

— J'espère qu'il conduit dehors.

— Même si ce n'est pas le cas, il nous permettra d'éviter vos ravisseurs.

— Qui est avec vous ?

— Worthington.

— J'espère qu'il n'a pas été blessé.

— Moi aussi, cela n'arrangerait rien. Allons-y.

Le passage secret se révéla être un vieil escalier en pierre qui s'enfonçait dans une pénombre où il régnait une abominable odeur d'humidité et de pourriture.

Suivant Dom, elle se retenait avec prudence à la paroi crasseuse, certaine que son gant ne survivrait pas à cet outrage. Soudain, il s'immobilisa.

— Une porte, chuchota-t-il. Espérons qu'elle n'est pas trop rouillée.

Il se mit à peser contre le battant. Au bout d'un moment, il pivota avec un couinement aigu, et ils se retrouvèrent face à un mur de lierre.

— Attendez-moi ici. Je vais voir où en est Worthington.

— Non, je viens avec vous.

Il plissa les yeux, et elle insista :

— Et s'ils trouvent le passage secret ? Je serai plus en sécurité avec vous.

— Très bien, se résigna-t-il. Mais s'il y a du grabuge, cachez-vous.

Elle acquiesça tandis qu'il lui prenait la main. Longeant la maison, ils arrivèrent au coin de la façade. Matt se tenait sur les marches du porche, son pistolet braqué sur la porte ouverte. Deux chevaux attendaient patiemment dans l'allée.

Dom poussa un petit sifflement, et un joli cheval gris tourna la tête vers eux et les rejoignit. Après avoir hissé Dotty sur la selle, il bondit derrière elle et cria :

— Worthington, on y va !

Matt claqua la porte et courut vers sa monture. Ils partirent au galop, ne ralentissant l'allure qu'après plusieurs minutes.

Dotty poussa enfin un soupir de soulagement.

— Je suis bien contente que vous soyez arrivés. J'avais trouvé le passage secret et j'étais prête à m'enfuir, mais je n'avais pas d'argent pour me payer le transport jusqu'à Londres.

— Dieu merci, vous n'êtes pas blessée, dit Dom en la contemplant avec un air médusé. Vous vous inquiétiez réellement de ne pas pouvoir vous payer une voiture ?

— Naturellement. C'était le seul moyen de rentrer.

— Vous êtes remarquable.

Là-dessus, ses lèvres capturèrent les siennes, et elle jeta les bras autour de son cou.

Au bout d'un moment, Matt toussa.

— Si cela ne vous dérange pas trop, tous les deux, nous devons décider ce que nous allons faire en attendant la voiture. Y a-t-il une auberge dans le coin ?

Dotty baissa les yeux vers ses gants et son spencer.

— En tout cas, aucune où je voudrais aller dans cet état. Regardez comme je suis sale.

Pour la première fois, Dom parut remarquer sa tenue.

— Oui, c'était assez dégoûtant là-dedans.

— Vous avez emprunté un passage secret ? s'enquit Matt. Cela explique que je ne vous aie pas vus descendre.

Elle sourit.

— Thea l'avait déjà trouvé quand je suis arrivé dans sa chambre, déclara Dom avec fierté en la serrant contre lui. Mon brillant amour.

Elle savoura le compliment, mais il était temps de rentrer.

— Nous ne pouvons traverser Londres dans cet état.

— C'est vrai, dit Dom en regardant la route. La voiture devrait bientôt arriver.

— À défaut, ajouta Matt, nous pouvons trouver un relais de poste et louer une voiture qui conduira Dotty à Londres. Pour expliquer sa tenue, nous dirons qu'elle a eu un accident.

— Excellente idée. Et si nous nous arrêtons dans une auberge, j'aimerais envoyer un mot aux Whitaker.

— Qui sont donc les Whitaker ? demanda Matt.

— Le couple qui tient la maison. Ils ne m'auraient pas laissée partir, mais ils ont été très gentils.

— Ce très *gentil* vieil homme m'a tiré dessus, et sa femme a essayé de m'assommer avec une poêle, aboya Matt. S'il n'avait pas été à court de munitions, je ne serais pas là à vous parler.

— Oh...

Naturellement, elle se souvenait des coups de feu. Mais Matt était indemne.

— Ce n'est pas vraiment leur faute. Fotherby leur a dit que j'avais essayé de m'enfuir avec un coureur de dot.

— Alors, laissez Fotherby leur révéler la vérité, gronda Matt.

— Cette canaille a-t-elle osé te toucher ? fit Dom, visiblement fou de rage.

Elle secoua la tête.

— Non. Il m'a enlevée uniquement pour nous empêcher de nous marier. Il comptait me renvoyer chez moi à la campagne une fois la date de la cérémonie passée.

— Merton, déclara Matt d'une voix sombre, si tu n'extermines pas cette vermine, je m'en chargerai avec plaisir.

Elle leva la tête pour essayer de voir le visage de Dom, mais il la serrait si fort contre lui que cela lui était impossible. À vrai dire, c'était très plaisant d'être ainsi écrasée contre son corps si dur. Mais elle aurait quand même voulu voir son expression. Il semblait enragé.

— Je crois que nous ferions mieux de tout dire à sa mère, déclara-t-elle.

Tout d'abord, les deux hommes parurent abasourdis, puis un premier spasme secoua Matt et, très vite, ce fut le tour de Dom. Bientôt, ils furent en proie à un fou rire inextinguible.

Finalement, toujours hilare, Dom se pencha vers elle.

— Vous l'ignorez peut-être, mon amour, mais voilà une punition bien pire que tout ce que nous aurions pu lui infliger.

Elle lui lança un regard malicieux.

— Cette maison à Richmond est très belle, reprit-elle, et elle ne sert à rien. Je ne vois pas pourquoi il ne l'utiliserait pas pour accueillir des veuves de guerre ou des orphelins.

Dom l'embrassa.

— Vous êtes diabolique, mais acceptera-t-elle ?

— Je le crois, fit-elle en souriant. Je l'ai croisée chez lady Thornhill, et elle semblait extrêmement intéressée par notre cause. Maintenant, à propos des Whitaker...

— Non ! s'exclamèrent Matt et Dom à l'unisson.

— Attention ! s'écria-t-elle.

Une voiture venait de surgir au détour d'un virage et fonçait sur eux à tombeau ouvert.

Le cocher immobilisa l'attelage non sans mal juste devant eux et, à sa grande surprise, les salua.

— Messieurs, mademoiselle.

— On ne s'attendait pas à vous voir avant une bonne demi-heure, remarqua Dom.

— M. Paken m'a dit de venir le plus vite possible, répondit le cocher. Je connais toutes les portes de la ville.

Dotty poussa un soupir de soulagement.

— Eh bien, Dieu soit loué. Dom, laissez-moi descendre.

Une fois qu'elle fut dans la cabine, il voulut attacher sa monture derrière la voiture pour la rejoindre.

— Oh là, pas question, intervint Matt. Vous n'êtes pas encore mariés. Remonte sur ton cheval, Merton.

Dom poussa un juron incompréhensible, mais sûrement effroyable.

— Nous sommes fiancés. C'est parfaitement acceptable.

— Je m'en moque.

Dotty dissimula son sourire derrière une main.

— Dom, remontez en selle. À moins que vous ne vouliez que nous dînions ici.

Il hésita, puis céda et déposa un léger baiser sur ses lèvres en murmurant :

— Deux jours.

— Oui, répondit-elle. Deux jours.

25

— Finalement, remarqua Dom, être marquis n'a pas tant d'importance, après tout.

Son cousin et lui chevauchaient côte à côte.

— Tout dépend de ce que tu fais de ton titre, répondit Worthington. Je ne renoncerai pas à être comte. Je n'ai pas honte des privilèges que mon rang m'accorde. Mais il s'accompagne aussi de responsabilités, non seulement vis-à-vis de mes domaines et des gens qui y travaillent, mais aussi de façon plus large envers la société. C'est quelque chose que ton père savait et que ton oncle n'a jamais compris.

Dom rumina cela un moment. Son cousin avait cinq ans de plus que lui.

— Tu as connu mon père ?

— Nos pères étaient amis.

— Je l'ignorais, dit Dom, surpris.

— Cela ne m'étonne pas. Mon père faisait lui aussi partie de ces personnes que lord Alasdair n'appréciait pas.

Ils continuèrent à chevaucher en silence pendant que Dom réfléchissait. On l'avait privé de tant de choses au cours de son enfance... Et si Thea n'avait pas surgi dans sa vie, il n'aurait peut-être jamais trouvé l'amour, Tom aurait sans doute été emprisonné et Cyrille serait mort. Sans parler de toutes ces malheureuses qu'ils avaient sauvées.

Ils étaient de retour à Londres quand il reprit enfin la parole :

— J'aimerais que nous discutions de ces lois en faveur des pauvres.

Son cousin sourit.

— Je t'écoute.

Peu après, ils s'arrêtaient devant Merton House. Des valets se précipitèrent à leur rencontre.

Pendant que Dotty filait dans sa chambre pour voir sa mère et lady Merton et se changer pour le bal, Dom conduisit Worthington dans son bureau et demanda du vin.

— Quoi, pas de cognac ? ironisa son cousin.

Dom grimaça de bonne grâce.

— Sûrement pas de si bonne heure.

Il n'avait pas l'habitude de ce genre d'échange cordial avec lui et était un peu surpris de constater que cela lui plaisait.

— Worthington, je ne sais comment te remercier de m'avoir accompagné aujourd'hui.

— Commence par m'appeler Matt. Nous sommes de la même famille.

— Oui, c'est juste. J'essaierai de ne pas l'oublier.

Matt haussa les sourcils.

— Cela ne risque pas. Dotty est très amie avec Charlotte et Louisa.

— J'espère bien que Louisa me pardonnera un jour d'épouser Thea.

— Je crois qu'elle l'a déjà fait.

Matt se racla la gorge.

— Je suis presque sûr d'avoir entendu parler d'un baiser.

À sa propre consternation, Dom rougit.

— Hum... oui. J'ai du mal à voir qui que ce soit d'autre quand Thea est dans une pièce.

— J'ai cru le remarquer. J'ai un problème très semblable avec Grace. Ce doit être un trait de famille chez les Vivers.

— Plutôt chez les Bradford à l'origine, si je me souviens bien, fit Dom en souriant.

— En effet.

Matt reposa son verre et se leva.

— Il vaut mieux que je rentre. Tom a sans doute dit à tout le monde que Dotty avait été enlevée, et ils doivent s'inquiéter. De toute manière, nous nous voyons ce soir.

Il serra la main de Dom avant de le gratifier d'une bonne claque dans le dos.

— Je ne te l'ai pas encore dit, mais félicitations pour ton mariage. Vivers ou Bradford, Dotty fera beaucoup de bien à cette famille.

— Je suis bien d'accord.

26

— Mademoiselle, marmonna Polly, cessez de gigoter, je n'arrive pas à placer cette dernière épingle.

Dotty arrêta d'essayer de voir sa coiffure et se résolut à attendre patiemment. Mais, décidément, Polly prenait un temps fou aujourd'hui.

— Voilà, dit enfin sa femme de chambre en s'écartant. Maintenant, vous pouvez regarder autant que vous voulez.

Dotty fut d'abord ébahie, puis ravie. Jamais encore Polly ne l'avait coiffée ainsi, avec toutes ces tresses compliquées et ces boucles qui semblaient pourtant tomber naturellcment.

— C'est très joli. Où as-tu appris à faire cela ?

Polly eut un large sourire.

— Dans un magazine. May ne pensait pas que j'y arriverais. Mon seul regret, c'est qu'elle ne puisse pas voir le résultat.

Dotty se retint d'éclater de rire.

— Eh bien... je n'ai jamais eu de coiffure aussi élégante.

Polly lui tendit une boîte noire et plate.

— De la part de lord Merton. Il a demandé que vous lui fassiez l'honneur de le porter.

— Lady Merton a-t-elle laissé quelque chose ? Elle a dit qu'elle le ferait.

— Oui, mademoiselle. Une paire de boucles d'oreilles. Je vais les chercher.

Dotty ouvrit la boîte de satin et cligna des paupières en découvrant le délicat collier en or serti de diamants.

— Quelle splendeur !

Polly lui tendit les boucles d'oreilles, en diamant, elles aussi.

— Elles vont à merveille avec cette robe, constata Dotty en les admirant.

Elle enfila ses gants tandis que sa femme de chambre drapait un châle pailleté sur ses épaules, avant de lui tendre un éventail et un réticule taillé dans le même tissu que sa robe.

Cela fait, Polly hocha la tête avec approbation.

— Vous allez éblouir Sa Seigneurie. Vous serez la plus belle dame de la soirée.

Lorsque Dotty descendit les marches du grand escalier, Dom l'attendait dans le hall, merveilleusement élégant dans sa tenue de soirée noire. Sa cravate était parfaitement nouée. Pour seuls ornements, il ne portait qu'une montre de gousset et une lourde bague en or.

Il leva les yeux vers elle et se figea, visiblement ébloui.

— Quel ravissement ! Vous êtes exquise.

— Merci, monsieur.

Le regard de Dom, si intense, fit courir une vague de chaleur dans tout son être, et elle songea aussitôt à la nuit précédente, quand ils avaient fait l'amour. Bonté divine, si lui aussi était en proie à des pensées du même ordre, ils allaient avoir beaucoup de mal à survivre à cette soirée !

Il lui prit la main.

— Le collier est parfait, dit-elle. Comment avez-vous su ?

— Il y a longtemps que je vous imagine avec des diamants, fit-il en déposant un baiser sur sa main. Et, dans mon esprit, ajouta-t-il en chuchotant, vous ne portez que cela.

Le très réservé marquis de Merton avait bien changé !

— Peut-être que vos rêves deviendront réalité, répondit-elle en sentant ses joues se colorer.

Il lui pressa la main.

— Permettez-moi de vous déshabiller ce soir, dit-il d'une voix rauque.

— Ce soir, je ne sais pas, mais nous serons bientôt mariés, et vous pourrez le faire tous les soirs.

Elle crut qu'il allait s'arrêter là et même s'écarter, comme il l'avait fait chaque fois qu'il s'était permis d'exprimer son désir. Au lieu de cela, il frôla ses lèvres des siennes.

— Voilà une promesse dont je m'assurerai que vous la tiendrez.

— Dominic ? appela lady Merton depuis la porte du salon. Venez donc, Dorothea et toi. Sir Henry désire discuter de ce qu'il s'est passé aujourd'hui.

— Oh, pauvres de nous, fit Dotty. Nous avons oublié de consulter papa avant d'envoyer ce mot à grand-maman.

Dom leva les yeux au ciel.

— J'espère qu'il approuvera. Quelque chose me dit qu'il vaudrait mieux que j'évite d'être en mauvais termes avec votre père.

Dans le salon, sir Henry se tenait devant la desserte et servait du vin. Quand Dom et elle pénétrèrent dans la pièce, il leva la carafe, et tous deux acquiescèrent. Une fois qu'ils furent tous installés, Dotty raconta une nouvelle fois les événements de la journée ainsi que leur décision d'informer la mère de Fotherby.

— Seulement parce que Matt et moi ne désirons pas fuir le pays, dit Dom. Mon premier instinct était de tuer cette vermine, mais Thea a eu cette idée que je trouve excellente.

Lady Merton acquiesça.

— Et je vous approuve. Nul ne saura mieux s'occuper de Fotherby que sa mère. Je doute que nous le revoyions avant un bon moment.

Une lueur espiègle passa dans le regard de Dom.

— Absolument. Lady Fotherby tient les cordons de la bourse.

— Je ne comprends pas, dit Dotty. Il est majeur, et c'est un pair du royaume.

Cette fois, Dom sourit carrément.

— Certes, mais tant qu'il n'aura pas quarante ans ou bien épousé une dame que sa mère approuve, tous ses fonds resteront placés. Il doit se contenter d'une rente qu'il juge bien sûr beaucoup trop modeste. Si sa mère le décide, elle peut l'envoyer vivre à la campagne pendant de nombreuses années.

— Eh bien, dit Eunice, quand souhaitez-vous approcher lady Fotherby ?

Dotty plissa les lèvres.

— J'ai envoyé un mot à grand-maman pour lui demander de s'en charger. Avec le reste de la famille qui arrive demain et le mariage après-demain, je me suis dit que c'était la meilleure façon de procéder.

Son père éclata de rire.

— Ma fille, tu es bien plus perfide que tu n'en as l'air. Voilà qui risque de s'avérer assez intéressant.

Dom et Dotty échangèrent un regard soulagé. Sir Henry ne s'était pas formalisé de leur initiative.

— Je crois, reprit Dom, que j'irai faire un tour au White's demain.

Sir Henry se tapa sur la cuisse et se leva.

— Et j'irai avec vous, mon garçon, fit-il avant de considérer Dom d'un air sévère. Ensuite, nous passerons au Brook's pour commencer les démarches afin que vous y soyez admis.

Le silence tomba sur la pièce. Malgré elle, Dotty serra la main de Dom.

Il lui rendit sa pression.

— Avec joie, monsieur.

Quand ils arrivèrent au Pulteney, Dom était encore un peu abasourdi par la proposition que lui avait faite sir Henry de devenir membre du Brook's. Il y avait de fortes chances que sa candidature soit rejetée, même s'il entendait bien joindre ses efforts à ceux de Matt pour faire adopter une nouvelle législation en faveur des pauvres, ce qui allait lui attirer les foudres de son propre parti. Mais il s'inquiéterait de tout cela après son voyage de noces. D'ailleurs, il n'en avait même pas encore parlé avec Thea. C'était bien simple, depuis la veille, il n'avait pas eu le temps de l'embrasser correctement, ne serait-ce qu'une fois.

Cependant, le Pulteney, ancienne résidence du marquis de Bath, était immense. Ce serait bien le diable s'il ne parvenait pas à s'isoler quelque part avec elle...

Ils furent les premiers à arriver dans un vaste salon. Un valet leur offrit des coupes de champagne tandis que la duchesse leur faisait signe de la rejoindre vers une partie de la salle occupée par des canapés et des fauteuils. Matt et Grace, accompagnés de Charlotte, de Louisa et de la comtesse douairière, apparurent moins d'un quart d'heure plus tard. Puis ce fut au tour de lady Bellamy en compagnie de son époux, un homme grand et efflanqué doté de cheveux roux et d'un sourire permanent. Ils étaient suivis par un élégant gentleman d'une quarantaine d'années.

— Je me demande comment il fait, dit Dom à Matt à mi-voix pendant que lord Bellamy saluait la duchesse.

— Fait quoi ?

— Comment il tient sa femme au pas.

Matt faillit s'étrangler avec son champagne.

— Il y a sans doute renoncé depuis des années.

On les appela pour accueillir les nouveaux arrivants, et Dom remarqua que lord Bellamy regardait sa femme comme si le soleil n'aurait pu briller sans elle. Il se demanda s'il avait la même expression avec Thea.

— Et voici le vicomte Wolverton, annonça lady Bellamy en souriant pour présenter le gentleman aux autres dames. C'est un ami de très longue date, mais qui vient rarement à Londres.

— Eh bien, ma chère, intervint lord Bellamy, sans son aide, vous ne pourriez être aussi souvent en ville.

Dom, pris par le bref mais intense échange de regards entre la douairière lady Worthington et lord Wolverton, rata la réplique de lady Bellamy, mais elle fit rire tout le monde.

Les suivants à arriver furent lord et lady Thornhill.

Bientôt, hommes et femmes se divisèrent en deux groupes distincts.

À travers la salle, Dom vit soudain Thea rougir de façon charmante.

— De quoi peuvent-elles bien discuter ?

— Les dames ? fit lord Bellamy. Mieux vaut que vous ne le sachiez pas. Cela pourrait vous embarrasser.

— En effet, mon garçon, enchaîna un sir Henry goguenard. Il y a certaines choses qu'il est préférable d'ignorer.

Dom se tourna vers Matt et le surprit en train de fixer Wolverton, qui semblait avoir beaucoup de mal à quitter sa belle-mère des yeux.

Quand le majordome annonça le dîner, Matt rejoignit Grace. Il s'apprêtait à offrir son autre bras à Patience quand Wolverton le devança.

Pour sa part, possédant le titre le plus élevé, Dom se présenta comme il se devait devant la duchesse, mais elle l'écarta d'un geste.

— Allez retrouver Thea. Ce soir, nous nous passerons des formalités.

Voilà qui était une surprise bienvenue. Il s'inclina.

— Merci, Votre Grâce.

— Vous feriez mieux de commencer à m'appeler grand-maman.

Cela faisait très longtemps qu'il n'avait pas eu de grand-mère, et il sourit.

— Merci, madame.

Thea noua son bras au sien.

— Eh bien, cette soirée risque de s'avérer intéressante.

Ils prirent leurs places derrière la duchesse.

— Wolverton ? lui dit-il.

Elle lui glissa un regard en coin.

— En effet. Tout à l'heure, je vous raconterai ce que j'ai appris.

Il se pencha de façon à ce qu'elle seule puisse l'entendre.

— Je crois bien que j'aurai envie de discuter de tout autre chose.

La réaction de Thea le mit en joie : ses seins se soulevèrent un peu plus rapidement, et ses lèvres formèrent un « o » délicieux.

— Thea, murmura-t-il, décidé à profiter de ce petit avantage, il faut que je vous voie seule.

Le cœur de Dotty s'accéléra. Visiblement, elle en mourait d'envie, elle aussi.

— Merton, intervint lady Worthington, avez-vous choisi une destination pour votre voyage de noces ?

— Oui, madame. Nous passerons une quinzaine de jours dans une petite propriété que je possède près de Penzance.

— Après quoi, ajouta Dotty, nous visiterons tous nos domaines, ce qui risque de prendre plusieurs semaines.

— Vous ne comptez pas revenir à Londres à un moment quelconque de la saison ? demanda lady Bellamy.

— Pas si je peux l'éviter, marmonna Dom dans sa barbe.

Dotty s'efforça de ne pas éclater de rire.

— Nous l'ignorons pour le moment. Tout dépendra de la façon dont se passeront ces visites.

Heureusement, la conversation se tourna vers la politique et la philosophie. La duchesse avait fait enlever les chandeliers de la table afin de faciliter les discussions. Un peu surpris au début par ce manque de formalisme, Dom ne tarda pas à se couler dans le moule. Le temps parut s'écouler très vite jusqu'à ce que le majordome vienne annoncer que Sa Grâce devait se préparer à recevoir les invités du bal.

Le groupe se leva, et Dom prit la main de Dotty.

— Venez. Nous avons une bonne demi-heure avant que les danses commencent.

— Dorothea, Dominic.

Elle se retourna vers sa grand-mère.

— Oui, madame ?

— Vous vous joindrez à moi pour accueillir les invités.

Il laissa échapper un gémissement à peine audible. Sentant que Thea lui tirait le bras, il se pencha vers elle et lui murmura d'une voix rauque :

— J'avais autre chose en tête.

Dotty essaya de réprimer les battements de son cœur. Un ou deux jours plus tôt, Dom se serait plié avec raideur à son devoir, au lieu de lui glisser des remarques inconvenantes dans le creux de l'oreille… et de lui caresser le cou du bout des doigts. Elle frissonna.

— Venez, vous deux, ordonna la duchesse, les sourcils haussés mais un petit sourire aux lèvres.

— Il n'y a vraiment pas moyen d'y échapper, n'est-ce pas ?

Puis, faisant contre mauvaise fortune bon cœur, il accompagna Dotty à l'entrée de la salle de bal, où le majordome se tenait prêt à annoncer les premiers invités.

Une fois qu'ils furent installés près de la duchesse, celle-ci observa Dom pendant quelques secondes.

— Chaque jour, vous ressemblez un peu plus à votre père.

Dotty retint son souffle mais, pour la première fois, Dominic répondit sans la moindre gêne :

— J'en ai l'impression, en effet.

Moins d'un quart d'heure plus tard, lady Fotherby fut annoncée. Après sa révérence, elle tendit les mains vers son hôtesse.

— Quel bonheur de vous revoir, Votre Grâce.

— Et vous aussi, Catherine. J'imagine que notre petit problème est réglé ?

Lady Fotherby plissa légèrement les yeux.

— Absolument. Je vous remercie de m'avoir permis de m'en occuper. Soyez assurée que mon fils ne quittera pas notre domaine tant qu'il n'aura pas compris ses obligations.

La duchesse l'embrassa sur la joue.

— Dès que ma petite-fille a suggéré cette solution, j'ai su que c'était la bonne décision.

Elle désigna Dotty.

— La voici. Mlle Dorothea Sterne. Je crois que vous connaissez déjà lord Merton.

— Vous ferez une excellente marquise, dit lady Fotherby en souriant à Dotty. Milord, mes félicitations pour votre bonne fortune.

Dom s'inclina, avant de poser une main sur les reins de Dotty.

— Merci. Il est vrai que la chance a bien voulu me sourire.

Une sensation merveilleuse naquit au creux du ventre de Dotty et se répandit dans tout son corps.

Par chance, la première danse fut une valse. Dès le premier pas, Dom tint Thea plus serrée contre lui qu'il ne l'avait jamais fait. Son regard resta sans cesse plongé dans le sien, et il dut fournir un effort surhumain pour ne pas l'entraîner là où ils pourraient être enfin seuls. Fort heureusement, le bal était un succès et il y avait foule sur la piste, ce qui leur permettait une autre sorte d'intimité. Il glissa une jambe entre les siennes.

— J'ai envie de vous.

Une étincelle brilla dans l'émeraude des yeux de Thea.

— Oui.

Ce simple mot faillit bien lui faire perdre tout contrôle. Son sexe était plus dur qu'il ne l'avait jamais été. S'il ne lui faisait pas l'amour très vite, il en deviendrait fou. Pourquoi diable n'avait-il pas pensé à réserver une chambre ? Mais il devait bien y avoir un coin tranquille quelque part.

La danse s'acheva. À peine eurent-ils atteint le bord de la piste que Louisa, Charlotte, Mlle Featherington et une autre jeune dame les rejoignirent.

— Dotty, dit Charlotte en la prenant par le bras, peux-tu venir avec nous une minute ?

Elle lança à Dom un regard désespéré.

— Je ne serai pas longue.

Sa cousine et Mlle Featherington rirent en l'emmenant. Elles avaient dû préparer leur coup. Accablé, il s'adossa à un pilier. Si c'était ainsi que cette soirée allait se passer, il aurait mieux fait de ne pas venir.

On plaça une coupe de champagne dans sa main.

— Cache-toi derrière cette plante. Si on te voit faire cette tête, une dame voudra sûrement te réconforter.

Dom avala la moitié de son verre.

— Et toi ?

Son cousin eut un sourire en coin.

— Je suis marié et je suis un chaperon.

— Je suis fiancé. Cela devrait compter, quand même.

— Seulement si tu gardes ta fiancée avec toi.

Du coin de l'œil, il aperçut lady Bellamy qui fonçait dans sa direction, tel un galion fendant les flots.

— Bon sang ! Où est Thea ?

— De l'autre côté de la salle, près de cette grande rousse. File. Je vais essayer de retenir lady Bellamy le plus longtemps possible.

Acquiesçant, Dom se glissa derrière une immense plante en pot. Et ce fut ainsi, de pot en pot, qu'il fit le tour de la salle jusqu'à ce qu'il se retrouve derrière Thea. Comme si elle avait senti sa présence, elle jeta un regard par-dessus son épaule, et son visage s'illumina.

— Monsieur, vous arrivez juste à temps pour m'inviter à une promenade.

Il s'inclina.

— Avec joie, mademoiselle Sterne.

Les autres dames émirent des rires à peine voilés tandis qu'ils s'esquivaient.

— C'est la dernière fois ce soir que je vous laisse vous éloigner de moi.

Elle écarquilla les yeux.

— Pourquoi ? Que s'est-il passé ?

Il les conduisait doucement, mais fermement, vers la terrasse.

— J'ai échappé de justesse à lady Bellamy.

— Oh, fit-elle d'une voix qu'il trouva bizarre, comme si elle réprimait un éclat de rire. Voilà qui a dû être terrible, en effet.

Il lui lança un regard en coin.

— C'était terrible. Matt m'a quasiment poussé derrière une plante, et j'ai dû faire tout le tour de la salle en me cachant pour vous retrouver.

Elle se mordilla la lèvre inférieure.

— Mais vous ne risquez plus rien maintenant.

Ils franchirent les portes-fenêtres qui donnaient sur la terrasse… et découvrirent qu'ils n'étaient pas les seuls à avoir eu cette idée. De nombreux invités prenaient l'air.

— Il fait chaud dans cette salle de bal.

Thea se pressa un peu plus contre lui.

— Il fait meilleur ici.

Dom chercha un coin où ils pourraient s'isoler, mais la moitié de Londres semblait s'être donné rendez-vous sur cette terrasse. Bon sang ! Il obliqua en direction des jardins. Ceux-ci étaient fort bien éclairés… et tout aussi bondés.

Il essaya la porte d'un salon à l'extrémité de la terrasse, qui céda. Enfin ! Mais à peine l'eut-il entrouverte qu'un cri étouffé retentit. Il la referma précipitamment. La Terre entière conspirait contre lui.

À ses côtés, Thea était au bord du fou rire.

— Ne soyez pas si pressé, murmura-t-elle. N'oubliez pas, nous avons toute la nuit.

La prenant par la taille, il la serra contre lui et se força à se détendre.

— Vous avez raison. J'ignore pourquoi je suis aussi agité.

— Je le suis, moi aussi. Aujourd'hui, vous avez été mon chevalier dans sa belle armure et vous n'avez même pas eu droit à un vrai baiser pour vous remercier.

Elle prit son visage entre ses mains. Comme il se penchait vers elle, des petits rires résonnèrent dans la pénombre. Bonté divine ! Des gens, encore.

Thea se retourna dans ses bras.

— Harry ?

Un grand jeune homme aux cheveux noirs s'approchait, Louisa à un bras, Charlotte à l'autre.

— En chair et en os, dit-il, enjoué. Les dames étaient persuadées que nous vous trouverions par ici.

— Comme beaucoup d'autres invités, répliqua Thea. Dom, voici mon vaurien de frère, Harry.

Dom tendit une main que le jeune homme serra avec force.

— Ravi de vous rencontrer. Je croyais que vous n'arriveriez que demain.

— Après une ou deux heures dans la voiture avec les enfants, j'ai préféré louer un cheval et me dépêcher de venir.

Thea se figea.

— Tu ne les as pas abandonnés, quand même ?

— Bonté divine, non. Maman me couperait la tête. Mais je n'en pouvais plus de ce vacarme. Sans parler de Stephen qui voulait s'asseoir aux côtés du cocher.

Charlotte éclata de rire.

— Quand mes frères et sœurs sont venus en ville, Daisy, notre chienne, a essayé de se lier d'amitié avec une paire de chevaux. Cela a déclenché une telle catastrophe que leur précepteur a décidé qu'ils rouleraient toute la nuit.

Harry rit avec elle avant de regarder sa sœur.

— Dis, Dotty, est-il convenable que Dom t'enlace de cette façon ?

— Non, admit-elle à regret. Je suppose que non.

Rappelé à ses manières, Dom retira son bras de sa taille pour prendre sa main, qu'il serra au creux de son coude.

Louisa adressa un regard de compassion à Thea.

— À vrai dire, nous sommes venus parce que vos mères sont sur le point de partir.

Dom réprima un soupir de soulagement. C'était là la meilleure nouvelle de la soirée.

27

Dotty s'assit pour que Polly défasse sa coiffure et lui brosse les cheveux. Un fourmillement étrange lui chatouilla les épaules. *Dom.* Ces derniers temps, elle sentait toujours quand il était proche d'elle.

— Merci, Polly. Tu peux aller te coucher. Il est tard.

Sa femme de chambre bâilla.

— Je vous souhaite une bonne nuit, alors.

— Fais de beaux rêves.

À l'instant où la porte se refermait, Dotty fut dans les bras de Dom.

— Thea, fit-il en lui embrassant le lobe de l'oreille. J'attends ça depuis ce matin.

Elle glissa les bras autour de ses épaules.

— Moi aussi.

— Il faut que je te dise quelque chose.

Il l'embrassa avec une ferveur inouïe avant de poursuivre :

— Je ne me cacherai plus de toi, je ne te fuirai plus jamais. Demande-moi ce que tu veux, je t'aime de tout mon cœur.

Pour la première fois, il la tutoyait naturellement. C'était tout ce qu'elle avait toujours voulu de lui, cette intimité qu'elle avait craint de ne pouvoir obtenir.

— Je t'aime, moi aussi.

— Je dois te dire ce que j'ai découvert aujourd'hui...

Quand il eut fini de lui raconter ce que son oncle lui avait imposé, elle aurait pu hurler de rage et de tristesse. Dom avait été privé d'enfance, puis de toutes ces aventures qui conduisaient les autres jeunes gens à l'âge adulte.

Elle ne pourrait jamais lui rendre cela, mais elle ferait en sorte qu'il sache à quel point elle l'aimait.

— Allons nous coucher.

Il la souleva dans ses bras et, dans l'étroit passage secret, dut se tourner de côté.

— Je peux marcher.

— Non, je rêve de cela depuis cet après-midi. Voilà, fit-il en ouvrant la porte de sa chambre d'un coup de pied. Ce n'était pas si difficile.

Dotty grimaça en entendant le bruit que fit le battant en cognant contre la paroi.

— Quelqu'un a sûrement entendu cela.

Il haussa les épaules avant de la déposer à terre près du lit.

— Et alors ? C'est ma chambre.

Puis, avec un sourire gourmand, il ajouta :

— La nôtre, bientôt.

Il dénoua sa robe de chambre, la repoussant sur ses épaules, et le vêtement tomba au sol.

— Je ne suis pas certaine que ce genre de raisonnement convainque mes parents.

Elle glissa les mains sous son peignoir, l'écartant lentement. La lourde soie brodée glissa le long de son corps avant de rejoindre sa robe de chambre sur l'épais tapis turc.

Elle retint son souffle en découvrant sa nudité, puis les lèvres de Dom se posèrent sur les siennes. Quand elle sentit sa langue, elle l'accueillit pour le goûter comme il la goûtait. Après avoir savouré sa bouche, il s'occupa de ses seins, prenant un petit bourgeon dans sa bouche et jouant avec l'autre. Des vagues de plaisir déferlèrent en elle, explosant entre ses cuisses. Elle écarta les jambes, l'encourageant, le désirant.

— Je t'aime.

Sa voix était plus profonde et plus rauque que jamais. Il continua de la lécher et de l'embrasser, et quand il arriva à la perle nichée parmi les boucles entre ses cuisses, Dotty faillit bondir hors du lit.

— Oh, Dom, je t'aime aussi.

Il la pénétra lentement et, malgré elle, elle se raidit.

— Tu n'auras pas mal cette fois, mon amour, je te le promets.

Il s'enfonça en elle tout en prenant sa bouche, et elle ne fut plus consciente que de l'union de leurs deux corps. Si simple, si évidente ; rien que lui qui se mouvait très lentement en elle, la conduisant vers de nouveaux niveaux d'extase. Mille sensations délicieuses surgissaient simultanément en elle : le torse de Dom contre lequel ses mamelons se frottaient, ses mains qui trouvaient toujours un point sensible et merveilleux, son membre à la fois si doux et si dur qui l'emplissait... Elle noua les jambes autour de lui, l'attirant un peu plus en elle. Puis la folie se déchaîna, et elle haleta :

— Dom, je t'en prie, je t'en prie.

Il émit un rire rauque.

— Bientôt, mon amour.

— Ah !

Ses jambes tremblèrent quand elle explosa en mille morceaux de plaisir, et il plongea si profondément en elle qu'elle sentit sa semence jaillir.

Il roula sur le dos, l'entraînant avec lui, caressant ses cheveux, déposant une pluie de doux baisers sur sa tête et dans son cou. Elle sentait son propre cœur cogner follement. Et une merveilleuse certitude l'envahit : il en serait toujours ainsi entre eux.

Un courant d'air frais la fit frissonner.

Dom se glissa sous les couvertures, manœuvrant avec habileté pour qu'elle l'accompagne.

Une fois qu'il l'eut bordée, il se leva.

— J'ai fait préparer du vin et de la nourriture pour nous.

Elle haussa les sourcils.

— Tu étais donc bien sûr de toi.

Il lui donna un rapide baiser.

— Non. J'étais sûr de *nous*. Ce n'est qu'aujourd'hui que j'ai compris la profondeur de mes sentiments pour toi... et des tiens pour moi.

Il souleva un dôme en argent qui recouvrait un grand plateau posé sur son secrétaire.

— Ah, mon nouveau valet mérite une augmentation.

Il lui tendit un verre de vin qui avait déjà été préparé.

— Je suis d'accord.

Désormais réchauffée, elle se redressa contre les oreillers.

— Qu'a-t-il prévu d'autre ?

— Un peu de tout.

Il apporta le plateau sur le lit avant de grimper à ses côtés.

— Merveilleux. Tu as eu raison d'embaucher un homme pareil, dit-elle en goûtant un petit toast. Hum, délicieux. Comment s'appelle-t-il ?

Il dévorait un sandwich au jambon.

— Wigman. C'est Paken qui l'a trouvé.

— J'adore aussi ton majordome.

Dom leva son verre et s'immobilisa.

— Nous allons être heureux.

Sa voix tremblait un peu, comme s'il avait besoin de s'en convaincre, et elle sourit tout en cognant doucement son verre contre le sien.

— Nous allons être *très* heureux.

Des heures plus tard, la lumière du petit matin s'insinuant à travers une fente dans les rideaux réveilla Dom. Les boucles d'encre de Dotty étaient étalées sur les oreillers et sur lui. Il les déplaça tout doucement pour butiner son oreille et fut récompensé par un gémissement. Ils avaient fait l'amour presque toute la nuit, mais il la désirait de nouveau. Il n'avait jamais connu de femme comme sa Thea. Il hésitait entre la réveiller et la laisser dormir un peu plus longtemps. Bientôt, bien trop tôt, il allait devoir la porter dans sa chambre.

Il lui caressa doucement les seins avant de descendre entre ses cuisses.

— Oui, murmura-t-elle.

Elle se cambra sous ses doigts. Il comprenait maintenant pourquoi son grand-père refusait de passer une nuit loin de son épouse. Et dire qu'il avait failli se résigner à une vie sans amour !

— Maintenant, Dom... Je te veux maintenant.

Il plongea dans sa sublime chaleur.

Peu après, elle cria, et les spasmes qui l'agitaient eurent raison de lui. Un dernier coup de reins, et il la rejoignit au paradis.

Il savait qu'il devait la raccompagner, mais il ne parvenait pas à se résoudre à se séparer d'elle. Elle était si bien, blottie dans ses bras... Encore un peu. Il la ramènerait dans sa chambre dans quelques minutes.

Un léger choc sur le matelas interrompit le cours de ses pensées et, une seconde plus tard, la patte de Cyrille se posait sur son épaule. Ce chaton était décidément doué pour le trouver.

— Comment es-tu entré ici ?

Il se tourna vers la porte qui menait au passage secret.

— Je n'ai pas dû la refermer complètement.

— Refermer quoi ?

Thea se tourna dans ses bras et lui sourit. Ses yeux si verts étaient encore un peu vitreux de sommeil et d'extase. Elle était magnifique.

— Bonjour, dit-il.

Cyrille se glissa entre eux. Elle le caressa du sommet du crâne au bout de la queue, et Dom regretta de ne pas être à la place du chat.

— Bonjour à toi aussi. Je ne me souviens pas qu'il était là cette nuit.

— Il n'était pas là. J'ai dû laisser la porte ouverte.

Thea ouvrit de grands yeux.

— Ce qui signifie...

Elle s'assit en se frottant le visage.

— Il faut que je retourne dans ma chambre. Si jamais quelqu'un nous surprend...

— Désolé, Cyrille, dit-il en délogeant l'animal. Laisse-moi récupérer nos affaires.

— Où crois-tu que ça mène ? demanda soudain une voix aiguë de petite fille.

— Sûrement à une chambre secrète, répondit une deuxième voix. Et dire que Dotty va vivre dans une maison remplie de passages secrets !

— Henny va être verte de jalousie quand elle saura que c'est nous qui l'avons trouvé.

— Je me demande si quelqu'un d'autre connaît son existence.

— Sale comme c'est là-dedans, ça m'étonnerait.

Dom noua rapidement son peignoir avant de murmurer à l'oreille de Thea :

— Ton frère et ta sœur, j'imagine ?

— Évidemment, qui d'autre ? Il ne faut pas qu'ils me voient ici.

Il ferma les rideaux autour du lit.

— Je vais les faire sortir en leur promettant de leur montrer l'escalier secret dans la bibliothèque. Cela te permettra de regagner ta chambre. Nous nous retrouverons au petit déjeuner.

Il se tourna vers la porte au moment même où celle-ci s'ouvrait. Deux enfants aux cheveux noirs apparurent. Il se dressa de toute sa taille, les poings sur les hanches. Un peu d'intimidation ne semblait pas de trop.

— Bonjour. Fouillez-vous toujours les maisons où vous êtes invités ?

La fillette le regarda et lui offrit un grand sourire.

— Vous devez être lord Merton.

Ce n'était pas tout à fait la réaction qu'il avait espérée.

— Oui.

— J'aime bien votre maison.

Le garçon sourit et tendit la main.

— Je m'appelle Stephen, et voici Martha. Moi aussi, je l'aime bien. Votre maison, je veux dire. Vous avez d'autres passages secrets ici ?

Ceci ne se passait pas du tout comme prévu. Derrière les rideaux qui cachaient le lit, il entendit un son qui ressemblait indubitablement à un rire étouffé par des draps.

Stephen ouvrit des yeux ronds.

— C'était quoi, ça ?

— Le chat.

Comme s'il sentait sa présence nécessaire, Cyrille passa sa frimousse entre deux rideaux. Dom arrêta Martha quand elle voulut prendre le chat dans ses bras.

— Il va venir avec nous.

Il récupéra Cyrille et se dirigea vers la porte qui donnait dans le couloir principal.

— Qu'est-ce que vous fabriquez debout à une heure pareille, tous les deux ?

— Nous cherchions Dotty, annonça Stephen.

Martha acquiesça.

— Elle se lève toujours très tôt.

Jetant un dernier regard vers le lit, Dom sortit et referma soigneusement la porte derrière eux.

— Allez retrouver votre nourrice, dit-il en les accompagnant jusqu'à l'escalier qui menait à la nursery. Si vous voulez prendre le petit déjeuner avec votre sœur, il faut vous habiller correctement.

Les enfants filèrent, et il retourna dans son propre dressing. Heureusement, Wigman l'y attendait déjà.

Moins d'une demi-heure plus tard, il entrait dans la salle du petit déjeuner, où il trouva Thea avec les enfants. Elle découpait une tranche de jambon en petits morceaux pour Martha.

S'arrêtant à la porte, il contempla la scène. Il n'avait aucun mal à imaginer Thea s'occupant ainsi de leur enfant.

Elle l'accueillit avec un sourire.

— Bonjour. Avez-vous bien dormi ?

Friponne. Mais c'était un jeu auquel il pouvait jouer lui aussi.

— Bien. Très bien, même. Je me repose toujours mieux quand je ne me sens pas seul.

Une lueur brilla dans les yeux verts de sa fiancée.

— Ah, j'imagine que Cyrille a passé la nuit avec vous.

Martha releva la tête.

— Il est mignon, mais il fait des bruits bizarres, ce chat.

— Vraiment ? demanda Thea. Quel genre de bruits ?

— Ce matin, il a ri.

S'efforçant de rester impassible, Dom fixa Thea.

— Et il lui arrive aussi de gémir.

Elle faillit bien pouffer.

Pour éviter d'éclater de rire lui aussi, il entreprit de remplir une assiette.

— Je meurs de faim, ce matin.

— C'est exactement ce qu'a dit Dotty avant que vous arriviez, annonça Martha. J'ai bien l'impression que vous faites les idiots, tous les deux.

Il échangea un regard avec Thea.

— Oh, il n'y a rien de mal à être idiot.

Ou heureux. Ou amoureux.

Peu de temps après que tout le reste de la famille de Dotty les eut rejoints, Paken entra dans la pièce.

— Monsieur, mademoiselle. Un gentleman désire vous voir.

Dom haussa les sourcils.

— À propos de maître Tom.

Thea se leva aussitôt, et un valet se précipita pour tirer sa chaise.

— Conduisez-le dans le bureau, Paken. Lord Merton et moi l'y retrouvons sur-le-champ.

Dom la rejoignit.

— Qui croyez-vous que cela puisse être ?

— Je n'en sais rien. Il est très étrange que Paken ne nous ait pas donné son nom.

Un autre valet les attendait dans le couloir.

— M. Paken pense que vous aimeriez voir ceci, dit-il à Dom en lui tendant une carte de visite.

Dom la tint de sorte que Thea puisse la lire aussi. « Major Robert Cavanaugh », disait la carte.

— Le père de Tom ! Je croyais qu'il ne reviendrait pas avant plusieurs mois.

— Qu'on nous apporte du thé et des toasts, demanda-t-elle au valet. J'ignore s'il a déjà petit-déjeuné.

Une fois le domestique parti, elle ajouta :

— Le pauvre doit être fou d'inquiétude.

Dans le bureau, un homme de haute taille portant l'uniforme vert très reconnaissable du 95e fusiliers faisait les cent pas. Dès qu'il les vit, il s'inclina.

— Lord Merton ?

Dom lui tendit la main.

— Oui. Voici Mlle Sterne, bientôt lady Merton. Vous devez être le major Cavanaugh. Laissez-moi vous rassurer : Tom va bien. Pour le moment, il se trouve chez mon cousin sur Berkeley Square.

— Dieu soit loué, il est sain et sauf ! fit le major en se passant la main dans les cheveux. J'ai reçu un message m'annonçant que ma femme avait été assassinée et que vous aviez recueilli mon fils. Je ne comprends pas comment...

Dotty s'installa sur un petit canapé devant la cheminée.

— Major, je vous en prie, asseyez-vous. Nous devrions bientôt avoir du thé.

Il se percha sur l'extrême rebord d'un fauteuil qui lui faisait face tandis que Dom se plaçait derrière elle, les mains sur ses épaules.

— Nous sommes extrêmement heureux de vous rencontrer, commença-t-il. Apparemment, votre femme avait fait apprendre par cœur à Tom certains détails vous concernant. J'ai tenté, sans succès, d'entrer en contact avec d'autres membres de votre famille.

— Oui, dit le major, dont la voix se brisa.

Il dut s'interrompre un moment avant de continuer :

— Avec tous les voyages que nous faisions, elle était convaincue qu'un jour, cela pourrait s'avérer utile... En fait, je suis rentré plus tôt que prévu car mon frère aîné vient de mourir. Mon père n'est pas en bonne santé, et ce décès n'a rien arrangé. On m'a affecté dans le Lincolnshire. Je dois m'y rendre aussi vite que possible, mais d'abord...

Il prit une brusque inspiration.

— ... pourriez-vous me dire ce qui est arrivé à ma femme ?

Dotty lui raconta dans quelles circonstances ils avaient rencontré Tom et ce qu'ils avaient découvert par la suite. Quand le thé arriva, elle lui servit une tasse dans laquelle elle ajouta un peu de sucre.

— Merci, dit le major, qui but une gorgée avant de reposer tasse et sous-tasse. Nous partons combattre pour notre pays en croyant que nos familles sont en sécurité, reprit-il d'une voix chevrotante. Je n'aurais jamais soupçonné...

Il semblait avoir besoin d'être seul un moment.

— Major, lord Merton et moi-même avons quelques petites choses à régler. Si vous le désirez, vous pouvez rester ici. Quand nous en aurons terminé, nous vous conduirons auprès de Tom.

— Merci.

Elle se leva, lui faisant signe de rester assis. Dès qu'ils furent dans le couloir, la porte refermée derrière eux, elle laissa couler ses larmes.

— J'ai besoin d'un peu d'air frais. Vous m'accompagnez ?

Dom la prit dans ses bras.

— Bien sûr, mon amour.

Il la conduisit à l'arrière de la maison, dans un salon qui donnait sur la terrasse, et ils sortirent.

— Je ne puis imaginer ce qu'il traverse. Perdre sa femme ainsi...

— Cette Mme White et les autres !

Elle se força à contempler le jardin – tout plutôt que de penser au major.

— Je crois que j'aimerais faire de nouvelles plantations pour l'année prochaine.

Dom resta silencieux un moment.

— Oui, et nous pourrions aussi ajouter quelques statues.

Elle hocha la tête, soulagée qu'il ne l'oblige pas à parler de la situation de Tom.

— Et pourquoi pas un arbre ou deux ?

Elle essuya ses larmes, qui s'étaient remises à couler.

— Oh, je n'y arrive pas.

— Non, dit-il simplement. Puis-je vous prendre dans mes bras ?

— Oui. Je crois que j'en ai besoin.

Ils restèrent ainsi, parfaitement visibles depuis la maison, Dotty s'accrochant à lui de toutes ses forces.

28

Pendant le trajet à pied jusqu'à Stanwood House, Thea parla de ce que Tom avait fait depuis qu'il était venu vivre à Merton House. Elle semblait avoir besoin d'insister sur les bonnes nouvelles.

— C'est grâce à son dessin que j'ai pu retrouver Mlle Sterne quand elle a été enlevée, intervint Tom en pressant la main de Thea. Cette information, bien sûr, devra rester entre nous.

— Naturellement, répondit le major Cavanaugh. Je ne saurais vous dire à quel point je vous suis reconnaissant d'avoir recueilli mon fils, monsieur.

— C'est à Mlle Sterne qu'il faut offrir votre gratitude. Elle a immédiatement agi comme il le fallait.

Dom réprima la nausée qui le gagnait. Il ne supportait pas d'envisager ce qui se serait passé s'ils avaient suivi les préceptes d'oncle Alasdair.

Le major s'inclina devant Thea.

— Merci, lui dit-il avant de se tourner de nouveau vers Dom. Monsieur, je serais heureux de vous rembourser les dépenses que vous avez dû faire pour mon fils.

— N'y pensez pas. Ça a été un plaisir d'avoir Tom avec nous.

Dom attendit que la voix de son oncle le réprimande, mais elle ne se fit pas entendre. Un immense soulagement l'envahit. Peut-être allait-il enfin pouvoir vivre sa propre vie.

La porte de Stanwood House s'ouvrit dès qu'ils s'engagèrent sur les marches du perron.

— Monsieur, mademoiselle.

Royston, le majordome de Grace, s'inclina avec une dignité royale.

— Lord et lady Worthington se trouvent dans le bureau de Madame. Si vous voulez bien me suivre...

Dom se pencha pour murmurer à l'oreille de Thea :

— Il est très agaçant que le majordome d'un comte soit plus impressionnant que celui d'un marquis.

Le coin des lèvres de Thea se releva.

— Vous étiez assez hautain comme cela sans que Paken le soit aussi.

— Hum... c'est possible.

Royston les annonça. Matt et Grace s'avancèrent pour les accueillir.

— Asseyez-vous, s'il vous plaît, dit cette dernière en leur montrant les fauteuils devant la cheminée. Nous tenions à vous parler avant de faire descendre Tom.

Les dames s'installèrent sur le canapé, puis Dom prit place dans le fauteuil en cuir le plus proche de Thea, et Matt auprès de Grace. Le major s'assit face à eux.

Un valet ne tarda pas à apporter du thé. Lorsque le service fut fait, Grace demanda :

— Maintenant que vous êtes de retour au pays, major, quels sont vos projets ?

Le major Cavanaugh prit le temps de boire une gorgée.

— Mes affaires et mon ordonnance se trouvent à la caserne des Horse Guards. Je ne puis y amener Tom et, par ailleurs, je dois rejoindre mon poste dans le Lincolnshire le plus tôt possible.

Grace acquiesça.

— Nous avons appris le décès de votre frère. Je vous présente mes condoléances.

Thea se pencha légèrement en avant.

— Pourriez-vous envisager de séjourner à Merton House jusqu'à votre départ ? Cela permettrait à Tom de rester avec nous jusqu'à ce que vos affaires soient réglées.

Cavanaugh cligna des paupières, comme s'il avait du mal à en croire ses oreilles.

— Je suppose que cela vaudrait mieux que de le traîner de droite à gauche jusqu'à ce que je sois installé, dit-il lentement. Néanmoins, je n'aimerais pas m'imposer.

Dom sourit.

— Vous ne vous imposeriez en rien. Ma belle-famille reste à Londres pendant encore au moins une semaine, afin que les enfants puissent visiter la ville. Les deux plus jeunes sont proches de l'âge de Tom.

— Nos frères et sœurs, ajouta Grace, prendront de brèves vacances pour les accompagner.

Dom fut certain d'avoir pâli à l'idée d'une meute pareille lâchée dans Londres. Matt, qui le regardait, esquissa un sourire ironique.

— Tout à fait d'accord avec toi, lui dit-il. Je compte bien les faire surveiller par tous mes valets.

Après les avoir dévisagés l'un et l'autre, le major Cavanaugh déclara :

— S'il y a un problème, peut-être vaudrait-il mieux que je prenne Tom avec moi...

— Oh, il n'y a aucun problème, assura Grace. Worthington se fait lentement à la logistique nécessaire pour s'occuper des onze enfants qui sont à notre charge.

Le visage tanné du major perdit quelques couleurs.

— Ne vous inquiétez pas, intervint Thea. Tout ira bien. Lady Worthington a l'habitude. Et ce sera bien plus amusant pour Tom que d'être envoyé à la campagne sans même une nourrice.

Comme si l'affaire était réglée, Grace se leva pour aller tirer un cordon. Un valet apparut.

— Madame ?

— S'il vous plaît, faites descendre les enfants ainsi que Mlle Tallerton et M. Winters. Nous avons un visiteur pour maître Tom.

— Bien, madame.

Peu après, un vacarme infernal retentit dans toute la maison.

— Pas tous les di… Je veux dire, se reprit Cavanaugh, quel est ce bruit ?

Worthington ricana tandis que la porte s'ouvrait brusquement et que huit enfants, tous âgés de moins de quinze ans, se ruaient dans le bureau.

— Papa !

Tom se jeta dans les bras de son père.

— Tom, Tom, mon garçon, dit le major en le serrant dans ses bras. Seigneur, comme tu m'as manqué.

— Tu m'as manqué, toi aussi.

Au bout de quelques secondes, Mary, la plus jeune, vint tirer sur la veste du major.

— Est-ce que vous allez nous prendre Tom ?

Cavanaugh regarda tous les enfants, puis la fillette, et sourit pour la première fois de la journée.

— Pas tout de suite, je crois.

— C'est bien, déclara gravement Mary. Car nous l'aimons beaucoup et nous aimerions qu'il reste encore un peu avec nous.

— Papa ! Papa ! s'exclama Tom dans les bras de son père. J'ai tant de choses à te raconter !

Grace se leva.

— Quand vous serez prêt, major Cavanaugh, nous nous retrouverons au salon. Tom sait où il se trouve.

Elle fit sortir tout le monde.

— Cela s'est bien passé, n'est-ce pas ?

— Oui, dit Thea en passant un bras autour de la taille de Dom. Pourquoi as-tu fait descendre tous les enfants ainsi que leurs professeurs ?

— Je voulais qu'ils voient la réaction de Tom face à son père. Comme l'a dit Mary, ils en sont venus à beaucoup l'aimer, et il était nécessaire qu'ils sachent qu'il serait heureux avec son papa.

— Bien sûr, acquiesça Thea. Eh bien, maintenant, nous n'avons plus qu'un mariage à célébrer.

Dom l'attira contre lui. Un mariage, une lune de miel, et le reste de leur vie.

Le lendemain matin, Dotty se réveilla à l'aube dans les bras de Dom. Ce serait la dernière fois où elle devrait quitter sa chambre en cachette. Dans quelques heures, ils seraient légalement unis. Elle se glissa avec précaution vers le bord du lit, essayant de ne pas le réveiller.

— Où crois-tu aller ? demanda-t-il en la retenant.

Il lui déposa des baisers dans le cou.

— Dans ma chambre, fit-elle en penchant la tête pour qu'il bénéficie d'un meilleur accès. Il est déjà près de 6 heures, et la cérémonie est dans trois heures.

— Quel est le crétin qui a programmé ça si tôt ? grommela-t-il.

— C'est toi, mon amour. Dans un de tes grands moments de marquis.

Il se laissa retomber sur les oreillers.

— Vas-y, alors, avant que je commence quelque chose qui te mettra en retard.

Elle se tourna vers lui, et il voulut l'attirer pour un baiser.

— Non, non, il faut que j'y aille.

Elle arriva dans sa chambre juste au moment où Polly y entrait.

— C'est bien que vous soyez revenue, mademoiselle, déclara gaiement sa femme de chambre. Madame est déjà debout et a demandé après vous. La baignoire sera là dans quelques minutes.

Dotty s'assit à la coiffeuse pour que Polly s'occupe de ses cheveux.

— Pourquoi est-elle debout de si bonne heure ?

— Je ne sais pas. L'excitation de la cérémonie, j'imagine.

On frappa à la porte, et deux valets entrèrent, chargés d'un grand bac en cuivre.

— L'eau arrive, annonça le premier.

Dès que son bain fut prêt, Dotty s'y plongea avec délice. Après cela, elle découvrit que son petit déjeuner l'attendait dans le boudoir.

— Il y en a beaucoup trop pour moi.

— Votre mère va vous rejoindre.

Comme si elle avait entendu Polly, lady Sterne entra à cet instant.

— Bonjour, ma chérie. J'ai l'impression que nous n'avons pas eu un seul moment à nous. Je suis cependant très heureuse que Dominic et toi vous entendiez si bien et j'ai beaucoup apprécié le temps que j'ai passé avec Eunice.

Dotty servit le thé, tendit une tasse à sa mère puis prit la sienne. Elle savoura sa première gorgée.

— Je n'aurais pu rêver meilleure belle-mère.

Sa mère mordit dans un toast tandis que Dotty découpait une tranche de rosbif. Elle était affamée.

— Dorothea, comme nous n'en avons pas eu l'occasion jusqu'à présent… je… je suppose que…

Elle déglutit, rouge comme une pivoine.

— … je devrais te parler de ce qu'il se passe entre un homme et une femme.

Oh, la pauvre. Elle semblait au bord de l'apoplexie.

Soudain, son visage s'éclaira, et elle demanda, presque avec espoir :

— Tu n'as pas pris de l'avance sur tes vœux, n'est-ce pas ?

Dotty faillit recracher son bout de viande. Heureusement, elle avait une serviette à la main, dont elle se couvrit la bouche.

— Maman !

Celle-ci se décomposa.

— Non, je me disais bien que tu n'en avais pas eu l'occasion. Pas avec nous tous entre ta chambre et la sienne.

Elle soupira.

— Bon, autant en finir...

Mieux valait mettre un terme à cette conversation avant que sa mère meure de honte.

— Ce n'est pas nécessaire, la coupa Dotty. Tu te rappelles, l'an dernier, quand papa a dit à M. Brown qu'il était bien temps pour lui de se marier ? Je me suis demandé pour quelle raison quelqu'un pouvait être gêné à ce point, alors, quelques jours après le mariage, j'ai interrogé sa femme, et elle m'a tout raconté.

— Oh, tant mieux, fit sa mère, soulagée. Ce n'est pas que ce n'est pas agréable, mais je n'aime guère discuter de choses aussi personnelles. Peut-être que quand tes sœurs seront prêtes, tu pourrais...

— Oui, j'en serais heureuse. Maintenant, profitons de notre petit déjeuner.

Peu après, Dotty consulta la pendule sur la cheminée.

— Il faut que je m'habille.

Sa mère se leva.

— Je t'ai apporté quelque chose qui est dans la famille depuis des générations. Je vais le chercher.

— Merci, maman.

Dotty l'embrassa sur la joue et retourna dans sa chambre.

— J'allais justement venir vous chercher, dit Polly en sortant du dressing.

Sa femme de chambre se mit en devoir de lui confectionner une coiffure qui paraissait très simple, mais qui en réalité était encore plus complexe que celle qu'elle lui avait faite pour le bal, avec un résultat tout aussi spectaculaire.

Lady Sterne revint avec une boîte contenant des épingles à cheveux en perles et saphirs.

— Elles devraient convenir parfaitement, dit-elle en admirant la coiffure de sa fille.

Polly déploya la robe d'un turquoise profond ornée de filets argentés.

— Ah, flûte, j'aurais peut-être dû vous la mettre en premier. Essayons de ne pas vous décoiffer.

À trois, elles finirent par y parvenir, et c'est alors que lady Merton frappa à la porte.

— J'ai pensé que ceci irait parfaitement avec votre robe, dit-elle en montrant un collier très simple avec des saphirs.

Des larmes piquèrent les yeux de Dotty.

— Il est magnifique, merci.

— Madame, dit alors Polly. Il y a aussi ceci ! Ça vient de lord Merton.

Dotty ouvrit la boîte rectangulaire et faillit éclater de rire.

— Encore des saphirs. Un bracelet.

Elle le leva à la lumière.

— Il est superbe, mais comment a-t-il su ?

— Tout cela vous va merveilleusement au teint, commenta lady Merton.

— Oui, mais comment a-t-il su pour les saphirs ?

— Eh bien..., fit Polly avec timidité, c'est peut-être parce que quand M. Wigman m'a demandé la couleur de votre robe, je le lui ai dit.

Dotty sourit.

— J'espère que tu lui as donné un peu de fil à retordre avant de te laisser soutirer cette information.

Sa femme de chambre rougit.

— Oh, pour ça, oui, mademoiselle ! Vous pouvez en être sûre.

Une nouvelle fois, on frappa à la porte. Polly alla ouvrir. Cette fois, c'était sir Henry.

— On me dit qu'il est grand temps de vous conduire à l'église, mademoiselle. Worthington a embarqué ton fiancé il y a déjà un bon quart d'heure. Je viens de recevoir un message me demandant de me dépêcher.

Polly posa un petit bonnet, un délicat assemblage de voile et de rubans, sur le crâne de Dotty.

— Et voilà, mademoiselle. Pendant que vous serez là-bas, je vais faire porter toutes vos affaires dans l'autre chambre.

Des larmes embuèrent les yeux de Dotty. Quand elle reviendrait, elle serait la femme de Dom. Elle n'avait jamais été plus heureuse.

— Mais où est-elle ?

Dom arpentait le trottoir devant l'entrée de service de St. George. L'église était déjà pleine, à son grand dépit. Il avait choisi 9 heures du matin pour éviter justement qu'il y ait trop de monde. De toute manière, ces gens allaient tous venir au repas de noces, n'était-ce pas suffisant ?

Matt haussa les sourcils.

— Tu as peur qu'elle te fasse faux bond ?

Il y avait encore quelques jours, Dom se serait vexé.

— Non. Mais ça ne lui ressemble pas d'être en retard.

Matt lui fourra sa montre sous le nez.

— Il n'est pas encore 9 heures.

— Tu as regardé là-dedans ? fit Dom en montrant l'église. Pourquoi diable y a-t-il tant de monde ?

Matt éclata de rire.

— Il n'y en a pas tant que ça. En fait, il y a surtout les enfants.

Lâchant un soupir, Dom s'immobilisa enfin.

— Tu as dû en passer par là, toi aussi ?

— Absolument pas. Nous avons eu un tout petit mariage. Juste les enfants, un cousin ou deux et quelques parents.

En d'autres termes, la moitié de Londres.

— On devrait nous prévenir, nous, les hommes. Bonté divine, je n'ai jamais connu de situation aussi énervante.

— Au moins, toi, tu auras une lune de miel.

Dom quitta la rue du regard pour dévisager son cousin. Il avait oublié que Matt n'avait pas eu beaucoup de temps seul avec Grace et qu'il était coincé à Londres toute la saison pour faire le chaperon.

— Tu sais quoi ? Une fois que Thea et moi serons de retour à Merton House, envoyez-nous les enfants.

Matt resta silencieux un moment.

— Tu es sérieux ?

— Bien sûr que je suis sérieux. Nous avons largement de quoi les tenir occupés, et je suis sûr que Thea sera ravie d'être avec Charlotte et Louisa, si elles ne sont pas mariées d'ici là.

Dom sourit.

— C'est le moins que je puisse faire. Après tout, Thea aurait pu m'échapper si tu n'avais pas été à ce point contre mon mariage avec elle.

— Tu peux cesser de t'inquiéter. Les voilà.

Le grand landau vert sombre laqué de Dom s'immobilisa le long du trottoir. Sir Henry en descendit avant d'aider Thea à en faire autant.

Dom eut l'impression de recevoir un coup de poing dans le ventre. Comment parvenait-elle à être chaque fois plus belle ? Wigman avait eu raison : les saphirs étaient parfaits. Il prit sa main et la fixa.

Une jolie rougeur monta aux joues de Thea pendant qu'elle lui souriait.

— Allons, allons, dit la duchesse, le tirant de sa transe. Vous autres, messieurs, êtes bien tous les mêmes. Impatients de voir votre promise arriver et, quand elle est là, incapables de remuer le petit doigt. Nous avons un mariage à célébrer, des invités qui arrivent dans moins d'une heure, et vous êtes là à bâiller d'admiration.

Elle lui flanqua un petit coup de canne dans le dos.

— Allons-y, jeune homme.

— Oui, grand-maman.

— Petit impertinent.

Il résista un peu quand son beau-père lui prit la main de Thea.

— Ne vous inquiétez pas, le taquina sir Henry, je vous la rends bientôt.

Il fronça les sourcils avant d'ajouter d'un air grave :

— Et laissez-moi vous dire une chose, jeune homme : occupez-vous bien d'elle, sinon vous aurez affaire à moi.

La tension qui habitait Dom depuis que Thea l'avait quitté ce matin-là l'abandonna soudain.

— Vous avez ma parole, monsieur, dit-il en souriant. Et si je commets la moindre erreur, je suis certain qu'elle saura me le dire.

Sir Henry plaça la main de Thea au creux de son coude.

— Bienvenue dans la famille, fils.

Dom essaya d'avaler la boule qui lui serrait soudain la gorge, et ils pénétrèrent dans l'église. Matt ne s'était pas trompé : seuls leurs familles et quelques amis étaient présents. La moitié de Londres, en somme.

Plusieurs minutes plus tard, sir Henry déposa la main de Thea dans celle de Dom. Il captura son regard émeraude quand il prononça ses vœux. Le calme de Thea ne parut jamais vaciller. D'une voix claire et forte, elle accepta de le prendre pour époux.

Le pasteur, un très jeune homme, sourit en les déclarant mari et femme.

— Je vous souhaite à tous les deux une vie longue et heureuse ensemble.

Dès qu'ils eurent signé le registre, ce fut comme si un sortilège se déchaînait. Les enfants se mirent à hurler, et les nouveaux conjoints furent submergés par les embrassades et les félicitations.

— Eh bien, pasteur, dit Matt, vous vous en sortez de mieux en mieux.

L'homme rougit.

— J'ai un peu d'entraînement, maintenant.

Dom regarda son cousin.

— C'est lui aussi qui vous a mariés ?

— Oui, Grace et moi avons été ses premiers. Quand il en aura fini avec nous tous, il sera le pasteur le plus expérimenté de Londres.

— Monsieur, je pense qu'il est temps de rentrer, annonça Thea en souriant à Dom.

— Si vous le souhaitez, madame.

Quand ils furent dans la voiture, il demanda :

— Vont-ils rentrer avec nous ?

— Non, Matt a prévu d'autres voitures. Nous avons quelques instants rien que pour nous.

— Dans ce cas...

Il l'embrassa sous l'oreille et sentit avec plaisir le pouls de Thea s'emballer.

— ... laisse-moi te dire comment je compte t'enlever cette superbe robe de mariée.

— Je t'écoute.

C'était l'appel d'une sirène.

Encore vêtus de leurs tenues toutes neuves, Tom, Mary, Theodora et Philip se pressaient contre les fenêtres de la salle d'étude de Merton House qui donnaient sur Grosvenor Square. Deux hommes à la mine patibulaire rôdaient autour de la maison. C'était la première fois que Tom les revoyait depuis que Dotty et lord Merton l'avaient sauvé. Au début, il avait eu peur, mais maintenant, avec son père, Matt et Sa Seigneurie, il savait qu'il n'avait rien à craindre.

— Tu es sûr que c'est eux ? demanda Theo.

— Oui. Je ne les oublierai jamais.

Philip, le plus âgé d'entre eux, plissa les yeux.

— Il faut le dire à quelqu'un. Restez ici et surveillez-les. Je m'en occupe.

— Éloignez-vous un peu des vitres, leur enjoignit Sally, la nourrice de Tom, qu'ils ne vous voient pas.

Peu de temps après, quelques valets apparurent sur la place, un ou deux à la fois, bavardant et marchant lentement comme s'ils flânaient. Le père de Tom et Matt étaient avec eux. Bientôt, les deux malfrats se retrouvèrent encerclés sans même s'en être rendu compte. Matt donna le signal, et les valets s'emparèrent de l'un d'eux pendant que le major écrasait son poing sur le visage de l'autre.

— Quel direct ! s'exclama Philip, admiratif. Ton père est un sacré boxeur.

— Allons, vous tous, fit Sally en les entraînant à l'écart des fenêtres. Il n'y a plus rien à voir, et le chef vous a préparé quelques douceurs. Elles vous attendent en bas.

Mary prit la main de Tom et la serra.

— Tu te sens mieux, maintenant ?

— Oui, beaucoup mieux. Merci.

Dotty et Dom sortirent sur la terrasse, où Louisa, Charlotte, Meg Featherington et Elizabeth Turley étaient assises autour d'une table.

— Mon cœur, fit-il en frôlant ses lèvres des siennes, ne sois pas trop longue, d'accord ?

— Non, je suis aussi impatiente que toi.

Affirmant que s'ils restaient à Merton House, ils ne partiraient pas avant une éternité, la duchesse leur avait réservé une suite au Pulteney pour la nuit.

Dotty rejoignit ses amies. Un valet lui apporta une chaise pendant qu'un autre débouchait une bouteille de champagne. Quand le domestique eut fini de servir, il s'inclina devant elle.

— Madame, permettez-moi de vous dire que nous sommes tous très heureux de vous avoir parmi nous.

— Merci, George. J'en suis heureuse, moi aussi.

Depuis son retour de l'église, tous les domestiques n'avaient cessé de lui souhaiter la bienvenue.

— Qui aurait deviné que lord Merton changerait à ce point ? fit Meg en souriant.

— Pas moi, déclara Louisa en prenant une gorgée de champagne. Et je l'avoue : je l'aime bien, maintenant.

— Quel effet cela te fait-il d'être mariée ? s'enquit Charlotte.

— Eh bien, ce mariage n'a que quelques heures, mais pour l'instant c'est délicieux.

Elizabeth poussa un soupir que toutes entendirent.

— Ne me dites pas que vous regrettez encore de ne pas l'avoir épousé ? lui demanda Meg.

— Non, pas du tout. Dotty et lui forment un couple merveilleux. Non, je regrette seulement de ne pas être mariée.

Soudain, Dotty se sentit beaucoup plus âgée que toutes ces autres jeunes dames.

— Cela viendra. Le bon gentleman finira bien par se présenter.

— Au début de la saison, déclara Charlotte, c'est justement ce que m'a dit lady Evesham : attendre le bon gentleman.

— Très juste, renchérit Louisa. Lady Rutherford m'a dit la même chose, et regardez Grace. Matt est le seul homme qu'elle aimera jamais.

Charlotte leva son verre.

— Que nous toutes, nous nous mariions selon le désir de nos cœurs.

Meg flanqua un coup de coude à Elizabeth.

— Sans jamais nous résigner à moins que cela.

— Très bien, dit celle-ci en se joignant au toast. Au bon gentleman, quel qu'il soit.

— Y compris le plus arrogant des marquis, déclara Louisa.

— Et le plus séduisant, ajouta Charlotte.

Dotty sourit.

Certes, son mari pouvait être arrogant, et il était sans nul doute séduisant. Mais, surtout, il était le seul.

AVENTURES & PASSIONS

1er juin

Suzanne Enoch

La famille Griffin - Une vision de rêve

Inédit

Dès que lady Sarala Carlisle apparaît dans la salle de bal, au premier coup d'œil Charlemagne la désire. Elle n'est pas particulièrement futée, comme il ne tarde pas à le découvrir, mais elle possède des atours bien plus intéressants à ses yeux. Et lorsqu'il réalise, à ses dépens, que sa singulière beauté dissimule une vive intelligence et qu'elle vient de le doubler, il risque de perdre son cœur car lady Sarala est passée maître dans l'art de la séduction.

✦

Caroline Linden

L'héritage Carlyle - Le prétendant anglais

Inédit

La duchesse de Carlyle vient de perdre son dernier fils. Sans descendants, qui pourrait succéder au duc ? Elle décide de choisir entre deux cousins éloignés, Maximilian et Andrew, celui qui sera le plus à même d'assumer la charge du duché. Max, le mauvais garçon, accepte le défi et se lance à la conquête du titre. Il commence par s'intéresser à l'entreprise de faïencerie de Samuel Tate qu'il a rencontré lors d'un dîner, sans se douter que les deux filles de ce dernier, la douce Cathy et l'indocile Bianca pourraient bien mettre en péril ses projets et ceux de sa tante.

Cathy Maxwell

Le club de Maidenshop - Aux bons soins de Gemma

Inédit

Pour fuir un mari détestable, Gemma Estep est venue s'installer à Maidenshop où elle entend vivre en femme indépendante. Elle a trouvé du travail au pub du village, *Le Garland*, qu'elle entend bien rénover. Or, son projet se heurte au Dr Ned Thurlow, séduisant célibataire et fervent animateur des soirées du *Garland*. Qui est donc cette Écossaise qui veut transformer le pub en salon de thé ? Une aventurière au passé trouble qu'il faut renvoyer et tout de suite ! Mais, la flamboyante Gemma inspire au médecin des désirs inavouables...

✦

Renee Ann Miller

Les fripouilles - Le bourreau des cœurs

Inédit

Depuis que le vicomte Adler, Simon Marlton s'est installé en face de chez Emma Trafford, le nombre de femmes que ce don Juan reçoit est impressionnant. La jeune portraitiste n'est pas la seule à observer les allées et venues de son séduisant voisin. Sa jeune sœur, Lily, également. D'ailleurs, cette dernière est persuadée qu'elle a vu le vicomte commettre un crime et déclare à Emma qu'elle va s'introduire chez cette crapule. Sur place, alors que les deux curieuses sont sur le point d'être découvertes par le vicomte, Emma se jette au cou de Simon, afin de permettre à sa sœur de s'enfuir, sans soupçonner les conséquences de ce simple baiser...

Julia Quinn

Les Lyndon - Je t'offrirai la lune

Inédit

Victoria Lyndon est gouvernante dans une famille de la petite baronnie de province, les Hollingwood. Fille de vicaire, elle a vécu dans l'ombre d'un père sévère qui lui a donné une éducation solide mais stricte. Un jour, elle apprend que la famille où elle travaille s'apprête à recevoir le comte de Macclesfield, Robert Kemble. La jeune femme prend peur. Elle connaît Robert Kemble avec lequel elle a failli s'enfuir sept ans plus tôt. Trahie, elle a tout perdu et a été chassée de la maison paternelle. Aujourd'hui, bouleversée à l'idée de revoir celui qu'elle a tant aimé, elle va tout faire pour éviter cet homme surgi de son passé.

✦

Sarah MacLean

Le cercle des canailles - La curiosité est un vilain défaut

Lady Philippa Needham est une excentrique. Elle passe plus de temps dans ses livres qu'aux bals, se soucie plus de la flore que de la mode, des sciences que des mondanités. Fiancée à lord Castleton, elle veut, avant son mariage, découvrir les endroits les plus scandaleux de Londres, ainsi que lever les mystères de la nuit de noce. Pour y parvenir, elle fait appel à Cross, l'associé de son beau-frère à la réputation sulfureuse. Très vite, les talents du jeune homme vont entraîner Philippa bien au-delà de ce qu'elle avait imaginé...

Monica McCarty

Les chevaliers des Highlands - La vigie

1307, Écosse. Lorsqu'il reçoit l'ordre de s'infiltrer dans le clan du chef qui a assassiné son père, Arthur Campbell veut en profiter pour prendre sa revanche. Mais sa ferme résolution est ébranlée lorsqu'il croise le regard ardent d'une beauté aux cheveux d'or : la fille de son ennemi... Tandis que la traîtrise, le danger et la menace d'une guerre imminente les poussent irrésistiblement dans les bras l'un de l'autre, Arthur va devoir faire un choix cornélien entre l'amour et la vengeance.

Sélection

1er juin

Jill Mansell

Petits mensonges entre voisins

La vie de Dex, don Juan impénitent, est bouleversée quand sa sœur Laura meurt subitement. Tuteur du bébé de Laura, il décide de l'élever à la campagne dans son cottage des Bruyères, charmant village anglais. Si la petite Delphi est craquante, Dex doit reconnaître que les bébés, ce n'est pas du tout son truc. Un soir, au bout du rouleau, il frappe à la porte du café d'à côté, où la pétillante Molly donne des cours de dessin. Touchée par son histoire, la jeune femme le rassure. Il va s'en sortir. Et entre voisins, il faut s'aider !

✦

Rachel Gibson

Sauve-moi !

Sadie Hollowell a 33 ans. Bombardée demoiselle d'honneur, elle se retrouve engoncée dans une robe bonbon. La veille, elle a secouru un inconnu tombé en panne au bord de la route. Lorsqu'il lui a demandé comment il pouvait la remercier, elle lui a proposé d'être son cavalier au mariage de sa cousine. Le bel étranger a décliné l'invitation. Lorsqu'il apparaît - car il a finalement décidé d'honorer sa dette -, elle est entourée d'une horde de vieilles tantes indiscrètes qui la harcèlent de questions : « Pourquoi n'es-tu pas mariée ? Pourquoi es-tu venue seule ?» Sadie, exaspérée, accueille son chaperon en lui soufflant à l'oreille: « Sauve-moi ! »

Anna Premoli

Pas facile d'être une fille facile

Jordan débarque à New York avec un plan bien précis : trouver un mari. Entendons-nous bien. Pas le genre beau gosse sans un sou en poche. Non. Un mari qui lui assurera la sécurité et la sérénité dont elle a tellement besoin. Après avoir passé en revue différentes professions, elle décide qu'un médecin serait parfait. Déterminée, Jordan décroche un job de serveuse dans une cafétéria pile en face d'un hôpital. Seulement voilà, alors qu'elle s'apprête à commencer sa première journée de travail, elle s'évanouit et reprend conscience dans les bras du Dr Wrong, le médecin de garde. Or, par malchance, il est jeune et beau comme un dieu...

✦

Lauren Layne

L'amour ? Très peu pour moi

Journaliste pour le magazine *Stiletto*, Julie Greene est spécialiste des aventures sans lendemain, qui alimentent sa célèbre chronique. Aussi, quand son boss lui demande d'écrire une histoire personnelle sur la magie de l'engagement, c'est la panne sèche. Pour trouver l'inspiration et un certain réalisme, il lui faut dénicher celui qui fera l'affaire. Le bourreau de travail, Mitchell Forbes, qu'elle rencontre lors d'une soirée, ne serait-il pas le parfait candidat ? Mais ce dernier n'est pas aussi dupe qu'elle l'imagine ni prêt à tomber aussi facilement dans ses filets...

13474

Composition
FACOMPO

Achevé d'imprimer en Italie
par GRAFICA VENETA
le 4 avril 2022

Dépôt légal : mai 2022
EAN 9782290360873
OTP L21EPSN002392N001

ÉDITIONS J'AI LU
87, quai Panhard-et-Levassor, 75013 Paris

Diffusion France et étranger : Flammarion